Nuova Narrativa Newton
1330

Questa è un'opera di finzione. I nomi, i personaggi, i luoghi, le organizzazioni, gli eventi e gli avvenimenti sono frutto dell'immaginazione dell'autrice o sono usati in modo fittizio.

Titolo originale: *The Moonlight Child*
Published by arrangement with
The Italian Literary Agency
and Taryn Fagerness Agency

Traduzione dalla lingua inglese di Elena Vaccaro
Prima edizione: luglio 2023

ISBN 978-88-227-6964-0

www.newtoncompton.com

Realizzazione a cura di Caratteri Speciali, Roma
Stampato nel luglio 2023 presso Puntoweb s.r.l., Ariccia (Roma)

Karen McQuestion

La casa in fondo alla strada

Newton Compton editori

A Jessica Fogleman, editor extraordinaire

Capitolo uno

Era il compleanno di Morgan, quel giorno. Erano passati tre anni da quando aveva litigato con sua madre Wendy, aveva infilato un po' di roba in uno zaino, se l'era messo in spalla e se n'era andata di casa sbattendo la porta. «Non voglio saperne più niente di te, vattene al diavolo!», le aveva detto.

Morgan aveva diciott'anni, allora. Per Wendy il tempo si era fermato lì.

Edwin diceva che sarebbe tornata, ma Wendy aveva avuto un brutto presentimento già dalla prima sera. Erano mesi che con Morgan era un litigio continuo, discussioni infinite. Il più delle volte a causa del suo ragazzo, Keith, che aveva parecchi anni più di lei, e del suo nuovo gruppetto di amici. Una manica di tossici, o almeno così sembrava a Wendy. Morgan era sempre stata una ragazza difficile, e la situazione era peggiorata quando aveva conosciuto quella nuova compagnia. Aveva preso a dare una mano al barman di un postaccio in centro. Una diciottenne che faceva il turno di notte dietro al bancone di un bar: non poteva che finire male. La sua famiglia non era rimasta esattamente entusiasta quando aveva saputo di quel nuovo lavoro. Wendy aveva sostenuto che, tanto per cominciare, non era legale. «Non hai nemmeno ventun anni. In quel bar non potresti neanche metterci piede, figuriamoci lavorarci».

«Con le mance prendo tre volte quello che prende una commessa», le aveva risposto Morgan, piccata. «Prima dici che se non voglio andare al college devo tirare su abbastanza soldi per mantenermi da sola, poi io provvedo, ma tu non fai altro che trovare problemi». Morgan aveva un talento speciale nel ritorcere le parole di sua madre contro di lei. Era una cosa che mandava Wendy fuori di testa. Lei era pacifica di natura, Morgan invece era sempre sul piede di guerra.

Edwin le aveva consigliato di lasciarla perdere. «Permettile di fare questa esperienza. Si stancherà. Si renderà conto che quella è gente che non ha futuro. L'abbiamo cresciuta bene, tornerà all'ovile».

«E se invece non si stanca?», aveva chiesto Wendy. «Se non torna?»

«Wendy, non abbiamo molta scelta. È un'adulta. Più insisti, e più ti andrà contro. Se restiamo calmi e la teniamo d'occhio, rinsavirà appena si sentirà pronta. È solo una fase, fidati di me».

Wendy non avrebbe potuto essere meno convinta, ma aveva fatto come diceva. In fin dei conti aveva sempre pensato che tra i due fosse lui quello più assennato, quello più obiettivo. E poi, Edwin insegnava al college, aveva a che fare con ragazzi dell'età di Morgan ogni giorno. Era lui l'esperto in materia di diciottenni, per così dire.

Sotto sotto sentiva che in realtà il marito aveva torto, ma sembrava così sicuro che alla fine fu lei a dubitare di sé stessa.

Avrebbe avuto molto tempo per pentirsene, in futuro. L'intuito materno era la sua sola, vera risorsa, e l'aveva ignorato.

Nel giro di poco tempo alcol e droghe avevano preso il controllo della vita di sua figlia. Ovviamente Wendy non aveva alcuna prova, a parte l'istinto. Ma la personalità di Morgan era cambiata: aveva sbalzi d'umore continui e aveva perso peso, cosa che lei attribuiva al lavoro. Mostrava i muscoli e diceva: «Questi me li sono fatti portando su le casse di birra dal seminterrato». Come se fosse motivo d'orgoglio. Una volta la sua migliore amica, una certa Star, era venuta a bussare alla loro porta, e Wendy era riuscita a pensare solo che sembrava una di quelle tossicodipendenti da manuale: capelli impastati, occhi iniettati di sangue e continui tic nervosi. Era venuta a farsi prestare soldi, sicuro, Wendy l'aveva capito subito anche se le due avevano cercato di parlare a bassa voce.

Prima tutte quelle litigate, tutte quelle preoccupazioni. Poi di colpo Morgan aveva preso e se n'era andata.

Inizialmente Wendy aveva pensato che avesse chiesto ospitalità a un'amica. Aveva aspettato due giorni, poi aveva denunciato la scomparsa. I poliziotti erano stati comprensivi, ma non avevano fatto granché. Tecnicamente, le avevano detto, Morgan non era scomparsa. Le sue ultime parole erano state un chiaro messaggio d'addio: se ne andava di sua spontanea volontà. Avevano comunque interrogato i tipi loschi che frequentavano il bar in cui lavorava. Avevano chiesto del suo ragazzo, Keith, ma quelli del giro non sapevano molto su di lui, né tantomeno avevano idea di dove fosse, o come contattarlo. Piena di vergogna, Wendy si era resa conto di non sapere nemmeno quale fosse il suo cognome. Non che non l'avesse mai chiesto a Morgan.

Il problema era che lei l'aveva accusata di farle il terzo grado, e quindi aveva lasciato perdere. Grande errore. Ma l'aveva capito troppo tardi.

Ben presto, le indagini erano giunte a un punto morto. Wendy apprezzava che ci avessero provato.

Per evitare di impazzire, aveva cercato di darsi da fare, di tenersi occupata. Era l'unica cosa che le aveva permesso di tirare avanti durante il primo anno. Nel tempo libero dal suo impiego a tempo pieno come contabile per uno studio legale, aveva affisso manifesti, fatto telefonate e creato un sito web. Aveva continuato a chiamare il cellulare di Morgan senza sosta. A un certo punto non era più riuscita ad accedere alla segreteria. La compagnia telefonica le aveva spiegato che il numero era stato disattivato, ma non era stata in grado di dirle di più. Controllava il sito ogni mattina, nella speranza di ricevere notizie, ma i pochi commenti che trovava non portavano mai a nulla di concreto. L'intestazione della pagina web recitava *Hai visto nostra figlia, Morgan Duran?* Sotto aveva aggiunto un collage di foto di Morgan e una descrizione fisica. Un metro e settanta, figura slanciata. Occhi marroni, capelli castano scuro, pelle leggermente olivastra. Come se fosse possibile racchiudere sua figlia in due righe. Poi, sotto, un appello rivolto direttamente a lei: *Morgan, se stai leggendo, torna a casa. Ci manchi da morire.*

Spesso ripensava alla sua bimba, a quel sorriso luminoso. Suo fratello più grande, Dylan, era sempre stato pazzo di lei, e lo era ancora.

Col passare del tempo, avevano preso a parlare di Morgan solo la sera prima di andare a letto. Nell'oscurità le veniva più facile confessare il proprio dolore e le proprie preoccupazioni. Edwin negava e negava, ma Wendy aveva l'impressione che pensasse che Morgan fosse morta. Lui non l'aveva mai detto, perché dirlo ad alta voce li avrebbe distrutti entrambi, ma lei l'aveva capito lo stesso. Le sue esatte parole erano state: «Sono devastato quanto te, ma penso che dovremmo prepararci al peggio».

Lei non sarebbe *mai* stata pronta al peggio, ma quel non sapere – quello stato d'incertezza – faceva altrettanto male, la divorava. Quando le giornate allo studio legale erano particolarmente piene, le capitava di non pensare a Morgan per ore intere, ma arrivata a casa l'agonia la assaliva, implacabile.

Dylan aveva suggerito di inviare un campione di saliva a 23andMe e Ancestry.com, in modo che il loro DNA fosse schedato. Caso mai ce ne fosse stato bisogno. Wendy aveva acconsentito, ma per lei quel «caso mai ce ne fosse stato bisogno» includeva anche scenari rosei: immaginava Morgan in coma in un ospedale sperduto chissà dove; nessuno riusciva a identificarla, ma poi grazie al confronto del DNA loro tre si precipitavano al suo capezzale e il suono della voce di sua madre le faceva riacquistare conoscenza e la portava a un completo recupero.

Dopo due anni, amici e familiari avevano smesso di fare domande: sapevano che, se ci fossero state notizie, sarebbero stati avvisati. Ogni tanto uscivano delle storie online, un articolo o un video, di gente scomparsa e ricomparsa dopo anni. Non erano mai *belle* storie. I protagonisti non erano mai stati colpiti da amnesia. Nessuna delle vittime aveva perso i contatti con la famiglia a causa di un semplice fraintendimento. In genere erano accadute cose terribili, cose che Wendy non avrebbe augurato neanche al suo peggior nemico, ma per qualche motivo la gente si sentiva in dovere di inviarle quegli articoli, come a dire: *Vedi? C'è ancora speranza.*

Di gettare la spugna non se ne parlava: continuava a cercare online, a contattare la polizia, a leggere i commenti sul sito. Come se bastasse fare uno sforzo per procurarsi un lieto fine.

Quel giorno, non era andata al lavoro. Era il compleanno di sua figlia, e qualcuno doveva pur celebrarlo in qualche modo. Fosse anche solo per ricordare che una volta esisteva una ragazza di nome Morgan, una splendida bebè di due chili e otto, la bimba più dolce che si fosse mai vista. Wendy ricordava bene com'era da piccola: adorava vestirsi da principessa, seguire il fratello per casa come un anatroccolo segue la mamma. Era così fiera di aver finito le medie senza essersi ammalata, mai, nemmeno una volta. I problemi erano iniziati alle superiori: sfidava di continuo tutto e tutti, scappava di casa… ma persino in quelle occasioni Wendy riusciva sempre a intravedere un qualche riflesso della figlia intelligente, bella e arguta che era stata.

Era solo una fase, si era detta. Sarebbe passata presto. E anche con tutti i problemi che le causava, Wendy non l'avrebbe cambiata con nessun altro.

Finché il mondo non gliel'aveva portata via. Inconcepibile.

Quel giorno, dopo aver controllato il sito un'ultima volta, Wendy andò nella dispensa e prese una confezione da due di cupcake della Hostess. Erano i preferiti di Morgan.

Wendy li aveva comprati apposta per quell'occasione. Tolse il cellophane, mise un cupcake su un piattino, ci poggiò sopra una candelina. Poi prese un fiammifero dal cassetto delle cianfrusaglie e, tremando, lo sfregò contro la striscia scura al lato della scatola. Accese la candelina, spense il fiammifero e lo gettò nel lavello della cucina.

Portò il cupcake al tavolo, si sedette e intonò con voce tremante: «Tanti auguri a te, tanti auguri a te, tanti auguri Morgan, tanti auguri a te».

Soffiò sulla candelina e, mentre la fiamma svaniva, espresse un desiderio.

Capitolo due

Sharon non aveva mai fatto troppo caso ai vicini, prima di quella sera. Anche se erano *davvero* vicini, tanto che le loro proprietà condividevano il cortile sul retro.

Non si erano neppure mai presentati. Sharon conosceva il loro cognome – Fleming – solo perché era scritto sulla cassetta delle lettere. Le era capitato di scorgerli quando passava davanti a casa loro in macchina: la moglie aveva un fisico slanciato e dei capelli rossi sempre freschi di parrucchiere – quel caschetto doveva costare una fortuna – mentre il marito era un uomo d'affari perennemente scuro in volto. Poi c'erano il figlio, un ragazzotto sovrappeso sempre corrucciato, e un cagnetto che abbaiava senza sosta. Aveva scoperto su Google che i genitori si chiamavano Suzette e Matthew. Per quanto avesse cercato, non era riuscita a rintracciare il nome del figlio.

Ma non aveva importanza.

A volte vedeva il ragazzo che portava a passeggio il cane. Lui con una felpa troppo grande, ingobbito come se portasse un enorme macigno sulle spalle, e il cane che tirava senza sosta al guinzaglio. Il signore e la signora Fleming invece li incrociava più di rado: a volte vedeva Matthew che lavorava in giardino, ma quasi sempre li scorgeva solo da lontano, mentre rientravano o uscivano.

La moglie che faceva il vialetto a marcia indietro a bordo della sua Audi grigio metallizzato, il marito che prendeva la valigetta dal bagagliaio dalla modesta Toyota nera.

Nulla che fosse fuori dall'ordinario. O così pareva.

Un'alta palizzata di legno sul retro li riparava da sguardi indiscreti. Sharon era in pensione e viveva da sola, quindi non aveva nulla in comune con loro, ma era curiosa di natura. Negli ultimi tempi la sua vita sociale si riassumeva per sommi capi a un grande agitare la mano per salutare i vicini, qualche pranzo e ogni tanto un cinema con gli amici, e poi la messa della domenica e lunghe telefonate con la figlia Amy, che si era trasferita a Boston.

Quella sera aveva in programma di vedere la luna di sangue che tutti aspettavano con ansia. Gliene aveva parlato persino la cassiera del supermercato: sarebbe stata una notte limpida, aveva detto, perfetta per l'osservazione.

Alle undici in punto, Sharon tirò fuori stivali, guanti e piumino, pronta a uscire per godersi lo spettacolo. Si sentiva un po' stupida a bardarsi a quel modo per uscire nel cortile sul retro – e solo per qualche minuto, per giunta – ma che avrebbe potuto fare? Il gennaio nel Wisconsin sapeva essere brutale, e quella sera il termometro segnava dieci gradi sotto zero. Meglio infagottarsi che rischiare il congelamento.

Imbacuccata a quel modo, aprì la porta scorrevole che dava sul patio e uscì, chiudendosela bene alle spalle perché il gatto non scappasse. Il cielo notturno incombeva su di lei, l'aria fredda faceva brillare ancora di più le stelle. Una luna splendente se ne stava lì appesa alla volta celeste, come una pesca matura pronta per essere raccolta. L'eclissi aveva già iniziato a lambirla, ammantandola di un delicato velo arancione con striature rosse. Non era il rosso sangue promesso, ma non importava. Era comunque uno spettacolo mozzafiato. Sharon non riusciva a distogliere lo sguardo, estasiata.

Si sfilò i guanti e mise le mani in tasca per prendere il telefono. Lo puntò verso la luna, zoomò e scattò. La foto non avrebbe mai reso giustizia a quella magnificenza, pensò malinconica. C'erano cose che andavano viste dal vivo, non su uno schermo.

Fece per abbassare il telefono, e fu in quel momento che

notò una finestra illuminata nella casa dei vicini. C'era qualcuno in cucina.

Strinse gli occhi, cercando di vedere meglio. Una bambina al lavello – stava lavando i piatti. Quanti anni poteva avere? Cinque o sei, non di più. Difficile dirlo, da quella distanza, ma certo non era un'adulta e nemmeno una ragazza. Era in piedi su uno sgabello? Pareva di sì. E poi Sharon sarebbe stata pronta a giurare che i Fleming avessero un solo figlio. Possibile che avessero anche una bimba di cui lei non sapeva nulla? Improbabile. Una parente in visita, magari? Forse. Ma perché mai una bimba di quell'età avrebbe dovuto lavare i piatti alle undici di sera?

Sharon scattò un paio di foto alla piccola e poi attraversò il cortile. Piccole schegge di neve polverosa si sollevavano sotto i suoi stivali, il respiro disegnava nuvole gelide nell'aria della notte. Vicino alla palizzata c'era un orticello, recintato con delle traversine di legno. Sharon ci salì sopra, si mise in punta di piedi e si allungò quel tanto che bastava per inquadrare la finestra col telefono. Aspettò che l'immagine fosse a fuoco, poi scattò.

Continuò a guardare. Un'altra persona apparve alla finestra: la padrona di casa. Suzette si chinò sulla bambina in una maniera che non sembrava per niente amichevole. Disse qualcosa, in fretta – Sharon vide muoversi le labbra – e la bimba si ritrasse.

Sharon trasalì quando vide la signora Fleming che strattonava la bimba prendendola per il braccio e poi indicava qualcosa all'interno della casa.

Qualcosa che lei non poteva vedere da lì.

Poi le due scomparvero.

Ma che storia è questa?

Sharon tornò in casa, si liberò di scarponi e piumino e si sedette sul divano, a guardare le foto che aveva scattato. Era proprio come pensava: la luna sullo schermo non aveva nulla a che vedere con lo spettacolo che aveva ammirato con i suoi occhi.

La bambina invece era solo una sagoma incerta. Una macchia, più che una persona.

La foto che aveva scattato da dietro la palizzata era un po' meglio delle altre, ma non di molto. Con ogni probabilità la colpa era solo sua: nonostante cercasse di tenersi al passo con la tecnologia, tante cose proprio non le entravano in testa. Amy glielo aveva detto miliardi di volte: «Non è così difficile, mamma. Sei tu che ci stai troppo a pensare».

Ah, sua figlia la faceva facile. Amy c'era cresciuta con quei progressi tecnologici, aveva vissuto sulla sua pelle ogni nuova evoluzione. Un vantaggio su cui invece Sharon non aveva potuto contare. Lei ricordava ancora i tempi in cui la gente aveva iniziato a comprare i primi microonde e tutti restavano meravigliati da quanto poco ci volesse per fare le patate al forno. Che poi a dirla tutta non erano più patate al forno nel vero senso della parola, dato che per l'appunto erano al microonde, ma non era quello il succo.

Cuocere le patate così in fretta era praticamente un miracolo. Sempre in quel periodo era venuto fuori che si poteva registrare un programma alla TV e guardarlo in tutta comodità. E ormai anche quella era una cosa superata. Con lo streaming, l'idea di registrare un programma era diventata vecchia come il cucco.

Prima o poi avrebbe dovuto mettersi d'impegno e capire come funzionava quella faccenda dello streaming. Sembrava proprio un'invenzione comoda, poter scegliere i film e le serie TV e vederle quando ti pare e piace. Un po' come avere un jukebox in casa. Solo che non selezioni cosa ascoltare ma cosa guardare.

E mica finiva lì, eh. La lista era lunga, tanto che avrebbe potuto continuare all'infinito, tra aggeggi miracolosi e diavolerie che non esistevano quando lei era piccola. Ormai erano diventate parte integrante della vita quotidiana, al punto che nessuno ci faceva più caso.

Tutto cambiava alla velocità della luce. A volte era difficile tenersi al passo.

Si mise a letto, e la sua mente tornò di nuovo alla bambina. Che ci faceva al lavello di casa Fleming alle undici di sera? Come mai lavava i piatti a quell'ora? Doveva esserci un buon motivo, o per lo meno un motivo *plausibile*. Sì, *per forza*.

Non aveva senso continuare a rimuginarci su. Stava solo perdendo tempo. Sharon guardava troppi polizieschi e leggeva troppi thriller: era quello il problema. Sospirò e poi raggiunse un compromesso con sé stessa, insomma, trovò una scappatoia per placare le preoccupazioni: se fosse riuscita a immaginarsi una spiegazione plausibile per dare un senso a quell'avvistamento, avrebbe concesso una tregua al suo povero cervello e si sarebbe dimenticata di quella storia. Elaborò mille scenari diversi, poi procedendo per esclusione ne selezionò uno. Magari, pensò, la bimba veniva da fuori città. Una parente in visita. E magari, *magari*, si era alzata ed era andata a prendersi un bicchiere d'acqua al lavello, poi si era messa a giocare con l'acqua. La signora Fleming era agitata, sì, ma solo perché stava rimproverando la bambina, che a quell'ora avrebbe dovuto dormire nel suo letto.

Sì, messa in quel modo la cosa aveva perfettamente senso.

Doveva essere andata così. O qualcosa del genere. Tranquillizzata, Sharon si addormentò.

Capitolo tre

Sharon aveva intenzione di parlare a sua figlia della bambina alla prima occasione utile.

La cosa migliore sarebbe stata inviarle la foto per messaggio, così Amy avrebbe potuto capire al volo di cosa si trattava, ma Sharon non ci sarebbe mai riuscita. Avrebbe dovuto farsi spiegare la procedura passo passo, e in ogni caso ci sarebbero voluti secoli.

E poi lei odiava chiedere aiuto. Sua figlia doveva ripetere ogni concetto *ancora e ancora*, e ci metteva poco a perdere la pazienza. Era una cosa che Sharon non sopportava proprio. La faceva sentire stupida. «Non è così complicato», diceva Amy, e in effetti aveva anche ragione. Non era così complicato. E allora perché lei non riusciva a ficcarselo in testa?

Era abbastanza sicura che l'icona per condividere le foto fosse la piccola V con i cerchietti alla fine delle braccia – quella che, per qualche motivo, la faceva pensare a *Star Trek* – ma non osava toccarla senza prima esserne sicura. «Perché non scrivono semplicemente *condividi*?», si era chiesta ad alta voce la prima volta che ne avevano parlato. «Sarebbe molto più semplice».

«No, così è più semplice. Ed è *meglio*», le aveva risposto Amy, convinta, e poi aveva iniziato ad accumulare argomenti a sostegno della propria tesi. «Tanto per cominciare, si vede tutto a colpo d'occhio. Proprio come tu vedi subito il tasto *on* sugli apparecchi che usi di solito». Sharon non aveva avuto il cuore di dirle che per secoli aveva dovuto fare affidamento su un trucchetto per individuare il tasto *on*: si ripeteva che doveva cercare quello che assomigliava all'abbozzo di un piccolo seno.

Amy era una donna intraprendente, un'avvocata che si occupava di diritto societario. Si era trasferita sull'East Coast e adesso si occupava principalmente di contratti per il settore delle spedizioni. Per come la vedeva Sharon, era tutta roba di scarso interesse e ben poco appassionante, ma Amy viveva per quello: adorava l'arte della negoziazione, si esaltava per i trabocchetti legali nascosti in minuscoli trafiletti in qualche nota a piè di pagina. E doveva essere proprio brava, a giudicare da quanto la pagavano. Sharon andava molto fiera di lei, anche se non sempre capiva quello che diceva.

Prima di andare in pensione, Sharon era convinta che non appena avesse mollato il lavoro avrebbe potuto passare più tempo insieme alla figlia, ma poi Amy si era trasferita e lei si era ritrovata costretta a ripensare e a riplasmare il suo sogno.

Sarebbe stata un'opportunità perfetta per frequentare corsi e fare volontariato, si era detta. E in effetti era davvero una buona idea, in teoria, ma quando aveva scoperto la gioia di avere un'intera giornata a propria disposizione non si era più guardata indietro. Poteva fare ciò che voleva, quando voleva, senza dover rendere conto a nessuno. Una libertà impagabile.

Sharon amava la sua vita. Anche se a tratti si sentiva sola.

Non voleva ficcare il naso nelle faccende dei vicini, eppure quella bimba al lavello fu il primo pensiero che le venne in mente quando aprì gli occhi. Doveva parlarne con Amy, sì.

Lei le avrebbe di sicuro schiarito le idee.

Ma quando la figlia la chiamò nella tarda mattinata, l'argomento "bambina misteriosa" le uscì di testa in un attimo. Sharon stava ancora facendo colazione, ma poggiò il cucchiaio e rispose al telefono.

Amy la salutò e andò dritta al punto: «Mamma, odio dovertelo chiedere, ma mi serve un favore».

Sharon trattene il respiro. Sua figlia non chiedeva mai aiuto. Persino da piccola, cercava sempre di sbrigarsela da sola, rifiutando con determinata ostinazione l'intervento della madre.

Il che significava che doveva essere davvero a corto di opzioni. «Certo, tesoro. Cosa ti serve?».

Sentì subito il sospiro di sollievo di Amy all'altro capo del telefono. «Sapevo di poter contare su di te».

«Certo. Qualsiasi cosa. Se hai bisogno, ci sono».

«In realtà io non c'entro niente», rispose Amy. «Si tratta di Nikita».

Nikita? Sharon sentì il cuore che le sprofondava nel petto. Nikita Ramos era una ragazza tenuta sotto osservazione dai servizi sociali. Amy l'aveva conosciuta lavorando pro bono come avvocato d'ufficio. Sharon sapeva soltanto che Nikita rimbalzava di famiglia affidataria in famiglia affidataria da quando aveva dodici anni, e che aveva una vita parecchio difficile.

Sharon l'aveva incontrata una volta sola, prima che Amy si trasferisse a Boston. Si erano incrociate per caso al centro commerciale. Amy aveva fatto le presentazioni del caso, e Sharon aveva notato che Nikita l'aveva squadrata dalla testa ai piedi.

Lei aveva subito fatto lo stesso, ovviamente. Nikita le aveva dato l'impressione di essere una tipa tosta, e non solo nel look ma anche nei modi di fare. Portava i capelli lunghi, tinti di un nero corvino con una sola ciocca viola, e una maglietta sempre nera con un grande teschio davanti e un serpente che usciva da un'orbita.

Come se ci tenesse a conformarsi allo stereotipo della ragazza difficile, quella che era meglio non far arrabbiare. E poi era sempre agitata, come se avesse un disperato bisogno di farsi un tiro di sigaretta. O peggio. Nikita l'aveva salutata e aveva detto che era un piacere conoscerla, ma non l'aveva mai guardata negli occhi, cosa che aveva insospettito Sharon.

«Che succede con Nikita?»

«Le serve un posto in cui stare, e ho pensato che, be', tu sei sola, e hai una stanza libera al piano di sopra». Amy aveva quest'abitudine di lanciare l'amo e poi aspettare, lasciando all'interlocutore il compito di fare la sua mossa. Non era certo timidezza, Sharon lo sapeva bene. Sua figlia sapeva essere più che sfrontata quando lo riteneva necessario. No; quella era una pausa strategica. Stava aspettando che sua madre le venisse incontro.

«Quindi vorresti che venisse a vivere qui?», chiese Sharon. Si sentì sommergere da un miliardo di obiezioni. Erano anni che non saliva al piano di sopra, non sapeva nemmeno in che stato fosse ridotta la stanza. E poi, una ragazzina in casa? Era riuscita a malapena a crescere *sua* figlia, e Amy era stata una passeggiata, una bambina modello, almeno stando a quello che dicevano molti genitori. E poi, che mangiavano i giovani al giorno d'oggi? E chissà che razza di fardello emotivo si portava sulle spalle una giovane che aveva vissuto anni e anni in affidamento!

E se Nikita avesse fatto qualche danno alla casa? Magari era una persona violenta. Avrebbe fatto male al gatto? Sharon rabbrividì al solo pensiero. Aveva più di mille ragioni per dire di no, ma sapeva che Amy non le avrebbe chiesto una mano se la situazione non fosse stata realmente grave. E di certo non avrebbe mai messo sua madre in pericolo.

«Solo per un po'», disse Amy. «Mi ha chiamata e sembrava disperata, ha detto che non può più restare dov'è. Neanche una sola notte in più. Era agitatissima, ed era pronta ad andarsene in quel momento stesso, ma l'ho convinta ad aspettare un altro po'. Dammi il tempo di farmi venire in mente un'idea, le ho detto. Non so cosa stia succedendo, onestamente. Non vuole dirmelo, ma so che deve andarsene subito da lì».

«Aspetta un attimo», disse Sharon. «Ferma un secondo. Pensavo fosse diventata troppo grande per l'affidamento». Sì, ne era certa: ricordava benissimo che Amy si era impegnata a trovarle una casa dopo che la ragazza aveva finito le superiori. A quel punto, sua figlia si era già trasferita a Boston, ma aveva preso un aereo ed era tornata nel Wisconsin per sistemare la questione. Amy aveva un cuore d'oro.

«Sì, e ha cambiato diversi posti da allora. So cosa ti frulla in testa, mamma. Stai pensando che deve pur esserci una ragione dietro tutti questi spostamenti, e che di sicuro è una che crea problemi».

Era *esattamente* quello che Sharon stava pensando. Per quanto fosse imbarazzante.

«Non è così. La vita di Nikita è stata un vero inferno, sai. Ha solo bisogno di una stanza e di un po' di sostegno. Di una persona che le stia accanto, che le faccia capire che è importante». La voce di Amy era così decisa... «Avrei potuto chiamare un amico, ma invece ho pensato subito a te. Sono convinta che stare insieme farebbe molto bene a entrambe».

«Quanto dovrebbe rimanere?»

«Grazie, mamma, grazie davvero! Sei fantastica. Sapevo di poter contare su di te». L'ondata di gratitudine di Amy fu così improvvisa e travolgente che la domanda di Sharon si perse nel vortice dell'entusiasmo. «Ti mando l'indirizzo di Nikita e il numero di telefono. Quando puoi andare a prenderla?»

«Quando vuoi», disse Sharon, guardando la ciotola di porridge, lasciata ancora a metà. Ci avrebbe messo meno di un minuto a finirla. E quanto al resto dei suoi piani... be', i piatti potevano aspettare, così come gli asciugamani da piegare. Era questo il bello di vivere da sola e di essere in pensione. Poteva gestire il tempo come voleva. O per lo meno così era stato fino a quel momento.

«Allora la chiamo e le dico che stai arrivando. Grazie ancora, mamma. Sei fantastica!».

A un tratto Amy sembrava più una quattordicenne che una quarantenne.

Un pensiero che la fece sorridere.

Si salutarono. Sharon riagganciò.

Sperava solo di non aver commesso un grande errore.

Capitolo quattro

Il GPS portò Sharon in un quartiere poco raccomandabile, una zona famosa, e anzi famigerata, per l'alto tasso di criminalità. Alcune case erano anche decenti, con giardinetti e viali d'ingresso ben tenuti, mentre altre sembravano abbandonate a sé stesse, con la vernice scrostata sulle pareti e il cortile sommerso dalla spazzatura. Sharon scosse la testa. Come si fa a ritrovarsi con un frigorifero in veranda o una macchina poggiata su quattro blocchi di cemento in cortile? Certa gente vive proprio in un mondo diverso, non c'è niente da fare.

Raggiunse l'indirizzo, spense il motore, scese dalla macchina e si fece strada sul vialetto assediato dalla neve. Suonò il campanello.

Si alzò una gran confusione: prima le urla di una donna – Sharon non capiva cosa dicesse, solo che era arrabbiata – e poi la voce di un uomo, altrettanto tesa. Sharon sbatté i piedi per pulirsi gli stivali dalla neve finché, qualche minuto dopo, la porta si aprì.

Il volto emaciato di una donna. «Sì?»

«Sono venuta a prendere Nikita», azzardò lei, tremante.

La donna la guardò con aria assente. *Cavolo, non avrei dovuto essere così titubante*. Si schiarì la gola e ritentò, con tono più sicuro: «Sono venuta a prendere Nikita». Di nuovo niente. Forse aveva sbagliato indirizzo? «È qui?»

«È qui», rispose allora la donna, con una smorfia di disgusto. Le fece cenno di entrare. Poi, arrabbiata, si girò e se ne andò, lasciando la porta socchiusa.

Sharon entrò mentre la donna spariva in fondo al corridoio. Alla sua sinistra, una scala portava al primo piano. Sulla destra, in salotto, un uomo calvo sulla quarantina sedeva su una poltrona reclinabile consunta e guardava qualcosa su un tablet. Aveva le cuffiette e sembrava che non si fosse nemmeno accorto che in casa era entrata un'estranea.

«Nikita? Sono Sharon Lemke, la mamma di Amy. Sono venuta a prenderti!».

«Un minuto!», le rispose una voce dal piano di sopra, e in effetti un minuto dopo comparve la ragazza, con uno zaino in spalla e un valigione. Indossava dei jeans strappati e una felpa decisamente troppo larga. La valigia doveva essere piuttosto pesante, a giudicare dal rumore che faceva a ogni gradino. Nikita era cambiata, non assomigliava più alla giovane che Sharon aveva incontrato al centro commerciale: era molto più stanca e aveva delle occhiaie scurissime. Anche la mèche viola era sparita.

Di colpo, la donna imboccò a passo di marcia il corridoio, il volto trasfigurato da un'espressione rabbiosa. Per un attimo, Sharon pensò che stesse per alzarle le mani addosso, e in effetti poco mancò che non la travolgesse. E invece tutta quella furia era rivolta a Nikita. «Finisce così, quindi? Te ne vai senza nemmeno un giorno di preavviso?». Le si piazzò davanti a braccia conserte.

Nikita non rispose, teneva lo sguardo fisso su Sharon. «Andiamo», le disse, indicando la porta con un cenno della testa.

«E il lavoro? Non puoi mica continuare lì se te ne vai dal quartiere. Come fai senza la macchina? Scommetto che a questo non c'hai pensato».

Nikita scrollò le spalle. «Non era comunque 'sto grande posto, eh». Trascinò la valigia all'ingresso. «Me ne trovo un altro».

Sharon tenne la porta aperta, e Nikita spinse fuori la valigia.

Alle loro spalle, la donna continuava: «E quindi mi pianti in asso come se niente fosse? Ti mettiamo un tetto sulla testa, ti trattiamo come una di famiglia. Senza la tua parte dell'affitto non ci arrivo a fine mese. Che devo fare? Ma tanto a te non te ne frega niente, no? Sei solo feccia, ecco cosa».

«Ehi! Un attimo!», disse Sharon, ma nessuno le prestò attenzione.

«Non posso restare», disse Nikita, senza girarsi.

La donna si lanciò in una sfilza d'insulti, un profluvio di oscenità che le accompagnò fino alla macchina. Senza dire una parola, Sharon aprì il bagagliaio e Nikita vi sistemò la valigia.

Un'ultima occhiata alla casa prima di uscire dal vialetto. L'uomo le guardava dalla finestra.

Sharon guidò nel silenzio più assoluto per due isolati, poi disse: «Un vero amore di donna».

«Già». Nikita si sistemò i capelli dietro l'orecchio e sospirò.

«Hai fame? Possiamo fermarci a mangiare da qualche parte».

Nikita scosse la testa. «No, grazie».

Erano quasi arrivate quando Sharon disse: «Manca poco. Io abito in fondo alla strada».

«È un bel quartiere». Nikita poggiò la mano sul finestrino e guardò fuori, negli occhi lo sguardo curioso di una bambina.

Le case avevano un'aria modesta, ma l'apparenza inganna. Molte persone in quella zona erano benestanti e conducevano una vita agiata. Vacanze alle Hawaii. Lezioni private per i figli. Case al lago, su al nord. Dal punto di vista finanziario, Sharon era un'eccezione in quella zona. Non che la cosa le importasse.

«Non lasciarti impressionare», le disse. «La mia casa è una delle più piccole. La più piccola in assoluto, a dirla tutta. Di gran lunga». L'agente immobiliare le aveva detto che, in origine, l'appartamento era un cottage riservato agli ospiti della famiglia che viveva nel grande edificio accanto. Un particolare che aveva sempre trovato divertente.

Sharon ricordava ancora la reazione di sua figlia la prima volta che aveva visto la casa. Se l'erano potuta permettere solo perché Sharon aveva incassato una bella sommetta dall'assicurazione per via di un incidente che l'aveva ridotta piuttosto male. Le ossa si erano saldate, ma la gamba e il bacino non erano mai tornati quelli di prima. I 60.000 dollari però erano stati parecchio utili per la fisioterapia, e le era anche rimasto abbastanza per l'anticipo della casa.

Amy ai tempi andava alle superiori, al primo anno, e Sharon era stata felicissima di aver trovato una casa nello stesso quartiere della scuola. Non appena la sua offerta era stata accettata, l'aveva fatta vedere alla figlia, sottolineando che non avrebbe dovuto cambiare istituto e che, per la prima volta, avrebbe avuto un bagno tutto suo. Sapeva che l'appartamento era piccolino e un po' malandato, ma non era certo pronta per la totale mancanza di entusiasmo che sua figlia aveva dimostrato. Cercando di buttarla sul positivo, le aveva detto: «Sai, la casa peggiore di tutto il quartiere è l'investimento migliore. O almeno così dicono».

«Ok, ma dovevi scegliere proprio la casa peggiore dell'intero Stato?», le aveva risposto Amy, e Sharon era scoppiata a ridere.

Persino dopo tanti anni, quel pensiero le portava ancora il sorriso alle labbra. La casa era un disastro, ma erano state felici lì, e Sharon non aveva la minima intenzione di trasferirsi, soprattutto viste e considerate le migliorie che aveva apportato nel corso del tempo: aveva ristrutturato bagno e cucina, cambiato i lampadari, ridipinto i muri e ripiastrellato i pavimenti in ogni stanza. A guardare le vecchie foto era quasi difficile credere che si trattasse della stessa casa.

Imboccò il vialetto e premette il pulsante per aprire la porta del garage. «Nikita, voglio...».

«Niki».

«Cosa?»

«Mi chiami Niki, per favore. Amy è l'unica che mi chiama Nikita».

«Ok». Non sarebbe stato un problema chiamarla Niki, se era questo che voleva. Certo, Amy avrebbe anche potuto avvertirla. Entrò nel garage e spense il motore. «Come stavo dicendo, *Niki*, voglio che tu ti senta a casa tua. Sono anni che vivo da sola ormai, quindi se ti serve qualcosa chiedi pure. Non sono abituata a condividere lo spazio».

«Non resterò molto, se è lì che sta andando a parare».

«No, non parlavo di questo». Nikita aveva già aperto la portiera, quindi Sharon fece lo stesso, scese dall'auto e aprì il bagagliaio. «Era il contrario di quello che avevo in mente, a dire il vero».

Niki tirò fuori la valigia. «Ok».

Sharon le fece strada, chiacchierando agitata finché non misero piede in casa. Quella ragazza la innervosiva. Non la capiva. Perché mai Amy aveva pensato che la cosa potesse funzionare? Iniziò a fare il giro dell'appartamento, parlando a macchinetta man mano che passavano da una stanza all'altra. «Qui vicino all'entrata posteriore c'è un attaccapanni, e c'è pure un tappetino, se hai le scarpe bagnate quando rientri». Si tolse gli stivali e appese il cappotto, e invece Niki annuì e basta, senza togliersi né la felpa né le scarpe. Allora Sharon continuò: «Come vedi, questa è la cucina. Dietro a quella porta c'è la lavanderia. Usa pure la lavatrice e l'asciugatrice. Dimmi se hai bisogno di aiuto. Sono abbastanza nuove e tecnologiche. Ci ho messo un sacco di tempo a capire come funzionano», ammise. «Sono dovuta andare su YouTube e guardare un tutorial tre volte prima di iniziare a raccapezzarmi».

Nel frattempo Niki continuava a trascinarsi dietro la valigia, con lo zaino appeso al braccio. Si guardava intorno come se stesse mentalmente registrando tutte le possibili vie di fuga.

Come se fosse pronta a tagliare la corda in qualsiasi momento.

Dopo averle mostrato il salotto, Sharon le indicò il gatto rosso spaparanzato sullo schienale del divano. «Quello è

Cap. È estremamente pigro e non ti darà alcun fastidio». Niki si chinò a grattargli la testa, e il gattino le mise il musetto nel palmo in segno di apprezzamento.

«Che tenero», disse Niki, coccolandolo sotto il mento. «Cap, ha detto?»

«Sarebbe Capitan Coccola».

«Perfetto», approvò Niki.

Continuarono il giro della casa. Sharon le mostrò l'entrata principale e la sua camera da letto, con bagno annesso.

Dopo tanti anni in quella casa, Sharon aveva perfezionato il discorsetto di routine che rifilava sempre a tutti gli ospiti come giustificazione per le dimensioni delle stanze. Spinta dalla forza dell'abitudine, attaccò: «Non è grandissimo, ma è solo mio e...».

Per la prima volta, Niki lasciò cadere a terra la valigia e si guardò intorno, incantata. «È il bagno più bello che abbia mai visto». Si chinò e guardò il pavimento a piastrelle esagonali.

«Davvero?».

Niki si tirò su e annuì. «Proprio carino. Ed è tutto tuo». Passò la mano sulle superfici di granito e guardò i lampadari a forma di tulipano, che Sharon adorava non solo per la forma, ma anche per la tenue luce rosa con cui inondavano la stanza. «Immagino che ti piaccia tantissimo vivere qui».

«Sì. Tanta gente della mia età ormai cerca delle case di riposo. Immagino che quelle strutture abbiano dei vantaggi, ma io vorrei restare qui il più a lungo possibile».

«Se questa fosse casa mia, non me ne andrei mai».

Sharon sorrise. «È proprio così che mi sento».

Niki annuì e poi si girò a guardarla. «Quindi, se sto sul divano, dove metto la mia roba? In lavanderia?».

Sharon ci mise un attimo a capire cosa voleva dire. «Oh, no, non dormi sul divano. Puoi stare nella vecchia camera di Amy, al piano di sopra. Vieni, ti faccio vedere». Le fece strada, aprendo una porta che dava su una piccola scala di legno. In passato, le spiegò mentre salivano, la scala conduceva alla soffitta, ma il proprietario precedente l'aveva trasformata in una doppia camera da letto con bagno. La stanza più grande era diventata la cameretta di Amy, e quella piccola la utilizzavano come ripostiglio. *La stanza delle cianfrusaglie*, la chiamavano.

Sharon fu sollevata di constatare che la stanza era in ordine e abbastanza pulita. Il letto era fatto, non c'era nulla in giro, sul pavimento e sul cassettone. Amy doveva averla pulita prima di andarsene, l'ultima volta. «Fa' come se fossi a casa tua. Il cassettone dovrebbe essere vuoto».

Niki lasciò la valigia accanto al letto e andò alla finestra.

«Da qui si vede il cortile sul retro», disse Sharon. «Niente di eccitante».

«Lì chi ci vive?», chiese Niki, indicando la casa di fronte. Da quell'altezza si vedeva bene il cortile, e persino una delle finestre del piano superiore. Erano secoli che Sharon non saliva lassù, aveva dimenticato che la visuale fosse così buona.

«I Fleming. Una coppia con un ragazzino della tua età e un cagnolino».

«Siete amici?»

«A dire la verità non ci siamo neanche presentati. Li vedo a volte, quando passo davanti a casa loro con la macchina».

«Oh».

«Anche se ho notato una cosa strana, proprio ieri sera». Sharon si ritrovò a parlarne senza neppure rendersene conto. Non aveva previsto di tirar fuori l'argomento, proprio per niente.

«In che senso *strana*?».

Sharon scrollò le spalle. «Di sicuro non è niente di importante, ma ieri sera sono uscita in giardino per guardare l'eclissi di luna». Fece una pausa, per permettere a Niki di commentare, se voleva. Ma la ragazza non disse nulla, quindi continuò: «Ho visto una bambina piccola che lavava i piatti al lavello della cucina. Ma piccola davvero, avrà avuto cinque o sei anni. Sembrava fosse in piedi su uno sgabello, e mi è sembrato strano perché i Fleming non hanno una figlia, perlomeno per quanto ne so io». Non riusciva a decifrare l'espressione di Niki. Cosa pensava? L'aveva bollata come un'impicciona che non aveva niente di meglio da fare che spiare i vicini?

«E se anche avessero una figlia, perché mai dovrebbe lavare i piatti alle undici di sera?», chiese invece Niki, come a continuare il filo logico dei pensieri di Sharon.

«Esatto», rispose allora lei. «Mi sono detta che magari avevano degli ospiti, ma anche così c'è qualcosa che non quadra».

Niki annuiva, soppesando bene le sue parole.

«Poi ho visto la signora Fleming entrare in cucina», continuò Sharon. «È stato solo un attimo, ma si vedeva che era furiosa. Ha strattonato la piccola per il braccio e l'ha trascinata via, e poi non le ho viste più».

«Mi sa tanto che hanno preso una bambina in affidamento», disse Niki.

«Non penso», disse Sharon, prima di rendersi conto che in realtà non sapeva quasi niente di quella famiglia.

«Magari sì, invece», disse Niki. «Ci sta, con quello che ha visto. Una bimba che lava i piatti la sera tardi. Probabilmente era in punizione, e si è cacciata ancora di più nei guai per non aver fatto tutto in fretta e per bene».

«No...», rispose Sharon, scioccata. «Chi mai tratterebbe così una bambina? Non ci credo».

Niki si mise a ridere. «Ci creda. Accade di continuo».

«Ma così piccola? Cioè, sembrava proprio...».

«Certo». Niki strinse gli occhi. «Le potrei raccontare delle storie che la lascerebbero a bocca aperta».

Sharon sentì le parole di Amy riecheggiarle nella mente. *La vita di Nikita è stata un vero inferno. Ha solo bisogno di una stanza e di un po' di sostegno. Di una persona che le stia accanto, che le faccia capire che è importante.*

Cose semplici. Non chiedeva troppo.

Sharon disse: «Ho scattato delle foto con il telefono. Ti

va di dare un'occhiata? Così mi dici cosa ne pensi». Senza aspettare risposta, prese il cellulare e aprì l'immagine più nitida.

La ragazza prese il telefono, fissò la foto per un attimo e dopo guardò le altre. Alla fine tornò su quella che Sharon le aveva mostrato per prima. «Poverina».

Alzò lo sguardo. «Ha bisogno di aiuto».

«Dici?», chiese Sharon. Era sconcertante sentir esprimere ad alta voce i dubbi che lei stessa si era ritrovata a partorire. «Ci ho pensato anche io, ma non so cosa fare. Non ho assistito a nulla che possa far sospettare di un abuso. È stato solo *strano*. E non conosco la famiglia».

«È una situazione complessa», ammise Niki.

«Secondo te dovrei chiamare qualcuno?»

«Tipo i servizi sociali?»

«Tipo».

Niki fece una smorfia, poi scosse la testa. «Non ha in mano alcuna prova. E non sa nemmeno chi sia quella bambina. Potrebbe essere una cosa da niente».

«Ma non sembra una cosa da niente».

«Su questo sono d'accordo».

«Dunque? Cosa posso fare?»

«Per prima cosa cercare di conoscerli. E osservare. Se sente puzza di bruciato, probabilmente c'è qualcosa che non va. Quando avrà accumulato informazioni certe, potrà denunciarli. Se agisce troppo in fretta, gli darà la possibilità di insabbiare tutto». Sembrava che Niki parlasse per esperienza personale, e Sharon di nuovo si trovò a chiedersi cosa le fosse successo in passato.

«Ottimo consiglio». Sharon sbirciò dalla finestra, ma non si vedeva niente e nessuno che indicasse un qualche problema a casa Fleming. Però averlo detto a Niki la faceva sentire meglio. Quattro occhi vedono meglio di due.

Capitolo cinque

«Mia! Mia, dove sei?». La voce di Signora le arrivò acuta dalla porta d'ingresso, filtrando nella stanza. Mia uscì rapida come un fulmine dallo spazio angusto tra il divano e il muro, il nascondiglio in cui si era rintanata. Era riuscita a tenerlo segreto fino ad allora, e non voleva certo svelarlo adesso. Quando Signore era in viaggio, Jacob era in camera sua o a scuola e Signora era via o era indaffarata, lo spazietto dietro il divano diventava il suo rifugio personale, dove nessuno la disturbava. Certo, aveva la sua cameretta nel seminterrato, ma non le era permesso andarci se non a fine giornata: doveva essere sempre pronta e disponibile se la chiamavano. A volte, se la vedevano con le mani in mano, si ricordavano che c'era qualcosa da fare, quindi tenersi fuori dal loro campo visivo significava avere qualche momento di pace. Signora non era contenta se la vedeva sedersi su sedie e divani, e stare sempre sulle scale era stancante. Potersi nascondere dietro il divano era una soluzione comoda, l'importante era stare attenta. Certo, doveva comunque correre quando la chiamavano. Altrimenti sarebbero stati guai.

E se Signora avesse scoperto che si nascondeva lì dietro, di sicuro sarebbe stata punita.

«Sono qui, Signora». Mia uscì dal salotto e la raggiunse all'ingresso. Griswold, suo fedele compagno canino, le trotterellò dietro. Mia prese la borsa e le chiavi di Signora e si apprestò a metterle a posto: le chiavi appese al gancio in cucina, la borsa ben nascosta nell'armadio delle lenzuola, un luogo in cui secondo Signora nessun ladro avrebbe mai guardato.

Alle sue spalle, sentì Signora scalciare via i tacchi. Sapeva che il suo compito successivo sarebbe stato raccogliere le décolleté e riporle sul portascarpe nell'armadio di Signore e Signora. Prima, però, avrebbe dovuto ispezionarle. Se le suole erano sporche, ci si aspettava che Mia le pulisse senza indugi; se la pelle era rigata o rovinata, ci si aspettava che Mia la lucidasse. Signora era molto esigente riguardo a come dovevano essere trattate le sue cose.

«Che giornata che ho avuto, Mia!». A giudicare dalla voce, Signora sembrava esausta. «Ho dovuto aspettare un'ora dal dottore, e quando finalmente è arrivato il mio turno non mi ha nemmeno lasciata parlare. Poi sono dovuta andare a visionare i campioni di stoffa dal tappezziere, puoi immaginare che incubo è stato. Un traffico allucinante, per poco non mancavo l'appuntamento per la manicure. E infine la mia amica è arrivata in ritardo per cena al ristorante. Sono a pezzi. Mai più così tanti appuntamenti in un solo giorno, credimi. Sei proprio fortunata a poter stare a casa tutto il tempo».

«Sì, Signora», le rispose Mia dalla cucina. In punta di piedi, Mia stava appendendo le chiavi sul gancio. Ricordava quanto si era sentita orgogliosa quando si era resa conto che riusciva ad arrivarci senza utilizzare lo sgabello. Era così che aveva capito di essere cambiata da quando era arrivata a casa dei Fleming, tre Natali prima. Avrebbe potuto guardarsi allo specchio, certo, ma non si piaceva. Signora le tagliava i capelli corti. *Tipo Dora l'Esploratrice*, così diceva Jacob. Lei avrebbe desiderato tantissimo avere i capelli lunghi, ma non appena le crescevano un pochino, Signora sfoderava le forbici e glieli tagliava.

Non li aveva sempre portati corti in quel modo. Una volta Signora aveva perso la pazienza mentre glieli pettinava, appena lavati, e aveva deciso che i capelli lunghi erano un problema. Da allora si era presa personalmente l'impegno di tagliarglieli a intervalli regolari. Se solo avesse avuto delle foto, Mia avrebbe potuto vedere com'erano prima e quanto era cambiata, ma Signora su quel punto era stata chiarissima: non le era permesso avere foto. Una volta Jacob gliene aveva fatta una con il suo telefono, ci aveva pure aggiunto delle orecchie e un nasino da coniglio. La facevano sembrare così carina e divertente.

Però le aveva detto di non dirlo mai a sua madre: «Altrimenti te ne pentirai».

A volte Jacob diceva che l'avrebbe picchiata, o che l'avrebbe fatta finire a terra in cortile, dritta sul muso. Non l'aveva mai fatto davvero, ma a volte, quando Signora si arrabbiava con lui, Mia lo vedeva ribollire di rabbia sotto quella facciata di calma apparente. Con lei, era quasi sempre gentile. Le permetteva di mangiare gli snack quando sua madre non c'era, perché lei raccoglieva la cacca del cane in giardino, compito che spettava a lui. Mia lo faceva senza problemi. In genere Griswold la accompagnava e le faceva strada, tutto fiero di mostrarle cosa doveva raccogliere. Che sciocco cagnetto.

Mia andò a mettere la borsa di Signora nell'armadio delle lenzuola, nascondendola bene dietro una pila di asciugamani, che poi rassettò perché non si sgualcissero. Poi andò a prendere le scarpe di Signora. Con grande sollievo, vide che le suole erano pulite e che non c'era bisogno di lucidarle. Era uno dei vantaggi dell'inverno: camminando nella neve, le suole non si sporcavano né si riempivano di fango.

«Mia, vieni qui immediatamente!», gridò Signora dalla cucina.

Mia percorse in fretta il corridoio, una scarpa in ciascuna mano. «Sì, Signora». Griswold le trotterellava dietro, come al solito. Jacob diceva sempre che quel cane era la sua ombra.

«Hai finito con il bucato? L'hai piegato e messo a posto?»

«Sì, Signora».

«Hai pulito il bagno al piano di sopra? Hai lavato il pavimento della cucina?»

«Sì, Signora».

«Hai riempito i flaconi di sapone e svuotato i cestini?»

«Sì, Signora». Mia era fiera di aver fatto tutto, e a tempo di record per di più. Non che a Signora importasse.

«Dov'è Jacob?». Signora guardò alle spalle di Mia, come se suo figlio potesse spuntare da dietro l'angolo da un momento all'altro. Improbabile, soprattutto se Jacob sapeva che la madre era a casa. Una volta, Mia l'aveva sentito parlare al telefono con un amico. Aveva detto che sperava che i suoi divorziassero, così lui sarebbe potuto andare a vivere col padre.

Mia indicò il piano di sopra, a significare che Jacob era in camera sua.

Il ragazzo andava alle superiori, all'ultimo anno. Quando era in camera sua, i genitori pensavano sempre che stesse studiando. Mia sapeva bene che non era così.

«Ha preparato la cena per voi due?».

Mia annuì. «Sì, Signora». Con grande felicità di Mia, quella sera per cena c'erano state crocchette di pollo, patatine fritte e purea di mele. Un vero banchetto. E non solo Jacob glielo aveva servito, ma le aveva anche permesso di sedersi al tavolo in sala da pranzo insieme a lui e di usare tutto il ketchup che voleva. Era stato incollato al telefono tutto il tempo, quindi non si era nemmeno accorto che lei aveva dato alcuni dei pezzi di pollo migliori a Griswold.

Se solo la cena potesse essere sempre così.

«Molto bene. Puoi ritirarti prima, allora. Metti a posto le mie scarpe e vai pure giù».

«Sì, Signora». Mia si diresse su per le scale, cercando di nascondere la gioia che provava. Sistemò con cura le scarpe di Signora nella cabina armadio. Tornata al pianterreno, superò la porta della cucina mentre Signora si versava un bicchiere di vino.

«Buonanotte, Mia».

«Buonanotte, Signora».

«Ricorda che domani puoi venire su per colazione, ma poi dovrai tornare in camera tua. Non voglio sentire il minimo rumore». Signora rimise il tappo alla bottiglia e aprì la porta del frigorifero. «Vengono a installare le nuove tende a rullo in cucina e ti voglio muta come un pesce. Mi hai capita?».

Mia annuì. Le tende della cucina non venivano scostate mai. Il sole non entrava dalle finestre e Mia non poteva guardare in cortile. Quando le tende si erano rotte – la parte di sopra era uscita dal supporto – Signora se l'era presa con lei, ma non era stata colpa sua. Signore l'aveva difesa. «La bambina non c'arriva nemmeno. Impossibile sia stata lei». Le aveva fatto l'occhiolino, cosa che le era sembrata strana. Come se avesse voluto dirle che l'avevano fatta franca, anche se lei non sapeva proprio in che senso. Non aveva idea di cosa fosse successo alle tende. Il giorno prima erano al loro posto, quello dopo erano ben piegate sul bancone. Colpa di Jacob, probabilmente.

Signora la guardò oltre il bordo del bicchiere. «Il cane resta qui. Vengo tra un attimo a darti la buonanotte».

«Sì, Signora». Mia tese la mano, per indicare a Griswold di non muoversi, e poi scese le scale, felice della piega che aveva preso la situazione. Avrebbe avuto il resto della serata per sé, e anche la mattinata successiva. Arrivata ai piedi delle scale, attraversò il seminterrato, diretta all'angolino in fondo che Jacob chiamava il suo *scomparto segreto*. «È super figo», le aveva detto. «Nessun altro ha una cameretta segreta».

Era proprio fortunata, in quel senso.

Le mura del seminterrato erano state ricoperte con pannelli di legno chiaro. Il pavimento sembrava di legno vero, ma in realtà era di piastrelle di plastica.

Quando era venuta a vivere con i Fleming, all'inizio Signora le aveva dato la cameretta in più al piano di sopra. Però poi Signora si era resa conto che c'era bisogno di un posto sicuro in cui farla stare quando venivano gli ospiti. Dopo un paio di mesi, le era venuta un'idea intelligente. Aveva fatto venire un tizio che aveva costruito un muro in fondo al seminterrato. Dietro a quel muro aveva ricavato una camera. La cameretta di Mia. La porta era nascosta da una libreria che si spostava su dei binari. I libri sui ripiani erano attaccati con la colla, di modo che non si muovessero quando la libreria scorreva sul carrello, e c'era un piccolo chiavistello su un lato, all'altezza del ripiano di mezzo, per chiudere la porta dall'esterno. Quando la porta-libreria era chiusa, sembrava proprio che il seminterrato finisse lì. Nessuno avrebbe mai detto che là dietro ci fosse la cameretta di Mia.

C'era anche un bagno. La stanza di Mia e il bagno formavano una L alla fine dello scantinato. Lei era l'unica a utilizzarlo, quindi era come se fosse suo. Una toilette personale.

Mia aveva sentito Signora parlare con quell'uomo – gli aveva detto che costruiva la stanza perché aveva bisogno di un posto in cui riporre una cosa di valore. *Una cosa di valore*. Pensava e ripensava a quella frase. Era felice che Signora pensasse a lei in quei termini. Ma quando l'aveva raccontato a Jacob, lui le aveva fatto subito vedere la cosa in modo diverso: «Non parlava mica di te», le aveva spiegato. «Era solo per dire qualcosa al tipo».

Jacob sapeva le cose perché era quasi un adulto, mentre Mia era ancora piccolina. Poco tempo prima aveva chiesto a Jacob perché lei non aveva il compleanno come tutti gli altri, e lui le aveva spiegato che era perché non conoscevano la sua data di nascita. «Pensiamo tu abbia sei o sette anni», le aveva detto. «Se lo sapessi per certo te lo direi».

Dopo che quell'uomo se n'era andato, lei si era ritrovata con la sua nuova cameretta. Signora non perdeva mai occasione di ricordarle che era stato un lavoraccio costruirla. Era costata un sacco di soldi, e l'avevano fatta solo per lei. Aveva un cassettone e un lettino pieghevole e una vecchia TV che Signore le aveva dato quando ne avevano presa una nuova per la camera da letto di Signora. Aveva solo un paio di canali, e si vedevano malissimo, ma era meglio di niente. Mia faceva sempre attenzione a tenerla a basso volume, così che Signora non avesse alcun pretesto per portargliela via. La TV era il suo unico collegamento col mondo esterno, e Mia aveva imparato tanto guardando il telegiornale e PBS. Aveva imparato a leggere con *Sesame Street*: un segreto che non aveva mai confidato a nessuno. Una volta che aveva compreso il suono delle lettere, era stato facile leggere le parole nei libri che le dava Jacob, quelli semplici, di quando lui era più piccolo. Mia non sapeva se Signora le avrebbe permesso di tenerli, quindi li nascondeva in uno dei cassetti del comò.

Andò in bagno, si lavò la faccia e i denti, cercando di sbrigarsi per farsi trovare pronta non appena Signora fosse venuta a darle la buonanotte. Quando sentì i suoi passi sulle scale, aveva già fatto scorrere la porta il più possibile, si era messa la camicia da notte e si era infilata a letto, tirandosi il lenzuolo su fino al mento.

«Pronta, Mia?», le aveva chiesto Signora, dall'altro lato della porta.

«Sì, Signora».

«Bene». Signora spinse ancora un po' la libreria finché la porta non si fu chiusa del tutto. La stanza si ritrovò immersa nel buio. Un attimo dopo, il lucchetto scattò, dandole la buonanotte.

Capitolo sei

Quando Niki scese al piano di sotto la mattina seguente, Sharon era già seduta al tavolo della cucina, con una tazza di caffè in mano e il giornale aperto di fronte a sé. Aveva appena finito di mangiare una fetta di pane tostato all'uvetta. La salutò con un cenno della testa. «Buongiorno».

«'Giorno». Niki indossava un paio di pantaloni scuri e una camicetta a righe e ai piedi portava un paio di ballerine nere. Non esattamente *business professional*, ma di certo più sobria rispetto al giorno prima. Era sorprendentemente minuta quando non si infagottava nei suoi felponi. Molte donne avrebbero fatto follie per avere quella figura esile e quella vita sottile. Sharon notò un'altra differenza rispetto al giorno precedente. La ragazza si era tirata su i capelli, acconciandoli in uno chignon che metteva in evidenza gli zigomi alti, la pelle perfetta e i grandi occhi marroni. Nell'insieme, la combinazione era sbalorditiva.

«Stai benissimo», le disse Sharon.

Niki si tirò la camicetta sul davanti, in imbarazzo. «Pensavo di cercare lavoro, oggi. Ho bisogno di iniziare a darmi da fare il prima possibile».

«Mi sembra un'ottima idea», le rispose Sharon. «Se vuoi una fetta di pane tostato all'uvetta prendi pure», aggiunse, indicando il tostapane sul bancone.

«Sì, grazie».

Si stavano tenendo a debita distanza, facendo attenzione a non offendersi. La sera prima, dopo che Niki si era ritirata nella sua stanza, Amy aveva telefonato per sapere come stessero andando le cose. Aveva ascoltato con attenzione il resoconto di sua madre prima di darle una serie di istruzioni. *Non stare a fare troppe cerimonie. Dille chiaro e tondo cosa ti aspetti da lei. Falla sentire la benvenuta, ma senza essere opprimente. Non fare troppe domande. Se si convince che non la vuoi lì, c'è il rischio che se ne vada.* Sharon si era sentita confusa, sommersa da tutte quelle informazioni. Buono a sapersi, eh, per carità. In un certo senso, però, era anche una cosa offensiva: Amy le aveva rifilato una sfilza di raccomandazioni su questioni di buon senso a cui sarebbe arrivata anche da sola. Ma magari un riassuntino non era poi una brutta idea.

«C'è del caffè nella macchinetta. E succo d'arancia in frigo. Le tazze e i bicchieri sono nell'armadietto in alto a sinistra del frigo».

Niki annuì, poi infilò due fette di pane nel tostapane. Nell'attesa, si versò un bicchiere di succo. Poi si sedette a tavola. Sharon ritenne di aver lasciato passare abbastanza tempo e di poter parlare di nuovo. «Quindi oggi inizi a cercare lavoro?», le chiese.

«Il piano è questo. Ho già chiamato il vecchio capo e gli ho detto che me ne vado, perché ho cambiato casa e non so come arrivare fin lì».

«Si è arrabbiato?». Sharon era curiosa. Non aveva mai mollato un lavoro di punto in bianco in vita sua. A volte aveva avuto la tentazione, questo sì, ma alla fine aveva sempre dato le due settimane di preavviso e stretto i denti fino alla fine.

«Si arrabbierà di sicuro». Sorrise, scoprendo dei denti bianchissimi. «Ho lasciato un messaggio in segreteria».

Ah, un messaggio. Molto più semplice, così. «Mi sarebbe tanto piaciuto avere quell'opzione quando avevo la tua età. Tante cose sono più semplici, ora».

«Sì».

Sharon fece un respiro profondo ed entrò nella sua modalità *donna d'affari*. Se Niki fosse rimasta a vivere lì, doveva dirle cosa si aspettava da lei. «Mi sono resa conto che ieri non abbiamo avuto occasione di parlare». Niki si rabbuiò. Forse si aspettava una ramanzina. Ma non era assolutamente quello che Sharon aveva in mente. «Direi che dovremmo scambiarci i numeri di telefono, e ho una chiave di casa per te, così puoi andare e venire quando vuoi».

Niki sembrava sollevata. «Dato che stiamo parlando, quanto tempo ho, e quali sono le regole?». Bevve un sorso di succo, senza staccare gli occhi da Sharon.

«In che senso quanto tempo hai?»

«Quanto posso restare».

Sharon si bloccò, presa in contropiede. Da quella prima telefonata con Amy, aveva avuto modo di cambiare idea sull'intera situazione. Quando aveva incontrato Niki al centro commerciale, l'aveva giudicata come una ragazzina inquietante, una dura che non accettava nulla da nessuno, e sì, in effetti c'era davvero qualcosa in lei che dava quell'impressione. Dopotutto, era stata Niki a decidere di andarsene dall'ultima casa in cui aveva vissuto, nonostante le proteste della donna. Di sicuro era successo qualcosa, e Sharon era pronta a scommettere che in qualche modo c'entrasse l'uomo che le aveva guardate andare via dalla finestra. Non avevano passato molto tempo insieme, vero, eppure adesso ammetteva che Amy aveva ragione. La ragazza aveva passato un periodo difficile, e aveva diritto a un nuovo inizio. «Puoi restare quanto vuoi, fintantoché ci troviamo bene l'una con l'altra», le disse.

«Quanto voglio», ripeté Niki, come se non ci credesse davvero. «E quali sono le regole?»

«In questo momento non me ne viene in mente nessuna», rispose Sharon, quasi scusandosi. «Solo... comportati come una brava ospite. Non lasciare gli asciugamani bagnati sul pavimento, non lasciare disordine... insomma, usa il buonsenso».

«E a che ora ho il coprifuoco?», chiese Niki, con il tono concreto di una che è passata per la stessa tiritera già parecchie volte.

«Be', sei un'adulta, quindi puoi organizzarti come preferisci, basta che non mi disturbi mentre dormo. Se hai intenzione di restare fuori fino a tardi, avvertimi prima. Se sento qualcuno rientrare alle tre del mattino, vorrei essere sicura che sia tu e non qualche malintenzionato». Lo stesso accordo che aveva stretto con Amy quando si era fatta adulta. Più per necessità che per altro. Amy era sempre stata una brava ragazza, e Sharon si era resa conto che non aveva l'energia di stare in piedi ad aspettarla solo per controllarla. E, in tutta onestà, in alcuni casi era inevitabile fare tardi la sera. Quando Amy era al college e viveva ancora a casa, spesso finiva di lavorare alle undici di sera. Se poi usciva con i colleghi, andavano a mangiare qualcosa e si mettevano a chiacchierare, le poteva capitare di tornare a casa alle due o alle tre. Non era poi così tardi. «Ti va bene?»

«Certo».

Rimasero lì sedute ancora qualche minuto, Niki a mangiare, e Sharon tutta presa dal suo sudoku, con la matita in mano. Niki finì la colazione, prese il piatto di Sharon e il suo, li sciacquò nel lavello della cucina e li mise nella lavastoviglie. «Dunque», disse poi, quasi con nonchalance, «quanto le devo per l'affitto?».

Invece di rispondere alla domanda, Sharon disse: «Amy mi dice che stai risparmiando per comprare un'auto e trovare casa».

«Il piano è quello. Ma ci sto mettendo un secolo. Quando sono diventata troppo grande per l'adozione sono andata a vivere in un appartamento con altra gente, ma non ho dovuto dare nessun anticipo. Mi sono trasferita e via. Bastava pagare di mese in mese, non costava tanto». Tornò al tavolo e si sedette di fronte a Sharon. «Se prendo in affitto un appartamento, mi servono molti più soldi. Mi va bene avere una coinquilina e spostarmi in autobus, ma anche così ho bisogno del primo mese di affitto, o metà del primo mese se divido la casa con qualcuno, ma poi c'è la caparra e i mobili e tutte le cose per la cucina da comprare…», indicò gli armadietti alle sue spalle.

«Non è semplice», disse Sharon con gentilezza. Ripensò ai tempi in cui era giovane lei e non aveva nulla. Com'era finita ad avere un posto suo e solo suo? Ripensandoci, si rese conto che i genitori le avevano venduto la vecchia auto di famiglia per un nonnulla. Gliel'avevano praticamente regalata. Mobili smessi e vecchi utensili di parenti vari avevano contribuito alla causa, il resto l'aveva comprato da Goodwill o in sconto al Kmart. Negli anni seguenti, aveva messo insieme le altre cose che le servivano e, col tempo, anche cose che non le servivano. Acquisti impulsivi. Ricordò con rammarico l'impastatrice per il pane che aveva acceso solo un paio di volte e il frullatore che si era ripromessa di utilizzare ogni giorno. Non aveva provato il minimo rimorso a sbarazzarsi dell'impastatrice, ma per qualche motivo dire addio al frullatore era stato più difficile. Anzi, non era proprio riuscita ad abbandonarlo (*ma è solo questione di tempo*, continuava a ripetersi). Guardando al passato, si rese conto che aveva dedicato la prima parte della vita a contornarsi di cose, e che ora stava passando la seconda a sbarazzarsene.

«Ha ragione. Non è per niente semplice», convenne Niki, annuendo.

«Facciamo così», decise Sharon. «Non preoccuparti dell'affitto, per il momento. Puoi stare qui gratis. Considerati un'ospite. Se le cose cambiano, te lo farò sapere».

«Aspetti». Niki sembrava confusa. «Ma devo pagare qualcosa. Non posso mica vivere qui e non pagare».

«Puoi, se lo decido io. Questa è casa mia, e faccio quello che mi pare», disse Sharon. «Se ti impegni per raggiungere il tuo obiettivo, mi sta bene che non paghi l'affitto. Se inizi a spendere soldi per roba stupida, tipo scommesse o droghe, cambierò idea».

Niki aggrottò le sopracciglia. «Io non mi drogo. È questo che pensa di me?».

Sharon si sporse in avanti, un palmo sul tavolo. Fuori dalla finestra, alle spalle di Niki, vide un uccellino marrone posarsi sull'abbeveratoio fissato al vetro. «No, Niki, non penso che ti droghi, ma la verità è che io non conosco te e tu non conosci me, quindi preferisco parlare chiaro. Non voglio vivere con una persona che fa uso di droghe o che beve troppo. Le cose stanno così. E poi, chi ti dice che *io* non sono una tossicodipendente? L'unica cosa che sappiamo per certo è che Amy garantisce per me e per te. E quindi siamo entrambe a posto».

Niki si guardò intorno. «Lei non è una tossicodipendente. Non è proprio possibile».

«Sembri molto convinta di quello che dici».

«Ah, lo capirei, si fidi». Sembrava più che sicura, a giudicare dalla voce. «Non ha lo sguardo annebbiato e si vede che è in salute. Casa sua è pulita, e a quest'ora è già in piedi e pronta ad affrontare la giornata».

«Cerco di non lasciarmi andare». Sharon si sentì vagamente fiera di sé. «Ma per quanto ne sai, potrebbe essere tutta una facciata. Magari ho una vita segreta di cui non sai nulla».

«No». Niki scosse la testa con decisione, facendo oscillare gli orecchini argentati. «Lei non è una tossicodipendente. Sicuro. Ne ho visti un sacco, la scoprirei in un attimo».

Capitolo sette

Il centro commerciale era a più di tre chilometri da casa. Quando Niki annunciò che sarebbe andata a piedi, Sharon le rispose: «Non dire sciocchezze, fa troppo freddo oggi. Ti accompagno io».

Niki era a disagio, come se volesse soppesare le opzioni. «È sicura? Non è che le creo un problema?», le chiese alla fine.

«Certo che sono sicura, come sono sicura che dovresti iniziare a darmi del tu. E comunque no, non è affatto un problema, non ho nulla di meglio da fare». Pronunciare quelle parole ad alta voce sorprese innanzitutto sé stessa. *Davvero* non aveva nulla di meglio da fare? Da un lato, trovava sempre un modo per riempire le sue giornate. le piaceva stare all'aria aperta, che fosse a lavorare nell'orticello o a spalare la neve, a seconda della stagione. Non si annoiava mai. Spesso andava in libreria o al supermercato e il suo calendario era fitto di appuntamenti: parrucchiere, dentista, check-up medici di routine, pranzi con gli amici, la messa la domenica. Odiava lo sporco e il disordine, quindi tenere la casa pulita e fare il bucato erano le sue priorità. Tra una cosa e l'altra aveva un sacco di piccole incombenze di cui occuparsi, il che voleva dire che non stava ferma un attimo: bisognava smuovere i croccantini nella ciotola del gatto, perché sembrasse sempre piena, pulire i ripiani, spolverare gli uccellini di cristallo, quei preziosi ninnoli appartenuti a sua madre, e via dicendo. Era determinata a non sedersi neppure un attimo prima di cena. Solo quando la giornata volgeva al termine si concedeva di guardare il telegiornale o leggere un libro. Un premio per essere stata produttiva. Ma, se ci pensava davvero, nessuna delle cose che faceva era di importanza critica. Erano tutte occupazioni trascurabili, di fronte al compito di aiutare una ragazza a trovare il proprio posto nel mondo.

«Hai la patente?», le chiese quando salirono in macchina.

Niki si mise subito la cintura. «Sì. Amy mi ha dato lezioni di guida e mi ha portata all'esame. L'ho passato al primo colpo», disse, rivolgendo a Sharon un gran sorriso. «Da allora non ho guidato molto, perché non ho la macchina, ma è una cosa buona avere la patente, la posso usare come documento di identità».

«Prima o poi avrai anche la macchina», le rispose Sharon. «Ci vuole tempo, come per tutte le cose».

Mentre attraversavano il quartiere, mostrò a Niki le attrazioni principali della zona: la libreria, l'ufficio postale, la pompa della benzina.

Dopo un paio di isolati, a una curva, Niki indicò un edificio. «Qui è dove Amy ha fatto le superiori!».

«Esatto».

Niki picchiettò sul vetro. «Amy odiava le superiori. Saltava sempre le ore in sala studio e d'estate andava ai corsi di preparazione per finire il liceo un anno prima».

«Pare che tu sappia un sacco di cose su mia figlia».

«Abbiamo passato tanto tempo insieme», rispose Niki. «Mi ha parlato parecchio anche di te», aggiunse poi, dopo una lunga pausa.

«Oh». Sharon aggrottò le sopracciglia. Amy non aveva mai parlato molto di Nikita – per tutelare la sua privacy, diceva. Ma la stessa attenzione non si estendeva anche alla madre, a quanto pareva. «Solo cose buone, spero».

«Solo cose buone», la rassicurò Niki. «Non una sola cosa cattiva».

Arrivate a destinazione, Sharon rallentò e diede un'occhiata ai negozi. Il centro commerciale si sviluppava nel senso della lunghezza: c'erano un paio di boutique di classe, una gioielleria, un fioraio, un negozio bio, un negozio di oggettistica e regali e una scuola di karate. A un'estremità si vedeva un Walgreens. «Potresti iniziare da lì», suggerì. «Ogni volta che ci vado c'è un cassiere nuovo». Parcheggiò.

Niki scosse la testa. «Nah, non voglio una grande azienda impersonale. E poi, mi direbbero di sicuro di mandare il curriculum online».

«Non è così che funziona più o meno ovunque, al giorno d'oggi? Ormai è tutto online, o sbaglio?»

«Sì, perlopiù funziona così, ma ho capito che nei posti più piccoli preferiscono vederti prima di persona, quindi in genere entro e mi presento. Così poi quando mando il curriculum sanno chi sono». Si slacciò la cintura e si girò verso Sharon. «Sei sicura che mi vuoi aspettare?»

«Certo. Mi sono portata un libro, prenditi pure tutto il tempo che ti serve». Accompagnò Niki con lo sguardo mentre scendeva dalla macchina e si dirigeva con sicurezza verso il negozio di fiori.

Sharon cercava di sostenere l'economia locale, quindi in pratica non c'era negozio in zona in cui non avesse messo piede almeno una volta, ma si era fatta l'idea che quel centro commerciale si rivolgesse a una clientela molto ricca, che poteva contare su una disponibilità economica che lei si sognava. Anzi, a dirla tutta, non aveva idea di come avesse fatto quel posto a evitare la bancarotta, con i prezzi che chiedeva. Tutte le volte che ne aveva parlato con Amy, sua figlia le aveva risposto: «Ci sono un sacco di modi: riciclaggio, traffico di armi, schiavitù». La lista era infinita: la corruzione sapeva esprimersi in modi creativi. Un'altra persona avrebbe potuto pensare che Amy scherzasse, ma Sharon la conosceva bene. Sua figlia aveva una visione disincantata della vita (anche se di certo lei l'avrebbe negato, sostenendo che al contrario fosse sua madre che vedeva il mondo dietro dei grossi occhialoni rosa). Sharon, aveva detto una volta Amy, guardava al lato brutto delle persone con adorabile ingenuità. Di certo non era pensato come un complimento, ma se non altro aveva detto che era adorabile.

Sharon tirò il libro fuori dalla borsa, ma non lo aprì, continuando invece a guardare la porta del negozio di fiori. Quando Niki ne uscì, sul suo volto era scesa un'espressione triste. Però non sembrava scoraggiata. Virò con decisione verso il negozio di oggettistica. Non aveva il cappotto: Sharon l'aveva notato quando erano a casa, ma non aveva fatto commenti al riguardo. Per quanto ne sapeva, l'unico indumento adatto ad affrontare il mondo esterno che quella ragazza possedesse era una felpa col cappuccio. Sharon aveva deciso che non sarebbe stata una buona idea affrontare il discorso. Non quel giorno, perlomeno. Si stavano ancora abituando l'una all'altra.

Certo, prima o poi avrebbero dovuto risolvere la questione. Niki non poteva mica continuare a girare senza cappotto a gennaio. Non era solo assurdo: era pericoloso.

Niki non rimase molto da Nancy's Fancy Gifts. Non che fosse una grande sorpresa. Sharon era abbastanza sicura che quello non fosse il posto giusto per lei, pieno com'era di oggettini da collezione, specchi con cornici intarsiate e quadri artistici. Le cose che costavano di meno lì dentro erano dei bigliettini d'auguri, e anche quelli non scendevano sotto i dieci dollari. Sharon lo sapeva perché era andata a dare un'occhiata al negozio non appena aveva aperto. Si era sentita subito a disagio, e la cassiera l'aveva capito immediatamente, standole addosso come a un bambino che rischia di rompere qualcosa. No, non andava bene per Niki.

Uscita dal negozio, la ragazza entrò subito in quello successivo, senza perdere la fiducia. Di sicuro non era una che si scoraggiava facilmente.

Il sole che entrava dal parabrezza scaldava Sharon quel tanto che bastava per non dover accendere l'aria condizionata. Guardò Niki passare da un esercizio commerciale all'altro, fino ad arrivare al negozio bio. Dopo un quarto d'ora, ancora non ne era uscita, quindi Sharon prese il libro e iniziò a leggere.

Si era fatta così prendere dalla storia che sobbalzò quando Niki aprì la portiera dell'auto e si sedette. «Scusa se ci ho messo così tanto», disse tutto d'un fiato, chiudendo la porta. «Ma indovina?». Si sentiva dalla voce che era eccitata.

Sharon la guardò negli occhi, e si rese conto che erano pieni di gioia. «Cosa?»

«Ho trovato lavoro!». Le fece vedere la polo azzurrina con su ricamate le parole *Magnificent Nutrition* sulla destra. «Al locale bio. Il tipo ha detto che posso iniziare domani. Un nuovo impiegato li ha appena mollati, quindi avevano bisogno di qualcuno subito».

«Congratulazioni!», disse Sharon, offrendole il pugno, che Niki sfiorò col proprio. Grazie al cielo Amy le aveva insegnato questa cosa del *fist bump*. Sharon era rimasta ai tempi del *batti cinque*, che, come sua figlia le aveva fatto notare, era tecnicamente corretto ma non più così utilizzato, se non negli sport. «Raccontami tutto».

Niki le raccontò i dettagli mentre tornavano casa. Non si trattava di un franchising né di una catena di negozi, ed era aperto da tre anni. «I proprietari sono marito e moglie. Ho parlato col marito, un signore tranquillo, si chiama Max. Domani incontro la moglie. Hanno solo due impiegati part-time, e uno che lavora 35 ore alla settimana, che poi sarei io. Sarò responsabile del bar dei succhi. Hanno un piccolo café sul retro, che è carinissimo, e servono solo succhi di frutta. Ha detto che guadagnerò anche qualcosa in più con le mance – non è tanto, ma è comunque un extra rispetto allo stipendio».

«Le mance sono una gran cosa», disse Sharon.

«Ah, certo», concordò Niki con un gran sorriso. Si slegò i capelli, che le ricaddero sulle spalle. «Non riesco a credere di aver già trovato lavoro. Ero abbastanza preoccupata, non volevo che mi prendessi per una scansafatiche».

«Non l'avrei mai pensato». Sharon trovava commovente

che Niki avesse dato così tanto peso alla sua opinione. Si ritrovò di nuovo a pensare quanto si fosse sbagliata sulla ragazza. Arrivate nel vialetto, le chiese: «Quindi a che ora cominci domani?»

«Aprono alle nove, ma mi ha detto di arrivare mezz'ora prima, così inizia a spiegarmi come funziona».

Sharon si fermò, in attesa che la porta del garage si aprisse. «Alle otto e mezza, dunque. Ti posso accompagnare».

«Oh, no, non è necessario».

«Lo so che non è *necessario*», disse Sharon, «ma mi va di accompagnarti. Mi fa sentire d'aiuto, quindi nel caso sei tu che mi fai un favore. E poi, ho delle commissioni da sbrigare da quelle parti, quindi non mi costa nulla».

«Lo apprezzo molto». Poi la ragazza si fece piccola piccola. «Tu e Amy siete la cosa migliore che mi sia mai capitata».

Sharon sentì l'emozione nella sua voce e ne rimase toccata. Si rese conto con un'ombra di tristezza che il fatto che dei gesti di una tale, semplice gentilezza fossero la cosa migliore mai capitata a una ragazza diceva parecchio sulla vita che aveva condotto fino ad allora. Allo stesso tempo, però, si sentiva fortunata ad avere la possibilità di ricoprire un ruolo così centrale nella vita di una persona. Occasioni del genere non capitano così spesso, giusto? O forse, era stata lei a non averle mai cercate.

Capitolo otto

La mattina seguente, Signora aprì il lucchetto dalla porta di Mia di buon'ora, ricordandole di darsi una mossa. Batté le mani tre volte, parlando con voce squillante. «Non c'è tempo da perdere. Il tipo arriverà presto a installare le tende». Mia sapeva bene cosa volesse dire: doveva sbrigare le faccende della mattina in gran fretta e mangiare velocemente, per poi tornare in camera sua fino a nuovo ordine.

In gran fretta era un'espressione che Signora usava di frequente. Un'altra tra le sue preferite era *fino a nuovo ordine*. Una volta Jacob aveva scimmiottato quella frase proprio in faccia a Signora, e lei l'aveva schiaffeggiato così forte che le orecchie gli si erano fatte viola. Lo schiaffo aveva colto di sorpresa sia Jacob che Mia. Le botte erano in genere riservate a Mia; Jacob al massimo veniva sgridato, in casi estremi gli veniva impedito di uscire. Era capitato un paio di volte che sua madre gli sequestrasse il telefono, ma quella punizione era riservata alle offese più gravi. Senza cellulare, Jacob era sconsolato, e riversava la sua tristezza su Mia.

Quel giorno, lo schiaffo era arrivato senza preavviso. Più tardi, il ragazzo aveva dato la colpa a Mia: «Se tu avessi finito le faccende in tempo, non sarebbe stata così di cattivo umore».

Jacob aveva ragione, cosa che aveva fatto stare terribilmente male Mia. Era *essenziale* fare le cose nei tempi stabiliti da Signora. Il suo umore dettava la felicità dell'intera casa. Persino Griswold sembrava subirne gli effetti.

Quella mattina, Mia si vestì in tutta fretta, si lavò la faccia, i denti, e salì al piano di sopra. Trovò a attenderla Griswold, che le strusciò il musetto sulla gamba. La sua prima responsabilità del giorno era riempire la ciotola del cane e dargli acqua fresca. Poi doveva svuotare la lavastoviglie, se era piena, o caricarla se c'erano piatti nel lavello. Quella mattina evitò di avvicinarsi alla finestra, perché dopo il pasticcio che aveva combinato due sere prima aveva imparato la lezione. Dopo averla già mandata giù per la notte, Signora l'aveva fatta alzare per farle lavare le padelle più grandi nel lavello. Mia aveva lavorato duro per pulirle, ma si era comunque cacciata nei guai. Era stata colpa sua, davvero, perché non si era resa conto che, senza tende, da fuori potevano vederla. Signora aveva lanciato un urlo quando aveva visto Mia al lavello con le mani nell'acqua insaponata, tutta presa a sfregare la zuppiera. Aveva tirato fuori un grido così spaventoso che Mia si era fatta un po' di pipì addosso. «Allontanati da quella finestra, stupida! Cosa credi di fare?». Signora l'aveva tirata via, facendola scendere dallo sgabello e strattonandola così forte da farle sbattere i denti, e poi l'aveva mandata a letto con una voce furiosa. Più tardi, Signora si era scusata: «Mi dispiace per com'è andata, Mia. Se non combinassi un casino dopo l'altro, non dovrei essere così severa con te».

Mia aveva annuito, senza guardarla negli occhi. La signora aveva continuato: «Cerca di usare il cervello, una buona volta. Sto cercando di insegnarti il modo giusto di fare le cose, ma non può funzionare se non mi ascolti».

A quel punto era sceso un silenzio così lungo che Mia si era sentita obbligata a fornire una qualche risposta: «Mi dispiace».

Signora aveva annuito. «Brava la mia ragazza».

Quelle parole le avevano riscaldato il cuore. Mia non faceva parte della famiglia, ma apparteneva a quelle persone. *Brava la mia ragazza.*

Dopo aver riempito la ciotola del cane e aver svuotato la

lavastoviglie, si versò una ciotola di latte e cereali, facendo bene attenzione a non rovesciare nulla. Lei mangiava al bancone, mentre il resto della famiglia sedeva al tavolo della cucina. Signore finì il caffè e poi andò a prendere telefono e chiavi, senza dire nulla. Lei lo udì armeggiare con i cappotti nell'armadio all'entrata, e poi lo vide riapparire alla porta, con la giacca che metteva per andare al lavoro, e in mano un paio di guanti. «Vado».

Signora non alzò nemmeno lo sguardo. «Ciao».

Jacob disse: «A dopo, papà».

Signore disse: «Buona giornata, figliolo. Anche a te, Mia».

A Mia piaceva quando la faceva sentire *inclusa*. Finì i cereali col sorriso sulle labbra.

Dopo aver rassettato la cucina e aver ricevuto il permesso di tornare in camera, Mia scese di sotto, accompagnata da Griswold. In genere non le era permesso portarselo in stanza, ma quella mattina Signora aveva fatto un'eccezione. «Sennò dà noia durante i lavori», aveva detto.

Mia chiuse la libreria da dentro, poi si sedette sul lettino pieghevole e batté la mano accanto a sé, sulla coperta. Griswold saltò su e si accoccolò accanto a lei. Era caldo e soffice. Lei lo accarezzò e gli fece i grattini dietro le orecchie. «Sei o non sei il cagnetto più dolce del mondo?», gli sussurrò. Griswold sbuffò piano e batté la coda sul letto.

Mia era la preferita di Griswold. Jacob diceva che il cagnolino le voleva bene perché era lei a riempirgli la ciotola ogni mattina, ma Mia aveva una teoria diversa. Avevano una cosa in comune, loro due: la gente li notava solo quando facevano qualcosa di sbagliato.

Quel giorno sarebbe stato uno dei migliori di sempre, secondo solo a quella volta in cui Signore aveva insistito perché Mia andasse con loro alla fiera, due estati prima. Signora aveva protestato, ma lui non si era lasciato smuovere. «Potrà divertirsi anche lei, una volta, no, Suzette? Se incontriamo qualcuno che conosciamo, diciamo che è la nostra nipotina, e che è in visita».

Signora aveva sbuffato. «La nostra nipotina? Ma se non ci assomiglia per niente! E poi, ci chiederanno di chi è figlia, e che cosa gli dico?». Lo aveva guardato a braccia conserte e a testa alta, sfidandolo. «Tutti i miei amici sanno che ho un solo fratello, e che non ha figli. E tua sorella è troppo vecchia per avere una figlia di quell'età».

«Ok», aveva concesso lui impaziente. «Allora diciamo che è la figlia di una cugina. Adottata dall'America Centrale». Aveva fatto l'occhiolino a Mia, che aveva sentito il cuore alzarsi in volo. Aveva dovuto fare appello a tutte le sue forze per non lasciarsi sfuggire un enorme sorriso.

E così era potuta andare alla fiera. Aveva dovuto tenere la borsa di Signora tutto il tempo, ma ne era valsa la pena. Le cose che aveva visto! E tutti quei suoni! E tutta quella gente! Le coppiette innamorate, le famiglie con delle vere mamme e dei veri papà – i genitori che tenevano i bimbi per mano o che spingevano i bebè nei passeggini. Un papà aveva fatto salire il figlioletto sulle spalle e gli aveva detto: «Così vedi tutto». Mia era rimasta meravigliata.

Il caldo era stato inclemente quel giorno, ma lei non ci aveva fatto caso. Ricordava ancora il sapore del bignè alla panna e del formaggio fritto. La faccia che aveva fatto al primo morso del dolce aveva fatto ridere Signore di gusto. Erano anche andati in giro a vedere alcuni recinti, e a lei era tanto piaciuto vedere gli animali della fattoria. Jacob si era lamentato della puzza, e anche lei aveva pensato che fosse piuttosto terribile, ma non aveva detto nulla.

Anche quel giorno, con la mattinata libera e Griswold tutto per sé, sarebbe stato bello. Quando sentì il rumore degli scarponi da lavoro sopra la testa, si disse che l'uomo era arrivato a installare le nuove tende, e che quella tregua non sarebbe durata molto. Riusciva a sentire la voce di Signora, ma non distingueva le parole. Il tono era sbrigativo e autoritario, e a quello Mia era abituata: era evidente che stesse dando indicazioni all'uomo e gli stesse mettendo bene in chiaro che sarebbe rimasta soddisfatta solo dal meglio del meglio, niente di meno. Signora si aspettava sempre e solo il meglio del meglio.

Mia affondò la faccia nella pelliccia soffice del cagnolino. «Oh, Griswold, quanto ti voglio bene».

Lui guaì in risposta e scodinzolò entusiasta.

Mia sapeva che anche lui le stava dicendo che le voleva bene.

Capitolo nove

La mattina seguente Niki si svegliò presto. Il suo primo giorno al nuovo lavoro. Si destò a poco a poco, come trasportata dal sonno alla veglia a bordo di una nuvola. Rimase a letto per un po', a guardare il fascio di luce che si insinuava nello spazio tra le tende, e si ricordò dov'era e come ci era arrivata. Si trovava nella vecchia camera di Amy. Amy aveva dormito in quello stesso letto, proprio in quella casa in cui aveva vissuto con sua madre. In un certo senso, era come se fosse uscita dalla propria vita e fosse entrata nella vecchia vita di Amy. Il pensiero la fece sorridere.

Quando Amy era arrivata da lei, era ormai la terza avvocata che le veniva assegnata. La prima aveva mollato quando aveva partorito. La seconda a un certo punto aveva ricevuto una promozione, e addio. Si chiamava Angie. Si era scusata con Niki, le aveva detto che non le era rimasto proprio tempo. «Non sei tu il problema, davvero», le aveva detto. Niki aveva risposto con un'alzata di spalle. La gente entrava e usciva dalla sua vita con una certa frequenza. Aveva imparato a non aspettarsi nulla dagli altri. Le pareva già un miracolo che qualcuno avesse provato a fare qualcosa: in fin dei conti era tutto volontariato, non percepivano un compenso, e non è che Niki facesse chissà quali sforzi per mostrare il proprio apprezzamento.

Le prime due donne che si erano prese cura di lei avevano fatto un buon lavoro, ma Amy aveva fatto molto di più. L'aveva portata a comprare vestiti e il necessario per la scuola, era andata ai colloqui con i professori durante gli anni delle superiori, e aveva preso le parti di Niki quando la scuola aveva cercato di sospenderla per un incidente accaduto nei bagni. Un litigio che non era stato colpa sua. Un gruppo di ragazze l'aveva spinta contro il muro e le aveva puntato un paio di forbici al collo. Per Niki era stato uno shock, nel senso che non aveva idea del motivo per cui ce l'avessero con lei. Tutt'a un tratto la capetta, una certa True, si era messa a gridare che Niki doveva avere un bel paio di palle per provarci col suo ragazzo, un certo Jace. True aveva minacciato di ammazzarla e Niki si era difesa. Aveva ignorato le forbici che le premevano sul collo, aveva dato un pugno a True e un calcio a un'altra ragazza. Non appena quelle avevano fatto un passo indietro, lei le aveva spinte via ed era scappata, rifugiandosi nella sicurezza dei corridoi affollati.

Alla lezione successiva, aveva fatto voto di non mettere mai più piede nei bagni della scuola, e di sicuro non avrebbe mai più parlato con Jace. Non lo avrebbe nemmeno salutato. Pensava che il peggio fosse passato, ma la mattina seguente era stata convocata nell'ufficio della vicepreside, dove le era stato annunciato che era sospesa per aver causato una lite. Niki aveva cercato di spiegarsi, ma la signora Marzetti non aveva voluto ascoltarla, e anzi aveva continuato a rimproverarla come se fosse tutta colpa sua. «Non voglio sentire cosa è successo nelle altre scuole che hai frequentato. Qui alla Central High abbiamo tolleranza zero per gli atti di bullismo», aveva detto, spingendosi gli occhiali sul naso. «Zero».

«Hanno cominciato loro. Mi hanno spinta in un angolo del bagno e mi hanno puntato un paio di forbici alla gola», si era difesa Niki. «Hanno minacciato di uccidermi».

La signora Marzetti aveva continuato a parlare come se Niki non avesse detto nulla. Con rabbia, le aveva detto che una delle altre ragazze aveva un livido grande quanto una pallina da tennis sulla gamba, e l'altra aveva un taglio sulla guancia. «Avresti potuto fargli male sul serio», aveva concluso indignata.

«Io non ho fatto nulla. Sono state *loro* ad attaccare *me*. A minacciare di *uccidermi*». Le sue parole erano rimaste lì, a mezz'aria, inascoltate. La signora Marzetti le aveva ordinato di andare a prendere le sue cose dall'armadietto. Avrebbe chiamato i suoi genitori affidatari perché la venissero a prendere. Nel frattempo, poteva aspettare seduta all'entrata della scuola.

Niki era uscita dalla stanza sforzandosi con tutta sé stessa per non scoppiare a piangere. Che disastro. I suoi genitori affidatari lavoravano a tempo pieno. Non sarebbero riusciti ad andare a prenderla prima della fine del turno. Quindi lei sarebbe rimasta lì seduta per ore. Prima o poi sarebbero arrivati, certo, ma sarebbero stati lividi dalla rabbia. Magari avrebbero persino chiesto che venisse assegnata a un'altra famiglia.

In lacrime, Niki si era diretta verso il proprio armadietto, aveva pescato il telefono dallo zaino e aveva chiamato Amy, che era al lavoro.

Non aveva nemmeno finito di pronunciare la parola *sospesa* che Amy le aveva detto: «Non ti muovere, Niki. Arrivo subito». E davvero mezz'ora dopo era lì. Non appena l'aveva vista varcare la porta, il cuore le si era riempito di gratitudine. Aveva iniziato a raccontare la storia, e Amy si era subito adirata. Quando era arrivata alla fine, era furiosa.

Si era alzata e si era avvicinata allo sportello, fissando le due segretarie che battevano in silenzio sulle tastiere del computer. «Mi scusi», aveva detto rivolgendosi a una di loro, «ho bisogno di vedere la signora Marzetti immediatamente».

Le due le avevano rifilato una scusa dopo l'altra, e persino a Niki era parso che fossero solo delle grandi stronzate. *La signora Marzetti è occupata. Deve prendere appuntamento. La può ricevere un altro giorno.* Amy si era sporta in avanti e aveva detto: «Un altro giorno non va bene. Devo vederla *adesso*». Aveva calcato con particolare enfasi sull'ultima parola, con una tale forza che aveva spaventato Niki. Non aveva idea che la voce di Amy potesse fare una cosa del genere.

Le due donne si erano scambiate uno sguardo, e Niki si era chiesta se non fossero sul punto di chiamare la sicurezza. Invece, una delle due aveva alzato la cornetta del telefono e aveva sussurrato qualcosa alla signora Marzetti. Finita la telefonata, si era alzata e aveva detto ad Amy: «La signora Marzetti ha un paio di minuti. Può riceverla adesso». Le aveva indicato una porta alla fine del corridoio e, quando Niki si era alzata per seguirla, le aveva detto: «No, cara. Tu no. Quest'incontro è solo per adulti».

«Quest'incontro riguarda lei», aveva protestato Amy. «Deve essere presente».

Erano entrate insieme nell'ufficio della signora Marzetti e, con Amy al suo fianco, quel posto le era sembrato diverso. Amy si era presentata come l'avvocato d'ufficio di Niki. «Mi trovo qui perché i diritti di Niki sono stati violati».

«Ah sì?», aveva detto la signora Marzetti, aggrottando le sopracciglia e congiungendo le dita.

«Sono dell'avviso che gli studenti posti sotto la sua cura abbiano diritto a un ambiente sicuro e che, se accusati di aver tenuto una condotta irregolare, abbiano il diritto di parlare a propria difesa. A Niki sono stati negati entrambi questi diritti. Tenendo inoltre in considerazione che si tratta di una ragazza posta in affidamento, che ha già dovuto affrontare tutta una serie di difficoltà, trovo l'errore di portata notevole».

Di portata notevole. A Niki quell'espressione era piaciuta da matti, e se l'era appuntata mentalmente per riutilizzarla in futuro.

La signora Marzetti le aveva fornito la versione degli eventi data dalle altre ragazze, e aveva concluso dicendo che la scuola aveva tolleranza zero per gli atti di bullismo. «Qui la violenza non è tollerata, e gli atti di bullismo vengono puniti».

Al che Amy aveva rilanciato: «Sono felice di sentirle pronunciare queste parole, perché Niki è stata vittima di bullismo, e quelle ragazze mentono».

«Quelle ragazze hanno lividi e tagli».

«Che si sono quasi sicuramente procurate da sole».

«E le loro versioni combaciano perfettamente».

«La cosa non mi sorprende. Non conosco quelle ragazze, ma conosco Niki, e lei non è una bugiarda. Io credo alla *sua* versione degli eventi. È stata aggredita e minacciata».

«Possiamo continuare questo tira e molla tutto il giorno», disse la signora Marzetti, «ma io ho preso la mia decisione e ho già compilato i moduli necessari. Qui sono io che decido».

Chiunque altro si sarebbe spaventato, avrebbe fatto marcia indietro o avrebbe pregato la vicepreside di ripensarci. Amy no.

«Allora temo che dovrà prendere quei moduli e farne carta straccia», aveva detto. «Adesso le spiego io cosa succede. Niki non riceverà *alcuna* sospensione. Lei telefonerà ai suoi genitori affidatari e spiegherà che non si è trattato che di un malinteso, e che Niki non è nei guai. Niki ritornerà a lezione, e non sarà punita in alcun altro modo. E se si verificheranno ulteriori casi del genere, mi aspetto una telefonata dal suo ufficio immediatamente, e mi aspetto anche che Niki possa godere della stessa considerazione che lei riserva alle studentesse per cui ha un occhio di riguardo».

«Aspetti un attimo», aveva iniziato la vicepreside, indignata.

A quel punto Amy si era alzata, sovrastandola, e l'aveva interrotta: «No, aspetti un attimo *lei*. Si dovrebbe vergognare, a prendere di mira una ragazza in affidamento che non ha modo di difendersi. Le sto dando l'opportunità di correggere il suo errore. Se è intelligente, la coglierà».

Le due donne si erano guardate per… quanto? A Niki era parsa un'eternità, anche se non doveva essersi trattato di più di un minuto scarso. Alla fine, la signora Marzetti aveva fatto un lungo sospiro e aveva detto: «Niki, per stavolta te la cavi con un avvertimento. Telefonerò ai tuoi genitori affidatari per informarli. Puoi tornare in classe».

A quel punto Niki si era alzata per andarsene, e la signora Marzetti non aveva saputo resistere alla tentazione di scoccare un'ultima frecciatina: «I genitori di True parlavano di mettere in mezzo l'avvocato».

«Io sono un'avvocata. La prego, comunichi alla famiglia che sarei più che felice di incontrare il loro rappresentante legale».

All'entrata, Amy aveva dato il proprio bigliettino da visita a una delle due segretarie, e aveva richiesto di essere indicata come primo contatto da chiamare in caso di emergenza.

Ripensandoci adesso, distesa nel letto di Amy, Niki sentì un sorriso disegnarsi sul suo viso. Amy era proprio una tosta, la persona più coraggiosa che conoscesse. E anche la migliore. Determinata, senza peli sulla lingua. Piena di fiducia in sé stessa e passione. La madre di Amy, Sharon, non le assomigliava per niente, il che l'aveva portata a chiedersi che tipo fosse suo padre. «Non l'ho mai conosciuto», aveva detto Amy quando Niki le aveva chiesto di lui. Aveva detto che sua madre era andata a letto con uno una volta, era rimasta incinta e aveva deciso di tenere il bimbo. «E sono felice che sia andata così», aveva detto Amy, ridendo. Suo padre non aveva mai nemmeno saputo di avere una figlia, e non pareva che Amy ne sentisse la mancanza o che si chiedesse cosa gli fosse successo.

Era strano guardare una sessantenne e pensarla mentre fa sesso occasionale o decide di crescere una figlia da sola. Ma era pur vero che si trattava di una vita fa.

Niki non poteva fare a meno di sperare che quel giorno, il primo al nuovo lavoro, era forse l'inizio di una nuova vita. Voleva fare bella impressione, quindi indossò il suo miglior paio di jeans e la polo che Max le aveva dato il giorno precedente, poi raccolse i capelli in uno chignon ordinato e scese a fare colazione. Dopo, Sharon la accompagnò al centro commerciale, la lasciò di fronte al negozio e le disse: «Chiamami quando hai finito, vengo a prenderti».

Niki recuperò la borsa da sotto il sedile. «Sennò posso tornare a piedi. Cioè, se è troppo disturbo». Lo disse con un tono leggero, come se fosse una cosa da nulla, attendendo la risposta senza guardarla negli occhi.

«Non dire sciocchezze. Non ha senso che tu ti faccia tre chilometri al freddo quando posso venire a prenderti in cinque minuti».

Si stavano ancora conoscendo. Amy le aveva detto che sua mamma era un tipo gentile e alla mano, ma Niki aveva imparato a proprie spese che la gente è fatta a strati, e che a volte ciò che fa capolino sotto una facciata di bontà può essere orribile e crudele. Certo, Amy era cresciuta con Sharon, quindi probabilmente conosceva ogni lato della sua personalità, ma era anche vero che spesso la gente si comportava in modo diverso in famiglia. Tutte cose che Niki aveva imparato in affidamento. Anche le famiglie migliori con cui era stata, quelle che tenevano davvero a lei, non potevano fare a meno di favorire il sangue del proprio sangue, una volta messe alle strette.

Ok, la situazione in cui si trovava adesso era diversa. Sharon l'aveva accolta in casa sua per fare un favore a Amy. Non riceveva alcuna sovvenzione, e non sembrava aspettarsi molto. Niki era un'ospite che poteva fermarsi fin quando voleva. Sembrava troppo bello per essere vero, e quel colpo di fortuna la rendeva allo stesso tempo grata e sospettosa. Le cose belle in genere non duravano a lungo.

Ma perlomeno non doveva preoccuparsi di un vecchio disgustoso che la palpava mentre dormiva.

Aver trovato lavoro così velocemente era un altro buon segno. Stava ricominciando da zero. Le cose sarebbero andate in maniera diversa. Bussò alla porta di vetro, venne ad aprire una donna.

«Salve, sono Niki. Max mi ha assunta ieri».

La donna, bionda, con i capelli crespi, fece una smorfia. Portava un trucco aggressivo, che le dava un'aria pacchiana sotto le luci intense del negozio. Si schiarì la gola. «Sì. Ti ha assunta mentre non c'ero». Le sue parole rimasero sospese a mezz'aria, creando un'atmosfera carica di disagio, e poi la donna annuì. «Sono Dawn, la moglie di Max».

Niki era brava a cogliere l'umore delle persone. Amy diceva che sapeva *leggere tra le righe*. A giudicare dal linguaggio del corpo di Dawn e dal suo tono di voce, Niki dedusse che la donna chiaramente non la voleva lì. Decise che non le importava. Magari Max non aveva chiesto la sua approvazione, o magari non avevano abbastanza soldi per assumere una nuova impiegata. Sapeva solo che non si sarebbe arresa ancora prima di cominciare. Era lì, ed era pronta a darsi da fare. «Max ha detto che qui è lei che comanda, e che mi avrebbe spiegato come funziona».

Quell'affermazione sembrò ammorbidirla un po'. «Hai mai lavorato nell'ambito della nutrizione?», le chiese la donna.

«No, ma sono pronta a imparare, e le prometto che lavorerò sodo. Si renderà conto che imparo molto in fretta». Niki parlò con convinzione, ma per lei era come recitare una commedia. Era vero che lavorava sodo, ed era vero che imparava molto in fretta, ma era stata Amy a insegnarle che era importante dire quelle cose.

«Chi ti assume vuole essere rassicurato, vuole sentirsi dire che sei tu la persona giusta per quel lavoro. Un'altra cosa che apprezzano molto è quando ti lasci guidare». *Ti lasci guidare*. Un bel modo per dire che volevano avere il controllo, e che da un dipendente non si aspettavano nulla di meno della più cieca obbedienza. Be', anche Niki sapeva giocare a quel gioco.

Era patetico, ma poco importava.

«Bene!», disse Dawn. «Vedrai che c'è molto da imparare, quindi fa' attenzione a tutto ciò che dico». Sembrava piena di sé, come se fosse sul punto di impartirle una qualche lezione fondamentale che le avrebbe cambiato la vita. «Ti mostro il negozio».

Non c'era granché da vedere. In realtà c'era una sola, grande stanza: sulla destra c'erano il bancone e la cassa, e sulla sinistra gli scaffali con la merce. Il bancone dove si vendevano i succhi era in fondo, e c'erano un paio di tavolini da caffè posizionati lì davanti.

Niki seguì la donna, che si diresse al frigorifero e l'aprì, prendendo a elencare tutti i tipi di frutta e verdura: «Abbiamo sedano, bietole, carote...». Continuò ad andare avanti, indicando zenzero, mele, spinaci, eccetera, eccetera, mentre Niki ascoltava annuendo. Una volta che Dawn ebbe completato l'inventario del frigorifero, si tirò su e le chiese, con tono tagliente: «Non pensi che dovresti segnartele, queste cose?».

Segnarmi i nomi di frutta e verdura?, pensò lei. Però non lo disse ad alta voce, e si limitò a confermare: «Sì, signora». Andò a prendere un block-notes e una penna dallo zaino. Sarebbe stata una dipendente obbediente, ecco cosa. Anche a costo di fingere di essere meno intelligente di quanto non fosse. Era quello il problema con i lavori che non richiedevano esperienza. La gente pensava che se fosse stata più intelligente avrebbe trovato un impiego che richiedesse maggiore acume mentale. O che sarebbe andata all'università, perlomeno. Nessuno si immaginava la verità. Lei era in modalità di sopravvivenza. Andare all'università non era un'opzione percorribile, e probabilmente non lo sarebbe mai stata: la priorità era arrivare a fine giornata.

Man mano che Dawn le spiegava come funzionava una giornata-tipo al negozio, Niki si rese conto che il lavoro sarebbe stato piuttosto basilare: lavare e tagliare frutta e verdura non era difficile, sapeva che doveva lavarsi le mani, e indossare i guanti messi a disposizione le pareva una questione di buon senso. Avvistò dei cartoncini laminati dietro il bancone con le istruzioni per la preparazione di ogni tipo di succo. Niki non aveva bisogno che Dawn le mostrasse come pulire bene il bancone, ma finse di prestare un'estrema attenzione ai gesti della titolare. La cassa, che avrebbe utilizzato solo se Dawn o Max non fossero stati presenti, era molto simile a quella che aveva utilizzato in altri posti di lavoro, e non sarebbe stata un problema. «Preferiamo gestire da noi le transazioni», disse Dawn, sbrigativa. «Probabilmente non ti occuperai spesso della cassa, per non dire quasi mai».

In altre parole, tieni le mani lontane dai nostri soldi.

«Sì, signora». Per lei andava benissimo.

«Quando non hai clienti al bar, dovrai pulire, tenere in ordine e rifornire gli scaffali. Se è tutto a posto, puoi informarti sui prodotti che offriamo. I clienti faranno domande, e tu devi essere in grado di aiutarli a compiere una scelta consapevole». Con un gesto secco del braccio le mostrò gli scaffali che adornavano le pareti del negozio, pieni di boccette di plastica con vitamine, integratori e preparati in polvere. Vi erano delle targhette in cima a ogni sezione che ne indicavano l'uso: *Energia! Perdita di peso! Salute cardiaca! Vitamine! Sostituti del pasto! Integratori!*

Dawn le passò due fogli spillati. «Questo è il manuale aziendale. Devi memorizzarlo. Salvati il mio numero sul cellulare. Se dovessi fare tardi, devo saperlo immediatamente. Puoi ricevere un richiamo per mancata puntualità, e puoi essere licenziata per un'assenza ingiustificata. Qui a Magnificent Nutrition teniamo molto all'affidabilità».

Niki abbassò lo sguardo sulle due misere paginette spiegazzate e disse: «Certo, vedrà che sono molto affidabile».

Poi, con gesto plateale, la donna le presentò un altro foglio di carta. «E questo è il contratto di lavoro di Magnificent Nutrition, che dovrai firmare. Dice che ti impegni a lavorare per noi per un minimo di tre mesi, e ti dà anche una lista dei motivi per cui possiamo licenziarti. Qui c'è il modulo per le tasse, e devi compilare anche questo».

Quando il negozio aprì, Niki aveva già letto le pagine stampate e sapeva cosa ci si aspettava da lei. Non ci aveva messo molto a compilare e firmare i moduli. Non c'era nulla di così complesso, come invece sembrava credere Dawn.

Nel corso della giornata, Dawn le tenne il fiato sul collo mentre lei interagiva con i clienti, guardandola con attenzione ogni volta che metteva frutta e verdura nel frullatore e dandole consigli a ogni passo. Era il suo negozio, quindi Niki la capiva. Sperava solo che con il tempo Dawn avrebbe imparato a fidarsi di lei e avrebbe capito che era in grado di fare il proprio lavoro.

Max arrivò nel pomeriggio, poco prima che Niki finisse il turno. Era entrato dalla porta posteriore, facendola sobbalzare mentre si trovava nella stanzina sul retro a tirare fuori la merce per riempire gli spazi vuoti sugli scaffali. Il suo ingresso fu accompagnato da una folata di vento. Aveva la faccia tutta rossa per il freddo. La salutò con un cenno della testa, poi si tolse guanti, cappello e cappotto, e mise il tutto in un armadietto laterale. «Com'è andato il tuo primo giorno?», le chiese.

«Bene, grazie», rispose lei. «Sto imparando tanto».

Lui annuì soddisfatto. «Molto bene».

Poi si diresse nel negozio, e Niki lo sentì salutare la moglie con voce tonante. «Allora? Come ti sembra?».

Era chiaro che stessero parlando di lei. Niki tese le orecchie per cogliere la risposta.

Dawn non si sforzò nemmeno di parlare a bassa voce. «Non è del tutto senza speranza, ma è ancora in prova».

«Ti avevo detto che avremmo risolto!», le rispose lui, con un tono di falsa felicità.

Dawn fece un respiro profondo. «Non abbiamo risolto un bel niente. Un passo falso ed è fuori».

Capitolo dieci

Una settimana dopo non era ancora stata licenziata: si poteva considerare un successo. Non che Dawn si fosse affezionata a lei, ma se non altro aveva dovuto ammettere, a denti stretti, che stava facendo un lavoro accettabile. Max era più gentile, ma solo quando la moglie non c'era. Del resto, Niki c'era abituata: era raro che qualcuno la trattasse in modo amichevole.

Non voleva un fan club e non stava cercando di fare carriera. Aveva solo bisogno di soldi.

Soldi, soldi, soldi. C'era gente che ne aveva ben più di quanto potesse spenderne, così tanti che a malapena riusciva a contarli.

E perché non ne davano un po' anche a lei, già che c'erano? Sognava di vincere alla lotteria o di scoprire che un qualche lontano parente le aveva lasciato una casa e un'enorme fortuna. Nei giorni più neri, si sarebbe anche accontentata di una bella banconota da venti che planava ai suoi piedi trasportata dalla brezza.

La colpa era sua, solo ed esclusivamente sua. Amy si era offerta di pagarle l'università o di aiutarla a richiedere una borsa di studio, ma lei l'aveva sempre respinta con un secco rifiuto. Ricordava benissimo cosa le aveva detto: «Grazie ma no». Al tempo, Niki andava all'ultimo anno delle superiori, ed era stanca, anzi esausta a livello mentale. Non vedeva l'ora di chiudere con le lezioni, di smettere di prendere appunti e imparare roba a caso. La libertà era a portata di mano e lei era ansiosa di afferrarla.

A diciotto anni, non voleva più saperne di gente che le diceva cosa fare e a che ora doveva rientrare la sera. Era impaziente di farsi largo nel mondo vero, di trovarsi un posto suo e di vivere come voleva.

Non pensava che sarebbe stato così difficile.

Subito dopo le superiori, era rimasta ancora per qualche mese nella stessa casa, pagando l'affitto. La sua madre affidataria, una donna premurosa con un'aria da nonna affettuosa – si chiamava Melinda – le aveva detto che sarebbe potuta restare per l'estate, ma poi avrebbe dovuto andarsene perché in autunno si sarebbe trasferita con la famiglia. In un primo momento Niki aveva temuto di non riuscire a trovare un alloggio in tempo, ma alla fine di agosto aveva già conosciuto un gruppo di ragazze che affittavano una casa e cercavano una coinquilina. Si erano subito accordate sui dettagli, e nel giro di un giorno aveva lasciato la casa vecchia e si era trasferita in quella nuova. Una vera discarica, e in più doveva condividere la stanza. Se non altro la coinquilina precedente aveva lasciato un materasso. L'affitto era economico, la casa era vicino alla fermata dell'autobus, e nessuno badava a lei o ai suoi orari. Andava e veniva come le pareva.

All'inizio le coinquiline le erano piaciute tantissimo. Adorava quel senso di comunità, amava condividere cibo e alcol, le chiacchierate che duravano notti intere. Non assomigliavano affatto alle ragazze che aveva conosciuto alle superiori. Quelle giovani donne vivevano per il *qui e ora*. Le storie che raccontavano sulle loro famiglie e sulle colleghe di lavoro la facevano divertire da matti, il loro atteggiamento rilassato le piaceva molto. Fumavano erba, così tanta che l'appartamento era perennemente avvolto dalla nebbia, come in un sogno. Lei non fumava, ma non le dava fastidio. Quello che le dava fastidio era il continuo corteo di uomini che passava per quell'appartamento. Spesso le capitava di andare in bagno la mattina e trovarci un estraneo coi capelli bagnati e un asciugamano in vita. A volte *senza* asciugamano.

Ma ci sarebbe voluto ben altro per spingerla a cambiare casa.

Per la precisione, ci sarebbe voluto un furto. 300 dollari erano spariti dalla sua borsa mentre dormiva. Teneva la borsa accanto al materasso, sul pavimento, quindi si era detta che sarebbe stata al sicuro per la notte. *Ah!* Solo a pensare a quanto ci aveva messo per guadagnare tutti quei soldi la faceva stare male. Tutto quel tempo e quelle energie per nulla.

Era stato in quel periodo che aveva iniziato a uscire con Evan, e lui le aveva detto che avrebbe potuto andare a vivere con lui e col suo amico. Evan era bello, con dei ricci scuri e quel sorriso da ragazzino cui le veniva così difficile resistere. Aveva una mascella pronunciata e bicipiti forti. Oltre all'attrazione fisica, c'era anche quella personalità magnetica e quel modo che aveva di costruire storie su storie sul loro futuro insieme. Avrebbe messo in piedi un business, e sarebbero stati pieni di soldi. Le parlava dei viaggi che avrebbero fatto e di tutti i regali che le avrebbe comprato. Diamanti, macchine, vestiti. Qualsiasi cosa avesse potuto desiderare. Lei sapeva che non era il caso di sperarci troppo. Di promesse infrante ne aveva raccolte a palate in vita sua.

Era facile farsi incantare da lui. Era affascinante in un suo modo distorto, le faceva un sacco di complimenti e poi se li rimangiava, travestendoli da scherzo. Una volta le aveva chiesto di infilarsi nel bagagliaio della sua macchina e vedere se la leva di sbloccaggio funzionava. Lei gli aveva detto di sì e si era lasciata chiudere dentro, ma poi lui aveva tenuto bloccato il coperchio da fuori. E Niki non l'aveva trovato affatto divertente. Eppure, era stata al gioco. Era rimasta in silenzio ad aspettare e aspettare, finché lui non si era preoccupato e aveva aperto. A quel punto lei aveva fatto finta di avere le convulsioni, cosa che l'aveva terrorizzato. Gli stava bene.

Niki era capace di rispondere per le rime, e sembrava che Evan apprezzasse quella sua dote.

Aveva un buon lavoro e non fumava erba. Preferiva bere birra, e in genere non era un gran problema, tranne quando beveva troppo e diventava cattivo, cosa che però accadeva sempre più spesso. Aveva iniziato a farle male, le afferrava il braccio un po' troppo forte e le dava delle spintarelle gentili ma decise. Alcune settimane dopo erano volati i primi schiaffi, e lì lei aveva fatto i bagagli e aveva affittato una stanza da una coppia sposata che aveva incontrato al lavoro.

Quella situazione era durata solo due settimane, perché una notte si era svegliata e aveva trovato il marito chino sul suo letto, con una mano sotto le coperte, pronto a risalire piano su per la gamba. Scioccata, si era messa a sedere e gli aveva chiesto cosa diavolo stesse succedendo.

«Nulla, nulla», le aveva risposto lui. Aveva fatto un passo indietro e aveva alzato le mani, come ad arrendersi. «Volevo solo controllare che non ci fossero problemi. Hai detto che ti sentivi poco bene, quindi eravamo preoccupati». Poi era uscito in gran fretta, chiudendosi piano la porta alle spalle.

Lei non aveva mai detto di sentirsi poco bene, ma dopo che lui era uscito dalla stanza si era sentita nauseata. Continuava a pensare a cosa sarebbe potuto succedere se non si fosse svegliata in tempo.

Non era più riuscita a prendere sonno. La mattina seguente aveva raccontato tutto alla moglie, e lei si era fatta una risatina e le aveva risposto: «Non voleva niente di che, ci parlo io». Poi si era diretta al cassetto delle cianfrusaglie e aveva tirato fuori un fermaporta marrone di plastica. «La prossima volta che vai a dormire, metti questo dietro la porta e dovresti essere a posto».

Niki aveva preso il fermaporta ed era andata via, come intontita. Trovarselo in camera era stata una violazione inconcepibile dei suoi spazi e della sua intimità, e il fatto che la moglie avesse deciso di minimizzare le faceva venire da vomitare. Era andata in camera, aveva buttato il fermaporta sotto il letto e aveva iniziato a fare le valigie. Era bastata una telefonata ad Amy, e un'ora dopo Sharon era giù alla porta. Niki sapeva che senza l'aiuto di Amy sarebbe stata con le spalle al muro. Di Amy poteva fidarsi. Non avrebbe saputo immaginare un'amica migliore, un'avvocatessa migliore.

Vivere con Sharon era semplice. Niki avrebbe quasi preferito pagare l'affitto, così avrebbe potuto fare affidamento su un posto sicuro sul lungo termine. La casa di Sharon era piccola, la più piccola del quartiere, ma aveva tre camere da letto e due bagni, e sembrava un po' troppo per una signora della sua età. Se Niki si fosse trovata in quella stessa situazione qualche anno prima, quando era ancora giovane e ingenua, avrebbe sognato di essere adottata da Sharon, di avere una casa per sempre. Ma l'età dell'adozione era passata, e Sharon era troppo vecchia per essere sua madre. E poi, Sharon una figlia ce l'aveva già.

Dopo una settimana di convivenza iniziarono a creare una routine. Sharon la accompagnava al lavoro la mattina e andava a prenderla quando aveva finito il turno. Tornavano a casa e la cena era già in forno, sempre qualcosa di nutriente, con verdure o un'insalata per contorno. A cena, Niki le raccontava di come era andata al lavoro, dei clienti che aveva servito, di Dawn, di Max e delle altre impiegate, due ragazze delle superiori con cui passava solo una manciata di ore. Dopo cena, Niki rassettava la cucina, cosa su cui aveva insistito sin dalla prima sera, e Sharon andava in salotto a leggere. A quel punto, Niki la salutava e andava al piano di sopra, dove lavava la polo da lavoro nel lavandino e la appendeva sulla vasca da bagno ad asciugare. Il primo giorno, Dawn le aveva detto che presto avrebbe avuto una seconda maglietta, ma poi non se n'era più parlato, quindi Niki aveva iniziato ad avere qualche dubbio. Nel frattempo, si riteneva fortunata che la maglietta fosse di poliestere e si asciugasse in fretta. Una volta finito con la polo, andava in camera e stava un po' al telefono, ignorando i messaggi di Evan, il suo ex. *Piccola, mi manchi. Mi dispiace tan-*

to. Non succederà più. Ti prego, dammi un'altra possibilità. Aveva pensato di bloccare il suo numero, e sapeva che forse un giorno avrebbe dovuto farlo, ma i messaggi le arrivavano sempre più di rado, e a una parte di lei piaceva che Evan la volesse. Non sarebbe mai tornata da lui, ma era una decisione che spettava a lei e a nessun altro. E questa consapevolezza le dava una sensazione di forza. Di controllo.

Una sera si era sorpresa a rispondergli ad alta voce. Evan non era esattamente una cima, i messaggi erano sempre i soliti.

Mi dispiace da morire, Niki, non succederà mai più.

«Ah, puoi starne certo».

Devi credermi, la mia vita non è nulla senza di te.

«Bene, giusto così». Pronunciare quelle parole ad alta voce le dava una bella sensazione.

Dammi un'altra possibilità, ti prego.

«Già fatto, grazie tante. Ti sei giocato tutte le possibilità che potevi giocarti».

Piccola mia, mi manchi.

«Non sono piccola e non sono tua».

Dopo quell'ultimo messaggio, spense il telefono e lo mise in carica. Le sembrava di aver spento Evan. «Non hai nessun potere su di me», disse, poggiando il cellulare sul comodino.

Udì un rumore dietro la porta. Si alzò e andò ad aprire, e vide il gatto che la guardava con i suoi occhioni verdi. «Ehi, Cap. Entra pure. Che c'è?». Aveva notato che Sharon aveva l'abitudine di parlare al gatto, e aveva preso a fare lo stesso. Cap non amava molto essere coccolato, quindi Niki si sentiva sempre onorata quando le veniva a fare visita. Si mise a sedere sul letto e lui saltò su accanto a lei e si lasciò grattare sotto il mento, facendo le fusa come un motore ben rodato. Qualche minuto dopo Niki si fermò e lui si stiracchiò tutto, saltò giù dal letto e si diresse verso la porta, come a chiedere di uscire. «Ci vediamo, Cap», disse lei, chiudendogli la porta dietro.

Girandosi per tornare a letto, lo sguardo le cadde verso la finestra, e notò un movimento nel giardino dei Fleming. Afferrò rapida il binocolo che aveva preso dallo stanzino delle cianfrusaglie e spense la luce.

Poi mise a fuoco.

A parte la luce della porta sul retro, il cortile era immerso nel buio. Una figura con una felpa di colore scuro. Stava camminando e teneva in mano qualcosa che emanava un fascio di luce. Una torcia. Il figlio adolescente di cui le aveva parlato Sharon, con ogni probabilità.

Che sta facendo? Seguì con gli occhi il fascio di luce mentre il ragazzo vagava per il cortile, piegandosi di tanto in tanto a raccogliere qualcosa. Doveva essere cacca di cane, si vedeva chiaramente alla luce della torcia, ma perché lo faceva con quel buio pesto?

Niki non era granché curiosa riguardo alla famiglia in sé e per sé, era solo l'idea che ci potesse essere una bambina maltrattata di mezzo a solleticare la sua curiosità. Aveva notato che Sharon faceva apposta il giro più lungo quando tornavano a casa dopo che era andata a prenderla al lavoro, proprio per passare davanti all'abitazione dei vicini. Avevano visto la signora Fleming due volte: la prima mentre parcheggiava nel vialetto, l'altra mentre prendeva un pacco da sotto il porticato. Una donna piuttosto anonima, eccetto i voluminosi capelli rossi che le incorniciavano il volto, acconciati in una permanente davvero chic. Classico taglio da signora benestante di periferia. Quel colore non esisteva in natura, roba da salone di parrucchieri. Sembrava una tipa molto pretenziosa.

Un altro giorno Niki aveva osservato il ragazzo che percorreva tutto afflitto il vialetto, le mani nelle tasche della felpa, i jeans cascanti, trasandato. Era un tipo corpulento, il suo ex Evan l'avrebbe definito *una vacca*. Una volta Niki l'aveva corretto, gli aveva detto che non poteva dire *una vacca* se si riferiva a un maschio, ma lui le aveva lanciato uno di quegli sguardi che le avevano subito fatto capire che era meglio lasciar cadere il discorso, prima che la situazione andasse fuori controllo.

Non c'era nulla nella famiglia Fleming che facesse pensare che avessero una bambina adottiva, quindi magari la piccolina che Sharon aveva fotografato quella sera di due settimane prima era davvero una parente in visita. Continuò a guardare, e vide la signora Fleming aprire la porta sul retro e urlare. Stava chiamando il ragazzo a gran voce, aggiungendo una sfilza di imprecazioni che Niki non riuscì a comprendere. Poi un cagnetto le sgattaiolò tra le gambe e scappò fuori, cosa che sembrò esasperarla ancora di più. La donna uscì e iniziò ad agitare le braccia in maniera aggressiva, a gridare. Il suono della sua voce raggelò Niki.

La ragazza si mise il binocolo sotto il braccio e aprì piano la finestra, giusto uno spiraglio per sentire meglio. Un alito di vento gelido entrò nella stanza, ma non aveva importanza, importava solo scoprire qualcosa di più. Si portò di nuovo il binocolo agli occhi e setacciò il cortile con lo sguardo.

La signora Fleming gridò: «Griswold, torna immediatamente qui!». Il cagnetto correva in cerchio, infischiandosene dell'ordine. «Jacob, smetti di fare quello che stai facendo e vai a prendere quel bastardino!».

Jacob non alzò nemmeno lo sguardo, ma agitò il braccio con cui teneva la torcia e gridò: «Ma', torna dentro. Lo riporto io quando ho fatto».

Non aveva nemmeno finito di parlare che lei prese a urlargli contro: «Non ti azzardare a darmi ordini!». Alzò lo sguardo verso casa di Sharon, e Niki scattò subito di lato, anche se sapeva che lei non poteva vederla. «Voglio quel cane in casa *immediatamente*!».

La donna era così arrabbiata che Niki si aspettava che scoppiasse un vero e proprio litigio lì nel cortile innevato, ma invece Jacob fece finta di nulla, e lei si girò e tornò in casa. La zanzariera si chiuse con un rumore sordo, ma la porta principale rimase aperta, la luce da dentro inondava il giardino. Un momento dopo la donna riapparve con una bambina, che spinse con insistenza sul porticato. «Vallo a prendere», le ordinò, autoritaria.

La bambina camminò a fatica nella neve, chiamando il cagnolino: «Griswold, cagnetto, vieni qui!». Indossava un paio di jeans e una maglietta troppo grande per lei, che la faceva sembrare ancora più piccola di quanto non fosse. Aveva capelli castano scuro tagliati in un caschetto che le copriva a malapena le orecchie. Al suono della sua voce, il cane smise la sua corsa folle e si fiondò diretto verso di lei, volando tutto scodinzolante tra le sue braccia. Lei lo tirò su e lo portò dentro, dove la signora Fleming aspettava impaziente. Una volta che la bimba e il cagnolino furono rientrati, la donna si chiuse la porta alle spalle, sbattendola con forza. Nel cortile, il ragazzo scosse la testa e continuò la ricerca.

Era finito tutto in un attimo, due minuti al massimo. All'apparenza, era stata una cosa da niente, una sciocchezza. Un cane era uscito di casa e siccome non c'era verso di farlo rientrare una bambina era stata spedita in cortile a riprenderlo. Proprio niente di che. E allora perché il cuore di Niki batteva come se stesse guardando un thriller? Forse perché, dopo aver assistito a quella scena, Niki era in grado di confermare ciò che Sharon aveva visto la settimana precedente. C'era per certo una bambina a casa Fleming. Una figlia? Una nipote? Una bambina in affidamento? Un'ospite? Impossibile saperlo. Non sembrava che subisse alcun abuso, a meno che non si considerasse un abuso farla uscire fuori di casa per due minuti senza giubbotto.

Ma c'era qualcosa che non quadrava in quella storia. La bambina indossava dei vestiti che non erano della sua misura, i capelli erano tagliati alla bell'e meglio, e non certo da un parrucchiere. E poi, perché mai la signora Fleming avrebbe dovuto mandare la bambina a recuperare il cane? Perché non ci aveva pensato lei stessa? Avrebbe anche potuto aspettare il figlio, no? A giudicare dalla reazione del cane, era chiaro che adorava la bimba, quindi, se davvero si trattava di un affidamento, si poteva presupporre che vivesse in quella casa già da un po'.

Insomma, anche se a prima vista era tutto normale, a Niki la cosa ancora non quadrava. Aveva un che di strano. Si pentì di non aver tirato fuori il telefono e registrato tutto.

Continuò a spiare finché Jacob non completò la ricognizione nel giardino e tornò dentro. Poi Niki chiuse la finestra e scese al piano inferiore. Non vedeva l'ora di raccontare a Sharon cosa aveva scoperto. Tra l'altro, finalmente potevano dare un nome al figlio dei Fleming.

Si chiamava Jacob.

Capitolo undici

A volte Jacob avrebbe voluto che sua madre morisse. Niente di troppo terribile, eh, magari un infarto o un aneurisma: fatale, ma nulla che richiedesse troppo tempo, né che fosse troppo doloroso. Si era immaginato la scena tante volte: lei che collassava sul pavimento, il resto della famiglia che si metteva a gridare terrorizzato e chiamava il 911. La cosa migliore sarebbe stata se fosse successo in cucina, pensava, di modo che sua madre potesse aggrapparsi al bancone, invece di cadere a piombo sul pavimento. In questo modo non ci sarebbe stato troppo sangue. Poi sarebbe arrivata l'ambulanza, i paramedici sarebbero entrati di corsa e avrebbero fatto il possibile ma, ovviamente, non ci sarebbe stato nulla da fare. «Ci dispiace tanto», avrebbero detto, e lui avrebbe annuito sconsolato: triste, ma grato, perché in fin dei conti avevano fatto tutto il possibile.

Il suo nuovo status di orfano di madre gli avrebbe assicurato una profonda compassione da parte del mondo esterno. Si sarebbe per sempre pentito di non aver mai avuto una grande rapporto madre-figlio, ma la madre non gli sarebbe mai mancata, no, nemmeno per un attimo. Per come la vedeva lui, la sua vita non aveva alcun senso. La famiglia era più felice quando lei non c'era. Persino Griswold, che aveva un cervello grande quanto una nocciolina, sembrava nervoso in sua presenza, tutto fremente quando lei alzava la voce.

Jacob cercava di tenersi alla larga, perché a quanto pareva quella donna scattava anche solo a incrociarlo. O trovava mille cose da fargli fare oppure criticava qualche lato della sua personalità e del suo aspetto fisico. Gliene diceva di tutti i colori. Lo rimproverava perché aveva un caratteraccio o portava i capelli troppo lunghi o perché doveva perdere peso.

Il peso. Era il difetto di cui si lamentava di più. La mandava fuori di testa, un ricordo onnipresente del suo fallimento come madre. Aveva iscritto l'intera famiglia in palestra ed era andata su tutte le furie quando lui si era rifiutato. Per tutta risposta aveva bandito gli snack di ogni forma e dimensione e aveva preso a controllare tutto ciò che mangiava quando era a casa, il che lo costringeva ad andare a comprare cibo spazzatura di nascosto al negozio alla pompa di benzina all'angolo. Era diventato un cliente regolare, ormai, si fermava lì di ritorno da scuola per fare scorta di bibite gassate e patatine. Poi nascondeva la refurtiva nello zaino.

Il ragazzo che sua madre desiderava era in realtà *l'esatto opposto di lui*. Voleva il figlio perfetto, un atleta con voti stellari, uno di quelli che si impegnano davvero nelle classi di retorica e dibattito. L'armadio in camera traboccava di vestiti che gli aveva comprato lei – tutte polo e pantaloni color cachi – e che lui non avrebbe mai messo. Da piccolo lo costringeva ad andare dal parrucchiere a intervalli regolari, ma intorno ai dieci anni lui era diventato capace di opporre resistenza fisicamente, una cosa che la faceva infuriare. Aveva abbandonato l'idea di trascinarlo dal barbiere, ma gliel'aveva fatta pagare con settimane di abusi verbali.

Era una matta squilibrata.

Ogni tanto suo padre lo difendeva. L'ultima volta era stata quando lei gli si era avvicinata con un paio di forbici, minacciando di tagliargli i capelli lì su due piedi, mentre lui era seduto al tavolo della cucina a fare colazione. Il padre aveva alzato gli occhi dal tablet e aveva detto: «Lascialo in pace. Sta bene come sta». Quel genere di commenti non portava mai a nulla di buono con sua madre, che era in grado di lanciarsi in invettive al vetriolo che non avevano eguali. Jacob non aveva mai visto nessuno arrabbiarsi in quel modo. Ma, perlomeno, quella volta le parole del padre avevano sortito l'effetto di farle abbassare le forbici. La rabbia era stata dirottata sul padre, e Jacob aveva colto al volo l'occasione per sgattaiolare via.

Da allora, era suo padre a portarlo dal parrucchiere, ma era Jacob a decidere il taglio. Preferiva portare i capelli lunghi, e non solo perché mandava sua madre fuori di testa. Si sentiva vulnerabile con il collo e le orecchie scoperti. Meglio proteggersi, in qualche modo.

Suo padre diceva che la madre era sempre stata soggetta a sbalzi d'umore, ma che era peggiorata dopo la morte di Olivia. Sua sorella Olivia era nata e morta prima che lui nascesse, ma lui ci pensava comunque, di tanto in tanto. Sua madre invece non parlava mai di lei.

Era stato il padre a raccontare tutta la storia a Jacob. Lui si trovava fuori città per una conferenza medica, Olivia all'epoca aveva cinque mesi. Le era venuta la febbre, la madre le aveva dato del paracetamolo per bambini. Quando si era accorta che la febbre non accennava a scendere, l'aveva portata al pronto soccorso. Nemmeno ventiquattro ore dopo, Olivia era morta. Suo padre era tornato a casa non appena aveva saputo, ma era comunque troppo tardi. Il dottore aveva detto che non era stata colpa di nessuno. Certe volte, nonostante tutti gli sforzi e le migliori intenzioni di questo mondo, i pazienti morivano. «Appena ci hanno detto che si trattava di meningite, ho avuto un brutto presentimento», gli aveva raccontato suo padre, scuotendo la testa. Anche dopo anni, gli occhi gli si riempivano sempre di lacrime quando parlava di Olivia. «Quando la piccola è morta, tua madre era distrutta. Lei ha incolpato me, ovviamente, perché non c'ero», gli aveva detto, tra i sospiri. «Speravo che saremmo riusciti a superare quel momento insieme, a diventare più forti, ma qualcosa era cambiato per sempre». Jacob aveva l'impressione che anche suo padre si ritenesse colpevole. «E poi, quando sei nato tu... pensavo che le cose sarebbero cambiate».

A volte Jacob si chiedeva cosa sarebbe successo se Olivia non fosse morta. Sarebbe stata la bimba perfetta che sua madre voleva? Si sarebbero presi il disturbo di avere un altro figlio? Tutti pensieri che non facevano che aggiungersi alla sensazione costante di essere una delusione.

La cosa più folle era quanto gli altri amassero sua madre. Insegnanti, vicini. Persino i suoi coetanei e gli amici. Sapeva essere deliziosa quando voleva, peccato solo che la famiglia non vedesse mai quel suo lato. Durante i colloqui con gli insegnanti, quando discuteva dei voti terribili del figlio, era l'epitome della madre preoccupata e amorevole. Lui lo sapeva bene, perché gli insegnanti glielo ripetevano di continuo. *Quanto sei fortunato ad avere una madre così devota e affettuosa.*

Se solo avessero saputo come stavano davvero le cose...

Proprio una fortuna, come no.

Quei commenti lo sorprendevano sempre, ed era assurdo, perché ormai avrebbe dovuto esserci abituato. Andava così da una vita.

Quando era alle elementari, spesso sua madre si offriva come volontaria per accompagnare la classe in gita. In quei casi si trasformava nella madre perfetta, lo chiamava *tesoro*, gli arruffava i capelli e raccontava aneddoti divertenti su di lui agli altri adulti. Aneddoti di cui lui non aveva alcuna memoria. All'inizio, la cosa lo confondeva, perché non capiva che era tutta una recita.

Tutti gli dicevano che doveva essere grato di avere una madre così dolce. Una volta, una ragazza gli aveva persino detto che sua madre era bellissima: «Come una modella». *Santo cielo.* Che cosa avrebbe dovuto rispondere? *Solo se la vedi da fuori. Dovresti vedere il cuore, duro come la pietra.* Ma non gli avrebbero mai creduto. La gente si lasciava raggirare come se niente fosse.

Se solo quelle stesse persone avessero visto come gridava

quando il cane correva per il giardino. Che cosa si aspettava, a starsene lì impalata con la porta aperta? Aveva dato la colpa a Jacob perché non aveva pulito il giardino dopo essere tornato da scuola. Ma era stata una semplice dimenticanza. Se l'era scordato. Cose che succedono. Avrebbe potuto farlo il giorno dopo, ma nooooo, quella svampita di sua madre l'aveva spedito a raccogliere cacca di cane al buio. E poi, quando Jacob aveva detto che avrebbe fatto rientrare Griswold dopo aver finito, lei era andata a chiamare Mia. Non era stata in grado di aspettare nemmeno un paio di minuti. Tutto doveva filare secondo le sue logiche e i suoi tempi. Erano tutti prigionieri dei suoi capricci.

Ogni membro della famiglia sapeva che evitarla era la tattica migliore per vivere una vita tranquilla. Suo padre viaggiava un sacco per lavoro, e Jacob sospettava persino che prendesse turni extra per ritardare l'inevitabile ritorno a casa.

Quanto a lui... Si chiudeva in camera e silenziava il tono aspro di quella voce grazie alle cuffie. Mia, che aveva meno opzioni a disposizione, aveva preso l'abitudine di nascondersi dietro il divano. Pensava che Jacob non lo sapesse, ma erano ben poche le cose gli sfuggivano. Mia faceva la finta tonta, e invece era ben più intelligente di quanto i suoi genitori potessero anche solo immaginare. Credevano fosse a malapena in grado di spiccicare due parole. Ridicolo. Quando erano da soli, parlava, e pure tanto. E aveva anche un bel vocabolario. Non si sa come, la poveretta aveva imparato a leggere, ma quello era un segreto tra loro due. Quell'estate lui aveva iniziato a darle dei libri che pensava potessero piacerle. Le aveva detto che erano suoi, di quando era piccolo, quando invece li aveva comprati al mercatino del quartiere.

L'aveva resa così felice. E averla resa felice aveva reso un po' felice anche lui.

Mia non aveva alcun ritardo mentale, come invece credeva sua madre. Non c'era nulla che non andava nel suo cervello. Jacob avrebbe potuto rivelare la verità alla madre, ma gli piaceva essere un passo avanti a lei. Essere a conoscenza di qualcosa che lei non sapeva gli dava una soddisfazione immensa.

La vita in quella casa era un inferno, ma almeno all'orizzonte vedeva il momento in cui sarebbe andato all'università. Per la povera Mia invece non c'era nulla da fare. Sarebbe rimasta lì per sempre.

Capitolo dodici

Il pomeriggio seguente, Niki fu lasciata sola in negozio per la prima volta da quando era stata assunta. Non giravano molti clienti quel giorno, e non appena uscirono tre signore avanti con gli anni, nel negozio rimasero solo lei e Dawn. Niki stava pulendo il bancone dei succhi, e Dawn si avvicinò e le disse: «Devo andare in banca a fare un versamento. Torno tra un quarto d'ora».

«Nessun problema», rispose Niki, continuando a pulire.

«Quindi sarai responsabile del negozio finché non rientro», disse Dawn, ticchettando le dita sul bancone per dare maggior enfasi all'annuncio.

«Capisco. Farò del mio meglio».

Ma la conversazione non finì lì. Uscendo, Dawn le disse che aveva appena cambiato il cassetto del registratore di cassa. «Così sei a posto se arriva qualche cliente». Dawn la guardò negli occhi, in attesa di una risposta, ma Niki annuì e basta. Sapeva che era un test. Le era già successo, in alcune case adottive e in altri lavori. Biscotti e pacchetti di patatine lasciati in bella mostra. Soldi dimenticati sul tavolo. Browser lasciati aperti per vedere se usava qualche device senza permesso.

La gente dava per scontato che non avrebbe esitato a rubare, se solo ne avesse avuto l'occasione. Si potevano dire tante cose di Niki, e non tutte erano buone, ma era una persona onesta. Non prendeva mai cose che non erano sue, mai e poi mai. Certo, era stata tentata a volte, ma non si era mai lasciata sopraffare dall'istinto. Era più una questione pratica che di integrità. La vita da persona onesta poteva essere difficile, ma la vita da criminale prima o poi ti chiedeva il conto. Sapeva di amici e familiari che erano arrivati a compilare assegni scoperti o a rubare per ottenere i soldi per la droga. E se facevi quel passo andava sempre a finire nello stesso modo. Era come trovarsi costantemente sull'orlo del baratro. Prima o poi cadevi. Solo che non sapevi quando.

Una delle vecchie avvocate di Niki, quella prima di Amy, la salutava sempre con la stessa frase: «Continui a rigare dritto, Niki?». Un'espressione che aveva un suono strano, antico. Ed era anche un insulto, ovviamente. Lei non era una criminale: era una bambina in affido, e non perché avesse fatto qualcosa di male. Anzi, faceva il possibile per attenersi alle regole. Non che fosse difficile. La gente si aspettava davvero poco da lei. Al negozio, ad esempio, tutti si comportavano come se fosse assolutamente necessario tenerla sott'occhio tutto il tempo. Dawn aveva ripetuto centinaia di volte i suoi mantra sull'importanza di lavarsi le mani con acqua e sapone e di lavare frutta e verdura, senza sapere che Niki aveva un'attenzione maniacale per l'igiene personale e la pulizia degli ambienti in cui si trovava. Maniacale se non ossessiva. Per Niki, pulire era una forma di meditazione. Detergere banconi, lavare piatti, spolverare. L'atto di eliminare lo sporco la soddisfaceva a un livello intimo, personale. Adesso che era un'adulta e poteva tenere sotto controllo gli ambienti che la circondavano, sapeva benissimo in che luoghi preferiva stare.

Niki aveva appena finito di pulire il bancone e aveva fatto un passo indietro per ammirare il lavoro quando la porta si aprì. Con sua immensa sorpresa, nel negozio entrò Suzette Fleming. A passo deciso, si sfilò i guanti di pelle. Indossava un cappotto color cammello lungo fino al ginocchio che aveva l'aria di essere costato una fortuna. Da vicino, i capelli rossi facevano ancora più colpo, così precisi che sembrava che fosse appena uscita dal parrucchiere. Niki aveva visto la signora Fleming, il cane e la ragazzina giusto la sera prima, l'aveva anche detto a Sharon, quindi fu uno shock ritrovarsela nel negozio, come se qualcuno l'avesse evocata per magia o l'avesse inavvertitamente attirata nella sua tana. Poche ore prima Niki la spiava nel giardino, e adesso eccola nel negozio. Inquietante. Si sentì invadere dal senso di colpa, dal presentimento che sarebbe stata chiamata a rispondere del proprio comportamento, quindi fu sollevata quando la donna non diede il minimo segno di averla riconosciuta.

«Buon pomeriggio», disse Niki. «Benvenuta a Magnificent Nutrition. In cosa posso aiutarla oggi?». Quel messaggio di benvenuto era stato ideato da Dawn, parola per parola, e Niki doveva ripeterlo senza modificare una sola sillaba. Le sembrava un po' troppo insistente, ma non le importava poi così tanto. In genere la gente voleva dare un'occhiata in giro o chiedere un prodotto specifico. Ma non quella volta.

La signora Fleming si tolse il cappotto e lo porse a Niki, sul volto un'espressione di disappunto. «Dov'è Dawn?»

«È dovuta uscire qualche minuto. Posso aiutarla io». Niki tenne il cappotto a mezz'aria, incerta su cosa farne. Era più pesante di quanto si aspettasse; il tessuto era morbido, la fodera pregiata.

«No, no, no», disse la signora Fleming, scuotendo la testa. «Mi spiace, ma non è proprio possibile. Ho preso accordi precisi con Dawn, ha detto che avrebbe fatto arrivare un prodotto specifico che ho richiesto». Parlava a voce alta, con una mano su un fianco, una posizione che pretendeva rispetto.

«Posso controllare gli ordini speciali in magazzino», disse Niki, poggiando con gran cura il cappotto sul bancone, accanto al registratore di cassa. Il negozio non era grandissimo, quindi esponevano solo i prodotti più venduti, ma Dawn e Max ordinavano praticamente qualsiasi cosa su richiesta. Avevano un paio di clienti che facevano sollevamento pesi e che compravano proteine in polvere all'ingrosso. La gente spendeva delle vere fortune per certa roba, roba da non credere, ma Niki non aveva alcuna intenzione di mettersi a fare domande. Erano omoni enormi, tutti muscoli, con delle spalle così grosse che passavano a malapena per la porta. Niki non aveva notato alcun ordine a nome della signora Fleming, però magari le era semplicemente sfuggito. «Se mi dà un attimo, controllo e torno».

La signora Fleming sospirò, a corto di pazienza. «Oh, cara, non lo trovi mica nel retro. Si tratta di un accordo privato tra me e Dawn».

Sorrise a Niki come se fosse una bambina sciocca che aveva detto una frase del tutto priva di senso ma che era as-so-lu-ta-men-te adorabile. La signora Fleming si sporse verso di lei, avvicinandosi così tanto che per un attimo la ragazza pensò che stesse per abbracciarla. «Tesoro, ora ti spiego io cosa facciamo. Adesso tu alzi la cornetta, chiami Dawn e le dici che sono qui che aspetto e che non ho molto tempo». Sorrise, mostrando una fila di denti bianchi perfetti. «Ok, abbiamo chiacchierato anche troppo. Diamoci una mossa».

Niki fece un respiro profondo, valutando la situazione. «Ha detto che sarebbe stata via solo un quarto d'ora, sono certa che sarà presto di ritorno».

«No, no. Devi chiamarla». La voce era tutta zucchero, ma quella insistenza metteva Niki a disagio. Dawn era a dir poco particolare. Non potevi mai sapere di che umore l'avresti trovata.

Come se le avesse letto nella mente, la signora Fleming aggiunse: «Te ne sarà grata, credimi. Sono una delle sue clienti di punta».

Era la prima volta che Niki sentiva parlare di clienti *di punta*, ma la signora Fleming aveva un'aria così autoritaria che era disposta a crederle. Le era stato proibito di effettuare chiamate con il telefono del negozio; anzi, era una delle regole scritte a chiare lettere nel manuale dell'impiegato che Dawn le aveva dato il primo giorno. Per fortuna Niki aveva salvato il numero di Dawn sul cellulare. Ci pensò su un attimo e disse: «Prendo il cellulare. È nel retro».

Quando tornò, la signora Fleming era immobile nello stesso punto di prima, affaccendata allo specchietto di un portacipria. Lo chiuse con uno scatto e lo rimise in borsa. «Dunque?»

«Non ho ancora chiamato». Niki trovò il numero di Dawn. «Dawn? Salve. Ho una cliente qui che deve ritirare un ordine speciale. Si chiama…?». Niki guardò la signora Fleming con aria interrogativa. Sapeva benissimo il nome e il cognome della donna, avrebbe potuto snocciolare persino l'indirizzo di casa, ma non poteva farsi scappare una cosa del genere. Sarebbe stato estremamente difficile trovare una buona scusa per giustificarsi, a quel punto.

Invece di rispondere alla domanda implicita di Niki, la signora Fleming le strappò il telefono di mano con impazienza. Niki doveva ancora rendersi conto di cosa fosse successo e la donna già aveva il cellulare all'orecchio. «Dawn, sono Suzette. Abbiamo un problema, un problema bello grosso. A quanto pare quest'idiota della tua impiegata non sa nulla, quindi devi venire qui immediatamente». Poi fece una risatina, piena di brio, come se fosse tutto uno scherzo. «Sì, sì, lo so. Sono arrivata presto. Ma arrivo sempre un po' in anticipo, no? Quindi avresti dovuto saperlo. Sai che divento intrattabile quando devo aspettare». Dawn disse qualcosa, e la signora Fleming fece un'altra risatina. «Va bene, va bene. Ti aspetto qui. Sbrigati! Ciao!». Avrebbe potuto passare il telefono direttamente a Niki, invece si diresse al bancone e lo poggiò accanto al suo cappotto.

Niki sentì l'esasperazione trasformarsi in un vero e proprio scatto di rabbia. Mandò giù le parole che avrebbe voluto dire e fece un respiro profondo. Si ripeté il suo mantra: *Non puoi controllare i comportamenti degli altri, solo i tuoi.* Non avrebbe ottenuto nulla se si fosse messa a gridare.

Sapeva cosa fare. Avrebbe contenuto la rabbia, avrebbe preso il telefono, sarebbe tornata al bancone dei succhi e avrebbe ripreso a tagliare frutta e verdura fino alla fine del turno. Dawn sarebbe tornata a momenti, e se la sarebbe vista lei con quella stronza.

Niki andò a prendere il telefono, poi si girò e si diresse verso il bancone dei succhi. Improvvisamente, da dietro, le arrivò la voce della signora Fleming: «Non era così difficile, no, tesoro? Avresti dovuto fare subito come ti dicevo, invece di controbattere. È importante sapere qual è il proprio posto».

Niki credeva di avere sotto controllo le sue emozioni, ma ora si sentiva provocata oltre ogni limite. Si girò piano e disse: «Il mio posto lo conosco. Stavo gestendo la situazione in maniera professionale. Quello è il mio cellulare personale, e non ho affatto apprezzato che mi sia stato strappato di mano». Quel rimprovero irritò la signora Fleming, Niki glielo vide in faccia. Ma non rispose. Anzi, la sua risposta era proprio non rispondere, come la donna si premurò di sottolineare serrando le labbra e distogliendo lo sguardo.

Si stava mettendo male. Se l'atmosfera non si fosse rasserenata prima dell'arrivo di Dawn, Niki avrebbe potuto trovarsi in guai seri.

Pensò di farle una domanda per allentare la tensione. «Ha figli? Abbiamo delle caramelle multivitaminiche per bambini in sconto. Sono al sapore di frutti di bosco, naturali, e dolcificate con foglie di stevia organiche. I bambini le adorano».

La signora Fleming non si girò nemmeno. «No, grazie».

«No non ha figli, o no non è interessata al prodotto?»

«Ho un figlio di diciassette anni. Fin troppo cresciuto per le caramelle multivitaminiche», disse, sbuffando.

Niki capì perfettamente che la donna era sul punto di arrabbiarsi sul serio, ma non riuscì a resistere. Sharon aveva le foto della bimba, lei stessa l'aveva vista coi suoi occhi nel cortile dei Fleming. «E, a parte suo figlio, non ci sono altri bimbi in famiglia?»

«No. Non che siano fatti tuoi». Poi le lanciò uno sguardo penetrante. «Non hai niente di meglio da fare? Non c'è motivo di fare conversazione». Poi aprì la borsa con uno scatto e prese a rovistarci dentro. «Che impertinente», mormorò.

Senza proferire parola, Niki tornò al bancone dei succhi e si concentrò sul frigorifero. La tensione nel negozio era palpabile, quindi fu sollevata quando sentì aprirsi la porta e vide entrare Dawn.

«Eccomi, eccomi», disse tutta allegra, con una voce non meno squillante del campanello della porta. «Scusa per l'attesa, ho fatto il prima possibile».

Niki ascoltò la conversazione a toni smorzati delle due, poi vide Dawn dirigersi verso un armadietto chiuso a chiave dietro il bancone e tirarne fuori un sacchetto bianco di carta, diverso da quelli che usavano loro in negozio. La signora Fleming lo aprì, controllò il contenuto e poi se lo infilò in borsa. Tirò fuori una mazzetta di soldi e impilò le banconote a una a una, svelta.

Dawn le guardava allinearsi sul bancone, annuendo. «Bene, allora siamo a posto. Grazie di essere passata da noi».

«Solo una cosa». La signora Fleming si avvicinò e le bisbigliò qualcosa all'orecchio, poi entrambe si girarono a guardare Niki. La conversazione andò avanti per qualche minuto, poi Dawn disse: «Niki, potresti venire qui un momento?».

La ragazza uscì da dietro il bancone e si avvicinò alle due. «Sì?». Sapeva già cosa stava per succedere, aveva un presentimento preciso. Quindi tenne la testa alta e si ripeté che non aveva fatto nulla di male.

«Non pensi di dovere delle scuse alla signora Fleming?»

«Come, prego?»

«Non fare la finta tonta, Niki. La signora Fleming mi ha detto chc sei stata molto sgarbata con lei. Qui a Magnificent Nutrition andiamo molto fieri del nostro rapporto con la clientela, e il modo in cui ti sei rivolta alla signora Fleming in mia assenza è in conflitto con le politiche del nostro negozio. Devi scusarti immediatamente».

Era *lei* a doversi scusare? Niki guardò le due, entrambe rivolte verso di lei con un'espressione compiaciuta e arrogante. Deglutì, poi disse: «Signora Fleming, mi perdoni se non ha gradito il modo in cui ho gestito la situazione. La prossima volta, se preferisce, possiamo usare il suo cellulare». Notò che c'era un bigliettone da cento in cima alla pila di banconote.

La signora Fleming si girò verso Dawn. «Vedi di cosa parlo? Proprio un caratteraccio».

«Non ho un caratteraccio», rispose Niki, in protesta. «Sono stata educata. La signora Fleming mi ha strappato il telefono di mano, e le ho detto che non ho apprezzato il gesto».

«Niki!», disse Dawn, scioccata. «Questo è davvero troppo». Si girò verso la signora Fleming. «Credimi, è inaccettabile anche per me. Mi spiace davvero. Ora me ne occupo io».

La signora Fleming la guardò accigliata. «Ah sì? E come?». Aspettò un attimo, e poi disse: «Se fosse una mia impiegata, la licenzierei per insubordinazione».

«Insubordinazione?», disse Niki. «È ridicolo. Non sono stata insubordinata». Sapeva cosa voleva dire *insubordinazione*, e lei non aveva passato il limite, neanche per idea.

Dopo un attimo di esitazione, Dawn disse: «Niki, riceverai un richiamo formale per essere stata sgarbata con una cliente. Devi andartene subito, e riflettere bene su cosa è successo oggi. Faremo un colloquio domani per discutere come avresti potuto gestire la situazione».

«Vuole che me ne vada *adesso*?». Mancavano ancora due ore alla fine del turno.

«Sì, prendi le tue cose a va' a casa. Parleremo domani».

«Incredibile», mormorò Niki a mezza voce, gli occhi fissi sul pavimento.

«Niki, basta così», le intimò Dawn, un tono di avvertimento nella voce.

L'aveva sentita, a quanto pare.

Niki si diresse sul retro senza dire altro, si infilò la felpa col cappuccio, prese lo zaino e ritornò nel negozio, passando accanto a Dawn e alla signora Fleming, che le scoccò un'occhiata altezzosa. Niki le rispose con quello che Evan definiva il suo "sguardo assassino".

Quello che era successo era ingiusto, aveva un groppo in gola.

Appena uscì sul marciapiede, la rabbia si dissolse. Si rese conto che non poteva chiamare Sharon per farsi venire a prendere. Tanto per cominciare, non sarebbe stata in grado di spiegare cos'era successo senza mettersi a piangere. E non voleva piangere di fronte a Sharon.

Non era colpa sua. Era stata la signora Fleming a passare il limite, con quel suo atteggiamento di superiorità, così sgarbato. Le aveva dato dell'idiota e le aveva strappato il telefono di mano. Se il mondo fosse stato un posto giusto, Niki avrebbe avuto ragione. Ma il mondo non era giusto, e lavorare al minimo sindacale voleva dire anche accettare di essere trattati nel modo che il cliente riteneva più appropriato, e senza protestare. Avrebbe potuto semplicemente scusarsi e lasciar correre, ma c'era una parte di lei che non sopportava di essere umiliata.

Quella forza interiore era un nuovo traguardo che aveva raggiunto, e non era stato semplice. Era sempre stata incapace di farsi valere; solo quando aveva incontrato Amy aveva capito che anche lei aveva dei diritti.

E ora doveva tornare a casa sconfitta. Tra lei e Sharon stava andando tutto così bene, e aveva il terrore che la madre di Amy avrebbe potuto cambiare opinione sul suo conto per via di quell'incidente. La sola idea di deluderla era intollerabile. E poi, Sharon aveva detto che avrebbe pranzato con un'amica e che poi sarebbero andate a fare compere al centro commerciale. Due signore in là con gli anni in un ristorantino e poi a passeggio per il centro commerciale. Chissà quanto ci avrebbero messo. Probabilmente Sharon non era ancora nemmeno tornata a casa.

Niki scese dal marciapiede e si incamminò verso casa. Una forte folata di vento la colpì in pieno volto. Si alzò il cappuccio per proteggersi. Si piegò in avanti per opporsi meglio alla brezza, sbattendo le palpebre nel tentativo di non piangere. Nonostante tutti i suoi sforzi, però, calde lacrime iniziarono a rigarle le guance. Si asciugò il volto con la manica della felpa. *Fanculo*, pensò. Era stata una giornata orribile. Poteva anche piangere, se voleva. Quando arrivò alla fine del parcheggio, i singhiozzi la scossero con una forza tale che si sentì quasi soffocare.

Continuò a camminare, abbandonandosi alla tristezza. Il pianto la accompagnava con i suoi sussulti mentre, passo dopo passo, continuava a combattere contro il vento. Era l'ingiustizia che le faceva più male. Se le vedeva ancora davanti, Dawn e la signora Fleming, spalla a spalla, unite contro di lei. Se aveva un briciolo di rispetto per sé stessa non poteva continuare a lavorare lì. Ma non poteva nemmeno licenziarsi. Sharon avrebbe pensato che era un'incapace, e, a dirla tutta, era proprio così che si sentiva. Avrebbe dovuto gestire diversamente la cosa. Avrebbe dovuto lasciar correre. Ok, quella donna le aveva dato dell'idiota, e allora? I clienti sono sempre sgarbati. Erano cose che succedevano. Solo che, quella volta, l'aveva preso come un attacco personale.

Avrebbe dovuto iniziare subito a cercarsi un nuovo lavoro, e intanto resistere a Magnificent Nutrition, nonostante tutto. Avrebbe accettato qualsiasi lavoro, *qualsiasi*, e si sarebbe licenziata non appena avesse trovato qualcosa di sicuro.

«Non sono un'idiota», borbottò. Il freddo era un buon motivo per accelerare il passo. Un altro quarto d'ora e sarebbe arrivata a casa. Magari sarebbe anche riuscita a ricomporsi prima di rivedere Sharon.

Capitolo tredici

Sharon era appena rientrata, non aveva ancora appeso il cappotto al gancio nell'ingresso. Sentì le chiavi girare nella toppa e sussultò.

Doveva essere Niki – fu questo il suo primo pensiero. Il secondo fu che, se invece *non* era Niki, qualcuno si stava introducendo in casa sua – e che quindi la situazione non si metteva bene.

«Niki?», gridò.

«Sì, sono io».

Ok allora. *Certo* che era Niki. Chi altri avrebbe dovuto essere? «Sei tornata presto». Sharon si sfilò le scarpe e le mise ben dritte sul tappetino d'ingresso.

«Sì, mi hanno fatto staccare prima».

«Spero tu non sia tornata a piedi con questo ventaccio», le gridò Sharon in risposta.

«Non faceva troppo freddo». Poi, un attimo dopo, aggiunse: «Faccio un pisolino prima di cena, ok?»

«Ok».

Qualcosa non andava, pensò Sharon, ascoltando l'eco dei passi di Niki che si affievoliva sulle scale. Non era il fatto che Niki volesse fare un riposino. Quello era perfettamente comprensibile, soprattutto dopo tre chilometri a piedi con quel vento. Il problema era quel ritorno in anticipo, e anche quel tremolio che le aveva sentito nella voce, come se avesse pianto. Il suo intuito di madre le diceva che c'era qualcosa di strano. Non solo Niki era rincasata troppo presto, ma era anche triste. Era successo qualcosa. C'entrava forse il suo ex, quello che Niki aveva menzionato solo *en passant*?

Non ha funzionato. Aveva un caratteraccio, aveva detto. *Certe volte era proprio fuori controllo.* Sharon non ci aveva messo granché a leggere tra le righe.

Ferma ai piedi delle scale, il palmo appoggiato sul corrimano, ascoltò i passi di Niki al piano di sopra, finché non sentì il letto cigolare. Era il caso di salire su e fare due chiacchiere con lei? No, Niki era un'adulta, e Sharon non voleva violare la sua privacy. Amy era stata molto chiara su questo: *Non soffocarla. Non fare troppe domande.*

Ma c'era un confine sottile tra cortesia e indifferenza. A volte *dovevi* fare delle domande. Sennò, come facevi a sapere?

Sharon se ne stava ferma lì a soppesare le possibilità quando sentì Niki piangere. Un lamento sommesso, discreto, che non voleva essere udito. Lo aveva sentito solo perché era proprio lì vicino. Quel pianto cambiava tutto. Non puoi ignorare un bambino che piange, no? Anche se nello specifico era una bambina un po' cresciuta. In ogni caso, non attese un solo attimo di più e salì le scale, tenendo le orecchie bene aperte. Quando arrivò in cima il pianto si arrestò, ma lei tirò dritta finché non fu arrivata alla porta di Niki. Si fermò un attimo. La porta era socchiusa. Sharon la aprì ed entrò.

Niki era rannicchiata sul letto, il corpo era come una virgola sulla trapunta. Le tende erano ancora alzate e il sole entrava dalla finestra, ma la stanza era immersa in un'atmosfera quasi lugubre. Senza dire nulla, Sharon prese una coperta dall'armadio e rimboccò per bene Niki, fino alle spalle. Poi si sedette sul bordo del letto e cominciò ad accarezzarle i capelli.

In silenzio, Niki ricominciò a piangere, con le spalle che si sollevavano e si abbassavano, proprio come faceva Amy quando cercava di trattenere le lacrime. A differenza di sua madre, Amy era una tosta, sempre pronta a sfidare il mondo intero. Piangeva di rado e, quando capitava, cercava di trattenersi fino all'ultimo istante. A Sharon, invece, bastava un film di Natale per rompere le dighe, o anche un libro triste o un bigliettino d'auguri commovente. Aveva un vero dono, in fatto di lacrime. Quasi un talento naturale.

Sebbene si conoscessero da poco, quella ragazza le ispirava una sorprendente tenerezza. «Mi dispiace», disse infine, scegliendo con cura le parole. «Qualsiasi cosa sia successa, mi dispiace. Sfogati pure. È tutto a posto».

Niki sussultò e si calmò, o almeno così pareva. Quindi Sharon continuò ad accarezzarle i capelli e a sussurrarle parole rassicuranti. Era terribile che Niki fosse così triste, ma Sharon era felice di rendersi utile.

Dopo qualche minuto, si alzò, prese una scatola di fazzoletti dal bagno e la poggiò sul comodino. Ne tirò fuori uno e lo mise in mano a Niki. La ragazza si tirò su a sedere e si asciugò il naso.

«Si aggiusterà tutto», la consolò Sharon. «Prima o poi le cose si aggiustano sempre».

«Sempre?». Niki la guardò dubbiosa. Aveva gli occhi rossi e il volto chiazzato. I capelli erano un disastro – e sì che quella mattina se li era tirati con tanta cura in una coda perfetta! Adesso invece era stravolta.

«Be', a volte peggiorano un po', prima di migliorare», ammise Sharon, e Niki annuì, come se fosse una risposta del tutto logica.

Prese un altro fazzoletto e si asciugò gli occhi. «Che giornata schifosa».

«Ti va di parlarne?», chiese Sharon, esitante. «A volte fa bene». Non voleva ficcare il naso in cose che non la riguardavano, e poi non sapeva come avrebbe reagito la ragazza. Però poi Niki attaccò a raccontare la storia a spizzichi e bocconi, come se ogni singola parola celasse un profondo dolore. Ma sembrava determinata a tirare fuori tutto.

«Dawn mi ha ordinato di andarmene», concluse. Accartocciò il fazzoletto che teneva in mano. «Mi ha detto che mi farà un richiamo ufficiale. Ha fissato un colloquio domani per discuterne». Era rassegnata, la voce secca, aspra.

«Pensi che la signora Fleming ti abbia riconosciuta?», le chiese Sharon.

«Non credo», rispose Niki, scuotendo la testa. «Ieri sera, quando guardavo nel loro cortile, la luce della mia stanza era spenta. E poi non mi sembra il genere di persona che nota chi le sta intorno».

Sharon annuì, pensierosa. «E quindi cos'è che c'era nel sacchetto che ha comprato da Dawn?».

Niki piegò la testa e rimase in quel modo per un attimo, riflettendo, e poi disse: «Oh, non ne ho idea. Non ci avevo nemmeno pensato».

«Secondo te era qualcosa di illegale?»

«Può essere», le rispose la ragazza. «Voglio dire, non era con il resto degli ordini speciali. E ha pagato in contanti. *Un sacco* di contanti. In cima alla pila c'era addirittura un biglietto da cento».

Sharon storse la bocca, poi disse: «Non possiamo escludere che Dawn e la signora Fleming abbiano architettato quella messinscena sul tuo comportamento solo per distrarti da ciò che stavano facendo».

«Sul serio?», chiese Niki, raddrizzando un po' la schiena.

«Certo. Voglio dire, chi è che paga quelle somme in contanti? C'è qualcosa sotto. Una transazione di quel genere in nero… E hai detto che teneva la merce in un armadietto chiuso a chiave?». Sharon era indignata per Niki. «Se Dawn smercia droghe o imbroglia il fisco e la scoprono, rischia conseguenze serie. Potrebbe finire in galera. Probabilmente anche la signora Fleming. Dawn potrebbe perdere il negozio. Non volevano che facessi domande, quindi hanno rigirato la frittata per farti credere che fossi stata tu a fare qualcosa di male. Il che, sia detto per inciso, è una bugia bella e buona». Le accarezzò il braccio con fare materno. «Hai gestito bene la situazione. Benissimo. Molto meglio di come avrei fatto io».

Niki prese un altro fazzoletto e si soffiò il naso. «Non ci ho nemmeno pensato. Ero solo arrabbiata perché mi aveva dato dell'idiota e mi aveva strappato il telefono di mano. E poi ha rigirato tutta la storia come se fossi io nel torto». Deglutì. «Nessuno mi ascolta mai».

«Io ti ascolto», le rispose Sharon. «E penso che tu fossi nel giusto, al cento per cento. Mi dispiace che ti abbiano trattata così, non te lo meritavi».

«Grazie». Rimasero lì sedute in silenzio per qualche minuto, poi Niki chiese: «Credi che dovrei chiedere che cosa ha comprato la signora Fleming nel colloquio di domani?»

«Oh, non ci sarà nessun colloquio domani», le rispose Sharon.

«No?»

«Spero di no. Rispondimi un attimo: vuoi continuare a lavorare in quel posto?».

Niki sospirò. «No che non voglio, ma che scelta ho? Non ho un altro posto, e mica posso stare qui con le mani in mano. Pensavo di iniziare a cercare lavoro online e di licenziarmi alla prima occasione».

«La scelta spetta solo a te, ma, per quello che vale, sarei ben felice di dirti ciò che penso dovresti fare».

«Dimmi». Niki si chinò in avanti, impaziente. Era chiaro che avesse bisogno di una guida.

«Andrei da loro domattina, gli ridarei la loro stupida maglietta e mi licenzierei».

«Di botto, così?».

Sharon annuì. «Di botto, così».

«Senza preavviso?»

«Senza preavviso». Sharon vedeva le emozioni passare sul volto di Niki. L'incertezza mista al sollievo. «Mi ero fatta l'idea che farsi valere ti venisse facile. Avevi un ex violento, l'hai mollato. Ti sei licenziata dal tuo vecchio lavoro lasciando un messaggio in segreteria. Lo vedo che sei una ragazza forte, penso sia ammirevole. Quando avevo la tua età, non avevo nemmeno l'ombra di una spina dorsale. Ci ho messo un bel po' di tempo per darmi valore».

«E non ti importa che viva qui senza avere un lavoro? Non penserai che sia una che si arrende facilmente?»

«È di questo che ti preoccupi?», chiese Sharon sconvolta, con una risatina. «Oh, tesoro, non me ne importa niente. Troverai un altro posto in men che non si dica. Non ho dubbi».

Niki ci pensò su un attimo. «Va bene. Allora domani vado lì e mi licenzio». Poi si avvicinò a Sharon e la strinse in un abbraccio, cosa che prese Sharon di sorpresa. «Grazie, grazie davvero».

«E di cosa? Non ho fatto niente».

«Grazie per avermi ascoltata e per avermi aiutata». Niki si ritrasse, e Sharon vide che piangeva di nuovo. «E per essere venuta qui e avermi messo addosso la coperta ed essere stata così gentile».

«Non ho fatto niente di che», disse Sharon, facendo spallucce. «Sono felice se ti ho aiutato». Si lisciò i pantaloni. «Ti meriti di meglio che di lavorare da Magnificent Nutrition, Niki. So che ora stai male, ma un giorno questa non sarà che una storiella divertente».

«Credi davvero?»

«Lo so per certo». Si alzò. «Ora scendo a preparare la cena. Tu non pensare più a questa storia».

«Ti serve aiuto?».

Sharon sorrise. «No, tranquilla. Grazie». Si diresse verso la porta e, prima di uscire, si voltò e disse: «Sai, ho sempre odiato quella polo».

«Anch'io».

«E poi, te ne hanno data una sola. Che storia è mai?»

«Non lo so». Niki abbassò lo sguardo su quella maglietta da quattro soldi, di poliestere, che aveva ancora addosso. «Mi hanno detto che in quel momento ne avevano solo una, e che ne avevano ordinata un'altra».

«Ormai avrebbe dovuto essere arrivata».

«Sì».

«Beh, la buona notizia è che non dovrai mettertela mai più. Non lavarla prima di ridargliela».

«No».

«Ti chiamo quando è pronta la cena. Faccio gli spaghetti. Magari non è ancora il caso di cambiarti, metti caso che ti vada qualche schizzo di sugo proprio sulla maglia».

Niki le fece un gran sorriso. Sharon scese le scale, il passo ben più leggero di quanto non fosse quando le aveva salite.

Capitolo quattordici

Quando Signora arrivò a casa, Mia aveva già apparecchiato, e la cena era pronta nella pentola per la cottura lenta.

La parte più difficile era stata tagliare le carote e le cipolle. Jacob le aveva dato una mano con le carote, ma le aveva detto che con le cipolle avrebbe dovuto cavarsela da sola. «Quelle mi fanno piangere come una fontana», aveva dichiarato prima di uscire dalla stanza. Camminava piano, lo sguardo già incollato al telefono.

Una volta, qualche mese prima, mentre preparava le verdure, Mia si era tagliata un pollice. Ci si era messa sopra pezzo di carta assorbente, ma aveva comunque sporcato ovunque, ed era finita nei guai. Signore e Signora si erano pure messi a litigare. Signore aveva detto che Mia era troppo piccola per utilizzare un coltello così affilato e anzi che non avrebbe nemmeno dovuto usare i fornelli. Signora aveva ribadito che stava facendo delle storie ridicole, e che Mia avrebbe solo dovuto fare più attenzione. Signore le aveva esaminato il pollice e aveva pulito la ferita, poi ci aveva messo su un cerotto. Nei giorni seguenti l'aveva controllata ogni sera: le toglieva il cerotto e le chiedeva di piegare il dito, e corrugava la fronte. Poi il taglio si era rimarginato, e Mia si era resa conto che in realtà era una cosa che la rendeva triste, perché Signore non le controllava più la ferita tutte le sere.

Da allora, Mia aveva il permesso di utilizzare i coltelli solo quando Signore non era a casa. Come quel giorno.

A casa le cose andavano diversamente quando Signore

non c'era, e lei non sapeva mai cosa doveva aspettarsi. A volte Signora era piena di energie e voleva che Mia la aiutasse a riordinare gli armadi o a pulire i battiscopa; a volte restava nel letto tutto il tempo e si faceva portare su i pasti da Mia. Quando Signora rimaneva a letto era meglio, perché per Mia c'era meno da fare – solo che doveva stare costantemente all'erta e non tardare se Signora suonava la campanella.

Quel pomeriggio Signora arrivò in cucina col sorriso sulle labbra. Aveva ancora addosso il cappotto, ma si era sfilata le scarpe e si era infilata i guanti in tasca. «Oh, Mia», le disse con uno sguardo d'approvazione, «mi è arrivato il profumo dello spezzatino non appena ho messo piede in casa». Alzò il coperchio e guardò dentro. «Niente male», disse annuendo. «Ti faremo diventare una cuoca coi fiocchi».

«Sì, Signora», rispose Mia. Aveva appena finito di pulire la cucina e ora stava in piedi di fronte a Signora, a mani giunte. Quando Signora si diresse verso l'entrata, Mia la seguì, in attesa di istruzioni. Signora appese il cappotto, poi tirò fuori una bustina bianca dalla borsa e passò la borsa a Mia, perché la riponesse nell'armadio.

«Oh Mia, non hai idea di quanto sia bello tornare a casa, dopo la giornata che ho avuto», disse Signora d'un tratto, con una mano su un fianco, mentre Mia si accingeva a riporre la borsa nell'armadio. «Che inferno! Prima c'è stata la riunione del consiglio, e credimi che quelle donnette ne avrebbero proprio bisogno, di un consiglio! Stanno cercando di organizzare un'asta silenziosa e non hanno la minima idea di come si fa. Se ne stanno lì e parlano, parlano, parlano senza concludere nulla. Io ovviamente sapevo fin dall'inizio come funziona la cosa, ma le ho lasciate litigare, poi mi sono alzata, ho preso la parola e ho iniziato a gestire la situazione, affidando un compito a ognuna. Avresti dovuto vedere come mi guardava Trina Meyer! Non sapeva se ringraziarmi o strangolarmi!». Rise, tutta animata, e Mia le sorrise. «Poi sono andata a pranzo con Jana, e dopo ho fatto delle commissioni. Un traffico indicibile. Stanno facendo dei lavori sull'interstatale». Scosse la testa, e le morbide onde dei capelli messi in piega sobbalzavano sottolineando il suo fastidio. «Quanto sei fortunata a poter rimanere a casa».

«Sì, Signora».

«Oh, Mia, sei proprio una brava bambina, lo sai?».

Mia annuì, sentendo la felicità che le divampava nel cuore all'idea di essere la brava bambina di Signora.

«E sei così fortunata a vivere qui con noi. Se penso a com'eri quando ti abbiamo salvata... posso solo immaginare che razza di vita avresti vissuto. Solo a pensarci mi viene da piangere».

Mia ebbe un attimo di esitazione. Aveva così tante domande. Non capitava di frequente che Signora accennasse a quando l'aveva salvata. Da come parlava sembrava che desse per scontato che Mia ricordasse quello che era successo, ma la verità era che al tempo era piccolissima. Per quanto si sforzasse non riusciva a rammentare nulla di com'era la sua vita prima di andare a vivere dai Fleming. Aveva un vago ricordo di una donna che la cullava, cantandole una ninnananna. Se si sforzava proprio al massimo, le pareva quasi di riuscire a rievocare il suono della sua voce. C'erano anche altre immagini che le venivano in mente. Le sue manine che raccoglievano denti di leone. La sensazione di essere spinta sull'altalena, e di arrivare così in alto che le sembrava di poter toccare le nuvole. Ma le vedeva come in un sogno, come in una nuvola di speranza. Probabilmente se le stava immaginando e basta. Una volta aveva chiesto a Jacob come fosse la sua vita prima che loro la salvassero. «Dov'ero quando mi avete salvata?», gli aveva chiesto. Aveva sperato in una risposta, ma lui le aveva fatto no con la testa.

«È meglio se non lo sai. Fidati». Non voleva dirglielo, ma non si era reso conto di essere caduto nella sua trappola: prima di quel momento, Mia non sapeva nemmeno se lui era al corrente di qualcosa o meno. E invece qualche informazione l'aveva, il che voleva dire che magari, un giorno, se lei l'avesse preso in un momento di buonumore, le avrebbe potuto raccontare la verità. Non restava che tormentarlo di domande su domande, fino a sfinirlo, fino a strappargli qualche risposta. A quel punto lei avrebbe saputo la verità. A volte, quando lo interrogava, lui le diceva: «Sai che non ti mentirei mai, Mia, vero?». E lei diceva che lo sapeva, perché lui non le aveva mai mentito.

Ma era Signora, ovviamente, a ripetere che Mia era stata davvero fortunata a essere finita con loro. Da come la metteva lei, sembrava che l'avessero tirata fuori da una discarica, o che prima vivesse sotto un mucchio di foglie. Ma quel giorno, Signora sembrava particolarmente di buon umore, il che diede a Mia il coraggio di fare quella domanda. Un coraggio che non aveva mai avuto prima.

«Quando mi avete salvata...», iniziò a dire, ma Signora le parlò subito sopra, senza nemmeno accorgersi che aveva aperto bocca: «E poi me la sono dovuta vedere con questa nuova impiegata al negozio bio». Sbuffò, indignata. «Ah, le cose che mi sono successe oggi! Assurdo! Una sfacciata di prima categoria. Ha avuto persino il coraggio di rispondermi! Che faccia tosta! Io l'avrei già licenziata. Te lo immagini? Quelle rispostacce *a me*, a me che sono la loro migliore cliente. Che nervi!». Si incamminò lungo il corridoio, la bustina in mano. A un certo punto si girò: «Mia! Insomma? Cerca di darti una mossa, c'è ancora un sacco di roba da fare. La giornata non è mica finita».

Mia le trotterellò dietro, la borsa ancora al braccio. Signora le avrebbe assegnato un paio di cose da fare, ma meno del solito. La bustina bianca era la garanzia che presto il suo umore sarebbe migliorato. Si sarebbe infilata la vestaglia, si sarebbe buttata sul letto a guardare Netflix e si sarebbe completamente dimenticata di lei. A volte si scordava persino di darle la buonanotte, e la porta della camera restava aperta tutta la notte.

In quelle occasioni, Mia aveva sempre troppa paura di uscire dalla sua stanza. L'idea di poter girare per casa senza che nessuno le controllasse la spaventava e la elettrizzava al tempo stesso. Ma magari uno di quei giorni avrebbe preso coraggio.

Capitolo quindici

La mattina seguente, Sharon accompagnò Niki al lavoro un po' prima del solito. La ragazza non aveva fatto colazione. Non aveva fame, aveva detto.

«Andiamo e togliamoci il pensiero», aveva proposto allora Sharon, con le chiavi in mano. «Ti sentirai meglio quando questa storia si sarà conclusa».

«Ti dico la verità», sbottò all'improvviso Niki, dopo essersi chiusa in un lungo silenzio. «Sono un po' nervosa». Lanciò un'occhiata a Sharon, sperando che le offrisse una parola di conforto. Prima di uscire, avevano discusso a lungo di cosa dire e cosa fare. Sharon pensava che sarebbe stata una passeggiata: le aveva ricordato che aveva mollato Evan così su due piedi, che si era licenziata senza dare nemmeno il preavviso, con un messaggio in segreteria, e alla fine non si era fatta il minimo problema ad andarsene dall'ultima casa dopo l'incidente con il marito della donna che la ospitava. Era tutto vero, ma – ed era un *ma* grande come una casa – quei tre esempi avevano qualcosa in comune: Niki era arrivata proprio al limite, si era fatta prendere dal panico e aveva preso delle decisioni senza pensare.

Quella volta invece era diverso. Aveva avuto tutto il tempo di rimuginare su quello che era successo, e sentiva di aver fatto una cazzata.

Non sarebbe stato così semplice trovare un altro posto, e quanto tempo sarebbe potuta rimanere a casa di Sharon senza un lavoro? Anche la persona più gentile del mondo ha i suoi limiti.

«È normale essere nervose», le disse Sharon. «Hai cambiato idea? Vuoi continuare a lavorare per loro?»

«No», rispose Niki, senza darsi il tempo di riflettere. Non voleva lavorare lì, proprio per niente. Quello che voleva era restituire quella polo e non rimettere mai più piede da Magnificent Nutrition. L'idea di licenziarsi era allettante. Non la allettava affatto invece la prospettiva di andare lì e parlare con Dawn. Se avesse potuto, avrebbe lanciato la maglietta nel negozio gridando: «Me ne vado!» senza neppure scendere dalla macchina in corsa.

«Te ne puoi andare anche se sei nervosa. In ogni caso, non lavorerai più per loro».

Il parcheggio era quasi deserto. Sharon si fermò di fronte alla fila di negozi, e Niki vide Max e Dawn. «Oddio, ci sono tutti e due», disse, mentre il cuore le sprofondava nel petto.

«Tutti e due?»

«Max e Dawn». Niki non li aveva mai visti entrambi in orario di apertura. Pensò che l'avessero fatto apposta: magari volevano far fronte comune contro di lei, o magari avevano intenzione di mettere su la scenetta del poliziotto buono/poliziotto cattivo, come nei film. «Non so se ho il coraggio di affrontarli. Magari potrei chiamare, o mandare un messaggio».

«Sì, potresti», disse Sharon, soppesando l'idea. «Ma non pensi che ti sentiresti meglio ad affrontarli faccia a faccia? A dirgli chiaro e tondo perché te ne vai? Nessuno ha il diritto di insultarti e di strapparti la roba di mano. E vogliamo parlare di Dawn, che l'ha spalleggiata? È sbagliato, su tutti i fronti. Dire ciò che senti, esprimere la tua opinione, ti farebbe acquisire fiducia in te stessa. Ti farebbe sentire più forte».

«Suppongo che tu abbia ragione». Niki sospirò, senza muoversi di un millimetro.

«So che adesso può sembrarti un ostacolo insormontabile, ma un giorno ti guarderai indietro e sarai felice di esserti fatta valere. E molto presto ti capiterà un'altra buona occasione. Anzi, un'occasione migliore! La vita cambia in un attimo, e spesso quando uno meno se lo aspetta. Credimi! Mi è successo un milione di volte. È uno dei vantaggi dell'avere la mia età», aggiunse, con un sorriso.

«Dici davvero?»

«Certo. Vuoi che venga con te?»

«Verresti davvero?»

«Naturalmente. Per supporto morale». Sharon spense il motore, si mise la borsa in spalla e aprì la portiera. «Allora, andiamo?»

«Ok». Niki lasciò la borsa nell'auto e si incamminò con Sharon, la polo in mano.

Sharon entrò per prima, e tenne la porta aperta per la ragazza. «Ce la puoi fare», le bisbigliò.

Niki aveva ben chiaro in mente cosa dire: *Non posso continuare a lavorare in un posto che non sostiene i propri dipendenti, quindi mi licenzio. Ieri è stato il mio ultimo giorno di lavoro.* Per il resto, il piano era semplice: avrebbe lasciato la polo sporca di sugo sul bancone, si sarebbe girata sui tacchi e se ne sarebbe andata. Un piano a cui, al momento, si era aggiunta la leggera complicazione rappresentata dalla presenza di Max, tutto preso a rifornire uno degli scaffali laterali di vitamine. Dawn invece era alla cassa, e la squadrava con aria di sfida. Sarebbe stato impossibile parlare a entrambi nello stesso momento, quindi decise di dare le dimissioni a Dawn. Fece un bel respiro, si diresse alla cassa e poggiò la polo sul bancone.

«E questa cos'è?», le chiese brusca Dawn, guardando la maglietta come se fosse la carcassa di un animale morto.

Niki sentì tutto il sostegno di Sharon. Come un'ondata di energia che le arrivava da dietro. *Ce la puoi fare.*

Raddrizzò la schiena e disse: «Non posso continuare a lavorare in un posto che non sostiene i propri dipendenti, quindi...».

«Non ci credo», la interruppe Dawn, sbattendo la mano

sul bancone. «Ti licenzi? Dopo tutto il tempo che abbiamo passato a formarti?».

Il cuore di Niki batteva all'impazzata, ma lei si sforzò di finire la frase. «... Quindi mi licenzio».

«Ma ti rendi conto, Max?», gridò Dawn al marito. «Questa stronzetta ci sta mollando».

«Ehi, ehi, ehi», protestò Sharon, avvicinandosi a Niki. «Non c'è nessun bisogno di insultare. Cerchiamo di essere civili. Niki avrebbe potuto semplicemente non presentarsi, invece è venuta a riportare la maglietta e a spiegarsi».

«E ti sei portata la nonna dietro? Non ce la fai a combattere le tue battaglie da sola?». Dawn fece il giro del bancone, tenendo in mano la maglietta macchiata. «Dovresti vergognarti!».

Dall'altra parte del negozio, Max disse senza convinzione: «Basta, Dawn».

Niki era determinata a finire: «Ieri è stato il mio ultimo giorno di lavoro».

«Andiamo, Niki», disse Sharon. La prese per il braccio, dirigendosi verso la porta.

«Ha firmato un contratto in cui ha detto che avrebbe lavorato per noi per un minimo di tre mesi. Questo gliel'hai detto alla nonna? Quel contratto ha valore legale. Possiamo fare causa».

Niki si era completamente dimenticata di aver firmato quel contratto. Era davvero vincolante? Si girò verso Sharon, e si rese conto che nei suoi occhi si era acceso uno sguardo di sfida.

«Mi fa piacere che sia lei a parlare di legalità», disse Sharon, «perché è uno dei motivi per cui ho incoraggiato Niki a licenziarsi. Non voglio che mia nipote lavori per gente che vende droga. Credo che la polizia sarebbe molto interessata a dare un'occhiata agli "ordini speciali" dei suoi clienti di prima classe».

Dawn sbiancò, rimanendo a bocca a aperta. Sharon la fissò senza dire una parola per un'eternità, poi si girò e uscì, con Niki che le trotterellava dietro. Quando furono in macchina, Niki disse: «Quello si è che stato un *mic drop*».

«Ci puoi scommettere!», concordò Sharon, mettendo in moto. «Anche se non so che significa», aggiunse con una risatina.

«Vuol dire...». Niki ci pensò su. «È come dire che hai avuto tu l'ultima parola. Che gliel'hai fatta vedere».

Sharon annuì. Rimasero lì ferme un attimo, a guardare il negozio. Max aveva lasciato la scatola di vitamine ed era andato da Dawn, dietro al bancone, e pareva che i due fossero impegnati in una discussione animata.

«Hai visto che faccia ha fatto quando le hai detto della droga?», chiese Niki.

«Certo che ho visto».

«Peccato che non abbiamo alcuna prova. Mi piacerebbe proprio denunciarla alla polizia». Mentre parlava, Dawn alzò la cornetta e prese a comporre un numero, digitando con furia. «Secondo te chi sta chiamando?»

«Suzette Fleming. Devono mettersi d'accordo su una storia credibile».

«Dici?»

«Sicuro. Ha paura, e fa bene». Sharon si girò verso Niki e le posò una mano sul braccio con dolcezza. «Almeno non dovrai preoccuparti della clausola dei tre mesi. Non vorranno avere nulla a che fare con te, adesso».

«Spero che tu abbia ragione».

«Certo che ho ragione. Ci puoi contare».

«Be', se davvero mi denunciassero, si darebbero la zappa sui piedi».

«È questo lo spirito», le disse Sharon facendole un grande sorriso. Poi mise in moto e uscì dal parcheggio.

Poco prima di arrivare a casa, Sharon si fermò alla pompa di benzina all'angolo. «Un attimo solo».

«Posso fare io, se vuoi», disse Niki, slacciandosi la cintura.

«No, no, ci penso io», rispose Sharon. Tirò fuori una banconota da dieci e la diede a Niki. «Perché non vai nel negozio e compri delle ciambelle? Quattro, magari. Sceglile tu. Possiamo fare una festicciola di licenziamento quando torniamo a casa».

Stranamente, l'appetito di Niki, che solo quindici minuti prima era inesistente, di colpo era ritornato. Lo stomaco si mise a borbottare all'idea delle ciambelle. Pareva che Sharon riuscisse sempre a indovinare come si sentiva. Prese i soldi ed entrò nel negozio, andando diretta al bancone delle ciambelle. Dalla finestra, vide Sharon che parlava con un'altra donna mentre faceva benzina.

Non era semplice inquadrarla, Sharon. Era amichevole, ma non troppo. Calma e tranquilla, al punto da farti pensare che si sarebbe lasciata comandare a bacchetta. Eppure Niki aveva l'impressione che ci fosse una vera forza dietro quella placidità. Solo che Sharon non la tirava fuori spesso. Non come Amy, che gliela leggevi in faccia al primo sguardo. Amy guidava con determinazione e, quando aveva la radio accesa, teneva la musica alta. Sharon lasciava sempre passare gli altri, come se avesse tutto il tempo del mondo, mentre Amy si spazientiva se solo le macchine davanti a lei tardavano a girare quando il semaforo diventava verde. «Ma guarda quello», diceva, indicando l'auto davanti. «Te l'hanno regalata per Natale, la patente?».

Se quella mattina ci fosse stata Amy con lei, sarebbe stata guerra aperta. Lo scontro sarebbe iniziato nel secondo stesso in cui avessero messo piede nel negozio. Sharon, invece, non aveva detto una sola parola finché Dawn non aveva insultato e minacciato Niki.

Due modi diversi di essere forte.

La vetrina delle ciambelle era quasi piena, quindi Niki prese una bustina di carta e scelse due *cruller*, una Long John ricoperta al cioccolato e un bombolone alla marmellata. Al suo fianco, una donna con un cappotto di lana grigio e tacchi alti neri prendeva un cappuccino dal distributore automatico. Niki andò alla cassa per pagare. La servì un signore in là con gli anni, con una massa di capelli grigi e giusto un filo di pancetta. Portava una camicia di flanella e un paio di jeans, un look stile boscaiolo tornato in voga negli ultimi tempi. Ma non sembrava un tipo troppo interessato alle ultime mode. Probabilmente si vestiva sempre così, fin da quando era giovane.

«Buongiorno, signorina», le disse, con un sorriso così felice che lei non poté fare a meno di sorridergli in risposta. «Quante ciambelle abbiamo infilato in quella bustina?»

«Quattro», rispose lei, e pagò. Lui le fece lo scontrino e le diede il resto.

«Ecco a lei. Abbia il miglior giorno della sua vita, ok?».

Era una frase sdolcinata che probabilmente diceva a tutti i clienti, ma quella positività la mise di buon umore lo stesso. «Sarà fatto».

Quando si girò per andarsene, vide un cartello accanto alla porta.

CERCASI PERSONALE
Diventa parte del team di Village Mart
Stipendio buono, orari flessibili

Niki aspettò che la donna pagasse il caffè e poi si avvicinò di nuovo al bancone. «Vorrei far parte del vostro team», disse. «Devo fare domanda online?»

«Se vuoi», rispose lui. «Sennò ti prendo il modulo». Prese un foglio da sotto il bancone e glielo passò. «Se sei davvero interessata, possiamo fare il colloquio anche adesso. Mio fratello Fred è nel retro, posso chiamarlo e dirgli di pensare alla cassa».

«Sono davvero interessata», disse Niki, lanciando uno sguardo fuori dalla finestra. «Vado solo un attimo ad avvisare mia nonna, ok? Un secondo solo».

«Prenditi pure tutto il tempo che vuoi». Si rilassò, incrociò le braccia e rise. «Tanto non vado da nessuna parte».

Capitolo sedici

La vita cambia in un attimo.

Era così che aveva detto Sharon, e Niki si meravigliò di quanto fosse vero. Nel giro di due ore aveva mollato un lavoro e ne aveva trovato uno migliore.

Il Village Mart era di proprietà di due fratelli, Fred e Albert, entrambi piuttosto in là con gli anni e a quanto pareva affetti da un raro disturbo della personalità che li lasciava perennemente di buonumore. Albert le aveva sorriso e aveva fatto battute su battute durante tutto il colloquio, mettendola a proprio agio. Dopo un paio di minuti si era dimenticata che in teoria stava sostenendo un colloquio di lavoro e aveva cominciato a fare battute anche lei. L'avevano assunta subito.

La paga era un dollaro all'ora in più rispetto a quanto prendeva da Magnificent Nutrition, e anche l'orario era più comodo: dal mercoledì alla domenica, dalle nove alle cinque. Non avrebbe mai dovuto aprire né chiudere, di quello si sarebbero occupati i fratelli. E la parte migliore era che la stazione di rifornimento era a pochi isolati da casa di Sharon, quindi sarebbe potuta andare al lavoro a piedi.

Le ciambelle che aveva comprato divennero il dolce per festeggiare il nuovo lavoro. «Sapevo che avresti trovato subito una soluzione», le disse Sharon quando si sedettero al tavolo della cucina. Si era fatta una tazza di caffè e stava scegliendo una ciambella.

«Io non ne ero così sicura», disse Niki, bevendo un succo d'arancia. «Ma ho un buon presentimento. Sono felice di avere un orario fisso». Albert le aveva permesso di scegliere tra il turno di giorno e quello di notte, e lei non aveva avuto esitazioni.

«Non ti dispiace lavorare nei weekend?».

Niki scrollò le spalle. «Nah. Un giorno vale l'altro. Gli ho detto che possono chiamarmi anche nei giorni liberi, se hanno bisogno». Albert le era sembrato particolarmente contento quando lei gli aveva detto così. Bevve un altro sorso di succo d'arancia. «Posso farti una domanda?»

«Certo».

«Perché hai detto a Dawn che sono tua nipote?».

Lentamente, un sorriso si disegnò sul volto di Sharon. «Ti ha dato fastidio?»

«No, è solo una domanda».

«Be', Dawn si era fatta quell'idea, e io non l'ho smentita. Poi, quando mi ha chiamata "nonna", mi sono resa conto che la cosa mi faceva piacere. In fondo ho l'età giusta». Sospirò. «Amy mi ha detto chiaro e tondo che non ha intenzione di avere figli, quindi in un certo senso pensare a te come mia nipote è un sogno che si avvera. Spero non ti dispiaccia».

«No che non mi dispiace». Niki era sorpresa. «Anzi, mi piacerebbe un sacco averti come nonna. Sarei *fortunata* ad averti come nonna».

Sharon era mille volte meglio dei suoi parenti. Non ce n'era uno solo su cui si potesse fare affidamento, e poi erano pieni di problemi. La sua famiglia era la fiera della disfunzionalità. C'era di tutto: tossicodipendenza, problemi finanziari, una spiccata propensione all'illegalità. A volte si chiedeva come fosse riuscita a venire su così com'era, senza particolari problemi, considerati gli esempi che aveva avuto. Certo, era ancora giovane. Ne aveva di tempo per fare cazzate.

«Bene, perché ho incontrato una vicina alla pompa di benzina, e mi ha detto che ci vede sempre insieme in macchina. Mi ha chiesto chi sei, e le ho detto che sei mia nipote e che ora vivi con me». Sharon strinse le mani intorno alla tazza di caffè. «Non so come mi sia uscito, ma lei se l'è bevuta e non ha chiesto altro», aggiunse con una risatina.

«Io ho detto ad Albert che vivo con mia nonna», ammise a quel punto Niki. «È troppo complicato spiegare come stanno davvero le cose, e non ne avevo voglia».

Aveva imparato a proprie spese che non era una buona idea dare troppe informazioni sulla sua storia di ragazza in affidamento. In genere le reazioni erano due: o la gente iniziava a fare mille domande – domande invadenti e inopportune – oppure si impietosiva. Tra le due, la cosa peggiore per lei era sentirsi vittima della compassione della gente. Niki non lo sopportava quando la gente la guardava dall'alto in basso. Soprattutto, non le piaceva essere etichettata come *la ragazza in affidamento.*

Non era mica colpa sua se era finita in affidamento.

A quei tempi lei e sua madre non se la cavavano male, avevano imparato a tirare avanti, e avrebbero potuto tenere duro fino alla fine dei tempi. Ok, era pur sempre la figlia di una tossicomane, e spesso non avevano cibo o dovevano traslocare perché non avevano soldi per pagare l'affitto, ma sapeva che sua madre le voleva bene, e Niki riusciva sempre a trovare un modo per arrivare alla fine della settimana. Era lei, da sola, a tenere in piedi entrambe. E poi, quando aveva raggiunto i dodici anni, quella stupida della loro dirimpettaia, la signora Washington, le aveva denunciate alla polizia e di colpo era stata aperta un'indagine. La signora dei servizi sociali aveva detto che non era giusto che fosse lei l'adulta, che il sistema di previdenza avrebbe fornito a sua madre l'aiuto di cui aveva bisogno, e che poi sarebbero potute tornare insieme. Invece, Niki era stata spedita a vivere con degli estranei, e qualche mese dopo sua madre era finita in overdose ed era morta. Se Niki fosse stata al suo fianco, non sarebbe mai successo. L'avrebbe impedito, in qualche modo.

E poi, di colpo, tutti i parenti che certi momenti c'erano

e certi momenti non c'erano, erano scomparsi dalla sua vita una volta per tutte. Di suo padre sapeva solo che era in prigione, ma in ogni caso non lo conosceva quasi per niente, e quel poco che sapeva non prometteva niente di buono. A quanto pareva tutti i suoi parenti avevano un'opinione molto chiara di quale sarebbe dovuto essere il suo futuro, ma nessuno voleva prendersi la responsabilità di tirare su una bambina. L'unico zio che si era offerto di prenderla con sé, a patto di incassare i soldi dallo Stato, era stato scartato per i suoi precedenti criminali. Al tempo era stata una delusione, ma a ripensarci era stato meglio così.

«Allora siamo d'accordo», annunciò Sharon. «Diremo che siamo nonna e nipote».

«D'accordo. Vorrei continuare a chiamarti Sharon, però, se per te va bene».

«Ma certo».

Il periodo di formazione al Village Mart si rivelò un'esperienza piacevole e interessante, cosa che non aveva mai potuto dire dei lavori passati. Albert e Fred erano rimasti colpiti dalla velocità con cui aveva capito come funzionava il registratore di cassa. Le facevano un sacco di complimenti per come gestiva i clienti. «Porca vacca, questa ragazza è un portento!», diceva Fred. «Ci conviene fare attenzione o ci manda a casa a tutti e due!», ripeteva, e dava al fratello colpetti col gomito.

«E l'idea non ti piace...?», rispondeva il fratello ridendo e sbattendo la mano sul bancone. Albert e Fred erano l'opposto di Max e Dawn, tanto che Niki si chiedeva come mai certe persone erano sempre infelici mentre altre erano vivaci e positive di natura. La felicità che irradiavano i due fratelli era contagiosa. I clienti uscivano sempre col sorriso. Per la prima volta, andare al lavoro le piaceva.

Il secondo giorno tornò a casa e vide che era arrivato un grosso pacco mentre lei non c'era. Un pacco per lei. «Che cos'è?», chiese.

Sharon fece spallucce. «Temo che dovrai aprirlo per scoprirlo».

Dentro c'erano un giaccone invernale, un paio di guanti, una sciarpa e un cappello, tutti regali di Amy, che a quanto pareva aveva parlato con sua madre. Era un po' che Sharon ripeteva a Niki che non poteva andare avanti senza giubbotto, e si era offerta di accompagnarla a fare acquisti di "abbigliamento invernale", come lo chiamava lei. Aveva detto chiaro e tondo che avrebbe pagato lei, e non voleva sentire ragioni perché le faceva piacere. Niki aveva rifiutato per una questione di principio. Non aveva bisogno della carità di nessuno, e sopportava benissimo il freddo. Un giorno, appena ne avesse avuto voglia, si sarebbe comprata un giubbotto con i suoi soldi.

Un regalo, però, era una cosa diversa. Amy si era presa la briga di scegliere tutte quelle cose per lei e gliele aveva spedite. Sarebbe stato sgarbato non accettare.

Niki tirò il giaccone fuori dalla scatola, lo aprì per bene e lo guardò. Era di un blu scuro, quasi nero, bello pesante. Quanto bastava per tenerla al caldo, ma non troppo voluminoso. Aveva un cappuccio che ricadeva piatto sulla schiena. Le piaceva. La sciarpa era di un bel bordeaux, lavorata a maglia, di quelle che formano un cerchio unico. Il cappello era uno di quei berretti morbidi che ricadevano su un lato, dello stesso colore. I guanti erano blu come il giaccone. L'unica cosa che non la convinceva era il cappello: preferiva non avere niente in testa. Tutto il resto era perfetto.

Si mise il giaccone, tirando fuori i capelli, e tirò su la cerniera; poi si infilò i guanti, che le calzavano a pennello, come fossero stati fatti su misura per lei.

«Che te ne pare?», le chiese Sharon.

«È tutto perfetto», disse Niki, aprendo le mani per testare i guanti.

«Ti sta bene», concordò Sharon. «Ora finalmente posso smettere di preoccuparmi. Mi sentivo sempre male a vederti andare in giro con addosso solo quella felpa, e ora che vai al lavoro a piedi avevo paura che ti ammalassi».

Sharon si preoccupava per lei? Aveva paura che prendesse freddo e si ammalasse?

Era un pensiero così gentile. Le faceva venire da piangere. Aveva avuto dei bravi genitori adottivi, certo, ma non aveva mai avuto la sensazione che *si preoccupassero* per lei. Le pareva più che altro che volessero fare un buon lavoro.

«Sei proprio come una nonna», disse Niki, e poi si girò, perché se avesse guardato Sharon negli occhi si sarebbe di sicuro messa a piangere. «Vado a scrivere ad Amy per ringraziarla».

Era tutta un'altra cosa andare al lavoro, ora che aveva i vestiti adatti.

«Bel giaccone», le disse Fred quando arrivò alla stazione di rifornimento.

«È nuovo», rispose lei. Fred e Albert avevano un'aria così rassicurante che si ritrovava a dire cose che di norma si sarebbe tenuta per sé: «Un regalo da parte di un'amica».

«Bella amica».

«Puoi dirlo forte». Niki aveva fatto amicizia con tanta gente negli anni, ma non appena cambiava scuola, lavoro o casa scopriva che tutti volevano chiudere con lei. Sparivano. Tranne Amy, il che la rendeva l'amica migliore che avesse mai avuto. Sharon non lo sapeva, ma lei si messaggiava con Amy quasi tutte le sere. A volte solo un paio di frasi, ma era bello scrivere e sapere che dall'altra parte c'era qualcuno che leggeva. Amy era rimasta particolarmente colpita dal modo in cui sua madre aveva gestito la situazione con Dawn. Le aveva scritto: *Sono felice che ci sia per te*. Ne era felice anche Niki.

Erano solo tre giorni che lavorava alla pompa di benzina eppure si era già abituata alla routine. Stare alla cassa, uscire ad aiutare i clienti che avevano bisogno di una mano per fare rifornimento, assicurarsi che il negozio fosse sempre in ordine e pulito. A volte Albert le diceva di rilassarsi. «Mi rendi nervoso. Non c'è niente di male a prendersi una pausa ogni tanto. Di sicuro avrai notato che noi non ci spacchiamo la schiena».

I fratelli conoscevano bene i loro clienti, facevano un sacco di commenti sugli acquisti e notavano sempre quando qualcuno arrivava con una macchina diversa dal solito. Ne conoscevano molti per nome, e avevano già presentato Niki ai più assidui. «Niki ha iniziato questa settimana e già ci chiediamo come diavolo abbiamo fatto a tirare avanti senza di lei», diceva Fred.

I momenti che preferiva erano quando c'era tanta gente, perché le ore passavano veloci. Al negozio biologico, le ore si trascinavano avanti a ritmo di lumaca. Alla pompa di benzina invece volavano. Persino quando i clienti non entravano, Fred e Albert avevano qualcosa da dire. E se proprio non c'era nessuno, le raccontavano tante storie di quando erano giovani e si cacciavano nei guai a scuola, dell'infanzia in campagna, dei lavori che avevano svolto prima di comprare la pompa di benzina. Un sacco di storie, tutte interessanti. Dicevano che lei sapeva ascoltare, cosa che non le veniva affatto difficile, perché chiacchierare con loro le piaceva. Erano gentili e spiritosi, un buon mix.

Dopo pranzo c'era un momento morto, ma nel pomeriggio la frenesia ricominciava.

Quel giorno Fred stava riempiendo il frigo delle birre e lei era alla cassa, quando Jacob Fleming entrò nel negozio. Aveva la solita felpa, il cappuccio tirato su a oscurargli il volto, e teneva lo sguardo basso, come se cercasse di rendersi invisibile.

Nonostante tutto, Niki lo riconobbe all'istante. Percepì lo stesso senso di familiarità che l'aveva colpita quando la madre era entrata nel negozio biologico. Fino ad allora non le era mai capitato di pensare che sul nuovo lavoro avrebbe potuto incontrare uno dei Fleming, ma adesso le sembrava la cosa più ovvia del mondo. Quella stazione di rifornimento era la più vicina a casa, e la famiglia aveva due auto che avevano bisogno di benzina.

La possibilità di ritrovarsi faccia a faccia con Suzette a breve si fece di colpo estremamente concreta. Non le piaceva pensarci, ma almeno si consolava dicendosi che uno dei due fratelli era sempre lì con lei, e non facevano problemi se chiedeva di prendersi una pausa per andare in bagno o sedersi un attimo. Se Suzette fosse entrata, Niki avrebbe sempre avuto una via di fuga.

Vedere Jacob non solo la fece pensare alla madre, ma le riportò alla mente anche la bambina che aveva visto nel loro cortile quando era uscita per portare dentro il cane. Se Jacob veniva spesso lì, avrebbe potuto attaccare bottone e cercare, col tempo, di scoprire qualcosa in più. Di sicuro c'era una spiegazione ragionevole per tutto, ma il pensiero di non sapere per certo come stavano le cose la tormentava.

Jacob si abbassò il cappuccio e prese ad aggirarsi furtivo per il negozio, finché non si fermò nella sezione degli snack. Dopo qualche minuto, scelse un pacco grande di patatine. Poi andò dritto al frigo, lo aprì e prese una lattina di Coca. Fu in quel momento che Fred lo notò.

«Ciao, Jacob! Che bello vederti».

«Grazie. È un piacere anche per me», rispose in un sussurro confuso, accompagnato da un mezzo sorriso. Neppure i ragazzi più musoni erano immuni al buonumore di Fred.

«Lei è Niki, l'abbiamo appena assunta», disse Fred, indicandola. «Sono certo che anche tu penserai che è un grosso miglioramento rispetto ai due nonnetti che facevano il turno di giorno prima. Questo posto è già cambiato da così a così con lei».

Jacob si diresse impacciato alla cassa e poggiò i suoi acquisti sul bancone. «Ciao, Niki».

«Ciao, Jacob, piacere di conoscerti».

«Piacere mio». Pescò qualche dollaro dalla tasca mentre lei passava le patatine e la Coca. Pagò, e lei gli diede il resto.

«Vivi qui vicino?», gli chiese.

Lui annuì. «Su Maple Avenue».

«Io sto nella strada dietro, su Crescent Street», disse lei. «Mi sono trasferita da mia nonna poco tempo fa».

«Anch'io vorrei poter vivere con mia nonna», rispose lui, scuro in volto.

«Sì, ci sto bene. È difficile vivere con i tuoi?». Stava andando un po' alla cieca, ma aveva l'impressione che il ragazzo le avesse detto la verità. E a quanto pareva non aveva alcuna fretta di andarsene: doveva essere un buon segno. Nikita aveva catturato la sua attenzione.

«Con mia madre. Mio padre è a posto. Solo che spesso non c'è», disse Jacob, sospirando.

«Ti capisco. Le madri a volte sono terribili», disse comprensiva, sistemandosi una ciocca di capelli dietro l'orecchio. «E a casa mia ero con le spalle al muro. Sono figlia unica, quindi i riflettori erano tutti puntati su di me. Ho sempre voluto un fratello o una sorella. Mi sarebbe piaciuto avere qualcuno con cui parlare, ma non è andata».

«Sì, anch'io sono figlio unico».

«Nessun altro bambino in casa?», spinse lei, simulando indifferenza, mentre in realtà studiava il volto di Jacob con la massima attenzione, in cerca di una reazione. E la vide. Un'esitazione fugace. Solo un attimo. Ma Niki non ebbe dubbi.

«No», disse lui, con una scrollata di spalle. «Sono solo io». Si tolse lo zaino dalle spalle, lo poggiò sul bancone e ci mise dentro quello che aveva comprato. «È stato un piacere conoscerti, Niki».

«Anche per me. Spero di rivederti presto».

Lui annuì e andò alla porta. Prima di uscire, si voltò. Niki gli sorrise e lo salutò con la mano. Era riuscita a stabilire una connessione. Sarebbe tornato, ne era sicura. E allora avrebbero potuto parlare di nuovo. Se c'era qualcosa sotto, gliel'avrebbe tirato fuori. I ragazzi non erano loquaci quanto le ragazze, ma lei sapeva ascoltare e fare le domande giuste.

E a volte non serviva nient'altro.

Fred la raggiunse dietro il bancone. «Sei stata gentile a scambiare due chiacchiere con Jacob».

«Viene spesso?».

Fred inclinò la testa, soppesando la domanda. «Dipende da cosa intendi per "spesso". Direi un paio di volte alla settimana. Sempre per fare rifornimento di snack. Sua madre li ha banditi dalla casa, quindi se vuole roba dolce o salata noi siamo la sua prima scelta. Le prime volte che è entrato sono riuscito a malapena a incrociare il suo sguardo».

«Ma alla fine l'avete conquistato».

«Non è stato facile. È parecchio timido». Fred sorrise. «E ha qualcosa che gli frulla in testa. Si porta un fardello sulle spalle, questo è chiaro».

«Anche i genitori vengono qui?».

Fred scosse la testa. «L'ho sempre visto solo col padre. Non conosco la madre, ma da come ne parla sembra una vera primadonna, quindi immagino che lasci sbrigare la questione rifornimento al marito». Niki aveva tante altre domande, ma proprio in quel momento entrò una signora bassina, bionda. Fred la accolse con calore: «Signora Timmerman, sempre incantevole. Come sta oggi?».

Per il momento Niki poteva lasciar cadere la questione Jacob. Ci sarebbero state altre opportunità.

Capitolo diciassette

Quando Jacob rientrò a casa fu felice di vedere che l'auto di sua madre non era in garage. Detestava quella macchina perché ai suoi occhi non era che un'estensione di tutto quello che lei simboleggiava: una stupida Audi grigio metallizzato, sempre tirata a lucido, pensata nel minimo dettaglio per attirare l'attenzione, l'ammirazione. Sua madre adorava l'Audi più di qualsiasi altra cosa al mondo. O meglio: l'adorava per tre anni, dopo i quali la cambiava con un'altra Audi, sempre grigio metallizzato, però dell'ultimo modello. Per come la vedeva Jacob era una follia senza senso, perché le macchine nuove erano identiche in tutto e per tutto alle vecchie. Suo padre la pensava allo stesso modo, e ogni volta cercava di convincere sua madre a tenersi l'auto per qualche anno in più, ma lei lo ignorava sempre. «Quest'anno i dispositivi di sicurezza sono migliori», diceva. Quella era la sua scusa preferita, o altrimenti sosteneva che il nuovo modello aveva dei consumi imbattibili.

Poteva inventarsi un sacco di scuse, ma Jacob e suo padre sapevano la verità. Era solo una questione di status. Una volta una zia per errore aveva confuso l'Audi con un'Acura, e Suzette non era riuscita a parlare d'altro per una settimana, livida. «Come se potessi mai guidare un'Acura», ripeteva, offesa a morte.

Ma adesso l'Audi non c'era, il che significava che Jacob non sarebbe stato sommerso di domande su com'era andata la giornata. Insieme alla scorta di snack nascosti nello zaino, era una prospettiva che lo metteva di buonumore, specie dopo la chiacchierata con Niki, la nuova impiegata della stazione di rifornimento. Insomma, la giornata era decisamente migliorata. Niki era stata amichevole e interessata, e lui aveva avuto l'impressione che avesse fatto un passo in più rispetto ai soliti convenevoli che si scambiano con i clienti. Gli aveva detto di essersi appena trasferita. Viveva nella strada dietro la sua. Magari cercava di farsi qualche amico? Non sembrava molto più grande di lui, ma lavorava lì durante il giorno, il che voleva dire che non andava a scuola. Anche se, a pensarci bene, non era mica detto. Jacob aveva un amico che si era scocciato di farsi prendere in giro tutto il tempo a scuola, quindi ci aveva messo un punto e adesso studiava online. Magari Niki faceva lo stesso, o forse aveva un insegnante che andava a casa da lei. Era una cosa piuttosto comune.

Pure a Jacob sarebbe piaciuto studiare online, se non fosse stato per sua madre. Tanto in quanto a voti non poteva certo andare peggio di così, e di sicuro la sua salute mentale ci avrebbe guadagnato. Sarebbe stato bello non dover mandare giù le spinte e le gomitate nei corridoi e gli insulti sulla ciccia negli spogliatoi. L'incubo peggiore era tornare a casa con il pullmino della scuola. Aveva spiegato mille volte ai suoi che nessuno dei ragazzi dell'ultimo anno prendeva il pullmino. Suo padre l'aveva capito, ma non gli aveva dato soluzioni alternative. Sua madre invece gli aveva detto solo che gli avrebbe fatto bene tornare a casa a piedi.

All'inizio alle superiori era riuscito a passare inosservato, ma il terzo anno era cambiato il vento, e i compagni avevano iniziato a prenderlo di mira. Un ragazzo gli aveva puntato il dito contro, aveva detto che non aveva il collo e invece le guance ce l'aveva pure troppo grosse, quindi l'aveva ribattezzato "testa di LEGO". Jacob non era mai riuscito a scrollarsi quell'appellativo di dosso, e tutti, persino i ragazzi del secondo anno, lo conoscevano con quel nome. In realtà, con i soprannomi che la gente si inventava, gli sarebbe potuta andare molto peggio, quindi faceva finta di riderci su. Ma faceva male. A volte si ritrovava a guardarsi allo specchio e a desiderare di essere una persona diversa, una che non avesse un testone grasso, le spalle cadenti e il corpo a forma di pera. Convivere col suo corpo era già difficile, perché dovevano anche tormentarlo per il suo aspetto? Lui voleva solo essere lasciato in pace. Le superiori erano un girone dell'inferno.

Non appena avesse preso il diploma, non avrebbe mai più messo piede in quel posto. Non sarebbe mai andato a nessuna rimpatriata con i compagni di classe, mai e poi mai.

In casa, appese la felpa nell'armadio e lasciò le scarpe sul tappetino. Incrociò Mia e le chiese: «Dov'è mamma?».

Mia scosse la testa. Non lo sapeva.

Riprovò. «Ha detto quando torna?»

«Ti ha lasciato un biglietto, dice che torna tardi e che mi devi preparare la cena. Dice che saremo da soli».

Jacob poggiò lo zaino a terra e lo aprì. «È il tuo giorno fortunato, scricciolo. Ho comprato delle patatine da mangiare insieme». In realtà le aveva prese per mangiarle da solo, chiuso in camera sua, ma quando il volto di Mia si illuminò rimpianse di non averle davvero comprate per entrambi.

Lei lo seguì in cucina, e Jacob le fece segno di sedersi al tavolo. Poi versò la lattina di Coca in due bicchieri, e diede a Mia quello meno pieno. Poggiò delle patatine su due fazzoletti, ne passò uno a lei e poi richiuse il pacchetto, rimettendoselo nello zaino. Mia prese una patatina e la guardò prima di mettersela in bocca, le gambe penzoloni dalla sedia. Mentre lei mangiava, Jacob schiacciò la lattina e la nascose nella pattumiera della cucina, sotto vari strati di spazzatura. Una volta l'aveva buttata così alla leggera, pensando che sua madre non se ne sarebbe accorta. Un errore che non avrebbe commesso mai più.

«Sono buone, Jacob. Grazie», disse Mia. Quella bambina era così grata per qualsiasi briciolo di carità e gentilezza. Una cosa davvero tenera.

«Prego».
«Le hai prese alla stazione di rifornimento?».
Quante domande. Jacob cercava di essere paziente con lei, ma a volte lo mandava fuori di testa. Si sforzava di tenere sempre a mente che, se non fosse stato per le poche interazioni che aveva con lui, Mia non avrebbe saputo *nulla* del mondo esterno. Sì, aveva quella vecchia tivù in cameretta, ma era un rottame talmente vecchio che finché il padre di Jacob non aveva comprato un'antenna da Best Buy non prendeva neanche un canale. In realtà faceva ancora schifo, ma era meglio di niente. Persino in carcere i detenuti avevano più possibilità di svago di Mia. Povera piccola.
Annuì. «Le ho prese al Village Mart. C'è una nuova ragazza che lavora lì. È stata molto gentile con me». Bevve un sorso di Coca-Cola. «È anche carina. Si chiama Niki».
«Niki». Mia lo ripeté, come una studentessa che impara una nuova lingua.
«Come ha i capelli?»
«Quasi neri».
«Come i miei?»
«Come i tuoi ma più lunghi. Le arrivano sotto le spalle. E ha gli occhi scuri come i tuoi». Prese un'altra manciata di patatine e se la mise in bocca. Per un po' sgranocchiarono in silenzio. Se sua madre fosse entrata in cucina in quel preciso momento l'avrebbe ammazzato, ma sia lui che Mia avevano imparato a pulire al volo appena sentivano alzarsi la serranda del garage. Sotto quell'aspetto erano complici, non c'era neanche bisogno di dirselo.
Nessuno dei due avrebbe voluto scatenare l'ira di Suzette.
«Avevano tante patatine?».
Jacob annuì. «Un sacco. E anche Doritos e Cheetos». I Doritos erano le sue preferite, ma aveva smesso di comprarle dopo che sua madre gli aveva trovato polvere di formaggio sulla maglietta. Era scoppiato un casino. Lui non se ne era nemmeno accorto, ma alla vista laser di sua madre

non sfuggiva niente. Le patatine semplici erano la cosa migliore, aveva deciso.

«Avevano i cupcake della Hostess?». Da quando il padre di Jacob gliene aveva dato uno, una volta, era assolutamente ossessionata.

«Sì, e avevano anche tante bevande diverse. In bottiglia e in lattina. Ero indeciso se prendere una Coca-Cola alla ciliegia o normale, ma alla fine ho preso quella normale».

«A me piace più la Sprite».

«Lo so. La prossima volta ti prendo una Sprite. E anche i cupcake della Hostess».

«Oh, davvero, Jacob? Sarebbe fantastico!».

Non ci voleva niente a farla felice. Era quello il bello di Mia. Il brutto era dover tenere segreta la sua esistenza.

All'inizio era stato difficile. Un sacco di volte per poco non gli era sfuggito qualcosa, parlando con un compagno di classe o qualche parente. Una volta aveva proprio toppato, per sbaglio aveva detto il suo nome, e si era dovuto inventare una balla su una cugina venuta in visita.

«Jacob?», chiese Mia.

«Che c'è?». Ruttò per fare il simpatico, e lei si mise a ridere. Una risata che pareva uno scoppiettio di tante bollicine.

«Posso farti una domanda?»

«Me l'hai appena fatta».

«Posso farti *un'altra* domanda?»

«Ok». Aveva un'idea di dove volesse andare a parare, e si sentiva a disagio.

«Dove vivevo prima di stare qui con voi?».

Jacob sospirò. Mia aveva il diritto di sapere, anche se i suoi gli avevano ripetuto più e più volte di tenere la bocca chiusa. La mamma gli aveva spiegato che sarebbero andati tutti in prigione se la cosa fosse uscita fuori. Certo, la mamma non contemplava la possibilità che a chiederglielo fosse Mia. Mia non era nemmeno una persona, per lei. La considerava più come una bambola capace di muoversi, o un'aspirapolvere.

«Vivevi in un'altra casa. Non era un bel posto».

«Com'era?».

Jacob cercò di ricordare. Aveva quasi quattordici anni allora, quindi era abbastanza grande per sapere con esattezza cosa aveva visto. Però aveva sentito la madre raccontare la sua versione dei fatti a suo padre mille volte almeno. Inevitabile farsi influenzare.

Suzette aveva il dono di convincere la gente ad accettare la propria verità, che non sempre collimava con la realtà. «Era vecchia, e aveva il tetto cascante. Dentro c'erano gli scarafaggi, e tu eri sporca e avevi fame».

«Ma non avevo una mamma e un papà che si prendevano cura di me?».

Era solo una bambina, ma a volte sapeva davvero mettere a dura prova le emozioni di Jacob. C'era qualcosa in quegli occhioni castani, nella sincera ammirazione con cui lo fissava, che lo faceva sentire come se qualcuno gli stesse rigirando un pugnale nella pancia. «No», le rispose, triste. «Non c'era nessuno a prendersi cura di te. Per questo ti abbiamo salvata e ti abbiamo portata qui».

«Quindi la mia mamma e il mio papà sono morti?». Mia non gli scollava gli occhi di dosso, in attesa.

«Non lo so. Può essere».

«Ma non c'era nessuno con me?».

Jacob sentì la frustrazione trasformarsi in irritazione, e scattò: «Basta con il terzo grado! Lo sai che non dovremmo parlarne. Smettila di annoiarmi».

Mia abbassò subito la testa, e lui non riuscì più a guardarla in volto. Quando infine rialzò il capo, due grossi lacrimoni le luccicavano negli occhi. *Cavolo.* L'aveva fatta piangere.

«Ma, Jacob, perché non dovremmo parlarne?», chiese piano.

Lui sospirò. «Non lo so, Mia. Mangia le patatine». L'atmosfera era cambiata. Ecco fino a dove arrivava la capacità di controllo di sua madre. Non aveva nemmeno bisogno di presentarsi fisicamente, in qualche modo aleggiava nell'aria, guastava tutto. «Non c'è nulla di cui parlare, Mia», disse infine. «Non hai nessuno all'infuori di noi».

Lei tirò su col naso e riprese a mangiare. Era così lenta. Assaporava ogni singola patatina, e invece Jacob avrebbe potuto divorare il pacchetto intero in un attimo.

Controllarsi quando aveva roba da mangiare davanti agli occhi non era certo uno dei suoi punti di forza. Se aveva qualcosa di buono a portata di mano lo prendeva una specie di disperazione.

Anzi, gli bastava sapere che c'era del cibo nelle vicinanze, non aveva nemmeno bisogno di vederlo. Ne sentiva il richiamo. Mia dava morsetti delicati, con tutta la calma del mondo. Forse era per quello che lui era così corpulento e lei così minuta.

Prima o poi avrebbe detto a Mia quello che ricordava del giorno in cui l'avevano trovata. Ma non oggi. Era troppo piccola e innocente, e la vita che faceva prima di andare a vivere da loro era troppo brutta. Per il momento tutto ciò che doveva sapere era che la sua situazione era talmente terribile che Jacob e sua madre se l'erano portata a casa. Ricordava ancora quanto si era incavolato suo padre quando erano tornati dal funerale del nonno a Minneapolis e si era scoperto che, non si sa come, da qualche parte nel Wisconsin madre e figlio da due che erano si erano ritrovati in tre.

In realtà era una cosa molto semplice. A un certo punto Mia non c'era, e poi di colpo c'era. Come se fosse entrata nelle loro vite per uno scherzo del destino. A dirla tutta, sua madre diceva che era stato proprio il destino: una seconda possibilità di avere una bambina, dopo la perdita di Olivia.

Due ore dopo averla trovata ed essersi rimessi in viaggio, sua madre si era fermata da Walmart per comprare pannolini e vestitini, mentre Jacob e Mia aspettavano in macchina. Quella notte erano stati in hotel, e sua madre le aveva tagliato i capelli, che erano così ingarbugliati e aggrovigliati che non si riusciva a pettinarli. Poi le aveva fatto il bagno. L'acqua e l'asciugamano bianco si erano tinti di un leggero marrone, e Mia ne era uscita come una bimba diversa. Non aveva fatto mezza storia ed era rimasta zitta tutto il tempo, lasciando fare a sua madre quello che voleva. Come una bambola.

Si era poi scoperto che Mia non aveva bisogno di pannolini. Aveva le mutandine sporche di pipì quando l'avevano trovata, cosa che aveva reso il viaggio in macchina quasi intollerabile, quindi avevano pensato che non fosse capace di andare in bagno, ma poi era venuto fuori che sapeva perfettamente come fare, e che anzi era in grado di trattenerla finché non si trovava un bagno. Quel primo giorno era rimasta in silenzio tutto il tempo, senza piangere, senza fare un solo rumore, persino quando sua madre le aveva tirato i capelli nel tentativo di pettinarla.

L'avevano fatta mangiare, e lei aveva divorato tutto come se non toccasse cibo da giorni. Aveva spazzolato ogni cosa così in fretta che aveva vomitato, e sua madre aveva costretto *lui* a pulire. Da allora avevano imparato a nutrirla piano, in piccole quantità. Sembrava che fosse la strategia migliore.

Era stato Jacob a portare Mia in casa quando erano arrivati. Si era addormentata in macchina. L'aveva poggiata con dolcezza sul divano. Ovviamente suo padre li aveva tartassati di domande, e sua madre gli aveva dato la versione abbreviata, terminando la discussione con un perentorio: «Quindi capisci bene che l'abbiamo dovuta portare via da lì per forza. Cosa avremmo dovuto fare?».

Con sua madre era tutto bianco o nero. Come se fosse capace di due sole emozioni: o era compiaciuta, quando le cose andavano a modo suo, oppure era furiosa. Oh, era perfettamente in grado di camuffare quel suo compiacimento per farlo assomigliare a una qualche altra manifestazione di emotività, come la gioia, la felicità o l'orgoglio. E Jacob conosceva ben poche persone che sapessero fare una risata finta convincente quanto la sua. Camuffare la rabbia le veniva più difficile, ma ci riusciva comportandosi in maniera "misuratamente" indignata o controllandosi a fatica.

Era quella la sua strategia. Quando gli altri si alteravano e lei invece manteneva la calma si sentiva superiore.

«E perché non vi siete fermati alla prima stazione di polizia? Non ti è nemmeno passato per la testa?», aveva chiesto il padre.

«La prima stazione di polizia?», l'aveva scimmiottato Suzette, divertita. «Eravamo in mezzo al nulla, Matt. Non c'era niente. Sono stata fortunata a trovare un Walmart per comprarle dei vestiti».

Jacob ricordava quanto si era infuriato suo padre quando aveva capito che sua madre aveva intenzione di farla restare a vivere con loro. «Non puoi *tenerti* una persona», le aveva detto. «Non è un giocattolo. È una bambina. La figlia di qualcuno, qualcuno che la sta cercando».

Sua madre gli aveva scoccato uno sguardo glaciale – chiaro segno che la catastrofe era imminente. «Matt, forse è il caso che inizi a farti i fatti tuoi».

Questo l'aveva mandato fuori di testa. Aveva iniziato tutta una tirata rabbiosa, aveva detto che quelli *erano* fatti suoi, e di chi sennò – quella era la sua famiglia e quella era casa sua, ed entrambi avrebbero potuto essere accusati di rapimento. Continuava a fare avanti e indietro nel salotto, accumulando un sacco di argomentazioni, una più ragionevole delle altre. Non che la ragionevolezza avesse grande peso quando c'era sua madre di mezzo. Sul divano, Mia aveva continuato a dormire tra tutte quelle grida, succhiandosi il pollice. Se riusciva a dormire con i suoi che litigavano, non l'avrebbero svegliata neanche le bombe.

Suo padre gridava e gridava, mentre sul volto di sua madre si era a poco a poco aperto un sorriso. Stava vincendo lei. Era rimasta lì ad ascoltare, senza fare nulla, finché il padre non aveva allungato la mano verso il telefono per chiamare la polizia. A quel punto gli si era piazzata davanti, a braccia conserte, e gli aveva detto: «Pensaci bene. Sei sicuro di quello che stai facendo? Sai che sarei costretta a raccontargli il vero motivo per cui hai deciso di non operare più. Ti sbatterebbero in prima pagina. Verrebbero a saperlo tutti. O magari potrei condividere le foto che ho di te con quella porca della tua fidanzata? Che te ne pare? O i tuoi messaggi da pervertito? Cosa penserebbero i tuoi genitori del loro bimbo d'oro, in manette e in prigione per frode fiscale?».

Suo padre era diventato bianco come la carta.

«Non lo faresti mai».

«Lo farei eccome. Ovviamente direi anche che hai minacciato di uccidermi per assicurarti il mio silenzio». Sorrise al pensiero. «E quindi tutti verrebbero a sapere chi sei davvero, e mi conforterebbero nel mio dolore».

Suo padre aveva esitato, il telefono ancora in mano. «Non hai alcuna prova».

Lei si era messa a ridere. «Sei proprio un idiota, Matt. Certo che ho delle prove: copie di documenti e screenshot dei messaggi che ti sei scambiato con la tua amichetta. Se non mi credi, chiama pure la polizia».

A quel punto lui aveva messo giù il telefono, annientato. «È così che stanno le cose, allora. Saresti pronta a spedire in prigione tuo marito».

«Solo se mi costringi». Si era passata una mano tra i capelli morbidi. «Non preoccuparti per i documenti. Sono al sicuro. E se mi succede qualcosa, tutte le informazioni saranno rese pubbliche». Poi sulle sue labbra era spuntato un sorriso perfido. «Ma non darti pena, tesoro. Ti verrò a far visita in prigione. Per quanto riguarda la piccola, nel caso, dirò che ce la siamo trovata davanti casa. Chi mi potrà contraddire?».

Erano rimasti a guardarsi, nell'aria una tensione così opprimente che si tagliava col coltello. Alla fine, era stato suo padre a cedere: «Non capisco, Suzette. Perché? Che gusto ci provi a essere così cattiva? Perché è impossibile ragionare con te? Potremmo stare bene. Tranquilli. Io e Jacob non ci meritiamo tutto questo. Abbiamo una bella vita. Cioè, se solo ci permettessi di vivere in pace. Io ci provo a renderti felice. Perché ci odi così tanto? Cosa abbiamo fatto per meritarcelo?». Di colpo suo padre gli era sembrato più vecchio, sconfitto.

«Non essere ridicolo. Certo che non vi odio. So cosa voglio, tutto qui. E ho una grande forza di volontà. Ritengo sia una dote ammirevole. Era una cosa che ammiravi in me, una volta, no?».

Suo padre aveva ignorato la domanda.

«Ok, può restare, per questa notte», aveva detto poi, indicando Mia con un cenno della testa. «Ma farò dei controlli online. Sono certo che qualcuno la starà cercando».

In realtà non la cercava nessuno. Suo padre aveva fatto il possibile per visionare gli elenchi delle bambine disperse nel Wisconsin, e poi aveva anche allargato lo spettro delle indagini, eppure Mia non corrispondeva a nessuna delle foto online.

Mia era minuta, eppure suo padre aveva stimato che dovesse avere già tre anni o giù di lì.

Col passare dei giorni e delle settimane, suo padre aveva continuato a fare resistenza, ma le sue obiezioni si erano fatte sempre più deboli. All'inizio Mia non parlava quasi per niente, anche se a volte emetteva qualche suono quando le chiedevano come si chiamava.

Uno di quei suoni assomigliava molto a "Mia". Quindi avevano preso a chiamarla così. Ogni volta che si ammalava, il padre aveva paura che ci fosse bisogno di portarla da un medico, ma non era mai successo. Mia non si ammalava quasi mai, e anche in quei casi si prendeva al massimo un raffreddore. Sua madre diceva che era così perché in casa loro era al sicuro, e non veniva a contatto con altri bambini. «Sta ben lontana da quei luridi germi».

Poi accarezzava Mia sulla testa: «Sei proprio una bimba fortunata, lo sai?».

Inizialmente pareva che tenesse davvero a lei: le dava nomignoli affettuosi, si preoccupava, le comprava vestitini graziosi. Nel giro di sei mesi aveva però perso ogni interesse. Quando si era resa conto che Mia aveva un tremendo bisogno di compiacerli, l'aveva messa al lavoro, affidandole le faccende in casa. Col passare dei mesi, il suo carico era aumentato. La piccola non si lamentava mai, faceva solo quello che le veniva chiesto, sempre di buonumore e con il sorriso sulle labbra.

Anni dopo Jacob aveva letto per caso una storia su Marie Antoinette che viaggiava in carrozza con il proprio entourage. In una delle soste, in un villaggio povero, la regina aveva scorto un ragazzino e aveva deciso che lo voleva per sé, quindi se l'era portato a vivere a palazzo.

Trattava il bambino come un animaletto adorato, ma poi aveva perso interesse quando aveva iniziato ad avere dei figli suoi. La storia di Marie Antoinette e quella di sua madre si somigliavano in modo assurdo. Jacob sapeva che un giorno lei si sarebbe scocciata di Mia. E a quel punto? Cosa sarebbe successo? Solo a pensarci gli venivano i brividi.

Una volta aveva sentito i suoi che discutevano di cosa sarebbe successo una volta che Mia fosse cresciuta.

«Che farai quando sarà grande abbastanza da cominciare a fare domande? A un certo punto vorrà andare a vedere il mondo. Che ti inventerai allora?», aveva chiesto il padre, all'incirca una settimana dopo che l'avevano portata a casa.

Sua madre l'aveva schernito. «Ti preoccupi per nulla. Mia parla a malapena ed è felice. È contenta qui e fa quello che le viene detto. Non può volere ciò che non conosce».

«E se qualcuno scopre che la teniamo qui e ci chiede da dove viene? Non puoi giustificare l'esistenza di un essere umano con le tue chiacchiere e sperare di farla franca, Suzette».

«Oh, Matt», gli aveva detto lei scuotendo la testa. «Ora ti stai solo fasciando la testa per nulla. Tanto vale che tu chieda: *E se un tornado spazza via la casa? E se ci crolla il tetto sopra la testa?* La vita è piena di incertezze, può succedere di tutto. Perché soffermarsi sulle cose negative? Dovresti concentrarti sul lato positivo, come faccio io».

«Quindi non hai nessun piano per il futuro? Nessuna idea di cosa fare se qualcuno ci scopre?»

«Ma chi ci deve scoprire?», gli aveva risposto lei, passandosi distrattamente le dita sulle perle della collana che portava al collo. «Noi non diremo niente, questo è poco ma sicuro. E Mia non può farlo, quindi non vedo il problema».

«Non riesco a credere che tu sia davvero convinta che non ci sia alcun problema, e che questa situazione possa andare avanti all'infinito. Sei completamente sconnessa dalla realtà, Suzette. Non ho intenzione di finire in prigione per rapimento solo perché tu ti sei bevuta il cervello».

«Ma quale prigione! Nessuno andrà in prigione», aveva risposto lei, sprezzante. «Alla peggio, la riportiamo dove l'abbiamo trovata. Nessun danno. Non può mica fornire chissà quali dettagli sulla nostra famiglia. Non sa nemmeno dove si trova. Sa dire quattro parole in croce: *cane, sì, no, Mia*. Chi mai potrebbe ricollegarla a noi?»

«Potrebbe sapere ben più di questo», le aveva risposto suo padre, nient'affatto convinto. «Mia non parla, ma ascolta tutto. Chissà cos'è in grado di capire».

«Be', se sei così preoccupato, possiamo sempre farle fare la fine del porcellino d'india». Si era alzata dalla sedia, lisciandosi i pantaloni. «O magari tu e la tua ragazza la potreste adottare», aveva detto prima di andarsene, certa di essersi garantita l'ultima parola.

Jacob, che li ascoltava dall'altra parte del muro, aveva avuto un tremito alle parole di sua madre. Non era la prima volta che diceva che suo padre aveva una ragazza, su quel fronte niente di nuovo. Era solo un commento per spaventare Matt, e anche lui. Era stata la frase "la fine del porcellino d'india" a farlo tremare. Lui ne aveva uno quando era in terza elementare, una creaturina tanto carina che aveva battezzato Duffy. Era bianco a macchie marroncine e viveva in una gabbietta nella stanza di Jacob. Duffy era fonte di infinita fascinazione per lui. Poteva rimanere per ore a guardarlo correre sulla ruota. Adorava tirarlo fuori dalla gabbietta per coccolarlo.

Sua madre invece non subiva il fascino del porcellino d'india allo stesso modo. Anzi, si lamentava perché puzzava e faceva rumore. Diventava furiosa solo a vedere i trucioli che Duffy calciava fuori dalla gabbietta e sul tavolo. Era vero che Jacob non puliva la gabbietta tanto spesso quanto avrebbe dovuto, ma era pur sempre un bambino. E poi, era camera sua. Se il casino o i rumori dovevano dare fastidio a qualcuno, quel qualcuno era lui.

Un giorno era tornato da scuola e aveva visto che Duffy non era più nella sua gabbietta, e che la porticina era semiaperta. Aveva cercato in tutta la stanza, disperato, chiamandolo per nome. Tutto invano.

Jacob era un ragazzone, ma si era comunque messo a piangere. Era andato da sua madre, che l'aveva comunque seguito in camera sua senza dire una parola, anche se non era sembrata troppo allarmata.

«Guarda», le aveva detto Jacob, spostandosi per farle vedere la gabbia. «Non c'è più. Era lì stamattina, e ora non c'è più».

«Questo lo vedo». Aveva aggrottato le sopracciglia. «Avrai lasciato la porticina della gabbia aperta. Hai chiuso la porta della tua stanza prima di andare a scuola?»

«No». Il commento di sua madre lo confondeva. Era sicuro di averla chiusa per bene, ma adesso lo assalivano i dubbi. Possibile che si fosse dimenticato?

Avevano fatto una ricerca sommaria per casa, e sua madre si era addirittura inginocchiata per guardare sotto i mobili. Quando suo padre era tornato a casa, si era unito alla missione. «Non penso sia andato troppo lontano», aveva detto, concentrandosi sulle camere da letto al piano superiore. Alla fine, aveva suggerito di lasciare la gabbietta aperta sul pavimento. «Magari gli verrà fame, e tornerà».

«Ottima idea», aveva concordato la madre.

Quella sera, Jacob aveva sentito i genitori litigare, chiusi in camera da letto. Non era riuscito a capire cosa stessero dicendo finché non era uscito in corridoio e aveva sentito la voce della madre: «Se avessi riparato la zanzariera, magari tutto questo non sarebbe successo».

«Quindi vuoi farmi credere che un porcellino d'india è sceso giù per le scale, ha aperto la porta ed è *uscito*?». Il tono di suo padre era incredulo. «Suzette, cos'è successo *davvero*? Dimmelo».

«E io che ne so?», gli aveva risposto lei, ferrea. «Ho aiutato Jacob a cercarlo. Era sconvolto, poverino. Mi si è stretto il cuore».

Jacob non aveva mai più visto Duffy. Alla fine lui e il padre avevano pulito la gabbietta e l'avevano messa in cantina. Erano secoli che non pensava a Duffy, ma le parole "la fine del porcellino d'india" avevano rimesso tutti i pezzi al loro posto.

Tutte le lamentele di sua madre. E lui era sicuro di aver chiuso la porticina della gabbia. Quella misteriosa sparizione.

Aveva sempre sospettato che sua madre fosse capace di qualsiasi cosa, e quella era stata la conferma definitiva. Sperò che avesse dato via Duffy, che non l'avesse lasciato libero per strada. Ma doveva ammettere a sé stesso che la seconda opzione non l'avrebbe stupito troppo.

«Jacob, cosa prepari per cena?», chiese Mia, scuotendolo dai pensieri.

«Non lo so. Che ti va?»

«Hot dog?».

Jacob sapeva che nel freezer c'erano sia i panini che i wurstel, nascosti nel compartimento in basso sotto pile di altra roba. Sua madre probabilmente nemmeno se li ricordava. «Ok! È un po' presto per cena, ma se vuoi posso cucinarli ora. Che ne dici?»

«Sì, per favore».

«Ogni tuo desiderio è un ordine, piccolina».

«Oh Jacob, sei la persona migliore del mondo». Mia sospirò, felice.

Jacob non poté fare a meno di sorridere. *La persona migliore al mondo?* Era un complimento enorme, e avrebbe dovuto esserne felice. Ma tutto ciò che riusciva a pensare era che Mia conosceva solo tre persone, quindi non c'era poi una gran competizione.

Capitolo diciotto

Morgan era scomparsa ormai da quattro anni quando ebbero sue notizie per la prima volta. Era una sera di luglio di metà settimana, Edwin era ai fornelli a preparare la cena, Wendy era seduta su uno sgabello al bancone della cucina a rispondere a delle e-mail, quando il detective della polizia suonò alla porta.

Edwin, alle prese con il soffritto di verdure, si girò verso Wendy con uno sguardo perplesso. «Vado io», gli fece lei. Si aspettava l'equivalente umano dello spam, magari un bambino del vicinato che faceva una raccolta fondi per la sua squadra o un rappresentante di un'azienda di allarmi pronto a snocciolarle il discorsetto di routine, e quindi rimase sorpresa vedendo il detective Moore, in piedi là davanti, con un'espressione seria seria.

«Signora Duran?», chiese lui, con un tono afflitto che le fece sprofondare il cuore.

«Sì?». Wendy si rese conto che stava trattenendo il respiro, come se temesse di averne bisogno più tardi. «Ha notizie di Morgan?». Il cuore le batteva così forte che se lo sentiva nelle orecchie. Si sorresse allo stipite della porta per non cadere.

«Suo marito è in casa? Vorrei parlare con entrambi», disse lui invece di rispondere.

Lei annuì. «Prego, entri pure». Lo lasciò ad attendere lì sul tappetino d'ingresso e andò a chiamare Edwin.

Una volta che si furono accomodati in salotto, fu Edwin a prendere il comando delle operazioni. «Ha delle novità su nostra figlia?», chiese, stringendo la mano di Wendy. Il suo tocco gentile la tranquillizzava.

«Sì». Il detective teneva in mano una cartellina di pelle, grande, che lei non aveva notato prima. La aprì e iniziò a rovistare all'interno.

Wendy non riusciva più a trattenersi. «È morta, vero?». Dirlo ad alta voce la fece avvizzire dentro, ma doveva saperlo.

Il detective tirò fuori un documento più o meno delle dimensioni di un bigliettino da visita e glielo passò. «Non lo sappiamo. Potete confermare che questa è la patente di Morgan?».

Edwin la prese e la tenne in mano, e Wendy si avvicinò per guardare. Era la patente di Morgan, senza alcun dubbio: era stata così felice di prenderla quando aveva ancora diciassette anni. Si era lamentata della foto, ma Wendy aveva sempre pensato che fosse bellissima.

Edwin alzò lo sguardo. «Sì, è la patente di nostra figlia».

«È rimasta coinvolta in un incidente?», chiese Wendy.

«No», disse il detective, a disagio. «È stata trovata nel corso di un'indagine nella contea di Ash. Il proprietario di un immobile ha sporto denuncia per una disputa relativa a un contratto di affitto. Ha detto che il locatario era in ritardo con i pagamenti. Quando è andato a chiedergli di saldare il dovuto, l'uomo ha tirato fuori una pistola e gli ha sparato. L'ha mancato, per fortuna. Quando il dipartimento dello sceriffo è andato a indagare, l'appartamento era già deserto, e decisamente a soqquadro. È stato lì che hanno trovato la patente».

La contea di Ash? Ma allora sua figlia era ancora nel Wisconsin. Ed era possibile che non se ne fosse mai andata!

«Pensa che l'uomo la stesse trattenendo in quella casa contro la sua volontà?», chiese Edwin. Una domanda che a Wendy non era nemmeno passata per la testa.

«Non abbiamo molte informazioni, ma sembrerebbe di no. Si trattava di una giovane coppia, pagavano in contanti, e il proprietario di casa non è stato granché di aiuto. Dopo aver visto la patente ha detto che la donna poteva anche essere Morgan, ma non ne era sicuro al cento per cento. Anche la descrizione che ci ha fornito del locatario non è stata risolutiva. E sapeva solo il nome. Un certo Keith». Il detective li guardò, inarcando le sopracciglia. «Mi pare fosse quello il nome del ragazzo di Morgan, giusto?».

Wendy ci mise un attimo a rispondere. «Sì, Keith». Si sentiva soffocare sotto il peso di tutte quelle nuove informazioni.

«Ho una copia della denuncia, se siete interessati».

«Sì, grazie», rispose Edwin.

«Grazie», ripeté Wendy, a macchinetta.

Possibile che fosse davvero Morgan? Una donna che scappava senza pagare l'affitto e lasciava la casa a soqquadro? Morgan e il fratello erano stati cresciuti come si deve. Lei e Edwin avevano sempre fatto il possibile e anche di più. Quante volte Edwin aveva detto: "Voglio solo che i nostri figli siano felici"? Forse erano stati troppo tolleranti? Non erano mai decisioni semplici.

Wendy non voleva credere che sua figlia conducesse quel genere di vita, ma la verità era che non lo sapeva.

Il detective la guardò negli occhi. Per un attimo, le parve che avesse la stessa età di Morgan, poco oltre la ventina, ma le rughe e quello sguardo di compassione le suggerirono che avesse qualche anno in più. «Sono tutte le informazioni di cui dispongo al momento. Scusatemi».

«Il proprietario sa se sono sposati? O se hanno un lavoro?», chiese Wendy.

Il detective scosse la testa. «Non appena avrete letto la denuncia, saprete tutto quello che so io. Sono venuto di persona perché ho pensato fosse importante aggiornarvi».

«Certo», rispose Edwin. «Lo apprezziamo molto». Fece una pausa. «Questa possiamo tenerla?», chiese poi, guardando la patente.

«Certo». Ricominciò a rovistare nella cartellina, tirò fuori alcuni fogli. «Questa è la copia della denuncia. Potete tenere anche questa».

«Grazie», disse Edwin.

«È tutto. Se avete domande, non esitate a contattarmi», disse il detective prima di alzarsi. «Non vi posso garantire che sarò in grado di fornirvi le risposte, ma se potrò indagare lo farò con piacere».

Lo accompagnarono alla porta e lo ringraziarono ancora una volta.

«Non ci siamo dimenticati di Morgan», disse poi lui, girandosi un'ultima volta. «Penso spesso a lei, a dirla tutta. Solo che non possiamo fare molto, viste le circostanze».

«Capiamo perfettamente», rispose Wendy.

«Apprezziamo il suo lavoro», si accodò Edwin.

Quando il detective se ne andò, Wendy e Edward si sedettero sul divano a leggere la denuncia. Era breve e andava dritta al punto. Nonostante si trattasse di un tentato omicidio, il tono era piatto. Solo i fatti. Wendy notò che l'alterco risaliva a soli quattro giorni prima. Non conosceva il posto, ma su Google scoprirono che si trovava a sole due ore di macchina di distanza.

«Quindi, in teoria, è possibile che quattro giorni fa Morgan e Keith fossero a due ore d'auto da noi», disse Edwin.

«In teoria? Per me si tratta di più di una teoria. Questa è Morgan», gli rispose lei, mostrando la patente.

Edwin aveva lo sguardo assorto, quella che Wendy chiamava la sua *espressione pensierosa*. Era Wendy quella che saltava alle conclusioni, mentre lui preferiva ponderare ogni possibilità. In generale, l'approccio di lui funzionava meglio, ma era comunque una cosa che la mandava fuori di testa.

Edwin annuì. «È vero, la patente è di Morgan, ma non sappiamo se fosse lei la donna. Magari hanno trovato la sua patente, o gliel'hanno rubata. I furti d'identità non sono rari. O magari è stata lasciata lì da chi ci abitava prima».

«Ma il ragazzo si chiamava Keith. Sarebbe una coincidenza assurda».

«Vero. Ma potrebbe trattarsi di un altro Keith, o dello stesso Keith, ma con un'altra donna».

Rimasero lì seduti in silenzio per un attimo, poi lei gli chiese: «Perché non mi lasci sperare?»

«Tesoro», le disse lui, prendendola tra le braccia. «Non voglio che tu smetta di sperare. È solo che non voglio nemmeno che ti si spezzi il cuore di nuovo».

«Non penso che potrà mai tornare com'era prima». Gli poggiò la testa sulla spalla. «Ho bisogno di credere che sia lei, Edwin. Ne ho bisogno così tanto che non riesco nemmeno a dirtelo a parole».

«Lo so».

«Non penso che tu capisca».

«Certo che capisco. È solo che abbiamo un modo diverso di elaborare le cose». Le diede un bacio sulla fronte. «Ho un'idea. Perché non telefoniamo al proprietario e vediamo cosa ci dice?».

Si chiamava Craig Hartley. Quando composero il numero riportato sulla denuncia, scattò la segreteria telefonica. Edwin lasciò un messaggio: «Salve, signor Hartley. Mi chiamo Edwin Duran, e vorrei delle informazioni riguardo una coppia di suoi vecchi affittuari». Chiese di essere richiamato il prima possibile, e lasciò il proprio numero di cellulare e quello di Wendy. Poi cercarono di tornare alla loro serata, ma erano entrambi molto inquieti.

Quando si sedettero a cena, Wendy chiese: «E se non richiama?»

«È un po' presto per preoccuparsene, non credi?»

«Non è troppo presto. Sono anni che non sappiamo nulla. Ogni minuto in più che passa è già troppo». Lui rimase in silenzio, e lei capì che aveva capito.

Finirono di cenare e sparecchiarono, poi Wendy disse: «Se domattina non ha ancora richiamato, prendo un giorno di ferie e vado lì di persona. Voglio parlare con Craig

Hartley faccia a faccia. Se gli facessi vedere qualche foto di Morgan magari potrebbe confermare che è lei la ragazza. E se è lei, allora voglio vedere dove viveva fino a quattro giorni fa».

«Quindi hai già deciso che si tratta di Morgan?»

«Sì», disse lei, annuendo. «Ho deciso in base alla patente e al fatto che il ragazzo si chiama Keith. E poi, *devo* credere che sia Morgan. È la prima indicazione concreta che sia viva. Quindi andrò, e non riuscirai a fermarmi».

«Se hai deciso, vengo con te. Ci andiamo insieme».

Arrivarono a metà mattinata. Craig Hartley non aveva richiamato, quindi Wendy aveva provato a lasciargli un altro messaggio quella mattina, specificando che riteneva che la donna in questione fosse sua figlia, dispersa da quattro anni. Si augurava che potesse avere pietà del cuore di una madre, ma sapeva anche che era probabile che non gliene importasse nulla. Dopotutto, non solo i suoi affittuari se n'erano andati senza pagare: aveva anche rischiato di restarci secco.

L'indirizzo indicato era Quiet Creek Road, ma a un certo punto la strada si trasformava in un sentiero sterrato. «Alla faccia del "fuori mano"», mormorò Edwin.

Alla fine raggiunsero la strada. C'era una sola casa in vista, ridotta così male che Wendy non riusciva a immaginare che qualcuno vivesse davvero lì dentro.

«Pensi sia quella?», chiese lei, mentre il marito accostava per parcheggiare. Si sporse a guardare, ma non c'era nessun indirizzo.

«Per forza. La strada finisce qui».

Scesero dall'auto e rimasero fermi lì un attimo a osservare la casa. Sempre che si potesse definire "casa" una serie di pannelli di legno grigio erosi dalle intemperie che si sorreggevano su dei blocchi di cemento. Difficile dire se nel corso della sua storia qualcuno si fosse mai preso la briga di dipingerla o colorarla in qualche modo, ma di sicuro ogni traccia di vernice era scomparsa da tempo. Sul davanti c'era un piccolo porticato. Il cortile era sommerso dalla spazzatura – lattine vuote, pezzi di carta, una vecchia gomma e altre parti di auto – tutta ricoperta di fango. Sul tetto, che stava cedendo, cresceva uno strato di muffa verdastra. Una casa minuscola, più piccola del loro garage.

«Nessuno può vivere in un posto del genere», disse infine Wendy.

«Andiamo a dare un'occhiata». Edwin si incamminò, si avvicinò alla porta e sbirciò attraverso il vetro lercio di una finestra. «Non si vede granché».

Wendy provò ad abbassare la maniglia, e scoprì che non opponeva resistenza. Spinse appena, e la porta si aprì scricchiolando. Edwin le fece un cenno di assenso. Entrarono e aspettarono di abituarsi alla scarsa luce.

«Non penso che ci sia l'elettricità», le disse. «Non hanno pagato l'affitto».

«Secondo me non ci sono nemmeno gli allacci». Wendy frugò nella borsa, tirò fuori il cellulare e accese la torcia. La casa era racchiusa tutta in una grande stanza, un quadrato perfetto di sporco e sudiciume. A prima vista, Wendy notò barattoli vuoti di yogurt, carte di cupcake della Hostess e bottiglie di birra. Per quanto riguardava i mobili, c'era solo un divano giallo sbrindellato che era stato spinto contro il muro. Il tanfo era terribile. Urina ed escrementi, non poteva essere nient'altro. Su un lato della stanza, per terra, c'era una pentola ammaccata e piena di acqua sporca, a quanto sembrava. «Santo cielo, che puzza. È insopportabile». Fece il giro della stanza, con circospezione, cercando tracce di Morgan. Aveva immaginato di trovare qualcosa che appartenesse alla figlia, magari un foglio con la sua grafia. Si sarebbe accontentata anche di una lista della spesa, e invece niente. Era chiaro che non c'era nulla del genere lì. Era come se qualcuno avesse accumulato spazzatura per un mese intero e poi avesse rovesciato tutto in quella casa.

Anche Edwin era sconvolto. «Niente elettricità, niente acqua e non mi sembra di aver visto un'altra stanza. Magari sul retro?».

Wendy scosse la testa. Avrebbero potuto fare il giro dell'edificio prima di andarsene, ma qualcosa le diceva che sarebbe stata fatica inutile. Forse era meglio cercare degli indizi in mezzo alla spazzatura? Ne sarebbe valsa la pena?

Edwin doveva aver avuto la stessa idea perché aveva afferrato una gruccia pescata chissà dove e la stava usando come un bastone per guardare tra i rifiuti. Wendy capì che non avrebbe ottenuto niente, e presto anche Edwin giunse alla stessa conclusione.

«Odio dirtelo, Wendy, ma non c'è niente qui».

«Non sono nemmeno sicura che questo sia il posto giusto», rispose lei. «Il proprietario sarebbe da denunciare. Come è possibile dare in affitto un posto del genere?».

Come è possibile *prendere in affitto* un posto del genere? Non lo disse, ma era quello che pensava. Morgan sarebbe potuta tornare a casa in qualsiasi momento. Perché mai avrebbe dovuto scegliere di vivere in quello squallore?

«Non lo so», ammise Edwin. «Magari hai ragione tu, siamo nel posto sbagliato. Se vuoi possiamo fare la strada al contrario e controllare meglio gli indirizzi. Magari riusciamo a trovare qualcuno che ci indichi la casa del signor Hartley».

Sul porticato, dopo essersi chiusi la porta alle spalle, Wendy si batté le mani sul cappotto, come per pulirlo. Aveva l'impressione di essere appena passata dentro un'enorme ragnatela. Per lo meno l'aria fuori era respirabile.

Arrivarono alla macchina e videro un pickup bianco che parcheggiava dietro di loro. Si fermarono, e aspettarono che l'uomo al volante scendesse. Era muscoloso, indossava una camicia di jeans sopra i pantaloni, anch'essi di jeans ma di tonalità più scura. Un cappellino da basket e un paio di stivali da cowboy completavano il look. «Posso aiutarvi?»

«È lei Craig Hartley?», chiese Edwin.
«Sono io». Li squadrò a lungo. «Chi vuole saperlo?»
«Sono Edwin Duran, e questa è mia moglie Wendy. Le abbiamo lasciato due messaggi in segreteria».
Craig Hartley continuava a fissarli. «Siete i tizi che cercano la figlia. Quella che è scomparsa qualche anno fa».
«Esatto», confermò Edwin. «Se ha un minuto, vorremmo farle qualche domanda».
«Un minuto ce l'ho, ma non molto di più», rispose riluttante. «Sono un uomo impegnato».
«Grazie», disse Wendy. «Sa se la donna si chiamava Morgan?»
«Mai saputo il suo nome. Io me la vedevo solo con Keith».
«Che macchina avevano?», chiese Edwin. «Ha il numero di targa?»
«Un vero rottame, e no, non ho il numero di targa. A questo punto immagino che forse avrei dovuto prenderlo». Fece un'alzata di spalle.
«Sa dove fossero diretti?»
«No, e francamente non mi importa. Spero di non vederli mai più».
Wendy tirò fuori due foto dalla borsa. «Questa è nostra figlia, Morgan. La riconosce?». Gli passò le foto.
L'uomo le esaminò per un attimo, poi scosse la testa. «Può essere», disse infine, ridandogliele. «Lei la vedevo a malapena. Avevo a che fare con lui, per la gran parte».
«Che tipo era?»
«Il classico perdente. Un drogato».
«Pensa che si drogasse?».
Craig sbuffò, esasperato. «Senta, signora, so che le manca sua figlia e tutto quanto ma, se posso darle un consiglio, preghi il cielo che questa coppia non c'entri proprio niente. Erano dei drogati, tutti e due. Questo è quello che penso io, ok? Li ho trovati dentro al mio capanno da caccia, e mi hanno supplicato di farli restare, quindi gliel'ho affittato per cinquanta dollari a settimana. Un atto di carità, si

potrebbe dire. Mi hanno pagato per due settimane, e poi più nulla. Continuavano a rifilarmi una scusa dopo l'altra, e io sono una brava persona, ok? Gli ho concesso settimane intere per mettersi in regola. Poi mi sono scocciato e ho deciso di cacciarli, e lì il tipo ha dato di matto, ha tirato fuori una pistola e ha cercato di uccidermi. Quando la polizia è arrivata se n'erano già andati, sono entrato nel capanno e l'ho trovato ridotto a una discarica. Questo è tutto quello che so. Ora mi tocca pulire tutta la spazzatura che hanno lasciato. Cerchi di fare una buona azione e che succede? Che te la prendi nel culo, ogni volta». Sputò per terra.

«Capisco», disse Wendy, rimettendo le foto in borsa.

«Io invece non sono certo che lei capisca», disse Craig. «Ora, a meno che non siate venuti a pagarmi il resto dell'affitto che mi dovevano, o ad aiutarmi a pulire, vi prego di andarvene».

«Solo un attimo ancora», implorò Wendy, ben consapevole del tono di supplica che le incrinava la voce. «Sa altro su di loro? Avevano un lavoro? Ricevevano visite?»

«Signora, non lo so. Mi hanno dato dei soldi. Li ho fatti restare. Mi dovesse ricapitare, gli direi di andarsene a quel paese senza pensarci un attimo. Ecco cosa si ottiene a essere gentili. Mai più».

«Se quando pulisce trova qualcosa che possa permettere di identificarli, documenti, qualsiasi cosa, ci può chiamare? O noi o la polizia?»

«Certo», disse il tipo, arrendendosi. «Perché no? Ora, se volete scusarmi». Attraversò il cortile ed entrò nel capanno.

«Grazie», gli gridò dietro Wendy.

Salirono in macchina, e nessuno dei due disse una parola finché non raggiunsero la strada asfaltata. *Ritorno alla civiltà*, pensò Wendy.

«Un bello spreco di tempo», disse Edwin. «Nessuna risposta certa».

«No, nessuna risposta certa», concordò Wendy. Ripensò a

quello che aveva detto Craig, che i due erano una coppia di drogati. Se davvero si trattava di Morgan, era ancora viva, ma aveva un disperato bisogno di aiuto. Venne travolta da un'ondata di tristezza. Si sentiva impotente, disarmata.

Ed era una cosa orribile. Non l'avrebbe mai augurata a nessuno.

Capitolo diciannove

Quando Niki uscì dal Village Mart, alle sei di sera, per strada era già buio, ma era a pochi isolati da casa e i marciapiedi erano larghi e sicuri. Il percorso era ben illuminato, non le era mai capitato di sentirsi in pericolo. Era una serata fredda e ventosa, ma per fortuna aveva il giaccone nuovo a tenerla al caldo. Il cielo era limpido, la luna sembrava un faro sullo sfondo indaco. Seppellì la faccia nella sciarpa e chinò la testa, accelerando il passo. Con la borsa ben sicura in spalla, sfiorò la bomboletta di spray al peperoncino che le aveva dato Sharon. La teneva sempre in tasca. Non aveva mai vissuto in un quartiere più sicuro di quello, ma la consapevolezza di averla a portata di mano la faceva sentire più tranquilla. Non si sapeva mai.

Era quasi arrivata a casa quando una macchina le si accostò e suonò il clacson. Lei buttò l'occhio e non rimase affatto sorpresa di vedere Sharon alla guida. Da un po' aveva preso l'abitudine di uscire *per puro caso* a fare delle commissioni proprio intorno all'ora in cui Niki usciva da lavoro: già che c'era si fermava per prenderla e riaccompagnarla a casa. Niki a volte aveva la tentazione di dirle che non doveva preoccuparsi, che poteva tornare a piedi, ma le piaceva che qualcuno si preoccupasse per lei.

Quindi aprì la portiera del passeggero e salì, poggiò la borsa a terra e si allacciò la cintura.

Appena si fu sistemata, Sharon ripartì. «Com'è andata la giornata? Tutto bene?».

Niki notò che non faceva più nemmeno finta di essere

capitata lì per una coincidenza. «Sì, tutto bene. Indovina chi è venuto al negozio?»

«Chi?»

«Jacob Fleming!».

«Nooo! Davvero?», chiese Sharon, incredula. «Jacob Fleming! Ma guarda tu il caso!».

«Vero?». Niki sapeva che Sharon avrebbe reagito così. «È venuto a comprare degli snack. È gentile, a dire la verità. Fred me l'ha presentato, e abbiamo scambiato due parole».

«Ti ha detto che sua madre ha cercato di far licenziare una ragazza tanto brava al negozio bio?».

Niki si mise a ridere. «No, non siamo arrivati a quel punto. Penso però che sia nato una specie di legame, a livello personale, intendo. Gli ho chiesto dove vive, e mi ha detto Maple Avenue, e io gli ho detto che vivo nella strada dietro la sua. *Con mia nonna*». Si sorrisero. «Abbiamo parlato delle nostre famiglie, e gli ho detto che sono figlia unica, e lui mi ha detto che anche lui non ha fratelli. Allora gli ho chiesto: "Nessun altro bambino in casa?" e, te lo giuro, ha esitato un attimo. Mi ha detto di no, ma hai presente quando fai una domanda a qualcuno e capisci al volo dalla faccia che fa che sta per dirti una bugia? Ti giuro, gliel'ho letto in faccia».

Sharon svoltò su Maple Avenue. Niki sapeva che sarebbero passate davanti alla casa dei Fleming. Avevano fatto quella strada un milione di volte. Ed era sempre stato un buco nell'acqua, ma Sharon non si arrendeva.

Quella volta, però, fu diverso.

Avvicinandosi a casa dei Fleming, videro che la porta del garage era aperta. C'era una macchina grigio metallizzato parcheggiata proprio in mezzo. La signora Fleming stava scendendo dal lato del guidatore. Doveva essere appena arrivata a casa.

«Eccola», disse Sharon. «La strega cattiva di Maple Avenue».

«Strano che abbia parcheggiato in mezzo al garage, no? Il marito dove la mette la macchina?»

«Magari è fuori città», azzardò Sharon, accostando. «O è dal meccanico».

«Fuori città, direi. Sono un paio di giorni che non lo vedo dalla mia finestra».

Sharon spense il motore, e anche le luci si spensero. La signora Fleming stava aprendo il portabagagli. «Basta. Ora vado da lei e glielo chiedo», disse determinata. «Le domando se tiene una bambina in casa».

«Non sono sicura sia una grande idea».

«No, ho deciso. Sono stanca di stare ad aspettare. Vado a chiederglielo e basta».

Niki sentì il petto stringersi in una morsa. «Non ti dirà nulla, ed è davvero cattiva».

Sharon fece spallucce. «Ho già avuto a che fare con persone cattive. Fidati, tutta gente che abbaia e non morde. E poi, che mi potrà mai fare?».

Niki guardò Sharon aprire la portiera dell'auto e attraversare la strada di corsa, per raggiungere la signora Fleming prima che entrasse in casa. La udì gridare: «Mi scusi!», e vide la signora Fleming fermarsi e girarsi.

Mentre Sharon risaliva il vialetto, Niki sentì dentro sé un misto di paura e ammirazione per quella donna. Le venne in mente un'espressione che a Evan piaceva tanto: *Ha due palle d'acciaio.* Dietro i suoi modi impeccabili, Sharon nascondeva un fegato che tante persone che Niki conosceva si sognavano, doveva rendergliene atto. Niki si girò per vedere meglio e osservò la discussione tra le due. Non sembrava una conversazione accesa, ma da lontano era difficile capirlo. Cosa stava dicendo Sharon? Come giustificava una domanda così invadente? Le passarono varie idee per la testa. Per dirne una, poteva far finta che fosse per un sondaggio. Spacciarsi per un'addetta al censimento o qualcosa del genere. Una responsabile della vigilanza del quartiere, magari?

Quando Sharon tornò in macchina, Niki non stava più nella pelle. Bruciava di curiosità, soprattutto perché sul volto della sua ospite brillava un'espressione di trionfo.

«Allora?», le chiese, non appena richiuse la portiera. «Ti ha detto qualcosa?»

«Oh no. Nessun cedimento, zero. Ma è stata garbata. Circospetta ma garbata».

Sharon mise in moto e si diresse verso casa. «Le ho detto che mi sono appena trasferita e che ho due nipotini che vivono con me, e che i vicini mi hanno detto che lei ha una bambina della loro età, quindi volevo presentarmi e capire se fosse possibile incontrarsi per farli giocare insieme. Le ho detto che non ero sicura fosse l'abitazione giusta, che qualche volta mi dimentico le cose. Mi sono comportata come una vecchia svampita».

«Assolutamente geniale! Non ci avrei mai pensato».

«Ho i miei trucchetti anch'io», disse lei con orgoglio. «Le ho dato un nome falso e quando ho parlato di casa mia ho indicato verso la fine della strada, ma tanto non mi stava nemmeno a sentire. Non penso abbia rapporti con i vicini, probabilmente non sa nemmeno chi ci vive, da quelle parti. Sembra una piena di sé».

«*Molto* piena di sé», sottolineò Niki. «Quindi cosa ha detto quando le hai chiesto se avesse una bimba piccola?»

«Ha negato, ovviamente. Mi ha spiegato che non ha idea di chi abbia potuto dirmi una cosa del genere, ma in ogni caso non è vero. Lei e il marito hanno un figlio solo, Jacob, e ha diciassette anni. Mi sono scusata per l'equivoco e le ho chiesto se mi sapesse consigliare un buon dentista, dato che siamo nuovi del posto. Mi ha detto di no, che non sono soddisfatti di quello da cui vanno e anche loro ne stanno cercando un altro. Allora le ho chiesto di un pediatra. Era chiaro che la stessi infastidendo, ma ha continuato comunque a sorridere. Alla fine ha detto che non poteva più restare a parlare con me e mi ha augurato buona fortuna».

Niki era un po' delusa. Aveva sperato in qualche notizia

in più, in realtà. «Be', se non altro ci hai provato. Hai molto più fegato di me».

Svoltarono in Crescent Street, ormai erano quasi a casa. Sharon imboccò il vialetto e aprì la porta del garage, azionando il telecomando. Aspettò che la serranda si alzasse completamente, parcheggiò, poi spense il motore e si girò verso Niki.

«Ma ancora non ti ho raccontato la parte migliore».

«Cioè?»

«Proprio mentre ci stavamo salutando, si è aperta la porta che dal garage conduce in casa, e indovina chi ho visto?»

«Una bambina?»

«Esattamente. La bambina ha aperto la porta e se ne stava lì, a guardare. Era impossibile non vederla. La signora Fleming le ha gridato di chiudere la porta, poi mi ha detto che doveva andare ed è corsa dentro».

«E questo è successo esattamente dopo che ti ha detto di *non* avere una bambina».

«Esatto. E te lo dico subito: non era suo figlio. L'ho vista benissimo. Non era Jacob. Era un esserino di cinque, sei anni, coi capelli tagliati a scodella. Orribili. Ha messo la testa fuori e quando la signora Fleming si è messa a gridare ha chiuso subito la porta».

«Quindi ha mentito», rifletté Niki. «Nel senso che era una bugia bella e buona. Se fosse una parente in visita o se l'avessero adottata, Suzette te ne avrebbe parlato, no?»

«Ah, penso di sì», disse Sharon annuendo. «Sarebbe la cosa più normale».

«Ma chi mai dovrebbe tenere una bambina in casa in segreto?»

«Non mi viene in mente nessuna buona ragione».

Niki pensò a tutte le storie che aveva sentito di bambini rapiti e tenuti prigionieri per anni. Era mai successo in quartieri benestanti?

Poteva anche essere. Avere un sacco di soldi non vuol dire essere dei campioni di moralità. Qualsiasi classe sociale ed economica ha i suoi criminali, la sua brutta gente. «Cosa facciamo? Chiamiamo la polizia e diciamo tutto quello che sappiamo?»

«Qualcosa dobbiamo inventarci. Ma forse è il caso di parlare prima con Amy».

Niki era d'accordo.

«Lei saprà cosa fare».

Capitolo venti

Mia aveva capito di essersi cacciata in un mare di guai nel momento in cui aveva aperto la porta del garage e Signora le aveva gridato di tornare dentro. Però ancora non era stata punita, quindi cercò di non pensare a quel nodo che le stringeva lo stomaco e di concentrarsi sul fatto che lei e Jacob avevano un nuovo segreto. Quel pensiero la faceva sorridere deliziata.

Qualche sera prima era sceso da lei, nel seminterrato, aveva bussato piano alla porta, l'aveva aperta ed era entrato. Lei sapeva che era lui ancora prima di vederlo, perché era l'unico che bussava.

Jacob aveva acceso la luce. Mia si era messa a sedere e si era stropicciata gli occhi, cercando di abituare la vista.

«Jacob?»

«Scusami», aveva detto lui, indicando la lampadina. «Ti ho svegliata?»

«No», aveva detto lei, scuotendo la testa. Se anche l'avesse svegliata, non le sarebbe importato. Quando Jacob scendeva a farle visita, la sua giornata prendeva sempre una piega migliore. Non succedeva spesso, ma quando succedeva, Jacob le portava sempre qualche piccolo regalo: qualcosa da leggere, in genere, o uno snack. L'ultima volta le aveva portato un libro di crucipuzzle, nuovo, e le aveva dato una penna per cerchiare le parole. Quello era un tipo di libro su cui si poteva scrivere, le aveva spiegato.

Ogni volta che Jacob le portava un regalo le faceva promettere di non dire nulla a sua madre. Se lei l'avesse scoperto, le diceva, sarebbe successo il finimondo. Mia non sapeva cosa fosse esattamente questo *finimondo*, ma conosceva Signora quel tanto che bastava da immaginarsi che non sarebbe stato nulla di piacevole.

«Ehi, scricciolo», le aveva detto quella sera, «hai un minuto per fare una cosa super figa?». Le aveva mostrato una busta di plastica.

Mia aveva annuito, emozionata, e lui si era seduto sul bordo del lettino.

«Ti chiederò di fare una cosa, e ti sembrerà un po' strano, ma penso che sia una buona idea. Ora ti spiego di cosa si tratta, e poi tu mi dici se vuoi farlo o no, ok?»

«Ok». Le piaceva che lasciasse a lei la scelta, e poi sapeva anche che se Jacob pensava che fosse una buona idea, probabilmente lo era davvero.

«Vedi questa?». Aveva tirato fuori una scatolina. «L'ho comprata apposta per te, e ho già letto come funziona. È un test speciale». Aveva preso dalla scatola un piccolo contenitore di plastica, un tubicino con una specie di imbuto sopra. «Ci devi sputare dentro. Quando è pieno fino a qui», aveva indicato una lineetta incisa sul tubo, verso la sommità, «lo tappiamo e io lo spedisco in un posto speciale, dove analizzano la saliva e fanno dei test su una cosa che si chiama DNA. I test danno un sacco di informazioni sulla persona che ci ha sputato dentro. Se lo facciamo riusciremo a trovare qualche informazione sul posto da cui vieni, e se ci sono delle persone che hanno un legame con te. O almeno spero».

Mia era confusa. «Persone che hanno un legame con me? Che vuol dire, Jacob?».

Lui era rimasto in silenzio per un po', poi aveva detto: «Non penso che la tua mamma e il tuo papà siano vivi, ma può darsi che tu abbia altri parenti: zie, zii, o magari cugini. Nonni, non lo so. E questo test ci può aiutare a scoprirlo».

Mia sapeva che cosa volevano dire quelle parole grazie alla tivù e ai libri, ma non pensava potesse avere anche lei persone del genere. «Lo credi davvero, Jacob? Credi davvero che possa avere una nonna?». Le nonne della tivù erano sempre così gentili.

«Può darsi, Mia. Però può anche essere che il test non porti a nulla, quindi non voglio che ci speri troppo, ok? Voglio solo scoprire tutto quello che si può scoprire, capisci?»

«Capisco».

«Se non scopriamo niente, non devi metterti a piangere. Hai sempre noi, capito? Quindi non è come se perdessi qualcosa».

«Ok», aveva detto lei, annuendo.

«Hai qualche domanda?»

«Come funziona con la saliva? Come fa la saliva a dire a quella gente se ho delle persone legate?». Voleva credere con tutto il cuore che quello che le aveva spiegato Jacob fosse vero, ma non aveva molto senso.

«È molto complicato», le aveva detto Jacob, scuotendo la testa. «Ma funziona, fidati di me. Ti fidi di me?»

«Mi fido di te».

«E lo sai che non ti mentirei mai, vero?»

«Lo so».

«Allora, vuoi farlo?»

«Sì», aveva detto lei, entusiasta.

«Non puoi dire niente ai miei però, ok? Se mamma lo scopre, mi ammazza. E tu non vuoi che succeda, vero?»

«Non dirò nulla», lo aveva rassicurato lei.

Sputare nel tubicino era stato una faticaccia, ma Jacob era stato paziente. Le aveva spiegato come fare, e le aveva detto di prendersi tutto il tempo che le serviva. Il trucco era lasciare che la saliva si formasse in bocca per un po' prima di sputare. A un certo punto Mia si era sentita la bocca completamente asciutta, e allora lui le aveva fatto fare una pausa. Non era sicura che sarebbe riuscita ad accumulare abbastanza saliva, ma dopo un paio di minuti tutto era tornato a posto. Quando finalmente la saliva aveva raggiunto la linea indicata sul tubicino di plastica, Jacob aveva esultato e aveva battuto il pugno contro il suo. Poi aveva tolto l'imbuto da sopra il tubicino, e al suo posto ci aveva messo un tappo.

«Sembra una provetta», aveva detto lei.

Jacob l'aveva guardata, sorpresa. «Come fai a sapere cos'è una provetta?».

Mia aveva fatto spallucce. «Non lo so. So solo che lo so».

«Sei proprio una piccoletta intelligente».

Le piaceva quando Jacob le diceva cose belle.

Jacob aveva messo la provetta in una bustina di plastica trasparente, aveva tirato una striscetta blu e aveva premuto bene perché si chiudesse. Poi aveva messo il tutto nella scatolina.

«Fatto. Ora la spedisco, e tra un paio di settimane sapremo i risultati».

«I risultati?»

«Un documento che ci dice se hai parenti o no».

«Ce li spediscono?»

«No, li posso vedere online».

Mia aveva fatto di sì con la testa. Sapeva cosa voleva dire *online*. Jacob e i suoi genitori guardavano sempre i telefoni o altri schermi, ma a lei non era permesso. Trovavano di tutto online: come sarebbe stato il tempo, a che ora c'era la partita, quanto doveva cuocere il pollo in forno. Qualsiasi domanda uno potesse avere, la risposta era sempre la stessa: bastava andare online. A volte, quando non c'era nessuno a casa, Jacob le faceva vedere il suo telefono, e una volta le aveva persino scattato una foto. Però il cellulare lo teneva sempre in mano lui.

Magari un giorno l'avrebbe tenuto lei.

«Quindi mi dirai cosa dice quel documento?»

«Fidati di me, piccoletta. Non appena lo scoprirò, sarai la prima a saperlo».

Capitolo ventuno

«Mia!», gridò Suzette appena entrò in casa. «Vieni qui immediatamente!». In genere si vantava di avere una voce adorabile – la sua insegnante di musica al college la riempiva di complimenti per la soavità del suo tono – ma quella frase le uscì stridula. E sentire quanto poteva essere sgradevole la sua voce era una cosa che la faceva infuriare.

Perché la sua famiglia la spingeva a quei limiti?

Mia entrò in cucina mesta. Sapeva di essere nei guai, glielo si leggeva in faccia, e tremava tutta, consapevole di quello che sarebbe successo di lì a poco. *Bene.* Almeno *una* persona in quella casa lo capiva, quando aveva violato le regole. Suzette era così stanca di doverli tenere tutti in riga.

«Sì, Signora?», disse Mia in un sussurro.

Suzette lasciò cadere la borsetta e le borse della spesa, prese le braccia della piccola e gliele bloccò tenendogliele inchiodate al corpo. «Come diavolo ti è venuto in mente?». La bambina non rispose, e allora lei si chinò a guardarla negli occhi. Si trovarono naso contro naso. «Ti è permesso aprire una porta che dà all'esterno? Ti è *mai* permesso aprire una porta che dà all'esterno?». La scosse così forte da farle sbattere i denti.

«No, Signora».

«Ma tu l'hai aperta lo stesso, no?»

«Sì, Signora».

«E perché? Quando sai benissimo che non ti è permesso? Perché?». Sentì la rabbia crescerle dentro. Avrebbe potuto spezzarle il collo se avesse voluto, ma si trattenne.

Ah, quante volte avrebbe potuto andare fuori di testa dalla rabbia e invece si tratteneva! Però nessuno glielo riconosceva, questo. Certi giorni la tentazione era davvero forte. Avrebbe potuto spedire Matt in galera e rovinargli la vita. Avrebbe potuto trattare Jacob come si meritava, quell'indolente. Quanto a Mia, nessuno avrebbe mai sentito la mancanza di una bambina che ufficialmente non esisteva nemmeno.

Avrebbero dovuto ringraziarla perché non li aveva rovinati tutti alla prima occasione utile. E invece no, niente.

Quando parlava del figlio e del marito con la gente, si sperticava in complimenti. Si inventava di sana pianta dei lati del loro carattere che non esistevano e mai sarebbero esistiti. E qualcuno le diceva grazie? No, macché.

Raccontava un sacco di storie su Matt, diceva che la riempiva di regali: «Io provo a rifiutare, ma lui insiste! Dice che nulla è troppo per la sua anima gemella!». Giustificava a sé stessa quelle piccole bugie grazie alla consapevolezza che Matt le avrebbe davvero comprato tutte quelle cose se avesse capito quant'era fortunato ad averla come moglie. Aveva preso uno stolto studentello e lo aveva trasformato in marito illuminato.

Era stata davvero molto, molto gentile. Nei racconti di fantasia che propinava alle altre della sua cerchia, esisteva un marito che le scriveva lettere d'amore.

Con Jacob era più dura. Ci aveva messo un bel po' a capire come fargli fare bella figura. Prendeva voti atroci, e chiaramente non era un atleta. Il suo gusto in fatto di abbigliamento era terrificante, roba da mettersi le mani nei capelli, per non parlare delle sue maniere.

E non perché lei non le avesse provate tutte. Aveva cercato di aiutarlo come aveva potuto, davvero. L'unica opzione che le era rimasta era dipingerlo come un creativo, un genio incompreso, troppo sofisticato per perdere tempo a conformarsi alle aspettative della società.

La verità era che neppure un intero team di pubbliche

relazioni avrebbe potuto svolgere il lavoro che faceva lei, Suzanne, rendendo i Fleming un modello da invidiare per tutti coloro che la conoscevano. E ora Mia aveva fatto una cosa incredibilmente stupida, che aveva il potenziale di distruggere tutto ciò che lei aveva costruito con tanta pazienza. Le diede un altro scossone. «Rispondimi!».

«Scusi», piagnucolò lei.

«Perché, Mia? Perché non sei in grado di ascoltare?». Mia si comportava troppo spesso come se la sua mente fosse tabula rasa. Il suo volto era una maschera piatta. Impossibile capire cosa succedesse in quel cervelletto menomato che si ritrovava. Come adesso, per esempio. Era una cosa che mandava Suzette assolutamente fuori di testa. La sbatté al muro, sperando di strapparle una risposta, ma Mia continuava a tremare e a scuotere la testa. «Vuoi che la polizia venga qui e ti sbatta in galera? È questo ciò che vuoi?»

«No, Signora», rispose Mia, in un sussurro appena percettibile.

«Perché è questo quello che succederà, lo sai, no? Ti butteranno in una cella scura, senza cibo né acqua, con ratti e insetti che ti corrono addosso. Ti sembra una bella prospettiva?»

«No, Signora».

«Qui vivi in una bella casa, ti teniamo al sicuro, protetta. Ti chiedo solo di seguire delle regole. Non è difficile, Mia, non è affatto difficile».

«Sì, Signora».

Suzette ricordava ancora i tempi in cui aveva pensato che Mia fosse un dono dal Cielo, un'offerta dall'universo per aiutarla a superare la perdita della piccola Olivia. *Ah!* Che errore madornale. Nel giro di qualche mese si era resa conto che a Mia mancava nella maniera più assoluta quella scintilla che sua figlia avrebbe avuto di certo. Olivia sarebbe stata esattamente come Suzette, piena di charme e con una personalità decisa, in grado di assumere il comando. Mia invece aveva meno personalità di uno strofinaccio da cucina. La scosse di nuovo. «Devi imparare, Mia. Inizia a prestare attenzione».

«Sì, Signora».

A quel punto sentì dei passi pesanti, era Jacob che scendeva le scale. Di sicuro accorreva a difendere la schiavetta, uno dei suoi nuovi hobby. Un comportamento a dir poco inappropriato. Come si permetteva di interferire?

Lei non aveva alcuna intenzione di permettere a un adolescente – un bambino, in pratica – di dirle come gestire le cose in casa sua. Teneva ancora Mia attaccata al muro quando lui entrò. Suzette non si disturbò nemmeno a girarsi.

«Dio, mamma, ti sento da sopra con tutte le cuffie. Che è successo stavolta?».

Vederlo lì, con quei vestiti troppo grandi per lui, grasso e trasandato, la disgustava. Ed era ancora più fastidiosa l'insinuazione che la sua voce alta fosse una reazione eccessiva. Tornare a casa e trovarsi un problema da risolvere non era certo il passatempo preferito di Suzette, no? Ah certo che no. La vita sarebbe stata molto più semplice se tutti avessero fatto come gli veniva detto.

Una famiglia che girava all'unisono come un meccanismo ben oliato – e allora sì che tutto sarebbe andato per il verso giusto. Se avessero seguito le sue regole, quella casa sarebbe stata una dannata utopia. E non era che lei chiedesse chissà che.

Jacob si avvicinò. «Mia, tutto a posto?».

Ah, ecco come stavano le cose. Di sua madre gli importava zero, ma aveva comunque deciso che la sua reazione era stata esagerata e che Mia non aveva alcuna colpa. In pratica, stava prendendo le parti di Mia, invece di quelle di sua madre, sangue del suo sangue. Che razza di insulto, dopo tutto quello che aveva fatto per lui! Accecata dall'impulso di vendetta, diede una spinta improvvisa a Mia, e la fece finire a terra. Mia si accasciò con un tonfo e batté la testa al muro.

Suzette fu felice di vedere lo shock sul volto di Jacob. Sapeva sempre come catturare la sua attenzione. «Mia è a posto», disse civettuola. «Abbiamo raggiunto un accordo io e lei, o no, Mia?».

Mia annuì, alzandosi. Jacob si bloccò, il faccione grassoccio pieno d'orrore.

«E ora cerchiamo di fare in modo che tutti si ricordino per bene quali sono i patti. Mia andrà a letto senza cena, e pure tu, Jacob, dato che non la stavi tenendo d'occhio». A giudicare dall'espressione del figlio, aveva scelto la punizione ideale. Jacob avrebbe passato la sera a piagnucolare in camera sua, ma gli stava bene. Dov'era mentre Mia rivelava il segreto di famiglia a una completa estranea nel garage? Era il caso che si assumesse le sue responsabilità. E poi saltare un pasto non gli avrebbe fatto poi chissà che. Ne aveva di grasso da bruciare.

«Ok, mamma. Mi spiace non aver tenuto d'occhio Mia».

«Così va meglio». Si sfregò le mani. «Ora vai a dare la buonanotte a Mia, e poi fila in camera tua e resta lì. Siete in punizione entrambi».

«Sì, mamma».

Jacob si diresse verso il seminterrato e Mia si affannò a seguirlo. Non appena scomparvero alla sua vista, Suzette andò in cucina. Finalmente la serata poteva incominciare. Pregustava già il bicchiere di vino. C'era una bottiglia di Riesling ancora da aprire nello scompartimento in alto del frigo. Sarebbe stata quella la sua prima scelta, ma doveva prima sbarazzarsi del Merlot. Non le piaceva avere troppe bottiglie aperte tutte insieme. Era una cosa disdicevole.

Si sedette a tavola con il bicchiere di Merlot, mentre la mente tornava alla vecchia che aveva avuto la faccia tosta di mettere piede sul suo vialetto senza essere invitata. Che sfrontata. Le era sembrata innocua, ma le era parso strano che avesse chiesto di una bambina nello specifico. Una coincidenza, di sicuro, ma comunque inquietante.

Quella settimana gliene erano capitate di tutti i colori.

Prima Dawn di Magnificent Nutrition l'aveva chiamata per dire che la nonna della sua impiegata l'aveva minacciata riguardo il suo ordine speciale, e adesso quello. Suzette aveva percepito la nota di panico nella voce di Dawn, ma non era preoccupata. Non c'era comunque alcuna pista che potesse ricondurre a lei. Pagava in contanti e ritirava un sacchetto bianco. A prova di cataclisma.

E anche se l'avessero trovata in possesso delle pillole, avrebbe sempre potuto dire che non aveva idea di cosa fossero, che qualcuno aveva commesso un errore e le aveva dato quelle al posto delle vitamine che prendeva di solito.

Neanche la vecchia era un problema, solo una scocciatura. Non era assolutamente possibile che sapesse di Mia. La bambina non era mai uscita di casa, e le finestre al primo piano avevano sempre le tende abbassate. Nessuno sapeva che stava lì da loro.

Certo, Mia aveva avuto proprio un tempismo perfetto ad aprire la porta mentre la tipa le faceva il terzo grado. Che poi a dirla tutta non sembrava che quella avesse notato nulla. Un cervello di gallina, a quanto pareva, per fortuna, quindi poco male. Ma non doveva capitare di nuovo, e Suzette era sicura che non sarebbe capitato. Era sicura di aver infuso il timor di Dio in Mia, e pure in Jacob. O magari era *il timor di Suzette*. Rise al suo stesso gioco di parole.

Era in quei momenti che sentiva davvero la mancanza di suo padre. Ormai erano tre anni che se n'era andato. Tre lunghi anni. Troppo tempo senza l'unica persona che la conosceva davvero, che le regalava la sua totale, assoluta approvazione. Sua madre ancora era in vita, ma era assolutamente inutile. Era stata una madre terribile quando lei era giovane, e ora, da vecchia, era esigente e faceva la difficile. Suzette era felice che fosse suo fratello Cal a occuparsene. Di certo lo faceva per prendersi parte dell'eredità. Che avaro imbecille. Si comportava come se gli importasse della madre, la portava dal medico e le faceva tutti quei lavoretti a casa. Solo un modo per entrare nelle sue grazie. Era così ovvio! Be', se davvero doveva privarla della sua parte di eredità, tanto valeva che se la sudasse.

Suo padre invece le aveva sempre detto che lei era speciale, e adorava tutto quello che faceva. «Suzette ha sempre ragione e ha bisogno di essere sempre al centro dell'attenzione», diceva, con un affetto così profondo che le strappava immancabilmente un sorriso. Agli occhi di suo padre, lei *aveva* sempre ragione. Era felice di metterla al centro del suo mondo. Era stato il suo più grande sostenitore durante l'adolescenza. Quando le altre ragazze erano cattive con lei, suo padre le diceva che era solo gelosia, nient'altro. Se non vinceva un premio a scuola, le diceva che i dirigenti erano degli idioti. Quando gli amici le voltavano le spalle, le diceva che un giorno se ne sarebbero pentiti. Che sarebbe stata meglio senza di loro. Suo padre aveva sempre voluto il meglio per lei.

Sua madre era un'altra cosa. Sempre pronta a farle abbassare la cresta, a dirle che non era meglio degli altri, che doveva imparare il valore del compromesso e ad andare d'accordo con la gente. *Certo.* Suzette aveva imparato presto a ignorare quelle ciarle disfattiste. Era solo della voce di suo padre che si fidava.

Un'altra pillola di saggezza?

Come ci si doveva presentare al mondo. Aveva iniziato chiedendole: «Suzette, vuoi che tutti pensino che sei la migliore?».

Lei si era avvicinata per sentire meglio, consapevole che quella lezione sarebbe stata importante.

Allora lui aveva continuato: «Esiste un solo modo perché tutti intorno a te lo capiscano. Tanto per cominciare, devi sapere che la tua rivale non è la ragazza più intelligente, e neanche la più carina, e di certo non la più alta, la più ricca o la più forte. Tu combatti contro quella che ha più fiducia in sé. Le persone che hanno fiducia in sé ottengono quello che vogliono. Sono queste le donne che gli uomini vogliono. Gli vanno dietro come i gatti all'erba gatta».

Era stato il miglior consiglio che avesse mai ricevuto. Da allora aveva vissuto secondo quelle parole. Aveva avuto la tentazione di divulgare quel prezioso suggerimento – a Jacob, ad esempio, che di certo avrebbe avuto un gran bisogno di una bella dose di fiducia in sé. Ma si tratteneva sempre. Perché mai avrebbe dovuto raccontare il suo segreto a qualcun altro? Era solo e soltanto suo, della principessa di papà, la ragazza che aveva più fiducia in sé stessa, e adesso la donna che aveva più fiducia in sé stessa.

Mandò giù un altro sorso di vino e sorrise.

Capitolo ventidue

Niki mandò un vocale ad Amy, poi lei e Sharon cenarono, continuando a parlare della bambina che la signora Fleming negava di avere a casa sua.

«Perché la tiene con sé? Potrebbe esserci un buon motivo?», chiese Sharon. «Magari nasconde la piccola e la madre da un marito violento?».

Trent'anni prima, Sharon aveva fatto la stessa cosa per una collega. L'aveva completamente rimosso, le era tornato in mente solo di recente. La donna si chiamava Matilda. Lavoravano insieme, ma si conoscevano appena. Si salutavano quando si incrociavano, niente di più. E poi, un giorno, Matilda si era presentata alla sua porta con il figlioletto di sei anni e un borsone, e l'aveva pregata di farla dormire sul divano. «Solo per un paio di giorni», le aveva detto, «finché mia madre non riesce a procurarmi i biglietti dell'aereo per tornare a casa». Casa era il Nebraska, dov'era cresciuta. Il marito conosceva tutti i suoi amici, ma non Sharon, quindi era il posto perfetto per nascondersi. Non appena Matilda aveva saputo che i biglietti la aspettavano al bancone dell'aeroporto, Sharon l'aveva portata al gate. Tutto questo succedeva prima dell'avvento di internet, quindi non aveva mai saputo come era andata a finire. Sperava che Matilda e il figlio avessero cominciato una vita migliore. Il marito sembrava un vero mostro.

«Può essere», rispose Niki, con un'ombra di dubbio nella voce. «Ma ci sono altre cose che non quadrano. Ti faccio vedere quando finiamo».

Dopo aver sparecchiato e messo i piatti nella lavastoviglie si recarono al piano di sopra, il gatto alle calcagna. Niki prese una sedia dalla stanza delle cianfrusaglie e fece sedere Sharon di fronte alla finestra, poi spense la luce. «Sono un paio di giorni che osservo ogni sera, e ho notato un pattern».

«Un pattern?». Cap saltò in grembo a Sharon, come se non volesse perdersi il discorso, e lei iniziò ad accarezzarlo per un riflesso automatico.

Niki guardò con il binocolo per qualche secondo, poi lo passò a Sharon. «Allora. Le finestre del primo piano hanno sempre le tende abbassate, anche ai lati e di fronte. O perlomeno ogni volta che ci siamo passate erano così. Al secondo piano, dipende: a volte sono su e a volte sono giù».

«Come ogni casa di ogni persona normale», disse Sharon, portandosi il binocolo agli occhi. «A seconda che uno si vesta o voglia avere un po' di luce o che so io». Rimase a osservare, non molto sicura di cosa ci fosse da guardare. Il piano superiore era immerso nell'ombra, mentre al pianterreno si vedeva la luce in alcune stanze, dietro le tende.

«Non ho mai visto Jacob, quindi camera sua dev'essere dall'altro lato. La camera dei genitori e il loro bagno invece danno da questa parte. C'è anche un'altra stanza da questo lato, sulla destra. Tipo un ufficio. Ho visto il padre lì, a volte va in giro in boxer. Sono un paio di giorni che non è a casa, o perlomeno io è un po' che non lo vedo».

«Va in giro in boxer?»

«Sì», rispose Niki, poi scosse la testa e si mise a ridere. «Ma non è niente di speciale, credimi, caso mai te lo stessi domandando».

«Proprio no, guarda».

«E ogni sera, intorno alle otto, si accendono le luci nel seminterrato, ma solo per qualche minuto. Poi si spengono, ma succede un'altra cosa. Vedi cosa succede nella finestra del seminterrato all'angolo a sinistra?».

Sharon aguzzò la vista. «Non vedo nulla».

«Continua a guardare. Non si vede subito, ma c'è una parte del seminterrato, un angolo, non appena si spengono le luci, dove lampeggia una luce. Ogni sera, quasi».

Sharon continuò l'appostamento, frustrata perché non riusciva a vedere nulla. Come quella volta a biologia, quando tutti riuscivano a vedere i parameci nel vetrino e lei invece vedeva solo le sue stesse ciglia. «Scusa ma non ve...», e a un tratto si rese conto che invece lo vedeva. Nell'angolo della casa, in basso, uno sfarfallio. «Eccolo lì. Cos'è? Una candela?»

«Mi sembra più probabile che sia qualcuno che guarda la TV, o un laptop, al buio».

«Quindi hanno una stanza relax nel seminterrato?». Porse il binocolo a Niki. «Pensi che sia Jacob?»

«Non lo so, ma ho una teoria. Se tu nascondessi qualcuno in casa tua, dove lo metteresti?»

«Nel seminterrato», rispose Sharon. Aveva capito.

«Diciamo che tengono lì la bambina. Sarebbe sensato mandarla a letto alle otto, no? Ma oggi c'è andata prima. Perché? Cos'è successo oggi di diverso dai giorni passati?».

Sharon sentì il cuore sprofondare nel petto. «Ha aperto la porta del garage mentre parlavo con la signora Fleming. Oddio. L'ho fatta finire nei guai».

«Non ti dare troppe colpe. Stiamo parlando di una bambina che viene tenuta prigioniera», le ricordò Niki. «Non penso tu possa aggravare di molto la situazione».

Continuarono a osservare la casa, anche se non succedeva molto. «E se una di noi scavalcasse la palizzata e guardasse attraverso la finestra?», chiese Sharon.

«Non sono contraria», rispose Niki. «Quanto è alta la palizzata?»

«Quasi due metri. Ero scioccata quando l'hanno messa su. È difficile non prenderla sul personale quando un vicino ti costruisce un enorme muro lungo tutto il confine del cortile. Non ci sono nemmeno spazi tra le tavole. È un muro impenetrabile».

«Aspetta», disse Niki. «Quanto tempo fa si sono trasferiti?»

«Un cinque anni fa?», disse Sharon, facendo il calcolo. «Prima di loro c'era una coppietta adorabile, gli Stoiber. Joice e Bill. Hanno cresciuto lì tutta la famiglia, e poi quando i figli sono andati via la casa è diventata troppo grande per due persone, e si sono trasferiti in Florida».

«Quindi i Fleming sono arrivati e hanno subito tirato su la palizzata?»

«Non subito. Direi che saranno passati sei mesi, più o meno. Ero passata per presentarmi, ma non mi ha risposto nessuno e non sono più tornata».

In quel momento, il telefono di Niki squillò e Sharon abbassò il binocolo. «È Amy», disse Niki, guardando lo schermo. «La metto in vivavoce».

Sharon si meravigliava sempre di come i giovani utilizzavano i cellulari. Sembrava tutto così facile per loro. Sentì la voce di sua figlia echeggiare nella stanza, e per un attimo le sembrò che fosse lì in carne e ossa.

«Ciao, Amy», disse Niki. «Indovina che stiamo facendo io e tua madre».

In genere Amy odiava quando Sharon le faceva quel genere di domande – non aveva tempo per i giochetti, diceva. Ma con Niki pareva che fosse ben più tollerante. «Dimmi tutto», fece con una risatina.

«Siamo nella tua vecchia camera, sedute al buio, e stiamo spiando i vicini».

«Quelli della palizzata?»

«Proprio quelli».

«I Fleming», si intromise Sharon. «Te li ricordi?»

«Non bene. Mi ricordo che mi hai detto che stavano costruendo una palizzata, ma conoscevo solo gli Stoiber».

Certo. I Fleming si erano trasferiti molto dopo che Amy se ne era andata a Boston e si era fatta una vita sua, lontano da lei e dalla casa di famiglia.

«E perché li state spiando?».

Sharon lasciò che fosse Niki a spiegare, iniziando dalla

foto scattata la sera dell'eclissi per finire con il faccia a faccia in cui la signora Fleming aveva negato tutto.

«Secondo te dovremmo chiamare la polizia?»

«Uhh», disse Amy, pensandoci su un attimo. «Non avete nessuna prova che sia stato commesso un crimine, quindi non credo che la polizia avrebbe modo di intervenire. Probabilmente farebbero qualche ricerca, ma rischiate che non vi prendano sul serio. Potrebbero pensare che ci sia stata qualche scaramuccia tra vicini. E i Fleming non sarebbero costretti a farli entrare per una perquisizione, quindi non avrebbero nulla di concreto a cui aggrapparsi».

«Quindi non dovremmo chiamare la polizia?», chiese Sharon.

«Penso che fareste meglio a contattare i servizi sociali e a raccontare loro quello che avete raccontato a me. È il loro campo, questo».

«Loro ci prenderebbero sul serio?», chiese Niki.

«Devono farlo, è il loro lavoro». Amy parlò poi a qualcuno che era con lei nella stanza – solo un altro minuto, disse – e Sharon si rese conto che doveva essere ancora in ufficio. «Sentite cosa vi dico», riprese poi. «Perché non mi mandate un'e-mail con tutto quello che sapete a proposito della famiglia? Così vedo cosa riesco a scoprire».

«Non sappiamo molto, eccetto come si chiamano e dove vivono», disse Niki.

«È un buon inizio», le rispose Amy. «Mandatemi tutto e vediamo cosa posso fare».

Capitolo ventitré

La mattina seguente Niki era già uscita per andare al lavoro quando Sharon prese il telefono, pronta a chiamare i servizi sociali. Il cellulare le squillò in mano, spaventandola. Guardò il nome sullo schermo: *Amy*.

«Amy!», rispose subito. «Sono felice che tu abbia chiamato». Premette il bottone per mettere il vivavoce, come le aveva insegnato Niki la sera prima, e poi lo poggiò sul tavolo. Niki aveva ragione: era più semplice parlare, così.

«Ciao, mamma. Non ho molto tempo, ma volevo dirti cosa ho scoperto sui Fleming».

Sharon udiva dei rumori attutiti in sottofondo, chiaro segno che Amy chiamava ancora una volta dall'ufficio. Per forza "non aveva molto tempo". «Dimmi tutto».

«Suzette Marie Fleming, cognome da nubile Doucette, anni quarantasei. Nata e cresciuta nel Minnesota, si è laureata con il massimo dei voti alla Loyola University, che direi è dove ha incontrato il marito, Matthew John Fleming, di anni quarantasette. Lui si è diplomato alla Loyola e poi ha frequentato medicina alla Northwestern».

«Quindi lui è medico?»

«*Era* medico. Esercitava in uno studio nell'area di Chicago, poi circa sei anni fa si è ritirato dalla professione e si è trasferito nel Winsconsin, dove ha comprato la casa dietro la tua, e si è messo a lavorare per una compagnia che vende macchinari medici. È uno specialista della formazione, va in giro a insegnare allo staff come operare con i macchinari per l'*imaging a risonanza magnetica*, quel genere di robe lì».

«E perché ha smesso di fare il medico?», chiese Sharon. «Troppo stressante?»

«Può essere», rispose la figlia. «O magari ha fatto qualcosa di sbagliato o di illegale e l'hanno beccato. A volte, quando succedono robe del genere, al colpevole viene offerta la possibilità di abbandonare la professione volontariamente e di cavarsela senza accuse formali. Nell'Illinois vivevano in una villa. Il trasferimento nella casa in cui stanno ora è stato sicuramente un passo indietro. Mi viene difficile credere che qualcuno abbandoni un lavoro di così alto status e che ha richiesto così tanti anni di studio a meno che non vi sia costretto».

«Sbagliato o illegale… a che pensi?»

«Potrebbe essere qualsiasi cosa. Magari ha molestato sessualmente qualche dipendente, ha fatto qualche prescrizione sbagliata o qualche richiesta di risarcimento fraudolenta. La solita roba». Amy aveva l'istinto da squalo dell'avvocata, e diceva tutto questo con un tono di voce perfettamente tranquillo.

«Oh». L'idea di abbandonare il proprio lavoro per evitare un processo non sarebbe nemmeno passata per la testa a Sharon, ma era proprio il genere di piste su cui sua figlia invece si gettava a capofitto. «E la moglie? Cosa fa?»

«Ha lavorato nelle risorse umane finché non è nato il figlio, Jacob. Non ha più avuto un impiego da allora. Si tiene occupata facendo parte dei consigli di amministrazione di varie organizzazioni di beneficenza, perlopiù affiliate con grandi società».

«E il figlio?»

«Jacob Matthew Fleming, all'ultimo anno di superiori. Ha preso la patente l'anno scorso, ma non ha mai preso una multa, per quello che sono riuscita a vedere. I genitori invece ne hanno prese un paio per sosta vietata; la madre una anche per aver guidato troppo lentamente sull'interstatale. Per il resto, sono puliti. Nessuna lamentela, nessuna denuncia, nessun segno che abbiano infranto la legge. La tipica famiglia del Winsconsin».

«Con una palizzata alta due metri».

«Per la quale hanno ottenuto un regolare permesso», le ricordò Amy. «C'è chi dice che una buona palizzata sia il primo ingrediente per dei buoni rapporti di vicinato».

«Già». Sharon ticchettò con le unghie sul tavolo. «Nient'altro?»

«No, non ho trovato altro».

Se ci fosse stato qualcosa da trovare, Amy l'avrebbe trovato. Sharon ne era sicura. «Ok, grazie».

«Hai già chiamato i servizi sociali?»

«No, stavo per farlo quando mi hai telefonato tu».

«Adesso non saranno più immacolati. Ora una vicina metterà agli atti una segnalazione a loro nome», disse Amy, il sorriso che si sentiva dall'altra parte del telefono.

«Pensi che sia una cattiva idea?»

«No, nient'affatto. Se davvero c'è una bambina in pericolo, sei un'eroina. E se ti sbagli, non è niente di che. In casi come questi, è sempre meglio peccare per eccesso di prudenza».

Sharon sapeva che Amy aveva ragione, ma un attimo dopo, mentre si apprestava a comporre il numero dei servizi sociali, continuava a sentirsi una spia, una che malignava sui vicini senza nemmeno avere troppe prove a supporto della propria teoria.

Per fortuna l'operatore che le rispose, Kenny, la incoraggiò e la ascoltò con attenzione.

«Ha ancora la foto che ha scattato quella sera?», le chiese.

«Sì, ce l'ho sul telefono. Purtroppo non è molto nitida. Era buio, e io ero dietro alla palizzata».

«Sono sicuro che lei abbia fatto del suo meglio», le disse, tranquillizzandola. «Sarà a casa in mattinata?»

«Posso rimanere. Verrà lei da me?»

«Non io personalmente, ma un membro dello staff. Sa cosa le dico? Mi dia un paio d'ore, e la richiamo per comunicarle di preciso quando verrà qualcuno a dare un'occhiata a tutte le cose di cui mi ha parlato».

Sharon tirò un sospiro di sollievo. «Quindi farete sicuramente un'indagine?»

«Prendiamo sul serio ogni segnalazione», la rassicurò Kenny.

Dopo aver riattaccato, Sharon si rese conto che si era tolta un peso dal cuore. Che sollievo. Aveva fatto tutto quello poteva per quella bambina. Ora che erano coinvolte le autorità, poteva lasciare la questione in mano loro.

Capitolo ventiquattro

Alla fine delle lezioni, Jacob prese il pullmino per tornare a casa, ma invece di arrivare all'ultima fermata scese prima e si diresse a piedi al Village Mart. Sua madre aveva terrorizzato Mia per bene la sera prima, ma quando li aveva spediti in camera senza cena non sapeva che in realtà avevano già mangiato. Mia aveva fatto fuori un hot dog e mezzo, e Jacob aveva spazzolato i suoi due e pure la metà che aveva lasciato lei. Con le patatine e la Coca di prima, erano entrambi pieni da scoppiare. Ed entrambi erano più che felici di andarsene in camera. Tanto lui ci sarebbe andato comunque, e anzi per Mia era una benedizione inaspettata, perché poteva mettersi a letto e guardare la tivù in santa pace.

Sua madre si vantava di essere così intelligente, quando invece non era che una stupida.

Quando la madre li aveva spediti in camera, lui aveva accompagnato Mia nel seminterrato. Si erano scambiati un sorriso, consapevoli di avergliela fatta. Per fortuna Mia aveva sparecchiato e pulito il tavolo e Jacob aveva lavato i piatti a mano e li aveva rimessi a posto prima che la madre tornasse. Gli hot dog e i panini che non avevano mangiato erano di nuovo sepolti sotto le verdure congelate e le crocchette di pollo. Avevano fatto attenzione a non sporcare e avevano fatto sparire ogni prova del crimine.

Mia si preoccupava solo di essere chiusa dentro. «Ho bevuto tanta Coca», disse, anche se non era vero. «E se devo andare in bagno?».

Jacob sapeva bene cosa voleva dire stare inchiodato a letto a stressarsi. «Facciamo così: la chiudo, ma senza lucchetto. Se devi andare in bagno, fai piano e ricordati di tirarti dietro la porta quando torni in camera. Non aprire l'acqua e, mi raccomando, niente sciacquone».

Sua madre aveva un udito soprannaturale a volte.

«Ma domattina...», continuò Mia, il volto segnato dalla preoccupazione. Jacob capì che si immaginava la madre che trovava la porta aperta quando scendeva la mattina successiva. A quel punto sarebbero stati nei guai entrambi.

«Scendo io per primo domani, stai tranquilla», le disse.

«Prometti?», chiese lei, la paura nei suoi occhi che già scompariva.

«Prometto. Non verrà mai a saperlo».

«Grazie, Jacob».

«Prego».

«Jacob?», lo chiamò, sedendosi sulla brandina. «Tu sei una specie di fratello per me?».

Cosa avrebbe dovuto risponderle? Di certo lei era quanto di più simile avesse mai avuto a una sorella, e quando sentiva gli altri bambini parlare delle loro sorelline, descrivevano gli stessi sentimenti che lui provava per Mia. Poteva diventare noiosa, così tanto che a volte Jacob non riusciva a trattenersi e sbottava e scaricava su di lei le frustrazioni della giornata. Altre volte, l'adorazione con cui lei lo guardava gli scaldava il cuore. E poi, erano entrambi sotto il controllo di sua madre, il che voleva dire che erano complici, uniti contro di lei. «Direi di sì», disse infine. «Una specie di fratello».

«Come pensavo», rispose lei sorridendo, e lui sentì il cuore spezzarsi. Mia scoppiava di gratitudine per robe da niente, e di nuovo si rese conto di quanto era sbagliato che fosse lì, prigioniera in casa loro. Se fosse stato per sua madre, Mia non avrebbe mai messo piede fuori. Suo padre invece diceva che aveva bisogno di aria fresca e di sole. Che gli esseri umani non erano fatti per stare in casa tutto il tempo.

Quindi, molto molto raramente, Mia aveva il permesso di uscire in cortile durante il giorno, ma solo quando la madre era sicura che i vicini non ci fossero, e persino allora la cosa la rendeva nervosa. Jacob era abbastanza sicuro che una palizzata di due metri fosse una protezione più che sufficiente. Sua madre era paranoica di natura.

Il mondo di Mia era estremamente piccolo, e le sue giornate erano piene di faccende, faccende e ancora faccende.

Ma dove sarebbe stata ora, se Jacob e sua madre non l'avessero portata a casa con loro? Forse in una situazione ben peggiore. Lui l'aveva visto con i suoi occhi, quindi sapeva che era vero. La prima volta che aveva conosciuto Mia stava tornando dal funerale del nonno, sua madre guidava lungo stradine secondarie. Si erano persi: sua madre aveva spento il navigatore perché la vocina automatica le dava noia, e comunque pensava di sapere meglio lei la strada. Era una vera frana alla guida già di suo, ma appena si era resa conto di essersi persa aveva iniziato a prendere a pugni il volante e a imprecare, perché non trovava indicazioni da nessuna parte. Come se un cartello potesse essere d'aiuto nelle strade di campagna sconfinate del Winsconsin, dov'era tutto uguale per chilometri.

Jacob era sul punto di riaccendere il navigatore e impostare il tragitto verso casa, quando aveva scorto una cosina piccola che si muoveva in mezzo alla strada. Aveva gridato: «Mamma, ferma!», e aveva preso il volante, una cosa che l'avrebbe fatta infuriare in circostanze normali, ma poiché anche lei aveva notato la stessa cosa, era troppo occupata a schiacciare il freno per badare a quello che stava facendo il figlio. Si erano fermati appena un attimo prima di investire la piccola, che aveva addosso delle mutandine cascanti, calzini sporchi e una magliettina del pigiama rosa con una stampa a gattini, tutta macchiata. Sua madre aveva tirato il freno a mano e aveva acceso le quattro frecce. Poi erano scesi e si erano avvicinati alla bambina. Mia era ferma lì a succhiarsi il pollice, li guardava con due occhioni enormi.

Non si era fatta indietro e non aveva reagito in alcun modo. Aveva i capelli lunghi fino alle spalle, sporchi e arruffati. A parte quegli occhioni marroni, non c'era proprio nulla di carino in lei.

Sua madre si era inginocchiata e l'aveva esaminata come fosse un animaletto strano. «Ehi», le aveva detto, e per una volta la sua voce era sembrata dolce davvero. «Come ti chiami, tesorino?». La piccola era sporca e puzzava di pipì. Se ne stava in silenzio e non pareva per niente turbata anche se era andato davvero vicina a diventare una carcassa al lato della strada. «Vivi da queste parti?».

«Non dovremmo chiamare il 911?», aveva chiesto Jacob, e quando sua madre aveva detto di sì, lui aveva tirato fuori il telefono. Poi però aveva scoperto che non c'era campo. Non c'era da stupirsi, considerato che sua madre gli aveva fatto scegliere la tariffa più economica.

«È perché siamo in mezzo al nulla», gli aveva detto lei, acida. «Come cercare di chiamare dalla luna. È impossibile».

Durante la lezione di storia, la professoressa gli aveva fatto ascoltare una registrazione piuttosto chiara di trasmissioni audio dalla luna, ma Jacob non pensava che in quel momento sua madre sarebbe stata contenta di venire contraddetta. Né in quel momento né mai, a dirla tutta. «Che facciamo?», aveva chiesto alla fine.

Sua madre aveva sospirato. «Prendila, e voi due vi sedete dietro. Arriviamo alla fine della strada e scopriamo dove vive».

Era una delle poche volte che sua madre faceva qualcosa di nobile senza pensare a sé stessa, a quanto ne sapeva Jacob. Ma ovviamente, quando avevano poi trovato la casa di Mia, erano rimasti scioccati ed erano corsi via a gambe levate. E dato che lì non l'avevano potuta lasciare, il piano era cambiato. L'avevano portata a casa, e Mia aveva iniziato a vivere con loro. Negli anni c'erano stati dei momenti in cui si era arrabbiato così tanto con sua madre per come lo scherniva e lo prendeva in giro per il suo peso e lo chiamava *inutile*, che era stato tentato di denunciarla alla polizia – di dire tutto di Mia e di come aveva tenuto quella bambina in casa per tre anni. Così sarebbe finita in prigione e le sarebbe stato bene. L'unica cosa che lo tratteneva era che era andato su Google e aveva scoperto che il padre aveva ragione. Il sequestro di persona era illegale nel Winsconsin. Probabilmente, entrambi i genitori sarebbero finiti in prigione, e lui pure. Aveva diciassette anni, era quasi un adulto. Ma anche se non l'avessero sbattuto in prigione, dove sarebbe andato a vivere senza genitori? Con i parenti? In un altro Stato? E perché suo padre sarebbe dovuto finire in prigione? Era un brav'uomo, incastrato in una brutta situazione.

E quindi le cose erano rimaste com'erano, e con il passare dei mesi Mia aveva continuato a fare sempre più domande. Domande che rivolgeva tutte a lui. I suoi pensavano che avesse un vocabolario di dieci parole, perché praticamente non apriva bocca quando c'erano loro nei paraggi. Col tempo Jacob aveva compreso che era una strategia brillante. Sua madre si sentiva minacciata dalla gente in grado di pensare col proprio cervello, e odiava chi le teneva testa. Mia l'aveva capito, e si presentava a lei in maniera del tutto innocua.

Ecco a cosa stava pensando Jacob mentre dalla fermata camminava verso il Village Mart.

Gli piaceva quel posto. I proprietari lo salutavano per nome. Si sentiva accolto quando andava lì. E ora che c'era quella ragazza nuova, Niki, aveva un motivo in più per farci un salto. In genere non andava mai due giorni di seguito, ma aveva voglia di rivederla, e poi voleva comprare dei cupcake e una Sprite per Mia.

Quando aprì la porta ed entrò, Niki lo vide e gli sorrise da dietro la cassa.

«Ehi, Jacob», gli disse.

E lui ebbe l'impressione di essere tornato a casa.

Capitolo venticinque

Quando Jacob arrivò, Niki era sola in negozio. Albert era sul retro, dava una mano al fattorino per una consegna. Si era offerta di portare lei le casse in magazzino – in fin dei conti, sarebbe stato logico: aveva tipo cento anni meno di Albert, e poi era forte – ma lui aveva rifiutato. «I vecchi come me devono tenersi sempre in movimento», le aveva detto. «Preferisco distruggermi piuttosto che arrugginirmi. Tu sta' dentro, al caldo».

E quindi era rimasta alla cassa, a tenere d'occhio le macchine che andavano e venivano dalle pompe. Era entrato solo un tizio, per comprare delle sigarette. Aveva chiesto un pacco di Winston Light, e quando lei si era girata a prendergliele lui aveva detto imbarazzato: «Avevo giurato che se mai fossero salite a più di cinque dollari al pacchetto avrei smesso, e invece eccomi ancora qui». Le aveva dato una banconota da venti, lei gli aveva passato pacchetto e resto.

«È un vizio difficile da togliersi», aveva risposto, comprensiva.

«Non me lo dica», le aveva risposto lui. Si era messo il resto in tasca e le aveva augurato buona giornata.

Quando Jacob era entrato, Niki era stata felice di quella distrazione dalla monotonia. L'aveva riconosciuto da lontano. Quel ragazzo aveva un non so che che le smuoveva qualcosa dentro… il modo in cui camminava, a testa bassa, il volto parzialmente coperto dal cappuccio della felpa, l'aria sconfitta, il grosso zaino che gli pendeva alla spalla.

Niki l'aveva salutato chiamandolo per nome e lui si era illuminato in volto. Niki sapeva che quel giorno stesso Sharon aveva intenzione di chiamare i servizi sociali per denunciare i Fleming, ma non pensava che avessero già iniziato a indagare. Quanto a Jacob, si era ripromessa di essere amichevole con lui, ma non troppo. Sembrava parecchio abbattuto, è vero, ma non voleva dire che fosse innocente in tutta quella storia.

Per il momento, doveva considerarlo solo come una fonte di informazioni, niente di più.

Lo guardò aprire il frigo e prendere una lattina di Sprite prima di dirigersi al reparto degli snack. Infine Jacob andò al bancone, mise giù un pacco di cupcake e la lattina.

«Cupcake della Hostess», commentò lei. «Ottima scelta».

«Non sono per me», disse Jacob, come imbarazzato.

«Allora sono una scelta ancora migliore, perché li stai comprando per fare piacere a un'altra persona».

«Sarà». Poggiò lo zaino a terra e si piegò a frugare in una tasca. Quando raddrizzò la schiena teneva in mano una banconota da dieci.

Niki passò la lattina e i cupcake. «Per la tua ragazza?», gli chiese, prendendo i soldi.

«Eh?», fece lui, alzando le sopracciglia.

«I cupcake. Hai detto che non sono per te. Sono per la tua ragazza?»

«Non ho… cioè…». Scosse la testa, nervoso. «No. Un'altra persona che conosco, più piccola di me».

«Ah, è davvero carino da parte tua!». Niki gli mise in mano il resto. «Scommetto che le piaceranno!». Lo guardò in faccia, in attesa di una reazione.

Jacob annuì. «Sì, le piacciono più di ogni altra cosa. È una specie di sorpresa».

Dunque si trattava di una bambina. Un punto per Niki.

«Che pensiero gentile. Noto spesso che la gente pensa solo a sé stessa. Non so perché. Sono tutti così egoisti. Ma non è poi tanto difficile fare qualcosa di carino per gli altri, no? A volte anche il gesto più piccolo può fare la differenza. Lo so anche io che quel nuovo movimento, *Kindness Matters*, è un po' un cumulo di cliché, ma penso comunque che ci sia qualcosa di vero». Niki stava blaterando senza sosta, se ne rendeva conto, eppure Jacob restava lì, e sembrava contento di sentirla parlare. Quindi continuò. «La gente come te è rara, Jacob. Un giorno di questi torna a dirmi se le sono piaciuti. Adoro le storie di questo tipo». Si sentì sprofondare, era stata proprio patetica. *Adoro le storie di questo tipo? E che storie sarebbero? Le storie in cui si danno cupcake a una bambina?*

Nonostante i suoi tentativi di fare conversazione fossero a dir poco pietosi, a quanto pareva avevano colto nel segno. Jacob non era abituato a ricevere complimenti, forse.

«Certo», rispose lui. «Posso tornare domani. Cioè, se domani lavori».

Niki annuì. «Sono qui dal mercoledì alla domenica dalle nove alle cinque, quindi mi trovi di sicuro».

«Perfetto». Mise i cupcake e la lattina nello zaino e il resto in tasca.

«Puoi contarci».

«È bello poter contare su qualcosa», disse Jacob, e Niki avvertì una certa malinconia nella sua voce.

Niki annuì. «A volte il mondo è così confuso. È sempre un piacere sapere cosa aspettarsi».

«Ok, allora. Ci vediamo domani». Il ragazzo si mise lo zaino in spalla e si diresse verso la porta.

«Ciao, Jacob», lo salutò lei, e lui alzò la mano, senza voltarsi.

Niki tenne gli occhi fissi sulla porta a vetri, e lo guardò oltrepassare le prime pompe di benzina. Vide la sua espressione cambiare quando due ragazzi gli si avvicinarono sul marciapiede. Lo salutarono in un modo che sembrava amichevole, ma lei lo vide subito irrigidirsi. Era sulla difensiva. Quelli non erano suoi amici, e Jacob non era felice di vederli. I due gli si piazzarono davanti, facendogli muro, impedendogli di passare. Non riusciva a sentire quello che dicevano, ma sembrava che Jacob si facesse sempre più piccolo. Niki sapeva come funzionavano certe cose. E sapeva cosa si provava.

La porta del ripostiglio si aprì. La voce squillante di Albert si alzò alle sue spalle: «Ah, ora mi sento meglio. Cosa mi sono perso?»

«Niente di che», rispose Niki, continuando a osservare la scena fuori. «Il solito alle pompe, e Jacob è venuto a comprare degli snack. Ha preso dei cupcake per una bimba che conosce. È mai successo? Che comprasse qualcosa per qualcun altro, intendo?»

«Non che io sappia», rispose Albert, avvicinandosi dietro alla cassa.

Lei sentì a malapena le sue parole, ancora concentrata su quello che succedeva fuori. I due ragazzi incombevano su Jacob in maniera minacciosa, e lui indietreggiò barcollando, per poco non perse l'equilibrio. «Torno subito», disse Niki. Scansò Albert e corse fuori, il cuore che le batteva forte. Si avvicinò ai ragazzi e gridò: «Ehi, Jacob!».

I tre si fermarono e la guardarono. Jacob era il più sorpreso di tutti. «Sì?», le chiese.

Lei gli corse vicino e lo prese a braccetto. «Buone notizie! Il mio capo dice che posso prendermi quella sera libera, quindi possiamo uscire insieme, a quanto pare».

«Ok», disse Jacob, un'ombra di confusione sul volto.

«So che ti avevo detto di no, ma l'ho implorato e gli ho detto che questa serata era importante per noi, e ha cambiato idea. Alla grande, no?»

«Sì».

«Quindi è *un appuntamento*?»

«Certo». Finalmente qualcosa nel suo tono le fece capire che stava iniziando a capire. «Sicuro».

«Che bello!». Gli si avvicinò e lo baciò sulla guancia. «Non te lo dimenticare. Non è stato semplice organizzarci con gli orari».

«Non me lo dimenticherò», rispose lui.

«Scusate per l'interruzione, ragazzi, ma le fidanzate vengono prima di tutto», disse poi Niki agli altri due.

«Certo, nessun problema», disse il più alto. Si scambiò un'occhiata con l'amico.

«Ci vediamo, testa di LEGO», disse poi il secondo.

Jacob e Niki li guardarono allontanarsi, in direzione opposta rispetto alla casa di Jacob.

«Grazie», le disse Jacob, arrossendo. Sembrava troppo in imbarazzo per guardarla negli occhi.

«Nessun problema. Devo tornare dentro», disse lei, incrociando le braccia al petto per proteggersi dal vento freddo. Solo in quel momento si rese conto che fuori si gelava.

«Ok, ci vediamo».

Lo guardò allontanarsi, poi tornò nel negozio. «Scusa», disse ad Albert, riprendendo il proprio posto dietro al bancone.

Albert continuò a guardare Jacob che camminava sul marciapiede. «Nessun problema», disse. Sembrava colpito.

«Avevi bisogno di qualcosa?».

Invece di rispondere, Albert la guardò negli occhi e le disse: «Ho visto cos'hai fatto. Sei stata gentile a prendere le difese di Jacob».

Niki scrollò le spalle. «Non mi sono mai piaciuti i bulli».

«Non piacciono a nessuno, ma non tutti sono disposti a mettersi in mezzo. Quando sei corsa in sua difesa... è stato eccezionale. Direi che questo fa di te una persona straordinaria, Niki Ramos».

A Niki non sembrava proprio di essere una persona straordinaria, ma accettò comunque il complimento. «Grazie».

Capitolo ventisei

Suzette era davvero, davvero vicina a mettersi a gridare. Era pomeriggio inoltrato, Jacob stava per tornare a casa e a un tratto il campanello si era messo a suonare – e non aveva più smesso. Ancora, ancora e ancora. Senza tregua. E c'era uno schema ricorrente. All'inizio non ci aveva fatto caso, ma ormai erano passati quasi dieci minuti e adesso lo sentiva bene: prima due squilli veloci, poi una lunga pausa, così lunga che ogni volta sperava che fosse finita. E invece ricominciava. Lei non apriva mai la porta a meno che non aspettasse qualcuno, era una sua regola ferrea, eppure a quanto pareva quella donna non riusciva proprio ad afferrare il concetto. Sì, era sicura che fosse una donna quella che se ne stava in piedi davanti alla loro porta. Suzette l'aveva vista spiando dalla finestra.

Molte persone avrebbero detto che era vestita in modo impeccabile, ma Suzette aveva occhio per certe cose, e aveva notato subito che la borsa era falsa e che l'anonimo cappotto blu scuro proveniva da un centro commerciale. Improbabile facesse parte di una delle sue associazioni di beneficenza. Sembrava più un'agente immobiliare o un'addetta al censimento. Che seccatura.

Il campanello suonò ancora due volte. Era diventato un suono così stridulo che Suzette era sul punto di uscire e spezzarle il collo. Spiò ancora una volta dalla finestra, e notò che la donna stava ferma alla porta come se avesse tutto il tempo del mondo. Suzette andò in cucina, dove Mia stava lavando il pavimento, carponi. Era ancora a metà del lavoro. Ridicolo. Ci metteva un secolo a lucidare i pavimenti, eppure era così scrupolosa che a Suzette non piaceva metterle fretta.

«Mia?», la chiamò, sulla porta, una mano sul fianco.

La bambina si fermò e la guardò. «Signora?»

«Vai in camera tua *immediatamente*. Non tornare su finché non ti chiamo. Hai capito?».

Mia annuì, strizzando il cencio.

«Forza! Subito!», le gridò. Essere costretta ad alzare la voce la faceva infuriare.

Insomma, era davvero così difficile eseguire un normalissimo ordine?

Mia posò il cencio accanto al secchio, si tirò su e scese di corsa nel seminterrato, chiudendosi la porta alle spalle. Non appena i suoi passi non furono più udibili sulle scale, Suzette si lisciò i capelli e andò alla porta. Quanto casino per mettere a tacere un campanello. Si sarebbe fatta lasciare un biglietto da visita e l'avrebbe mandata via.

Quando la porta si aprì, il volto della donna si illuminò. «Oh, finalmente», le disse. «Suzette Fleming? Sono felice di averla trovata in casa». Aveva i capelli grigi tirati indietro e fissati con due forcine, come una scolaretta di altri tempi.

L'aveva salutata con sincero calore. Suzette non si aspettava una simile familiarità: si bloccò, esitando. Forse si conoscevano? Ma lei non ricordava proprio di averla mai vista. «Posso aiutarla?».

La donna le sorrise. «Mi chiamo Franny Benson, sono un'assistente sociale della contea. Lavoro per l'unità di protezione dei minori. Abbiamo ricevuto una segnalazione da uno dei suoi vicini e vorrei farle qualche domanda, se ha un minuto». Le mostrò un tesserino identificativo, con una foto che la colpì ben poco.

Suzette sospirò, esasperata. *Domande su domande. Sempre la stessa storia. Quand'è che la gente smetterà di chiedere la mia opinione su ogni singola minuzia che accade in questa comunità?* «Mi spiace, non sono interessata, ma la ringrazio…». Fece per chiudere la porta, ma la donna parlò di nuovo.

«Aspetti! Mi pare di capire che lei si adoperi parecchio per questa comunità. Che svolga un grande servizio a favore degli enti di beneficenza di zona?».

Suzette aprì la porta di uno spiraglio. «Lei è al corrente del lavoro che svolgo?»

«Certo!».

«Davvero?». Piano piano, un sorriso le si aprì sulle labbra. *Sa di come prendo il comando nelle riunioni di consiglio.* E pensare che Matt era convinto che il suo lavoro ai consigli non fosse che uno spreco di tempo! Gliel'aveva persino detto, dritto in faccia. *Se pensi di innalzare il tuo status ti sbagli della grossa*, aveva aggiunto. «Non gliene frega niente a nessuno di queste *riunioni*, come le chiami tu. Un pugno di gran signore sedute a un tavolo che chiacchierano e chiacchierano», aveva detto, facendo le virgolette in aria alla parola *riunioni*. «I dirigenti vi vengono dietro solo perché raccogliete soldi per loro».

«Mi piacerebbe entrare e parlare con lei per qualche minuto, se non disturbo», disse Franny.

«Posso concederle un quarto d'ora», si arrese Suzette. Aprì la porta e fece entrare Franny, prendendole il cappotto e appendendolo all'armadio all'ingresso. «Da questa parte», disse poi, conducendola in salotto. La donna la seguì portandosi dietro la grossa borsa. Suzette andava molto fiera del salotto – e a ragione, con quell'alta vetrinetta in legno pregiato piena di eleganti statuine in finissima porcellana di Lladrò – e si assicurava che fosse sempre immacolato.

Una volta che si furono sedute, Franny le disse: «Che bella casa che ha».

«La ringrazio. Ci piace molto».

Franny rovistò nella borsa e tirò fuori una penna e un taccuino. «So che il tempo che può concedermi è limitato, quindi cercherò di essere breve».

«Lo apprezzo molto», le disse Suzette.

«Come preferisce essere definita? Un'attivista sociale? Una benefattrice? Una filantropa?»

«Può usare anche solo il mio nome, se vuole: Suzette Fleming». Si sentì assalire da un'ondata di orgoglio. «E *filantropa* è la definizione che più si avvicina a ciò che faccio, anche se io non penso a me stessa in quei termini. Cerco solo di fare la mia parte».

«Lei pecca di modestia, signora Fleming. Se tutti si prendessero il tempo e l'impegno per collaborare anche solo con la metà degli enti di beneficenza che aiuta lei, il mondo sarebbe un posto migliore».

«La ringrazio», disse Suzette, abbassando lo sguardo. *Filantropa.* Le piaceva come suonava quella parola.

Le domande successive di Franny erano tutte incentrate sulla famiglia. Si segnò il nome e l'età di suo marito e suo figlio e le domandò della scuola che frequentava Jacob. «Quindi Jacob è il suo unico figlio?»

«Sì», disse lei, scuotendo dolcemente la testa. «È uno studente modello e ha un sacco di amici. Casa nostra è praticamente il punto di ritrovo dei ragazzini del quartiere. Si riuniscono tutti qui, vanno e vengono di continuo. Molte persone se ne lamenterebbero. Troppo caotico, direbbero. Ma io preferisco così». Si sporse in avanti. «Meglio tenerli d'occhio, non è d'accordo?»

«Oh, certo», concordò Franny, annuendo.

«Io e mio marito siamo perfettamente in sintonia su come crescere nostro figlio».

«Capisco. Ci sono altri bambini in casa? Parenti in visita, magari, o figli di un matrimonio precedente?»

«No, siamo solo noi tre. Ci piace così. Siamo una famiglia molto unita. Jacob torna da scuola e mi racconta tutto quello che è successo. Ah, le storie che potrei raccontarle! I soliti drammi adolescenziali, ma ovviamente è tutto molto serio per lui. E quindi lo ascolto. È importante offrirgli supporto».

«Incredibilmente importante».

«Si ricorda com'è a quell'età. C'è sempre qualche crisi, e ora con i social è ancora peggio. Le voci corrono, i gossip si diffondono in un batter d'occhio. Non su Jacob, ovviamente, lui non ha nulla da temere. Però è come me, sempre a preoccuparsi per i meno fortunati. È un vero modello per gli altri studenti. Io e suo padre siamo molto orgogliosi di lui».

«Sembra proprio un bravo ragazzo. Quindi sarebbe corretto dire che, oltre a suo figlio, in casa non ci sono stati altri bambini, nelle ultime settimane?»

«A parte i suoi amici di scuola?», chiese Suzette, fingendo di pensarci su. «No, nessuno».

«Nemmeno bambini più piccoli?»

«Certo che no. Qualcuno le ha detto il contrario?». La donna stava incominciando a darle sui nervi.

«Sono solo qui a seguito di una segnalazione», disse Franny. «Ordinaria amministrazione. Sto visitando varie famiglie del circondario».

Suzette si chiese se non stesse iniziando a far correre troppo la fantasia. C'era qualcosa nel modo in cui Franny la guardava – come se fosse in attesa – che le fece drizzare i peli alla base del collo. Era quasi come se quella donna sapesse di Mia. Il che era impossibile, ovviamente. Più probabile che cercasse famiglie interessate a prendere bambini in adozione. *Come no, aspetta e spera.* Suzette si mise a ridere. «Non sono interessata a occuparmi di bambini piccoli. Come può ben immaginare, il lavoro mi tiene parecchio impegnata. Sono quasi sempre in giro. Oggi mi ha trovata in casa, ma è stato un caso. Ora, ha altre domande o posso accompagnarla alla porta?».

Franny la guardò. «Potrei avere un bicchiere d'acqua? Mi dispiace chiederglielo ma ho la gola secca».

«Ma certo. Torno subito». Suzette si alzò e andò in cucina. Com'era seccante doverla pure servire e riverire, soprattutto considerando che quella donna lavorava per la contea – il che voleva dire che tecnicamente erano le sue tasse a pagarle lo stipendio. Franny era una dipendente di Suzette, in pratica. *Oh, ma perché l'ho fatta entrare? Non si finisce proprio mai di imparare. Un errore che non commetterò mai più.* Suzette scansò il secchio che Mia aveva lasciato lì e andò a prendere un bicchiere dall'armadietto, poi lo riempì dal dispenser di acqua del frigorifero. Il tempo di farle bere un sorso e l'avrebbe mandata via. Si girò e vide Franny sulla porta della cucina. Sobbalzò. *Che faccia tosta.*

«Bella cucina», le disse la donna. «L'ha riammodernata di recente? I mobili e il bancone sembrano nuovi». Si avvicinò, passando la mano sul bancone.

«Ecco l'acqua», tagliò corto Suzette, ignorando i commenti.

«Grazie».

Franny prese il bicchiere, ma non bevve. Dentro Suzette, la rabbia stava crescendo fin quasi a esplodere. Voleva spingerle il bicchiere alle labbra e costringerla a bere, e invece la donna continuava a blaterare.

«Mi piacerebbe tanto avere una cucina come questa». Abbassò la testa e notò il secchio sul pavimento. «Oh, vedo che ho interrotto le pulizie. È per questo ci ha messo così tanto a venire a rispondere alla porta?»

«Sì, stavo lucidando il pavimento», disse Suzette.

«Non ha una donna delle pulizie?».

Suzette sospirò. «Non ho alcun aiuto. Faccio tutto da me, e preferisco così. Mi piace che le cose vengano fatte bene, quindi preferisco occuparmene personalmente. La gente invece prende sempre delle scorciatoie».

«In genere io sto in jeans quando pulisco casa», le rispose Franny, con una mezza risata. «Sono così sbadata che se mettessi roba bella come quella che indossa lei la rovinerei di sicuro».

«Sì, faccio molta attenzione».

«Ne sono certa».

Quella conversazione la stava stancando. «Non vorrei essere scortese, ma ora deve andarsene. Ho un appuntamento e non voglio fare tardi».

«Certo». Franny si scolò il bicchiere d'acqua in un sorso solo. «Grazie del tempo che mi ha dedicato».

Suzette la accompagnò alla porta e le mise in mano il cappotto senza troppe cerimonie. «Grazie di essere passata. Arrivederci».

«Arrivederci», rispose Franny, porgendole la mano. Suzette la strinse, riluttante. «È stato un piacere conoscerla».

«Altrettanto».

Suzette aprì la porta. «Oh, pare che la temperatura sia scesa. Farà meglio a sbrigarsi». Le mise una mano sulla spalla, spingendola praticamente fuori dalla porta. «Mi stia bene», le disse, una volta che la donna mise piede sul porticato.

E tanti saluti.

Capitolo ventisette

Da quando aveva spedito il campione di saliva di Mia, Jacob controllava il sito ogni giorno. Era stato semplice prendere il campione senza farsi scoprire dai suoi, e sapeva che Mia non avrebbe detto nulla. Non aveva avuto problemi neppure a registrarsi online. Aveva solo dovuto creare un indirizzo e-mail falso, non ci aveva messo niente. Si era registrato come Mia Mystique, e si era inventato una data di nascita per spacciarsi per maggiorenne. Si era assicurato che i settaggi della privacy fossero impostati in modo che lui potesse scoprire chi erano le persone legate a Mia, senza che quelle persone venissero al corrente di alcun dettaglio su di lei. E tutto questo l'aveva fatto di nascosto. Sul serio, non era stato complicato: agli occhi dei suoi era come se scomparisse completamente appena si chiudeva nella sua stanza.

Per fortuna era riuscito a trovare il kit in un negozio, quindi i costi del laboratorio erano già compresi nel prezzo e non aveva dovuto usare una carta di credito. Sennò non ce l'avrebbe mai fatta.

Era molto fiero di sé. Aveva escogitato un ottimo modo per ottenere informazioni su Mia. Jacob voleva sapere di più sul suo passato – in parte lo faceva per lei, ma in parte anche per contraddire sua madre, che si rifiutava di spostarsi anche di un millimetro dalla sua posizione, ovvero che Mia non aveva nessuno al mondo, a parte loro, e nessuno la voleva. A Jacob era sempre sembrata una cosa stupida: solo perché Mia non compariva sul sito dei bambini scomparsi non voleva dire che non c'era nessuno che la volesse.

Jacob sapeva bene che a sua madre sarebbe venuto un esaurimento se avesse saputo cosa aveva fatto, ma non gliene fregava niente. Ultimamente percepiva che l'equilibrio del potere stava cambiando. Era una cosa buona. Forse perché era diventato fisicamente più grande di lei, o forse perché aveva imparato a fregarsene. Adesso Suzette sentiva che la sua presa su di lui si faceva sempre più debole. Passava sempre più tempo chiusa in camera sua, mentre il padre dormiva sul divano dell'ufficio. Si era anche portato lì molti dei suoi vestiti. La loro famigliola disfunzionale stava cadendo a pezzi, il che era orribile ed esilarante allo stesso tempo.

Quando finalmente ricevette la notifica che i risultati del DNA erano pronti, era in camera sua e aveva appena finito di vestirsi per la scuola. Mancavano ancora venti minuti all'arrivo del pullmino. Poteva anche saltare la colazione, se necessario: aveva una confezione di Pop-Tarts nell'armadietto della scuola per emergenze del genere.

Si collegò al sito e cliccò il link dell'*Albero genealogico* sulla homepage. Quando la pagina si aprì, scese col cursore fino ad arrivare a una sezione chiamata *Elenco dei parenti per* DNA. Subito apparve un elenco: *Nonna, Nonno* e *Zio.* Accanto c'erano i nomi: *Wendy Duran*, *Edwin Duran*, e *Dylan Duran*. Era scioccato, non riusciva a crederci. *Cavoli, Mia ha due nonni e uno zio?* Continuò a guardare i dati, cliccando a caso, e scoprì la percentuale di DNA che condivideva con ognuno di loro. Jacob non era sicuro di come funzionasse la cosa, quindi non sapeva se il 24,7 percento fosse un dato normale quando c'era di mezzo un nonno. Avrebbe dovuto guardare meglio su Google, non appena avesse avuto un po' di tempo. Su un'altra sezione vide che Mia era di origini europee, con un 24 percento portoricano.

Ma il sentimento di euforia che lo aveva travolto in un primo istante – ce l'aveva fatta, aveva trovato il modo di saperne di più sul passato di Mia, e tutto da solo! – si trasformò presto in nausea.

Adesso sapeva. Cosa avrebbe dovuto fare con quelle informazioni? Avrebbe potuto contattare quelle persone attraverso il sito, ma cosa gli avrebbe detto? E se fossero stati gente cattiva, come il tipo che gli aveva sparato? Se davvero era così, allora Mia stava davvero meglio con loro.

Poi, un altro problema. L'idea di mandare in prigione suo padre, che era sempre stato contrario all'idea di tenere la bambina, lo faceva sentire male. Ma sapeva che sarebbe andata a finire così. Sua madre era bravissima a mentire, le riusciva naturale quanto respirare, ed era lei la più convincente. E se Mia se ne fosse andata con quelle nuove persone e suo padre fosse finito in prigione? A quel punto lui sarebbe rimasto solo con sua madre? Rabbrividì.

Però aveva bisogno di sapere di più.

Come colto da un'intuizione, andò su Facebook e cercò Wendy Duran. Vennero fuori parecchi risultati, ma quello più probabile era una donna in là con gli anni che viveva nel Winsconsin. Non postava molto spesso, ma non aveva nemmeno il profilo privato, quindi Jacob poteva vedere tutto. La gente anziana non era molto furba quando si trattava di social media, e stavolta a lui faceva davvero comodo.

Guardò il profilo fino ad arrivare a una foto di famiglia: padre, madre, figlio e figlia. Non era recente, a giudicare dall'abbigliamento. Wendy aveva scritto: «Vacanza in famiglia. Dylan aveva quattordici anni, Morgan dodici».

Jacob ci pensò. Doveva essere la famiglia giusta.

Wendy Duran. Viveva nel Winsconsin, e aveva un figlio di nome Dylan.

Guardò la foto con attenzione, cercando di vedere se la figlia assomigliava a Mia.

Sì, le assomigliava; un po', ma non tantissimo.

E ora?

Non avrebbe fatto nulla, per il momento. Aveva bisogno di tempo per pensare e per decidere quale fosse la mossa più giusta. Ma prima doveva prendere il pullmino e arrivare a sera.

Capitolo ventotto

Sharon aveva parcheggiato in fondo all'isolato e guardava la casa dei Fleming, in attesa che Franny uscisse. La donna le aveva fatto una buona impressione quando era venuta a casa sua, ma voleva essere sicurissima che andasse fino in fondo. Sembrava una persona che prendeva davvero a cuore ciò che faceva, il che deponeva a suo favore, ma non era granché loquace, quindi era difficile inquadrarla. La cosa a cui era sembrata più interessata era la foto sgranata, quella che lei aveva scattato da dietro la palizzata. L'aveva osservata molto a lungo, e poi aveva chiesto a Sharon di mandargliela per messaggio. Lei le aveva confessato che non aveva idea di come si facesse, e la donna aveva preso con grande gentilezza il telefono e se l'era inviata da sola. Poi aveva voluto salire al piano di sopra per vedere la casa dalla stanza di Niki. In un primo momento era rimasta lì ferma in piedi, a osservare, poi aveva iniziato a prendere appunti.

Durante la visita, Sharon aveva parlato senza sosta tutto il tempo, nel tentativo di far capire a Franny che anche se non aveva troppe prove a sostegno delle sue affermazioni, il suo istinto non si sbagliava. «Sono sicura di aver visto una bambina affacciarsi alla porta del garage. Sono pronta a scommettere sulla mia stessa vita», le aveva detto.

Franny aveva annuito e aveva continuato a prendere appunti. Sembrava che le credesse, ma quel mutismo non le dava molti indizi.

«Andrà a casa loro a fare delle ricerche?», aveva chiesto Sharon.

«Faremo tutto il possibile nei limiti consentiti. Dobbiamo attenerci alla legge».

«Capisco». A Sharon la cosa non piaceva, ma lo capiva. «Verrà a dirmi cos'ha scoperto?»

«Mi farò risentire, e riceverà una lettera dal mio ufficio che la informerà che la sua segnalazione è stata presa in considerazione, il che significa che verranno intraprese le azioni opportune. È una conferma che ci siamo messi in moto sulla base della sua segnalazione, in pratica».

«Ma lei mi crede, no?», le aveva chiesto alla fine Sharon, incapace di lasciarla andare senza aver ricevuto almeno quella rassicurazione. Franny era cortese, ma Sharon voleva di più. Una piccola dose di indignazione poteva portare grandi risultati.

«Per quale motivo non dovrei crederle?», le aveva chiesto Franny, rimettendo il taccuino in borsa. Aveva seguito Sharon giù per le scale, aveva preso guanti e cappotto, le aveva stretto la mano e le aveva detto che si sarebbero risentite.

Solo dopo che se n'era andata Sharon si era resa conto che la donna non aveva mai dato una risposta chiara e netta alle sue domande. Di certo aveva avuto i suoi buoni motivi, Sharon ne era sicura, ma le era rimasta comunque addosso una sensazione di inquietudine.

Franny non aveva detto che sarebbe andata subito a casa dei Fleming, ma Sharon pensava che almeno su quello non ci fossero dubbi. Dopo averla salutata, era andata alla finestra e l'aveva guardata salire in macchina. Aveva aspettato che si allontanasse e poi, dopo qualche minuto, era andata a prendere le chiavi e si era messa in macchina. Non stava seguendo l'assistente sociale, no. Non esattamente, almeno: anzi, aveva preso la direzione opposta, anche se alla fine la meta era la stessa. In fin dei conti, era tutto molto logico: viveva anche lei in quel quartiere, e faceva spesso quella strada. Non c'era nulla di strano, no? E se si fosse accostata e si fosse messa a controllare il telefono, be', non sarebbe stato certo un crimine, giusto? Insomma, a volte capita di dover controllare il cellulare.

Era sempre una cosa buona avere una scusa pronta. Le era successo un paio di volte di farsi prendere alla sprovvista, e aveva imparato dai suoi errori.

Quando era passata davanti alla casa dei Fleming, aveva visto l'assistente sociale ferma fuori dalla porta. Dava le spalle alla strada. E allora era ripassata una seconda volta, per poi parcheggiare alla fine dell'isolato e spegnere il motore. Franny non aveva idea di che genere di macchina guidasse Sharon, quindi era improbabile che facesse due più due.

L'auto di Franny, aveva notato, era parcheggiata di fronte a casa dei Fleming, sul ciglio della strada.

Erano passati diversi minuti senza che accadesse nulla. Poi di colpo Franny era entrata in casa. O perlomeno Sharon *presumeva* che fosse entrata in casa, anche se da dove si trovava non era riuscita a vedere per bene cosa fosse successo.

Passò un quarto d'ora. Proprio quando Sharon si disse che non ce la faceva più a reggere la suspense, Franny uscì, percorse il vialetto e si infilò in macchina. Un minuto dopo, Sharon vide il lampo rosso delle luci, poi la macchina partì e scomparve lungo la strada. Era delusa. Tutto lì?

Era una cosa stupida, lo sapeva, ma una parte di lei aveva sperato che Franny uscisse tenendo la piccola per mano. Si sarebbe accontentata anche di vedere un battaglione di auto della polizia che accerchiavano la proprietà, con gli ufficiali che sciamavano in casa brandendo un mandato di perquisizione. Gli agenti avrebbero cercato in ogni angolo fino a trovare la bambina e l'avrebbero salvata da qualsiasi sopruso fosse stata costretta a subire. Quell'ultima idea era piuttosto peregrina, ma a Sharon piaceva molto, soprattutto perché lei ne sarebbe uscita come l'eroina della storia: la vicina attenta che si era fidata del proprio istinto e non si era mai arresa.

Così l'avrebbero descritta i media.

Non era contenta che il sopralluogo dell'assistente sociale fosse durato così poco, e che all'apparenza non ne fosse venuto fuori niente. Vedere la donna che lasciava la casa e si allontanava in macchina le aveva lasciato addosso una sensazione di rassegnazione e sconforto. Possibile che l'assistente sociale avesse solo fatto un paio di domande al signore o alla signora Fleming, che loro avessero negato tutto e che il caso fosse già stato chiuso?

Fu proprio quello il dubbio che sottopose a Amy quella sera stessa.

Niki era tornata dal lavoro e avevano parlato un po' di com'era andata la giornata. Niki le aveva detto che Jacob era passato al Village Mart a comprare dei cupcake – lei credeva fossero per la bambina – e Sharon le aveva parlato della visita dell'assistente sociale. Poi si erano sedute al tavolo della cucina e avevano chiamato Amy.

Ora fissavano il telefono come se fosse una tavola Ouija, in grado di dare loro le risposte che cercavano.

Amy cercò di fare chiarezza: «Mi stai chiedendo se crederanno a quello che dicono i Fleming e basta?»

«Sì», rispose Sharon. «È esattamente quello che voglio sapere. Pensi che il caso sia stato archiviato?». Lanciò un'occhiata a Niki, che si sporse in avanti per sentire meglio.

«Ne dubito. Quando ti ha detto che avrebbero fatto tutto il possibile nei limiti previsti dalla legge, penso che intendesse che in un certo senso hanno le mani legate. A dir la verità, sono stupita che sia entrata. Deve essere veramente eccezionale».

Sharon sapeva che Amy aveva ragione, ma quel processo così laborioso la riempiva d'impazienza. «Quindi se Franny chiede se hanno una bimba che vive con loro e la signora Fleming nega, cosa succede?»

«Be', non è che può accusarla di mentire». Amy era dalla loro parte, ma parlava comunque dal punto di vista di un'avvocata, una cosa che Sharon trovava un po' irritante.

«E allora che senso ha andarci a parlare?»

«La mia supposizione è che l'assistente sociale abbia adoperato un approccio non ostile, in modo da farsi invitare all'interno della proprietà. È raro che la gente ti faccia entrare in casa se ha l'impressione di poter finire nei guai. Quindi probabilmente si sarà comportata come se stesse facendo una visita di routine nel quartiere. Poi, una volta dentro, avrà cercato di capire come è organizzata la casa, quali sono le dinamiche familiari, e avrà cercato segni della presenza di un minore. È probabile che abbia buttato lì qualche domanda apparentemente innocua – avete avuto un bambino in visita di recente? Qualcosa del genere, senza insistere troppo, senza darci peso. È un'assistente sociale, quindi probabilmente ha una certa esperienza nel capire quando qualcuno mente. Ora che ha fatto la prima visita, decideranno come procedere. Solo perché voi non vedete accadere nulla, non vuol dire che le cose non si stiano muovendo. Può essere che la polizia locale venga informata, e che tengano d'occhio la casa, per vedere chi va e viene e se c'è una bambina che passa in macchina. Può essere che l'assistente sociale vada a far visita ad altri vicini, per chiedere se hanno notato qualche movimento sospetto. Sono queste le cose che possono fare, nei limiti previsti dalla legge».

Di nuovo quella frase, *nei limiti previsti dalla legge*.

«Mi ha detto di ricontattarla se avessi visto qualcos'altro», la avvertì Sharon.

«A volte ci vuole tempo», disse Amy. «Anche i Fleming hanno dei diritti. E può anche essere che tu ti sbagli, sai».

«Non si sbaglia», disse Niki, intromettendosi, e poi raccontò ad Amy del suo incontro con Jacob. «Sono quasi sicura che i cupcake fossero per la bambina».

Amy rise. «Ti credo, Nikita, ma la questione dei cupcake non reggerebbe in tribunale. A meno che non ci sia altro, i servizi sociali devono procedere con cautela».

«E se un giorno, quando la famiglia non c'è, chiamiamo i pompieri e gli diciamo che vediamo fumo uscire dalla casa?», chiese Niki, avvicinandosi il telefono sul tavolo. «In quel caso non dovrebbero fare irruzione?».

Sharon era pronta ad applaudirla per la sua arguzia, ma Amy non era altrettanto entusiasta. «È illegale lanciare un falso allarme», rispose con fermezza. «E ci possono essere gravi ripercussioni, soprattutto se le autorità riescono a dimostrare che la segnalazione errata è stata fatta in maniera intenzionale».

«E come farebbero a saperlo?», chiese Sharon. «Diremo che ci siamo sbagliate. Capita». Il gatto le si sfregò contro la gamba, e lei si chinò ad accarezzarlo.

«Certo, capita di sbagliarsi, ma quante probabilità ci sono che vediate del fumo uscire da quella casa subito dopo aver fatto una denuncia ai servizi sociali?». Sharon quasi riusciva a vedere Amy che scuoteva la testa. Come se ce l'avesse davanti agli occhi.

«Riuscirebbero a fare il collegamento?»

«Certo», disse Amy. «E che succede se qualcuno chiama i pompieri per avvertirli di un incendio *vero*, mentre loro sono in un altro luogo per via di una segnalazione falsa? Vorreste essere responsabili della morte di qualcuno?»

«No, certo che no». Sharon sospirò.

«Fidatevi di me, davvero. So che volete fare del bene, ma non agite in modo impulsivo, per favore. Non ho tempo di prendere un aereo per tirarvi fuori di prigione».

«Non ci facciamo mica mettere dietro le sbarre», le rispose Sharon. Che idea assurda.

«Promettetemi di non fare nulla di avventato. Avete denunciato ciò che avete visto. Ora lasciate fare agli esperti».

Riagganciarono promettendo ad Amy che non avrebbero fatto sciocchezze.

«E quindi ecco com'è la situazione», disse Sharon, girandosi verso Niki. «Per quello che vale, io ho pensato che l'idea dei pompieri fosse fantastica».

Niki annuì, pensierosa. «Sono ancora convinta che sia

una buona idea. Cioè, capisco quello che dice Amy, è un rischio impegnare i pompieri quando ci potrebbe essere un vero incendio da qualche parte, ma quali sono le probabilità che accada sul serio?».

Rimasero lì in silenzio, a soppesare la cosa.

«Potremmo fare comunque la segnalazione, ma in modo anonimo», suggerì Sharon. Cap miagolò mestamente, e lei si batté la mano sulla coscia per indicargli di salire. Lui saltò su e si accoccolò, e lei prese a fargli i grattini dietro le orecchie.

«E con quale telefono? È tutto tracciabile, ormai».

Sharon ci pensò su. «Ce n'è uno a pagamento alla pompa di benzina?»

«No. Non mi viene in mente nessun telefono a gettoni qui intorno».

«Ce ne sono all'aeroporto».

«E alla stazione dei pullman».

«Entrambi troppo lontani da qui».

Niki picchiettò un dito sul tavolo. «Ok, ho un'idea, un modo per arrivare più vicina alla finestra del seminterrato. Però mi serve il tuo aiuto».

«Qualsiasi cosa. Ci sto».

Capitolo ventinove

Quando Signora richiamò Mia su in cucina, era molto arrabbiata. «Come diavolo ti è venuto in mente di lasciare il secchio in mezzo al pavimento così?». Signora diede un piccolo calcio al secchio con la punta delle décolleté, e l'acqua schizzò fuori.

«Scusi, Signora», disse Mia.

«"Scusi" non basta».

Mia non sapeva cos'altro fare, quindi si limitò ad annuire.

«Non rimanere lì come un'idiota. Il pavimento non si pulisce mica da solo. Rimettiti al lavoro!».

Signora lasciò la stanza e Mia si rimise subito a lucidare, senza nemmeno cambiare l'acqua, che intanto era diventata fredda. Quando Signora si arrabbiava, il suo cattivo umore contaminava l'aria, colorava la casa intera di un grigio tetro. Mia faceva di tutto per starle alla larga. Dopo aver finito con il pavimento, si mise a spolverare, anche se quel giorno non ce l'aveva tra le cose da fare. Griswold la seguiva dappertutto, come se avesse percepito che aveva bisogno di una presenza amica. Era un cagnolino intelligente.

Quando Jacob tornò a casa dopo la scuola, Signora gli si avventò subito addosso, rimproverandolo per essere rientrato tardi. Ma Jacob era troppo furbo per lei. «Mi sono ricordato di quello che mi hai detto, che dovrei fare più moto, quindi sono tornato a casa a piedi invece di prendere il pullmino. Mi sento bene. Magari lo faccio ogni giorno».

«Oh, ok, allora», disse lei, presa in contropiede. «Ma la

prossima volta chiamami se hai intenzione di tardare. Stavo morendo di preoccupazione».

«Ok, mamma, la prossima volta ti chiamo. Mi spiace averti fatto preoccupare». Poi Signora si girò per andarsene, e lui fece l'occhiolino a Mia. Non appena sentirono i suoi passi al piano di sopra, Jacob le si avvicinò e sussurrò: «Ho una sorpresa per te. Vado a mettertela sotto la brandina, ok?».

Mia fece sì con la testolina, scuotendo il caschetto con vigore, incapace di contenere l'eccitazione. *Una sorpresa solo per me!* Jacob era proprio come un fratello maggiore.

Tornato su dal seminterrato, Jacob se ne andò in camera sua, e Mia restò presto a corto di cose da fare. Si sedette per qualche minuto ai piedi delle scale, e prese ad accarezzare Griswold quando lui le si accostò. Di colpo la assalì un'ondata di sonno, e decise di stendersi nel suo spazietto preferito dietro al divano. Lo spazio tra lo schienale e il muro era proprio delle dimensioni ideali. Si infilò dentro con i piedi finché non fu completamente nascosta e chiuse gli occhi.

Mia non aveva intenzione di addormentarsi, eppure prese sonno. Di colpo udì Signore tornare a casa dal lavoro e annunciare: «Eccomi!». Si svegliò di soprassalto e scattò in su per uscire dal nascondiglio, ma si rese conto che Signora era proprio lì in salotto, seduta su una sedia e rivolta verso di lei, in attesa del marito. Per fortuna non l'aveva vista.

«Sono qui», disse Signora.

Mia notò che parlava con una voce perfettamente normale, quindi magari non era più di cattivo umore. Sentì Signore posare la valigia, e poi i suoi passi mentre entrava nella stanza. Udì lo scricchiolio del divano quando si sedette.

«Com'è andata la tua giornata, tesoro?», chiese Signora.

«È stata lunga», le rispose il marito. «Il mio volo era in ritardo. Sono felice di essere qui».

«Ah!», disse lei in tono di scherno, e Mia si irrigidì.

Oh no. Quella domanda era una trappola.

Le dispiacque per Signore, perché intuiva come sarebbero andate le cose.

«*Tu* pensi di aver avuto una giornata lunga? Non sai di che parli. Aspetta di sentire cos'ho passato io».

E iniziò a raccontare della donna che era venuta a bussare alla loro porta – «fingendo di essere una delle mie sostenitrici», aveva detto Signora – mentre Signore ascoltava in silenzio. Solo che era una copertura: la donna era venuta a ficcanasare e a fare domande su quanti bambini ci fossero in casa. «Poi mi ha seguita in cucina e mi ha lanciato una frecciatina sul secchio per i pavimenti di Mia, e ha fatto un commento sugli abiti che indossavo. A quanto pare sono vestita troppo bene per fare dei lavori di casa. Che poi che cosa gliene frega a lei!».

Quando Signora si infervorava, le parole le uscivano dritte una dietro l'altra, con una forza tale che sembravano rimbalzare sui muri. Un vero e proprio attacco. Mia riusciva a sentirne la furia persino da dietro il divano.

«Aspetta, aspetta un attimo», la interruppe lui. «Ti ha chiesto quanti figli abbiamo?».

Signora odiava essere interrotta, e lo rese ben chiaro con il tono gelido che gli riservò: «Sì, Matt. Tra le altre cose. Voleva sapere cosa penso della scuola di Jacob. Non fanno sondaggi o gruppi di discussione per questo genere di cose? Bussare porta a porta non mi sembra un modo molto efficiente per valutare cosa pensa la gente. E da quand'è che è mia responsabilità tenerli informati? È chiaro che non hanno idea di quanto sono impegnata».

«Ed era un'assistente sociale che lavora per la contea?». Il marito parlava piano – un po' come Jacob quando spiegava le cose a Mia.

«Sì, Matt, te l'ho già detto. Cerca di non perdere il filo, per piacere».

«Suzette, ascoltami un attimo». Mia lo sentì cambiare posizione sul divano. «E se sapesse di Mia e stesse facendo un'indagine? Non è che qualcuno ha scoperto che vive qui e ha chiamato i servizi sociali?»

«Era una visita *di routine*, Matt. Ha fatto il giro di tutte le case dell'isolato». Mia riusciva quasi a vedere Signora come se ce l'avesse davanti agli occhi: accigliata e a braccia conserte, come sempre quando c'era qualcosa che non le stava bene.

«Certo, è quello che ti ha detto», le rispose Signore. «Devi proprio essere la più grande cretina del mondo per far entrare un'assistente sociale in casa».

«Cretina? Mi stai dando della cretina?». Mia si mosse dietro il divano, a disagio. Doveva andare in bagno, ma non era il caso di uscire dal nascondiglio in quel momento. Non se ne parlava proprio.

«In questo caso, sì».

Di colpo, Signora si mise a urlare così forte che Mia quasi saltò su. Nessuna parola, solo un urlo di frustrazione e rabbia, spaventoso nella sua furia. Durò così a lungo che Mia si coprì le orecchie con le mani.

«La pianti di comportarti come una bambina, Suzette?», le chiese Signore alla fine.

Mia udì Signora saltare su dalla sedia. «Non voglio starti a sentire!». Poi udì Signora uscire con furia dalla stanza e salire le scale, con Signore che le andava dietro e continuava a parlarle dell'assistente sociale.

Mia uscì dal suo nascondiglio e filò dritta in bagno. Fece quello che doveva sospirando. Poi si lavò le mani, si asciugò, e sbirciò dalla porta. Via libera. Doveva solo trovarsi qualcosa da fare, di modo che Signora la vedesse impegnata.

Jacob aveva le cuffiette ed era nel bel mezzo di una partita, quando udì sua madre gridare. Mise il gioco in pausa e si scoprì le orecchie. *Che c'è ora?*

Non sembrava si fosse fatta male, il tono era più furioso che di dolore. Dopo aver finito di gridare aveva salito con furia le scale e suo padre l'aveva seguita, chiamandola a gran voce. Un'altra lite. Quella casa era un campo di battaglia un giorno sì e uno no. Suo padre stava dicendo qualcosa sul fatto di lasciare entrare gente in casa, e poi aveva aggiunto chissà che su Mia.

Gli sembrò ironico che la piccola, l'esserino più dolce e innocuo sulla faccia della Terra, avesse il potere di incutere loro tanto terrore.

Ovviamente non era lei a incutergli terrore di per sé, ma l'idea che potessero finire nei guai a causa sua. A volte suo padre non tirava fuori l'argomento per mesi interi, e persino Jacob dimenticava che Mia vivesse con loro in un modo che non era legalmente riconosciuto. Quando nessuno ne parlava, era quasi come se l'avessero adottata. O *salvata da una vita orribile*, come la metteva sua madre. Ma poi succedeva qualcosa e suo padre si spaventava, ne parlava con sua madre e partiva la litigata, con tanto di insulti e accuse. Si minacciavano di mandarsi in prigione a vicenda, o di spiattellare i reciproci fallimenti ai nonni di Jacob, una cosa che suonava del tutto ridicola alle orecchie del ragazzo. All'età che avevano, ancora volevano nascondere ai genitori i pasticci che combinavano. Che idiozia. Lui invece già se ne fregava di quello che pensavano sua madre e suo padre. La loro approvazione non significava nulla per lui. A quarant'anni, sarebbe stato troppo occupato a viversi la sua vita per preoccuparsi dell'opinione dei suoi.

«Puoi usare la testa un attimo, Suzette?», stava dicendo ora suo padre. «Hai mai sentito parlare di un assistente sociale che fa visite di routine?»

«Certo che ho sentito parlare di assistenti sociali che fanno visite di routine», rispose, sulla difensiva come sempre. «È normale per loro».

Con lei andavi sempre a sbattere contro un muro. Non

c'era niente da fare. Jacob si alzò e aprì la porta per sentire meglio.

«Secondo me qualcuno sa di Mia e ci ha denunciati».

Sua madre sbuffò. «Oh, Matt, smettila di essere così melodrammatico. Nessuno sa di Mia. Come potrebbero?».

Suo padre non demordeva. «Pensaci un attimo! L'ha vista qualcuno? Magari attraverso la finestra. L'hai forse nominata di sfuggita in qualche conversazione? Magari era in una delle foto che hai postato su Facebook, sullo sfondo».

«Le finestre sono coperte, e non esce di casa da mesi».

Jacob si diresse verso la camera dei genitori. La porta era socchiusa.

«E le foto su Facebook?»

«Non posto mai foto di casa», disse sua madre, imperiosa. «Ho un account professionale. Metto solo foto scattate durante eventi e riunioni».

«Ho un brutto presentimento».

Quando i suoi litigavano, Jacob prendeva sempre le parti del padre. La madre aveva una spiccata tendenza a minimizzare le preoccupazioni del marito, non faceva che sminuirlo. E invece, ironia della sorte, lui era mille volte più intelligente di lei.

«Oh, Matt, smettila con questa storia. Se ritorna, non la faccio entrare. Stai annegando in un bicchier d'acqua».

Jacob spinse appena la porta, aprendola giusto di uno spiraglio. La madre era seduta sul bordo del letto, tutta presa a ispezionarsi le unghie. Suo padre era in piedi accanto a lei. Jacob si schiarì la gola, ed entrambi si girarono a guardarlo.

«Jacob, tesoro, non è un buon momento».

«Qualcuno ha visto Mia», disse lui.

«Cosa?». Suo padre scattò sull'attenti. «Cos'hai detto?»

«Qualcuno ha visto Mia. Una donna».

«Quando è successo?»

«Ieri, quando tu non c'eri. Mamma era in garage che parlava con una vicina e Mia ha aperto la porta per guardare. Mamma ha fatto un casino quando è rientrata. Ci ha mandato entrambi a letto senza cena».

Suo padre si girò verso la moglie e le rivolse uno sguardo accusatorio. «E non avevi intenzione di dirmi niente?»

«È stata una sciocchezza. Jacob sta esagerando», disse lei, alzandosi. «Un'impicciona che vive in fondo alla strada è venuta a farmi un paio di domande mentre portavo dentro la spesa. Abbiamo parlato un minuto, e poi me ne sono liberata». Diede una scrollata di spalle.

«Ha visto Mia sì o no?»

«Non vedo proprio come avrebbe potuto. È stata questione di un secondo, e poi ho detto a Mia di chiudere la porta».

«E se è stata una cosa da nulla, allora perché li hai mandati a letto senza cena?»

«Per non avermi ascoltata, ovviamente». Sua madre era una vera maestra quando si trattava di rigirarsi la frittata. «A Mia è stato detto di non aprire mai una porta che si affaccia all'esterno, e Jacob avrebbe dovuto tenerla d'occhio. Entrambi conoscono le regole, e io devo farle rispettare. Saper mantenere la disciplina è essenziale quando si crescono dei figli, Matt. Lo sapresti se passassi un po' più di tempo a casa invece di andartene a zonzo per il Paese a fare chissà cosa».

«E di cos'è che è venuta a parlarti l'impicciona che vive in fondo alla strada?».

Sua madre fece un lungo sospiro, a indicare che era stanca di tutte quelle domande. «Si è appena trasferita con dei nipotini. Voleva sapere se avevamo dei bambini piccoli per farli giocare insieme. Le ho detto che avevamo solo un figlio adolescente e l'ho mandata via. Sul serio, Matt, mi sta venendo il mal di testa. Non mi pare ci sia nient'altro da dire». Poi si voltò e andò in bagno, sbattendosi la porta alle spalle.

Suo padre le andò dietro e disse: «Non vedi che le cose

sono collegate, Suzette? Qualcuno viene a chiederti se abbiamo bambini piccoli e il giorno dopo un'assistente sociale arriva a ficcare il naso? C'è qualcosa sotto. Vivi proprio nel paradiso degli sciocchi se pensi di poter andare avanti così per sempre. È ora di vuotare il sacco su Mia».

«Allontanati dalla porta, Matt», disse Suzette. «La discussione è finita».

Capitolo trenta

Quella sera, Signora aveva ordinato a Jacob di dare la buonanotte a Mia, dato che lei si sarebbe ritirata prima. «Ho un mal di testa terribile e non voglio essere disturbata», aveva detto, ma sia Mia che Jacob avevano notato la bottiglia di vino che si era portata su mentre saliva le scale. Non aveva detto una parola a Signore, che era stravaccato sul divano, con il telecomando in equilibrio sullo stomaco, a guardare la TV. Se qualcuno fosse entrato in casa in quel momento, non avrebbe mai immaginato che fossero reduci da una litigata con i fiocchi.

Era così che andava, a volte. La calma dopo la tempesta.

Jacob accompagnò Mia nel seminterrato senza dire una sola parola finché non svoltarono l'angolo. «Ricorda, ti ho lasciato una sorpresa sotto il lettino», disse. «È in una bustina di plastica. Lascia tutto lì dentro quando hai finito, la vengo a prendere domattina presto».

«Grazie, Jacob».

«Ti lascio la porta aperta», disse, indicando il lucchetto. «Così ti puoi lavare i denti. Mamma sarà mezza ubriaca, quindi penso che possiamo stare tranquilli, ma fai piano comunque».

Mia annuì. Sapevano entrambi che sarebbe successo un putiferio se Signora avesse beccato Jacob a darle snack e lasciarle la porta aperta. Si era portata il vino in camera, quindi era improbabile che scendesse, ma era sempre meglio essere prudenti.

Mia si sedette sul letto e incrociò le gambe.

«Jacob? Perché Signore pensava che quella donna stesse chiedendo di me?»

«Hai sentito, eh?», domandò Jacob, colpito. A Mia non sfuggiva niente.

Lei annuì con fervore.

«Non devi preoccuparti di nulla, tu», disse Jacob, sperando di infondere nelle sue parole un tono rassicurante. «Staremo attenti, e faremo in modo che nessuno ti porti via».

«Ma perché qualcuno dovrebbe portarmi via? E per andare dove?»

«Mia, ascolta». Si inginocchiò, in modo da poterla guardare negli occhi. «In genere, quando la gente salva un bambino fa le cose in maniera ufficiale, prepara dei documenti e parla con un giudice, eccetera eccetera. Noi abbiamo saltato quella parte perché tu eri in un posto così brutto che era un'emergenza. Abbiamo *dovuto* toglierti da quella situazione immediatamente e portarti qui».

«Ma non potete parlare con il giudice ora e spiegargli come stanno le cose?». La faceva così semplice.

Jacob prese un respiro profondo. *Come glielo spiego?* «No, perché ci metteremmo nei guai per non averlo fatto subito. È molto complicato, ma tu non ti devi preoccupare. Mangia la sorpresa che ti ho lasciato. Domattina le cose torneranno alla normalità. Sai com'è mamma». Si alzò soddisfatto di aver risolto la questione.

«Ma se quella donna torna...».

«Non tornerà, e se torna mamma non la farà entrare».

«Ok». Mia sembrava soddisfatta.

«Buonanotte, Mia».

«Buonanotte, Jacob».

Tirò la porta e poi attese finché non udì il gridolino di gioia di Mia.

«Grazie, Jacob», gli disse.

«Prego, scricciolo». Sperava che non mangiasse tutto il pacco in una volta sola, facendosi venire il mal di pancia. Quasi tornò indietro, per avvertirla, ma poi ci ripensò. Mia non era come lui. Lui non aveva il minimo autocontrollo quando si trattava di cibo, mentre lei era perfettamente in grado di fermarsi quando si sentiva piena. Era intelligente. Non solo, Mia era anche in grado di capire sua madre. Alla perfezione. Suzette era un mare in tempesta e non tutti sapevano solcarne le acque come Mia.

Per essere una bambina così piccola, aveva già capito un sacco di cose.

Capitolo trentuno

Si bardarono per bene – giubbotti, cappelli e scarpe – e Sharon mise persino gli stivali da neve, mentre Niki preferì le sneakers, più agili. Non aveva paura di bagnarsi i piedi. L'importante era scalare la palizzata velocemente e in silenzio.

«Sei sicura?», le chiese Sharon, prendendo la scaletta pieghevole dall'armadio. Avevano già recuperato una corda dal garage e l'avevano legata alla maniglia della scaletta, assicurandola con un bel nodo.

«Certo», disse Niki, infilandosi i guanti. «Cosa mai potrà succedere? Se mi vedono, scappo via veloce come un fulmine». In realtà non era così sicura di sé come voleva far credere. Suzette Fleming era una donna terrificante, e Niki non sarebbe rimasta sorpresa se avesse chiamato la polizia e l'avesse denunciata per violazione di proprietà privata. Certo, sarebbe potuto succedere solo *se* l'avesse beccata. E lei non intendeva farsi beccare. Il piano era molto semplice: avrebbe scalato la palizzata, attraversato il cortile, sbirciato dalla finestra, scattato un paio di foto, e poi sarebbe tornata indietro.

L'assistente sociale aveva bisogno di qualcosa di concreto, di *prove*, e le foto erano prove. Ed era vero che il *modo* in cui stavano ottenendo le foto avrebbe potuto essere problematico, ma forse no. In fondo si trattava del benessere di un minore, giusto? Era più semplice chiedere perdono che chiedere permesso.

Era la notte perfetta per una missione di ricognizione.

Niki non vedeva il padre di Jacob da giorni, il che voleva dire che probabilmente era fuori città. Jacob non avrebbe guardato da quella parte, dato che la sua stanza dava dall'altro lato. Neanche sua madre sarebbe stata un problema, a quell'ora di sicuro non sarebbe stata al piano di sopra, era troppo presto. Niki scelse un momento in cui tutte le stanze che davano sul cortile erano buie. Niente luci, niente gente. Solo il mistero dello sfarfallio che veniva dalla finestra del seminterrato.

Anche il tempo era perfetto: nevicava, i fiocchi erano come una nebbia polverosa, e il vento spirava così forte che qualsiasi impronta sarebbe stata del tutto invisibile la mattina successiva.

Niki si avvolse la sciarpa fin sul naso e poi si tirò su il cappuccio. Si vedevano solo gli occhi. Dubitava che i Fleming avessero delle telecamere di sicurezza, ma anche nel caso, avrebbero di certo inquadrato i punti d'entrata della casa, mentre lei si sarebbe avvicinata dall'angolo del giardino. Insomma, era improbabile che la vedessero, ma il rischio c'era comunque. Coprirsi in quel modo le garantiva l'anonimità, nel caso in cui fosse spuntato fuori un filmato.

Uscirono dalla porta sul retro e si diressero alla palizzata. Niki si guardò alle spalle e vide che Cap le fissava. «Si starà chiedendo cosa stiamo combinando», disse.

«Me lo sto chiedendo anch'io», le rispose Sharon, con una risatina. Teneva la scaletta sotto il braccio, e la corda che vi avevano legato lasciava un profondo solco nella neve. Arrivate alla fine del cortile, aprì la scaletta e la posizionò accanto alla palizzata. «Sei nervosa?», le chiese.

«No», disse Niki, scuotendo la testa. «Ci vorranno solo un paio di minuti e, se funziona, avremo più elementi in mano».

«*Se* non ti prendono».

«Quello non sarà un problema. Sono furtiva come un ninja».

Sharon aveva cercato di mostrarsi incoraggiante quando

avevano discusso di quella possibilità. Aveva appoggiato il piano, ma nella pratica la cosa la preoccupava. Non voleva che Niki si facesse male, o che finisse nei guai. Se ci fosse stata Amy, non le avrebbe mai permesso di scavalcare la palizzata per andare a spiare i vicini. Amy era una tosta, ma era pur sempre un'avvocata, e quindi, di conseguenza, una che seguiva le regole. Parlava di *procedure* e *giusto processo* e si assicurava di avere sempre le spalle coperte. A Niki invece era ormai chiaro che Sharon andava meno per il sottile. Preferiva fare le cose nel modo giusto, ma in quel caso l'istinto materno aveva preso il sopravvento. Si preoccupava come una madre sia per la bimba misteriosa che per Niki. Per quanto riguardava la violazione di proprietà privata, aveva detto: «Sai quante volte dei bambini hanno sconfinato nel mio cortile? Non ne sono contenta, eh, ma non è nemmeno tutta questa tragedia». C'era anche da dire però che lei non aveva una palizzata di due metri a protezione della sua abitazione.

Niki si tastò la tasca del giaccone per assicurarsi di avere con sé il telefono, poi, con passo incerto, salì sul gradino.

«Non sono sicura che sia abbastanza alto», disse Sharon, tenendolo fermo.

«È perfetto». Niki diede un'ultima occhiata oltre la palizzata per assicurarsi che la casa fosse ancora buia e immersa nel silenzio. Poi si aggrappò al bordo e scavalcò. Due assi di legno massicce tenevano ferme le doghe dall'altra parte. Erano parecchio resistenti, e parevano posizionate apposta affinché lei potesse poggiarvi sopra il piede. Un attimo dopo, era già nel cortile dei Fleming. «Vai», disse. Come avevano pianificato, Sharon fece passare la scaletta oltre la palizzata, Niki la prese e la sistemò dall'altra parte, in modo che fosse pronta per il ritorno.

Si diresse verso la casa, costeggiando la palizzata, il più silenziosamente possibile. Era all'erta, pronta a cogliere anche il più piccolo rumore: il cane che abbaiava nel giardino dei vicini, il soffio leggero del vento, il rumore di un'auto in lontananza. La neve cadeva come una polvere pallida, il vento la sospingeva qua e là senza sosta, tanto che era difficile capire se stesse davvero nevicando o se fossero cumuli già caduti. Camminava circospetta, fin troppo consapevole delle orme che lasciava a ogni passo. Ma era anche rassicurata dalla certezza che la neve avrebbe coperto le sue tracce in un baleno.

Lo sfarfallio alla finestra nel seminterrato la attirava come una fiamma attira la falena. Più si avvicinava, più era chiaro che la luce era molto più debole di quanto non apparisse in lontananza. A ben pensarci, era addirittura sorprendente che l'avesse notata dalla finestra di camera sua. Quando raggiunse la casa, constatò con disappunto che la finestra del seminterrato era in vetrocemento. Otto quadrati perfetti, quattro sopra e quattro sotto. Un muro solido, ondulato e impenetrabile. La luce era più forte ora che era così vicina, ma non c'era modo di vedere da dove provenisse o chi ci fosse all'interno. Chiuse la mano a pugno, pronta a bussare sul vetro, ma poi cambiò idea. Che senso avrebbe avuto, del resto? Avrebbe solo spaventato la bambina, e anzi il rumore avrebbe potuto far insospettire altri membri della famiglia.

No, era stato uno spreco di tempo. Ripercorse la strada a ritroso, tenendosi sempre addosso alla palizzata finché non raggiunse la scaletta. Lanciò la corda dall'altro lato e sussurrò a Sharon: «Preparati, sto arrivando». Aspettò che la corda fosse ben tesa e poi salì sulla scaletta. Poté fare leva sulle assi di legno, e mettersi a cavalcioni sulla palizzata fu molto più semplice. Dopodiché saltò dall'altro lato. Sharon tirò la corda a poco a poco finché la scaletta non raggiunse la sommità, poi Niki si allungò e afferrò la maniglia. Dopo un paio di manovre riuscirono a farle oltrepassare la palizzata e a riportarla dal loro lato.

«Sei riuscita a fare le foto?», le chiese Sharon.

«Non c'era nulla da fotografare», disse Niki scuotendo la testa. «Le finestre sono di vetrocemento».

«Oh, peccato», rispose Sharon. «Be', se non altro ci hai provato».

Tornarono meste meste a casa, dove Cap le aspettava dietro la porta del patio con una zampetta sul vetro, quasi come se le stesse salutando.

Capitolo trentadue

Suzette camminava su e giù, al buio, con un bicchiere di vino in mano. Lì, nella quiete della sua stanza, a luci spente, poteva bere senza che nessuno la giudicasse. Aveva preso l'abitudine di lasciare un bicchiere e un cavatappi nell'armadietto del bagno, dietro ai prodotti per il viso. Era l'ideale per quelle sere in cui aveva bisogno di un po' di tempo per sé stessa, cosa che accadeva con sempre maggior frequenza quando Matt era a casa. Quella sera l'aveva messa proprio di cattivo umore. Certo che era colpa di Matt. Era *sempre* colpa di Matt. L'unico membro della famiglia che lei non riusciva proprio a tenere in riga. Con Jacob in qualche modo se la cavava, e Mia era un gioco da ragazzi. Per rimetterli al loro posto bastavano la forza di volontà e un paio di occhiatacce.

Matt invece era tutto un altro paio di maniche. Pensava di essere di gran lunga migliore di lei, questo era chiaro. Si permetteva addirittura di *offenderla.*

Che faccia tosta. Bevve un lungo sorso, svuotando il bicchiere, e poi se ne versò un altro. Ora si era perfettamente abituata all'oscurità, e persino al buio era in grado di versare il vino come un sommelier esperto. *Alla faccia tua, Matt.* La bottiglia, piena per due terzi quando l'aveva portata su, era drasticamente più vuota. Perché non ne aveva prese due?

Si sedette alla poltrona vicino alla finestra e accavallò le gambe, continuando a pensare alla filippica di Matt. Anche se il dolce abbraccio dell'alcol la avvolgeva, le parole derisorie di suo marito continuavano a ronzarle in testa: *Vivi proprio nel paradiso degli sciocchi se pensi di poter andare avanti così per sempre. È ora di vuotare il sacco su Mia.*

"Ora di vuotare il sacco"? Ma che gli saltava in testa? Pensava di andare alla stazione di polizia tenendo Mia per mano? Voleva raccontare che avevano trovato una bambina?

Era fuori di zucca. Se davvero l'assistente sociale era passata da loro perché avevano aperto un fascicolo, non era più un problema. Suzette aveva gestito la situazione con estrema eleganza, come sempre. E se anche quella donna fosse tornata, lei sapeva cosa fare. Non l'avrebbe fatta entrare, chiaro e semplice. *Non hai un mandato di perquisizione? Qui non ci metti piede.* Fine della storia. Problema risolto.

Era casa sua, dannazione, e le regole le stabiliva lei.

Si girò verso la finestra, chiedendosi se qualcuno avesse fatto uscire Griswold. Mia sembrava particolarmente attenta ai bisogni del cane, quindi con ogni probabilità se ne era già occupata. I due esseri meno intelligenti della casa avevano legato così tanto. Era una bizzarria che la faceva ridere. Due spiriti affini, come se avessero bevuto lo stesso latte. Il cibo e l'adulazione erano le molle che li spingevano. Anime gemelle primitive. La vita era più semplice per Mia e Griswold. C'era qualcuno che si prendeva cura di ogni loro bisogno. Non avevano nulla di cui preoccuparsi.

Dev'essere bello.

Vuotò di nuovo il bicchiere. Si stava alzando per versarsene un altro, quando qualcosa in giardino catturò la sua attenzione. Fuori era buio, ma non buio pesto. C'era uno spicchio di luna, e la luce della porta era accesa a casa di uno dei vicini. E poi c'erano i lampioni.

In ogni caso, non era semplice mettere a fuoco la scena. Si alzò dalla poltrona e andò dritta alla finestra. Strinse gli occhi. Qualcuno si muoveva nel cortile. Jacob? No, la figura era troppo magra, troppo agile. E non era nemmeno Matt, a quanto pareva. Il cuore prese a batterle forte. Era forse il caso di chiamare il marito, di dirgli che c'era un intruso nel giardino? O doveva chiamare la polizia? La persona continuò ad avanzare, finché non fu così vicina da sparire alla vista. Aveva intenzione di introdursi in casa? Si ricordò di aver lasciato il telefono sul bancone della cucina, in carica. Avrebbe potuto lanciare un urlo a Matt per le scale, ma non le andava proprio. Dopo tutto quel vino avrebbe di certo biascicato. E lui sarebbe stato *proprio* felice di sentirla in quello stato.

Ah, be', che se la sbrigasse lui. Magari ci sarebbe stata una colluttazione e Matt si sarebbe trovato dalla parte sbagliata della lama di un coltello. Così avrebbe imparato a rivolgersi a lei a quel modo.

L'intruso ritornò nel suo campo visivo, percorrendo a ritroso la strada che aveva fatto all'andata, e scavalcò la palizzata così velocemente che le sembrò di ammirare un ginnasta a una gara. Un secondo dopo, qualcosa di voluminoso venne issato fino alla sommità della palizzata. Qualcuno l'afferrò dall'altra parte e scomparve. Una scala a pioli? Molto probabile.

Ma perché mai qualcuno avrebbe dovuto introdursi nel loro cortile? Finì il bicchiere, poi uscì e percorse il corridoio, passando davanti alla camera di Jacob. Vide la luce da sotto la porta, ma non sentì alcun rumore. Stava facendo i compiti, o almeno così sperava. Molto più probabilmente stava giocando a qualcosa. *Be', non è un problema mio.* Passò oltre, scendendo le scale. Lasciò il bicchiere nel lavello della cucina e si diresse in salotto. Matt guardava un crime show in TV. *Tipico.* «Lo sai che c'era qualcuno nel cortile?», gli chiese, aggressiva. «L'ho visto dalla finestra della camera da letto».

«Sarà stato Jacob che portava fuori il cane», rispose lui, senza nemmeno staccare gli occhi dallo schermo. «O magari te lo sei immaginato».

Magari te lo sei immaginato? In pratica le stava dando dell'alcolizzata. *Che cafone.* «Ti sbagli», disse. «Jacob è in camera sua, quindi non era lui. E sono certa di aver visto qualcuno passare nel cortile. Ha scavalcato la palizzata per andarsene».

«Mmh», borbottò lui. «Io non ho sentito nulla. Magari era un bambino. O un amico di Jacob che voleva fargli uno scherzo». Sbadigliò.

«Jacob non ha amici».

«È davvero una cosa cattiva da dire, Suzette. E non è affatto necessario».

Era sicura che suo marito si comportasse così per farla uscire fuori di testa. «Davvero non ti preoccupa il fatto che qualcuno si sia preso il disturbo di scalare una palizzata alta due metri per introdursi nella nostra proprietà? Magari stavano facendo un sopralluogo e hanno intenzione di tornare».

«Ne dubito». Matt prese in mano il telecomando e si mise a fare zapping. «Se davvero sei preoccupata, possiamo tenere le luci esterne accese di notte».

«Continuo a ripeterti che ci serve un sistema di sicurezza».

«Sì, e io ti ho detto che se vuoi un sistema di sicurezza puoi alzare la cornetta e farti fare dei preventivi. Non posso essere io a occuparmi di tutto, Suzette».

Suzette aveva capito che quando lui piantava i piedi e si perdeva in queste conversazioni irrilevanti solo per il gusto di darle addosso, la cosa migliore da fare era andarsene e mollarlo lì. Non aveva proprio tempo di farsi trattare a quel modo. E poi, il vino le stava dando alla testa, e aveva bisogno di silenzio per pensare con lucidità. Jacob era rimasto in camera sua tutto il tempo, quindi non le sarebbe stato di alcun aiuto.

Poteva contare solo su sé stessa, come al solito. Prese gli stivali da neve dall'armadio nell'atrio, si infilò il cappotto e si mise i guanti. Poi prese una torcia dal cassetto delle cianfrusaglie della cucina. Prima di uscire, accese le luci sul retro.

La temperatura era davvero bassa, e la cosa la colse di

sorpresa. Sentì il freddo morderle le guance e scompigliarle i capelli. Una nuvoletta si formava nell'aria a ogni suo respiro. Il freddo la riportò immediatamente alla realtà, scacciandole dalla mente il dolce annebbiamento causato dal vino. Il vento freddo la irritava. Quello era un lavoro per Jacob o per Matt, ma suo marito non aveva intenzione di muovere un dito per aiutarla, e Jacob non l'avrebbe fatto nel modo giusto. *Inutili. Inutili, tutti e due.*

Si diresse verso il punto in cui l'intruso aveva portato via la scala, ma non c'era nulla, nemmeno delle orme sulla neve. La neve e il vento avevano cancellato le prove. Puntò la torcia sulle assi della palizzata, cercando qualche graffio sul legno. Niente neanche lì. Tutto identico al solito. Si voltò e ripercorse il tragitto al contrario, seguendo le impronte che aveva lasciato l'intruso, lungo la palizzata, lasciandosi guidare dal fascio di luce della torcia.

Più vicino alla casa, vide dei segni nella neve. Potevano essere delle orme, o forse no. Non erano ben definite, e scomparivano rapidamente a ogni secondo che passava. Arrivò al muro e alzò lo sguardo verso la propria finestra. Quello era il punto cieco, la porzione del cortile che non si vedeva dal piano di sopra. L'intruso si era fermato proprio lì prima di tornare indietro. La finestra della stanza del seminterrato catturò la sua attenzione, quella che portava alla camera di Mia. La mocciosa stava guardando la tivù, cosa che di per sé non era certo scioccante. A Suzette non importava cosa facesse, l'importante era che il giorno dopo non fosse troppo stanca per le faccende.

La cosa che l'allarmava era il pensiero fugace che l'intruso si fosse concentrato su quella finestra in particolare proprio perché sospettava che là sotto ci fosse Mia. Grazie al cielo la finestra era di vetrocemento.

Tornò dentro, bagnata e frustrata. Un vulcano di emozioni le esplose dentro. Indignazione, per il fatto che qualcuno si fosse introdotto nella loro proprietà. Irritazione, perché Matt si era rifiutato di prendere sul serio i suoi timori. Sdegno, perché era dovuta uscire con quel freddo assurdo per andare a indagare. E più ci pensava, più la rabbia si impadroniva di lei.

Suzette liberò il cappotto e i guanti dalla neve e li lasciò cadere sul tappetino dell'ingresso sul retro. Poi si tolse gli stivali e andò a chiamare Mia. Qualcuno avrebbe dovuto occuparsi dei suoi vestiti, e di certo non sarebbe stata lei.

Scesa nel seminterrato, notò perplessa che il lucchetto che chiudeva la porta della camera della bambina non era stato chiuso. Jacob era proprio incapace di fare qualsiasi cosa. Con uno strattone fece scorrere la libreria sui cardini e vide Mia seduta sul lettino a gambe incrociate, che guardava la tele e mangiava qualcosa che assomigliava a un cupcake. Lo shock che si dipinse sul volto della piccola fu impagabile. Abbassò la mano con cui teneva il dolcetto. Come se potesse servire a qualcosa.

«Mia?», disse Suzette con tono severo. «Che cos'hai in mano?».

Lei alzò la mano sinistra, che era vuota.

«*L'altra* mano». Suzette odiava il suono della propria voce, così rozza. Lo odiava da morire. Perché dovevano sempre farle recitare la parte del mostro? Non voleva essere lei quella che costringeva la gente a seguire le regole, però qualcuno doveva pur farlo. Vista da fuori la sua vita poteva sembrare perfetta, ma viverla era estremamente stancante. A volte il solo pensiero di tutte le cose a cui doveva badare le dava un mal di testa lancinante.

Mia alzò l'altra mano, e Suzette vide che teneva un cupcake avvolto in un fazzolettino.

«Ti è permesso mangiare in camera tua?».

Mia scosse la testa.

«Rispondimi, maledizione! Usa la lingua!». Suzette sapeva che stava per perdere il lume della ragione, una cosa che la faceva infuriare. Era fiera della sua capacità di tenere tutto sotto controllo, e non avrebbe permesso che una bambina disobbediente la derubasse del suo orgoglio. A denti stretti, fece un respiro profondo, e poi disse: «Te lo chiedo di nuovo. Ti è permesso mangiare in camera tua?».

Gli occhi di Mia si riempirono di lacrime. «No, Signora».

«E perché, Mia, perché lo fai se sai che non ti è permesso?». Suzette voleva prendere quella mocciosa per le spalle e scuoterla fino a strapparle il fiato dai polmoni, ma si trattenne.

Ammirevole.

«Perché?».

Mia abbassò la testa e mormorò: «Non lo so».

«Pensi che sia stupida? Credevi che non me ne sarei accorta?»

«No, Signora».

«Dammelo». Suzette allungò la mano, e Mia le consegnò il cupcake. «Oh, guarda un po'. Un cupcake della Hostess. Te l'ha dato Jacob?».

Mia esitò, le lacrime che le rigavano le guance.

«Rispondimi! Te l'ha dato Jacob?»

«Sì, Signora».

«Vieni con me».

Tirò Mia per il braccio e la fece scendere dal lettino, poi la trascinò al piano superiore e gridò: «Jacob, scendi immediatamente!». Continuò a marciare verso il salotto, tirandosi dietro Mia. Era pronta a fare a Matt un bel discorsetto. E stavolta non gli avrebbe permesso di ignorarla.

Capitolo trentatré

Jacob aveva le cuffiette e, per una volta, era concentrato sui compiti. L'insegnante di inglese aveva assegnato alla classe un tema a sfondo personale, ponendo grande enfasi su quella parola, *personale*. La professoressa Rathman aveva suggerito vari argomenti: parlate di cosa vi definisce come individui, scrivete di un evento che vi ha cambiato la vita, raccontate di come avete fatto a superare un ostacolo. Peccato che a Jacob non venisse in mente nulla. Quindi si stava inventando tutto di sana pianta, tirando fuori una fantomatica avventura con il suo prozio Stevie: una volta che erano andati a pescare e lui gli aveva regalato un sacco di perle di saggezza prima di morire in modo improvviso, stroncato da un infarto che l'aveva colto subito dopo che avevano lasciato la barca al noleggio. Non era vincolato dalla verità, quindi stava dando pieno sfogo alla propria immaginazione, abbellendo la vicenda con dettagli emozionanti che avrebbero fatto scoppiare la professoressa in lacrime. Se i voti erano quelli che erano, magari avrebbe potuto recuperare un po' con un tema memorabile.

Venne interrotto dal rumore della porta che si spalancava. Si girò e vide Mia, impalata sulla soglia con un'espressione esitante sul volto. «Sì?», le chiese, togliendosi le cuffie.

«Signora vuole che tu venga al piano sotto». Dal modo in cui glielo disse, Jacob capì che non c'era da aspettarsi niente di buono. E dato che sua madre aveva mandato Mia, era probabile che l'avesse già chiamato un paio di volte e lui non avesse sentito, il che significava che era infuriata. Chiunque non rispondesse immediatamente a qualsiasi sua richiesta la mandava fuori di testa.

«Sono nei guai?», le chiese.

Lei annuì.

«Per cosa?»

«Il cupcake. Jacob, mi dispiace». Il labbro inferiore di Mia tremava così forte che Jacob si sentì commosso. Tanto quanto si sentiva infuriato con sua madre.

«Non preoccuparti, Mia. Non è colpa tua. Mi assumo io la responsabilità».

La bambina lo condusse al piano di sotto, in salotto. Il padre era seduto sul divano, le gambe allungate sul tavolino. La madre, invece, era in piedi davanti alla vetrata, e teneva in mano un cupcake. Non sembrava aggressiva, ma negli occhi aveva quello sguardo folle che Jacob aveva imparato a temere.

«Mia dice che mi vuoi parlare», iniziò, tranquillo, sedendosi accanto a suo padre. Mia rimase vicino alla porta. Non sapeva bene dove andare.

«Dimmi, Jacob, cos'è questo?». Alzò la mano in cui teneva il cupcake, trionfante, come a dire *t'ho beccato*.

Jacob la guardò, inclinando la testa. Avere suo padre accanto gli dava coraggio. «Mi sembra un cupcake, mamma. Ma ho come l'impressione che tu lo sappia già».

«Che mancanza di rispetto». Gli lanciò il cupcake addosso, fumante di rabbia. Il dolce lo colpì al ginocchio, poi slittò sul tavolino e finì sul pavimento. «Come ti sei permesso di darlo a Mia? *Come ti sei permesso?* Sai bene quali sono le regole di questa casa. Non si mangia in camera, *per nessun motivo*. Mai. E l'altra regola? Si mangia solo ai pasti. Niente snack. Lo capisci?».

Jacob annuì. «So quali sono le regole».

«Eppure decidi di ignorarle».

«Non decido di ignorarle. Ho deciso di fare un'eccezione per una volta, e dare un cupcake a Mia».

«Un'*eccezione*? Non esistono eccezioni». La sua voce era dura, il volume assordante. «Le tue azioni sono imperdonabili. Non solo hai mostrato zero rispetto per le mie regole, ma hai coinvolto Mia, che ora si sarà convinta che non è necessario darmi ascolto. Come ti è venuto in mente? Non esistono scuse».

Suo padre tolse i piedi dal tavolino e raddrizzò la schiena, poggiando i gomiti sulle ginocchia. «Suzette, penso che tu la stia facendo troppo grossa. Jacob stava solo cercando di essere gentile».

Jacob vide Mia con la coda dell'occhio, e si rese conto che tremava. «Ti comporti come se avessi ucciso qualcuno, mamma», disse. «È solo un cupcake. Io sono sovrappeso, ma Mia no. Perché non può mangiare un dolcetto una volta ogni tanto?».

Era chiaro che sua madre fosse assolutamente furiosa, ma invece di esplodere si contenne e parlò con voce calma e pacata. «Non ho più intenzione di stare ad ascoltare queste assurdità. È l'ultimo avvertimento, per ognuno di voi. Jacob, non voglio trovare nemmeno una traccia di cupcake, né qui né in camera di Mia. Se vedo anche una sola briciola, il tuo telefono finisce nella spazzatura. Ora me ne vado in camera, e non voglio essere disturbata per il resto della notte». Uscì dalla stanza come una furia. Qualche minuto dopo, la udirono armeggiare nel frigorifero. Sapevano tutti e tre cosa significava. Un'altra bottiglia di vino per l'esilio in camera da letto.

Quando arrivò al piano di sopra, il padre si girò verso Jacob e disse: «Sbaglio o sta peggiorando?»

«Difficile dirlo», rispose Jacob. «Può essere che stia peggiorando, sì». Il suo umore era sempre stato estremamente volubile, ma gli scatti di rabbia sembravano farsi sempre più frequenti.

«Sai dove compra le pillole negli ultimi tempi?»

«Non ne ho idea».

«Mia, ho bisogno di parlare un attimo con Jacob», disse

il padre. «Perché non vai in camera tua? E lavati i denti, mi raccomando».

Mia annuì e andò via.

Suo padre si pizzicò il naso e sospirò. «Jacob, dobbiamo parlare».

«Ok», disse Jacob. Capitava così di rado di avere l'occasione di scambiare due parole a tu per tu che di colpo gli venne in mente che quello poteva essere un buon momento per dirgli dei risultati del test del DNA di Mia. Sì, prima avrebbe ascoltato cosa doveva dirgli, e poi avrebbe tirato in ballo la faccenda.

«Tanto per cominciare, voglio scusarmi con te per averti fatto crescere in una famiglia così disfunzionale. Ormai hai quasi diciotto anni, e so che molti di questi anni non sono stati un granché. Potrei dirti che ho fatto del mio meglio ma, guardandomi indietro, non ne sono così sicuro. In molte situazioni non sono stato all'altezza, e mi dispiace davvero».

«Non ce n'è bisogno. Sei un bravo papà. Davvero».

Matt alzò la mano. «Lo apprezzo, ma non sono alla ricerca di complimenti. Ho commesso molti errori. Probabilmente sai già che ho dovuto smettere di esercitare la professione medica perché l'amministrazione ha scoperto che ero coinvolto in un crimine. Vari crimini, a dire la verità. Fatture false con MediCare. L'ho fatto perché non stavo guadagnando abbastanza, e avevo paura di perdere il lavoro. Mi ha aiutato una donna con cui collaboravo». Alzò le sopracciglia. «Quest'altra donna… si chiamava Jayne. Io e lei eravamo *intimi* – una cosa della quale non vado fiero, dato che eravamo entrambi sposati. Siamo stati licenziati tutti e due, e ho deciso di abbandonare la professione in cambio della garanzia di non essere denunciato. Sono anni che non vedo e non parlo con Jayne. È stata una cosa vergognosa, una cosa terribile, e mi pento di ogni scelta fatta in quel periodo».

Era più o meno quello che Jacob aveva sentito dire alla

madre per tutti quegli anni. Ma un'ammissione diretta dalle labbra del padre era una cosa diversa. Più triste. «Tutti commettono errori».

Suo padre scosse la testa. «Quello è stato un errore *enorme*, ed è stato aggravato da tua madre, che mi ricorda di continuo cosa ho fatto e usa il passato come leva per fare tutto ciò che vuole. Non avrei mai dovuto permetterle di tenere Mia qui ricattandomi. Sono disgustato da me stesso, se vuoi sapere la verità. Quindi ho deciso di vuotare il sacco».

«Vuotare il sacco?»

«Non posso più vivere così. Andrò alla polizia e ammetterò ogni cosa. Ho parlato con un avvocato, un mio amico, e gli ho riassunto la situazione – presentandola in forma ipotetica, ovviamente. Lui pensa che ci siano buone probabilità che il reato di frode finanziaria sia caduto in prescrizione, per quanto riguarda il mio caso. Se è così, non sarò perseguibile per legge. Ma resta la questione di Mia. Tu eri minorenne quando lei è stata portata a casa, ma tua madre cercherà sicuramente di tirarti in ballo, e potresti essere condannato anche tu. Vuoi sapere come la penso io? Se offrissimo agli inquirenti la stessa versione, forse potremmo salvarci dall'accusa di rapimento. La mia speranza è che tu possa cavartela, se io dovessi essere trascinato a fondo».

«Ma *io e te* non volevamo rapire Mia».

«Lo so». Suo padre sospirò. «Penso che dovremmo dire che un giorno tua madre è arrivata a casa con Mia, dicendo che era la figlia di sua cugina, adottata dall'America Centrale. Diremo che la storia che sapevamo noi è che Mia sarebbe rimasta qui solo per il periodo in cui sua cugina si sarebbe sottoposta alle cure per il cancro. Un favore a una di famiglia. Un favore che però alla fine è durato ben più a lungo di quanto avessimo immaginato. Pensi che sia una versione che potresti confermare?».

Jacob annuì. «Sì, se secondo te è una cosa utile».

«Utilissima. Si tratterebbe comunque di un reato, quindi siamo nel penale, ma se tutto va per il verso giusto, verrà condannata solo tua madre. È un grosso azzardo, e probabilmente io resterò coinvolto comunque, ma almeno risparmieranno te. Ho parlato con tua nonna e con tuo zio Cal. Gli ho detto che potremmo avere dei problemi familiari in futuro, quindi c'è il rischio che tu possa ritrovarti da solo a badare a te stesso. Hanno detto che loro saranno pronti a dare una mano, se dovesse essercene bisogno».

«Ok», disse Jacob, alzando le sopracciglia.

Suo padre gli diede una pacca sulla spalla. «È comunque una cosa che succederà tra un bel po', e dovremo metterci d'accordo per bene sulla storia. È importante che tutti i dettagli coincidano. Ma ci lavoreremo su, ok?»

«Certo, papà».

Quello non era un buon momento per dirgli dei risultati del DNA. Se le autorità avessero notato che un membro della famiglia aveva richiesto un test del genere la storia che suo padre aveva inventato sarebbe crollata in un attimo.

«Ti voglio bene, Jacob. Supereremo anche questa».

«Anch'io ti voglio bene». Gli girava la testa. Al momento nessuno sapeva dei risultati del test del DNA. «Ma cosa succederà a Mia se seguiamo il tuo piano?»

«Non ne sono sicuro». Suo padre sospirò di nuovo, e fu in quel momento che Jacob notò quanto fosse stanco. Non dormiva bene da troppo, troppo tempo. «In un primo periodo sarebbe posta sotto tutela diretta dello Stato, credo. Se non riuscissero a rintracciare la sua famiglia probabilmente la darebbero in adozione».

«Quindi andrebbe a vivere con degli estranei?». Jacob immaginò la paura di Mia e il cuore gli sprofondò nel petto. Quella che viveva al momento non era certo una vita scintillante, ma almeno era in un ambiente che conosceva.

«Lo so, sarà difficile per lei, ma pensala in questi termini: potrà andare a scuola e conoscere bambini della sua età, giocare con loro. Avere una vita normale».

«E non dovrà fare le pulizie ogni giorno».

Suo padre annuì. «Pulisco io il cupcake qui. Perché non scendi giù da Mia e non ti assicuri che non ci siano briciole in camera sua? Non è il caso dare a tua madre un'altra scusa per infuriarsi, quando tornerà sobria».

Capitolo trentaquattro

Jacob prese l'aspirapolvere portatile e andò in camera di Mia. La trovò seduta sul letto, con gli occhioni spalancati. «Mi dispiace, Jacob, mi dispiace tantissimo».

«Mia, stai tranquilla. Non hai fatto assolutamente nulla di male».

«Ma il cupcake…».

«Non è grave. È solo mia madre che la fa sembrare una cosa terribile. Un sacco di ragazzi che conosco mangiano snack, persino in camera, e se i genitori lo vengono a sapere non fanno mica delle scenate».

«Davvero?», chiese Mia, raddrizzandosi.

«Sì, davvero».

«Quindi le altre famiglie sono diverse?».

Quella bambina sapeva così poco sul mondo. Per Jacob era triste e divertente allo stesso tempo. Se fosse riuscita a ricordare da dove veniva, avrebbe saputo che le cose potevano essere molto diverse da come le conosceva lei. Il giorno che l'avevano vista, tutta sporca e puzzolente, l'avevano caricata in macchina e sua madre si era rimessa al volante seguendo la strada nella direzione in cui pensava potesse trovarsi la casa della piccola. Solo dopo un bel po' avevano raggiunto il relitto fatiscente di una baracca, proprio dove la strada si interrompeva. «Dev'essere questa», aveva detto la madre, accostando e tirando il freno a mano. Aveva spento il motore ed erano scesi dalla macchina, ma Jacob, seduto dietro con la piccola, non aveva mosso un muscolo. Sua madre non poteva dire sul serio. Era impossibile che qualcuno vivesse davvero lì dentro. «Jacob!», aveva gridato lei. «Muoviti! Non ho tutto il giorno!».

Avevano attraversato il cortile cosparso di spazzatura ed erano andati alla porta. Sua madre davanti e Jacob dietro, con la bimba in braccio. La piccolina aveva preso a succhiarsi il pollice. «Salve! C'è nessuno?», aveva detto Suzette in tono vivace, come se stessero facendo visita a un vicino malato per lasciargli una zuppa calda o se avessero portato un mazzo di fiori a un conoscente che aveva avuto un lutto in famiglia. Sua madre aveva bussato, e la porta si era aperta con uno scricchiolio sinistro. Jacob non aveva potuto fare a meno di pensare alle case stregate.

«Non penso che ci viva qualcuno qui», aveva detto.

Ma sua madre era già entrata, e gli faceva cenno di seguirla. Ci avevano messo qualche secondo ad abituarsi all'oscurità. «Salve! C'è nessuno?», continuava a ripetere la madre, e la sua voce riecheggiava in quell'ambiente praticamente vuoto. Un'unica stanza quadrata, con le pareti di compensato. C'erano finestre su ogni lato, ma erano tutte sporche. La puzza era terribile, come se qualcuno avesse fatto la cacca in un angolo e l'avesse lasciata lì. C'era un bidone della spazzatura, pieno fino all'orlo, e immondizia tutt'intorno. Grossi insetti neri correvano qua e là. Appoggiato al muro c'era un divano sfondato. Sopra, quella che sembrava una pila di vestiti sporchi. «Guarda», gli aveva fatto notare sua madre, indicando qualcosa sul pavimento. L'aveva preso in mano, incerta e disgustata. Un paio di pantaloncini rosa, tutti sporchi, con sopra dei gattini. «È uguale alla maglietta». Era la prova che si trovavano nel posto giusto. Aveva lasciato ricadere i pantaloncini sul pavimento.

Jacob aveva messo giù la bimba, e lei era arrivata a gattoni fino al divano, dove aveva allungato la manina, e aveva scosso la pila di vestiti. Orripilato, Jacob si era reso conto che c'era una persona lì sotto. Si vedeva solo la testa, o almeno così pareva. Sembrava la testa di una donna. L'aveva indicata a sua madre.

«Salve!», aveva ripetuto la madre, ad alta voce. «Le abbiamo riportato sua figlia». Aveva dato una spinta a Jacob. «Va' a svegliarla».

Riluttante, Jacob si era avvicinato al divano, torreggiando sulla bimba. Da vicino, vedeva che la donna era seppellita da una coltre di coperte sbrindellate. La bimba teneva la testolina poggiata sulla schiena della donna, in segno di affetto. «Mi scusi», aveva detto Jacob. Ma la donna non si era mossa, e allora le aveva scostato con gentilezza le coperte dal volto. Non avrebbe mai dimenticato ciò che aveva visto. La faccia era tutta chiazzata, come in un film dell'orrore. Aveva una parte del braccio scoperto, chiazzato pure quello. Quando Jacob glielo aveva toccato per scuoterla, si era reso conto che era rigido. Troppo rigido. Anche la temperatura della pelle era strana. Non era fredda, non esattamente, ma di certo era più fredda di quella di una persona viva. «È morta», aveva detto alla fine. Aveva cercato di mantenere un tono normale, ma gli era uscito solo un sussurro appena più pronunciato.

«Oh, santo Iddio», aveva risposto sua madre, come se quella scoperta fosse una grossa seccatura. Si era avvicinata per controllare di persona, e Jacob l'aveva vista aggrottare le sopracciglia e giungere alla stessa conclusione.

«Pensi sia sua madre?»

«Così pare». Aveva sospirato. «Direi che non possiamo certo lasciarla qui con una donna morta. Tirala su, Jacob, la lasciamo dai vicini».

Jacob aveva preso la bimba in braccio, appoggiandosela al fianco, ancora scosso da quello che aveva visto. Erano appena tornati dal funerale del nonno, e vederlo nella bara aperta era stato meno traumatico che guardare la donna sul divano. Continuava a vedersela davanti, e anche l'odore gli era rimasto in testa, così come la sensazione che un intero sciame di insetti gli camminasse addosso. Come se non bastasse, tenersi addosso quella bimba che puzzava di pipì lo faceva sentire persino più sporco. Che razza di posto.

Era orripilante pensare che la donna morta fosse la mamma della bimba, e che vivessero lì.

Erano sulla veranda e stavano scendendo i gradini quando all'improvviso un uomo aveva svoltato l'angolo, comparendo da dietro la casa. Era un omone con i capelli scuri, indossava una canotta macchiata di sudore e jeans sporchi di fango. Teneva una pistola in mano. Barcollava, come se faticasse a reggersi in piedi. Non li aveva neanche notati finché la madre di Jacob non aveva detto: «Salve? È sua la piccolina?».

Jacob aveva colto il momento esatto in cui l'uomo aveva registrato la loro presenza, perché aveva alzato lo sguardo su di loro e aveva fatto un passo indietro, sollevando la mano che impugnava la pistola. Gliel'aveva puntata addosso. «Che state facendo?», aveva chiesto, con rabbia.

Sua madre si era bloccata, aveva alzato le braccia in segno di pace e aveva detto: «Un attimo. Abbiamo trovato questa bambina per strada, la stiamo solo riportando a casa».

Al che l'uomo aveva bofonchiato una serie di insulti terribili, tutti rivolti alla madre di Jacob. C'erano anche delle parole che Jacob aveva *pensato* riguardo alla madre, ma che non avrebbe mai detto ad alta voce.

Infine l'uomo aveva chiesto: «Vi ha mandati Hartley? Perché non gli dite di…», e lì era partita un'altra serie di insulti, stavolta diretti ad Hartley, chiunque fosse.

«È il caso di andare», aveva concluso allora sua madre. Aveva fatto cenno a Jacob di mettere giù la piccolina, ma lui la teneva stretta tra le braccia, e la bimba gli aveva poggiato la testolina sulla spalla.

«Sì che è il caso che andate», le aveva fatto eco l'uomo con una specie di ruggito, e poi aveva iniziato a sparare. *Bang, bang, bang!* Il suono riecheggiava ancora nella mente di Jacob, accompagnato dalla risata dell'uomo.

Sua madre gli aveva urlato di entrare in macchina, e Jacob non se l'era fatto ripetere due volte. Il cuore gli batteva come non aveva mai fatto prima. Come se stesse per venirgli un infarto. Si era catapultato sul sedile posteriore, stringendo la bimba ancora più forte. Sua madre era corsa dall'altro lato, si era infilata in macchina e aveva messo in moto. Era stata questione di attimi, ma a Jacob sembrava che succedesse tutto al rallentatore.

Non c'era spazio per fare manovra, quindi la madre aveva fatto la strada a marcia indietro, mentre l'uomo li seguiva piano, camminando in mezzo alla strada, con la pistola ancora puntata su di loro. «Sbrigati, sbrigati!», le gridava Jacob.

«Secondo te che sto facendo?», gli aveva risposto lei affannata. Quando si erano allontanati abbastanza, aveva fatto un'inversione complicata, poi aveva ingranato la marcia ed era partita a tutta birra, le gomme che stridevano sull'asfalto. Solo quando l'uomo era scomparso dallo specchietto retrovisore gli aveva chiesto: «Jacob, ti ha ferito?»

«No, sono a posto. Tu?». Neanche la madre era stata colpita, e nemmeno la piccola.

Se n'erano andati da quel postaccio da un'ora ormai quando si erano ricordati che l'idea era di lasciare la bimba dai vicini. Ma a quel punto la piccola si era addormentata. E poi era successo tutto in fretta. Sua madre le aveva comprato dei vestiti, aveva prenotato una camera d'albergo e le aveva fatto il bagno. Quando finalmente aveva messo Mia a letto, la bimba si era addormentata all'istante, succhiandosi il pollice. Jacob ricordava che la madre l'aveva guardata e aveva detto: «Anche Olivia dormiva succhiandosi il pollice». Jacob ricordava bene quel commento, perché sua madre non aveva mai nominato Olivia prima di allora. «È come avere una seconda possibilità». Per Jacob non aveva molto senso, ma la madre sembrava diversa. Come se qualcuno avesse premuto un interruttore.

Dopo, suo padre aveva fatto notare che l'unica cosa giusta da fare sarebbe stata andare alla stazione di polizia, dato che avevano scoperto un cadavere, qualcuno li aveva presi a fucilate e si erano trovati una bambina sconosciuta in macchina. Sua madre aveva sbuffato e aveva detto che lui la faceva facile, che erano tutti bravi a proporre soluzioni a bocce ferme. Ma cosa avrebbe fatto se si fosse trovato in quella situazione?

Era difficile credere che Mia, la bimba con gli occhioni marroni seduta di fronte a lui sulla brandina, fosse la stessa piccoletta di quel giorno. Sembrava che fosse sempre stata con loro.

Di colpo si riscosse da suoi pensieri, e si rese conto che Mia era ancora in attesa di una risposta.

«Ogni famiglia è diversa», le disse, «ma la mia è piuttosto incasinata, se la confronti con molte altre. Dai, alzati». Le fece cenno di spostarsi dal letto, e lei andò a mettersi vicino alla porta. Poi lui recuperò da sotto il lettino la busta di plastica che le aveva dato, accese l'aspirapolvere e pulì il letto. Dopo si concentrò sul pavimento. Sembrava pulito, ma passò comunque l'aspirapolvere, per sicurezza.

«Non ho fatto briciole», disse Mia. «Sono stata attenta».

«Lo vedo. Brava». Aprì la busta di plastica e vide la carta dei cupcake lì dentro. «Dov'è la lattina?».

Lei andò al comò e la tirò fuori da uno dei cassetti. «Non l'ho bevuta tutta».

«Vuoi finirla?»

«No, sono piena».

«Come vuoi», disse allora lui. Se la scolò e poi fece un gran rutto, solo per farla ridere. Mise anche la lattina nella busta di plastica. «Purtroppo devo chiuderti dentro stasera, quindi se devi andare in bagno o a lavarti la faccia, vai adesso».

«Ho già fatto», disse lei.

«Ok, allora. Buonanotte, Mia».

«Buonanotte, Jacob. Posso chiederti solo un'altra cosa?»

«Sì, basta che fai veloce».

«Hai scoperto qualcosa sul test della saliva? Cioè, ti ha detto da dove vengo?».

Non era pronto a rivelarle quello che aveva scoperto.

«Ho ricevuto delle novità, ma non sono molto chiare, sto ancora cercando di capire. Ti racconto tutto non appena so di più».

«Ok. Grazie, Jacob».

«Dormi bene, Mia. Ci vediamo domani».

Poi fece scorrere la libreria sui cardini e mise il lucchetto.

Capitolo trentacinque

Edwin aveva guardato Wendy che custodiva la patente di Morgan come se fosse una reliquia per più di due anni. La teneva nel portagioie e regolarmente la tirava fuori, rigirandosela tra le mani, studiando il volto di sua figlia, come se quei gesti potessero restituirgliela. A volte, chiamava il detective Moore. Quando poi raccontava la conversazione a Edwin, diceva sempre: «È così gentile, si scusa di continuo di non avere altre notizie». Edwin avrebbe voluto dirle di piantarla, di non chiamarlo più, ma comprendeva che per lei era diventata un'ossessione, un bisogno materno di fare *qualcosa*, qualsiasi cosa. Capiva, e la ascoltava.

Quando, un sabato mattina, il telefono squillò, lei non lo sentì nemmeno, perché era appena uscita della doccia e si stava asciugando i capelli. Fu Edwin a rispondere, e poi andò in bagno da lei. «Ha chiamato il detective Moore. Ha delle notizie sul luogo in cui hanno trovato la patente di Morgan, e sta venendo qui per discuterne con noi».

«Quando?»

«Ha detto che tra dieci minuti arriva».

«Che genere di informazioni?».

Edwin si era fatto un'idea, ma era un'idea orribile, e non voleva dire nulla, per prudenza. «Non sono in grado di risponderti, Wendy. Ne so tanto quanto te. Lo scopriremo quando arriverà».

Fu lui ad accogliere il detective e a farlo entrare in salotto. Wendy si alzò per stringergli la mano, e Edwin notò la delicatezza con cui Moore le prendeva la mano e gliela stringeva con uno sguardo gentile. La compassione che lesse nei suoi occhi lo lasciò senza fiato. Non portava buone notizie.

«Possiamo offrirle qualcosa da bere, detective? Una bibita gassata, dell'acqua, un succo?»

«No, signora, grazie. Non mi tratterrò a lungo».

Quando ebbero finito di scambiarsi i convenevoli, il detective si sedette di fronte a loro. «È possibile che quelle che sto per darvi non siano buone notizie, e se così fosse mi dispiace di essere io a portarvele. Ho ricevuto un aggiornamento dal dipartimento dello sceriffo della contea di Ash. La casa in cui è stata trovata la patente di Morgan è stata demolita, e ieri, mentre stavano radendo al suolo la proprietà, hanno scoperto dei resti umani sepolti dietro alla struttura».

«Che genere di resti umani?», chiese Wendy, anticipando la stessa domanda che era sulle labbra di Edwin.

«Il rapporto ufficiale della scientifica non è ancora arrivato, ma il medico legale dice che si tratta di una donna tra i venti e i trent'anni. A giudicare dallo stato dei resti, il decesso risale a più di due anni fa, ma più avanti ne sapremo di più».

Fu in quel momento che Edwin scoprì esattamente cosa significa *restare senza parole*. Aveva mille domande in testa, ma non era in grado di formulare frasi coerenti. La sua bocca aveva dimenticato come si parla.

Chi avrebbe mai pensato che sarebbe stata Wendy quella forte, quella in grado di prendere in mano la situazione? Eppure, adesso parlava con voce calma e ferma. «Cosa possiamo fare per aiutare gli inquirenti a stabilire se si tratta di nostra figlia o meno?».

Il detective parve sollevato dal fatto che fosse stata lei a porre la domanda. «Dato che la patente di Morgan è stata rinvenuta in loco, vorrebbero fare un raffronto con le impronte dentali della ragazza, se voi siete d'accordo».

«Certo, faremo tutto il possibile per esservi d'aiuto».

Edwin le fece eco: «Tutto il possibile». Si sentiva come

fuori dal proprio corpo, guardava quella scena orribile svolgersi di fronte ai suoi occhi.

«Non sarebbe più utile fare un test del DNA?», chiese Wendy.

«L'identificazione attraverso le impronte dentali è sicura, e penso che sia anche più veloce. E, in ogni caso, è quello che hanno richiesto».

Wendy annuì. «Si sa quale sia stata la causa del decesso?».

Lui scosse la testa. «Sono certo che sarà inclusa nel rapporto della scientifica, ma al momento è ignota».

«Capisco». Wendy prese la mano di Edwin. «C'era qualcosa seppellito insieme al corpo che potrebbe darci qualche informazione? Vestiti? Gioielli?».

Il detective Moore scosse la testa. «Non c'era molto. Il corpo indossava dei vestiti, jeans e t-shirt, calzini, niente scarpe. Era avvolta in varie coperte, sopra c'era un telo di plastica. Non sono stati trovati gioielli sui resti».

I resti. Edwin si sentiva svenire. Per tutti quegli anni aveva ripetuto a Wendy che non doveva cullarsi in false speranze, ma in quel momento si rendeva conto che in realtà lo diceva soprattutto per fare coraggio *a sé stesso*. Ogni volta che aveva avvertito sua moglie di prepararsi al peggio, l'aveva fatto solo perché voleva che qualcuno lo smentisse. Una parte di lui aveva sempre pensato che Morgan sarebbe tornata a casa. Che avrebbe toccato il fondo e poi sarebbe tornata tra le loro braccia, malconcia, certo… ma grazie al loro aiuto e al loro amore, si sarebbe fatta curare e loro avrebbero riavuto la bambina che avevano cresciuto. E quell'incubo sarebbe finito.

La voce di Wendy squarciò i suoi pensieri. «Come dobbiamo muoverci per far avere le impronte dentali alle autorità della contea di Ash?»

«Questo è il mio biglietto da visita», disse il detective. Wendy lo prese, anche se Edwin sapeva bene che ce l'aveva già. «Potete procurarvi le impronte dentali e lasciarle alla stazione di polizia, oppure se le avete in formato digitale il vostro dentista può mandarle direttamente a me. Da lì in avanti me ne occupo io».

«Grazie, detective», fu tutto ciò che riuscì a dire Edwin. E solo con uno sforzo immenso.

«Vorrei potervi dare buone notizie, ma in fin dei conti non siamo nemmeno sicuri che si tratti di Morgan. Abbiamo solo bisogno di maggiori informazioni».

Wendy si alzò e accompagnò il detective alla porta. Edwin rimase seduto sul divano con la testa tra le mani tentando di elaborare la notizia. Sentiva Wendy ringraziare il detective, e Moore che si scusava di nuovo per essere latore di notizie così brutte. «Vi farò sapere non appena avrò informazioni più certe», disse.

Wendy chiuse la porta e tornò a sedersi accanto a lui. «Tutto a posto?», gli chiese, stringendogli il braccio.

«Non era la notizia che speravo di ricevere». Raddrizzò la schiena e la guardò negli occhi.

«Lo so, ma ancora non sappiamo nulla».

Gli fece una carezza, e quel gesto spalancò i cancelli di tutte le emozioni che aveva cercato di tenere sotto chiave nel suo cuore. Non riuscì a trattenere un singhiozzo, e poi non seppe più fermarsi. Pianse come quando era piccolo, il corpo come travolto da convulsioni, le lacrime che gli rigavano il volto. Si rese conto che continuava a ripetere «Mi dispiace, mi dispiace», come un disco rotto.

Wendy gli accarezzò la schiena, disegnando piccoli cerchi con la mano, cercando di confortarlo. A un certo punto si alzò e ritornò con una scatola di fazzoletti. Lui si soffiò il naso, facendo un rumore forte, sgraziato, che contrastava così tanto con il suo dolore.

«Non capisco che problema ho», disse.

«Non hai proprio nessun problema. Hai perso una figlia. La tua reazione è del tutto normale».

«Sembra che tu la stia prendendo molto meglio di me».

«Anche io ho avuto i miei momenti no. Momenti in cui ero sicura che fosse morta. Ho pianto in passato, e piangerò ancora. Ma adesso mi sento vuota. Ho solo bisogno di sapere. Se è lei, avremo la risposta che stavamo cercando. Non *voglio* che sia lei, eh. È solo che il non sapere mi sta mangiando viva».

«Non riesco a sopportare il pensiero che le possa essere accaduto qualcosa di terribile». Riusciva a pensare solo che qualcuno l'aveva uccisa, o che fosse andata accidentalmente in overdose. «Sono suo padre. A che servo se non sono in grado di proteggerla?»

«Ha scelto lei di andarsene. Le abbiamo provate tutte per trovarla, non è colpa tua. Non eri lì con lei: come avresti potuto proteggerla?»

«Se ci penso in maniera oggettiva so che hai ragione, ma emotivamente la sensazione di aver fallito mi distrugge». Si asciugò le lacrime col dorso della mano. «Non lo augurerei al mio peggior nemico».

«Lo so», disse lei, continuando a massaggiargli la schiena. «È un inferno. A volte mi sveglio la mattina e penso: "Com'è possibile che questa sia la mia vita? Questo è il genere di cose che accade agli altri, non succede davvero a te"».

Rimasero in silenzio per un minuto, poi Edwin disse: «E se *è* lei? Cosa facciamo? Celebriamo il funerale ora, senza nemmeno sapere cos'è successo?».

Wendy gli si avvicinò ancora di più. «Una cosa alla volta. Prima vediamo i risultati delle impronte dentali, poi faremo altre domande».

«Hai ragione». Era sollevato che fosse lei a prendere il controllo. Gli aveva tolto dalle spalle il macigno che lo stava schiacciando, e lui ne era felice. Se volevano superare quel momento, era indispensabile poter fare affidamento l'uno per l'altra.

«Penso che il dottor Meek lavori anche il sabato. Chiamo per prendere un appuntamento. Sono certa che ci farà avere velocemente le impronte dentali, se gli spiego per cosa ci servono».

Capitolo trentasei

Quando Suzette si rigirò nel letto e aprì gli occhi, la stanza era inondata di luce. Notò che le tende a rullo erano ancora alzate per metà. Si era dimenticata di abbassarle? Possibile?

Diede un'occhiata al telefono e si rese conto che era già pomeriggio inoltrato. Si lasciò sfuggire un gemito. Andava molto fiera della sua capacità di tenere le cose sotto controllo. E invece questo era stato proprio un passo falso. Colpa delle pillole mischiate al vino. Il mix era stato un avversario troppo ostico per il suo corpo.

Ripensò agli eventi della sera prima, e tutto le tornò alla mente: l'intruso nel cortile, Matt che minimizzava le sue preoccupazioni, Jacob che cospirava contro di lei permettendo a Mia di mangiare il cupcake in camera. La sua famiglia si faceva beffe delle sue regole. Non c'era da sorprendersi che avesse reagito cercando riparo nel comfort della sua camera e nel dolce abbraccio del vino. Era più che comprensibile, ma Suzette era anche cosciente del fatto che non poteva accadere troppo spesso. Una volta ogni tanto poteva anche andare bene. Altrimenti, diventava un problema. Doveva fare attenzione a non dare a Matt degli argomenti da usare contro di lei. Non si sarebbe stupita se l'avesse costretta a farsi ricoverare in un centro di riabilitazione. Qualsiasi cosa, pur di togliersela dai piedi.

Be', per fortuna lei i suoi trucchetti li conosceva bene.

Si mise a sedere, con la testa che le martellava incessante. Più si svegliava e più l'emicrania si faceva lancinante. Aveva la bocca piena di polvere. Si diresse lentamente in bagno. Prese due pasticche di ibuprofene e si lavò i denti. Tenendosi ben stretta al bordo del lavandino, si chinò in avanti e si guardò allo specchio, terrorizzata dal proprio riflesso. La sera prima non si era lavata la faccia, e aveva tutto l'eyeliner sbavato e il mascara colato. Aveva la pelle chiazzata e i capelli in disordine. Non era una visione tenera del tipo capelli arruffati da mi-sono-appena-alzata, era un disastro degno di uno show dell'orrore. *Ugh.* Vedersi ridotta così era anche peggio della nausea. *Datti una regolata, Suzette. Puoi fare di meglio.*

Si infilò sotto la doccia. Il getto dell'acqua calda sulla pelle la fece sentire meglio, più simile a sé stessa. Quando uscì dalla doccia e si avvolse in un asciugamano, era già più contenta dell'immagine che vedeva riflessa nello specchio.

Dopo essersi truccata e aver dato gli ultimi ritocchi all'acconciatura, fece un passo indietro e sorrise. *Rieccoti.* Restituita alla sua giusta immagine. La più bella del reame. O perlomeno, la più bella della sua cerchia sociale. Non che potesse competere con le ventenni, ma poi, perché mai avrebbe dovuto competere con loro? Alla sua età, era un emblema di eleganza e ricercatezza.

Si mise l'accappatoio, allacciò la cintura e filò decisa in camera da letto. Stava per entrare nella cabina armadio, ma la finestra catturò la sua attenzione. Non c'era niente là fuori, eppure lei sapeva bene cos'aveva visto la notte prima. Qualcuno che si aggirava di soppiatto nel *suo* cortile, senza il *suo* permesso. La sola idea le faceva ribollire il sangue.

Guardò con attenzione la recinzione e la casa subito dietro. Era piccola – come se un bimbo avesse fatto il disegnino di una casa e poi qualcuno l'avesse tramutato in realtà – e priva dei dettagli eleganti che adornavano gli altri edifici del circondario. Stonava terribilmente nel contesto del quartiere, ma in un certo senso a Suzette non aveva mai dato fastidio. In fin dei conti la casa era ben nascosta dietro la sua. Non si era mai curata di chi fossero i suoi vicini, quindi non aveva idea di chi ci vivesse. Ma forse era il caso di fargli visita per chiedere se avessero visto qualcosa di strano la sera prima. Matt aveva minimizzato i suoi sospetti come se fossero stati ridicoli, ma lei aveva la sensazione che i loro vicini avrebbero drizzato subito le antenne se avessero saputo che qualcuno utilizzava il loro cortile per introdursi nella proprietà dei Fleming.

Magari avrebbero persino potuto avere qualche informazione utile. Le immagini di una telecamera di sorveglianza, per dirne una, o qualche sospetto sull'intruso. Magari insieme avrebbero potuto addirittura risolvere il caso. Non sarebbe stata una bella lezione per il caro vecchio Matt?

Quando scese le scale, il suo umore era già migliorato radicalmente. Bevve una tazza di caffè e mangiò una fetta di pane tostato. La aiutò a rimettere in sesto lo stomaco e a calmare il mal di testa. Mia stava spolverando in salotto. Suzette notò con una certa soddisfazione che aveva già lavato i piatti della colazione e aveva pulito il bancone.

Si versò un'altra tazza di caffè e pensò a come avrebbe impiegato le ore seguenti. Se fosse uscita prima che Jacob tornasse da scuola avrebbe potuto evitarlo. Se poi fosse rimasta fuori fino all'ora di cena e anche dopo, avrebbe potuto risparmiarsi la fatica di mettersi ai fornelli. E così tra l'altro Matt non l'avrebbe trovata a casa al rientro.

Tutto stava nel calcolare bene i tempi. Aveva scritto a un paio di amiche per vedere se qualcuna avesse voglia di uscire per un drink e una cena. O per un drink e un aperitivo. Faceva lo stesso per lei. Donne e alcol: la ricetta perfetta per una bella serata. Spesso spiattellavano i loro segreti una volta che l'alcol scioglieva le labbra. Una vera delizia per Suzette, che adorava avere informazioni di prima mano. Una piccola arma che le dava un vantaggio sul prossimo.

Se poi fosse tornata a casa più o meno all'ora in cui di solito andava a letto, avrebbe potuto ignorare il marito e il figlio e salire diritta in camera sua.

Inviò qualche messaggio e, mentre aspettava le risposte,

scrisse un biglietto per Jacob e Matt. *Si cena ognuno per conto suo stasera! Esco con delle colleghe del comitato per una riunione organizzativa.* Poi si firmò *Suzette/Mamma* e disegnò un cuore accanto, come a dire che non serbava rancore.

La sua prima tappa sarebbe stata dai vicini. Una bella chiacchierata, e poi sarebbe stata ora di fare un po' di shopping terapeutico. Il centro commerciale locale aveva una gioielleria niente male e una boutique che da troppo tempo non si beava dei privilegi della sua carta Visa. Non sarebbe stato difficile trovare un modo per ammazzare il tempo da quelle parti. Nel giro di un'oretta le sue amiche le avrebbero risposto – almeno una di sicuro. Una single sulla cinquantina. Era una scommessa certa: Mary era un'aspirante Suzette pronta a tutto pur di conquistarsi la sua attenzione a ogni singolo incontro del consiglio. Ormai da mesi si dannava l'anima per strapparle un invito a cena. Fino ad allora lei aveva ignorato i suoi tentativi patetici, ma quella sera era disposta a lanciarle un osso e concederle un po' di tempo a tu per tu. Sarebbe stata la sua buona azione del giorno.

Prese la borsa e il cappotto, poi si ricordò che doveva lasciare qualche istruzione a Mia. La chiamò, e in un secondo la gnometta combinaguai le comparve davanti, con il panno per la polvere ancora in mano e il volto acceso dalla trepidazione. Suzette si abbassò per guardarla negli occhi. «Sto uscendo e resterò fuori fino a tardi. Capito?»

«Sì, Signora».

«Mentre sono via, ho bisogno che tu faccia il bucato. Lava tutti gli asciugamani nel mio bagno, e stavolta non dimenticare la salvietta nella doccia. Capito?»

«Sì, Signora».

«Quando hai finito, lava le lenzuola del mio letto e di quello di Jacob. Jacob può rifarsi il letto da solo, ma il mio devi rifarlo tu».

Lei annuì con fervore.

Mia aveva un tremendo bisogno di approvazione, ed era una cosa che Suzette adorava. Se solo Jacob ne fosse stato contagiato! «Dunque, ricapitolando, devi lavare gli asciugamani nel mio bagno, le lenzuola del mio letto *e* di quello di Jacob, e poi devi rifare il mio letto. Dopodiché sei libera per il resto della giornata. Jacob tornerà tra pochissimo. Ti preparerà qualcosa da mangiare e poi ci penserà lui a darti la buonanotte. Capito?»

«Sì, Signora». Scosse di nuovo la testa con convinzione.

Suzette si alzò, sperando che Mia ricordasse bene le indicazioni. In genere non era un problema, con qualche piccola eccezione, come quella volta che si era dimenticata di infilare la salvietta della doccia nel carico degli asciugamani, o quando si era dimenticata di rimettere i detersivi a posto. «Brava bambina».

Quanta differenza potevano fare un paio d'ore! Ora che si sentiva di nuovo la Suzette di sempre e aveva un programma ben stabilito per il resto della giornata, le sue prospettive si erano rischiarate. Al volante della sua Audi si sentiva in forma come non mai. Una donna favolosa a bordo di una macchina di lusso, il bersaglio degli sguardi invidiosi di chi la incrociava. Fece il giro dell'isolato fino a trovarsi di fronte alla casa direttamente dietro alla sua. Da lì, la struttura pareva ancora più sciatta. *Un grande no su tutta la linea.*

Parcheggiò e si chiese cosa avrebbe potuto migliorare un po' la situazione. *Delle persiane nuove?* Inclinò la testa. No, non c'era nulla che potesse salvare quella baracca. Era da buttare giù e ricostruire dalle fondamenta. Scese dalla macchina, si mise la borsa in spalla e si avviò lungo il vialetto.

Suzette si era già preparata un discorsetto in mente. Avrebbe iniziato presentandosi. Di sicuro il padrone di casa sapeva già dove abitava, e magari la conosceva persino di nome. Suzette aveva così tanti contatti e rimaneva sempre sorpresa da quanto fosse piccolo il mondo: bastava dare un'occhiata su Facebook, tutti conoscevano tutti. Conclusi i convenevoli, avrebbe comunicato che la sera prima aveva visto un intruso nel proprio cortile, intenzionato senza dubbio a commettere un crimine. I vicini le sarebbero stati estremamente grati per quell'informazione.

Suonò il campanello. Un attimo dopo, sentì qualcuno muoversi dietro la porta. Suonò una seconda volta, e a quel punto i suoi sforzi vennero premiati: una signora in là con gli anni aprì la porta di uno spiraglio, giusto quanto bastava per parlare.

«Sì?»

«Salve, mi chiamo Suzette Fleming. Vivo proprio…». Si fermò, registrando il volto della donna. Non solo le era familiare, ma aveva anche cambiato espressione, passando dal sorriso allo shock. Come se anche lei l'avesse riconosciuta. «Ci siamo già viste?»

«Mi spiace, mi prende in un brutto momento», disse la donna, spostando la mano per chiudere la porta. Ma Suzette l'aveva giù preceduta, infilando un piede nel varco. Di colpo ricordò tutto. E il ricordo la mandò in collera. La ficcanaso con i capelli sciatti e i vestiti insignificanti. L'impicciona che le aveva chiesto se avesse una bambina.

«È lei!», disse Suzette, alzando la voce. «Lei era quella che voleva sapere se ho una figlia!». Sentiva il corpo tremare per la rabbia.

«Mi spiace, ma deve andarsene». La donna cercava di chiudere la porta ma Suzette glielo impediva.

«Non vado proprio da nessuna parte finché non mi spiega cosa sta succedendo». Suzette fece un passo avanti e aprì la porta completamente, spingendo indietro la donna. «Perché mi perseguita?». Era entrata in casa, ora si trovavano faccia a faccia. A quella distanza ravvicinata, vedeva bene che era una donnetta da nulla. Suzette se le mangiava a colazione, quelle come lei.

«Esca da casa mia. Immediatamente». La donna sembrava scioccata dalla sua audacia.

Suzette si mise a ridere. «Non muoverò un solo muscolo

finché non mi avrà detto che problema ha con me e con la mia famiglia».

«È pazza. Deve andarsene immediatamente. Chiamo la polizia». La donna cercava di mantenere la calma, di far finta di avere il controllo della situazione, ma Suzette fiutava la paura. Sapeva di avere il coltello dalla parte del manico.

«Chiami pure la polizia. Così può spiegare agli agenti perché ficca il naso nei miei affari, scavalca la mia palizzata, si introduce nella mia proprietà e guarda nelle mie finestre». La donna spalancò gli occhi, e Suzette capì di aver fatto centro. «Esatto», disse, compiaciuta. «Ieri sera, nel mio cortile. Lo so che era lei, e ho anche un filmato che lo può dimostrare». Si sporse a guardarla negli occhi, mentre la donna indietreggiava. «Che cos'ha da dire?»

«Che si sbaglia, e che dovrebbe andarsene».

«Non mi sbaglio», insistette Suzette.

«Deve andarsene in questo istante».

«Mi dia una spiegazione!».

La donna girò sui tacchi e si allontanò – che era la cosa che Suzette odiava di più al mondo. Era in grado di sopportare qualsiasi cosa, o quasi: drammi, lacrime, rabbia. Ma non tollerava di essere ignorata. La voce della donna le arrivò dall'altro capo del corridoio: «Tra un attimo la polizia mi risponderà al telefono, e la denuncerò per violazione di domicilio».

Suzette non sapeva granché di reati, ma "violazione di domicilio" sembrava una cosa seria. «Me ne vado», disse alla fine, «ma non pensi che mi dimenticherò di questa storia. Mostrerò il video alla polizia, e una volta che avrò la conferma che è stata lei, la porteranno via in manette». Se ne andò sbattendo la porta e si diresse piena di rabbia verso la macchina. Che fegato aveva avuto quella donna a parlarle a quel modo!

Si sedette e si allacciò la cintura. Diede un'occhiata al telefono, e vide che c'era un messaggio non letto. Sorrise.

Era Mary che le diceva che sarebbe stata più che felice di incontrarla per un drink e una cena. Suggeriva un nuovo ristorante dall'altra parte della città. *Hanno gli assaggini!*, aveva scritto, con un sorriso e una sfilza di emoji in tema cibo. Come se gli assaggini fossero una novità esaltante. Povera, triste Mary: che vita misera che aveva. Suzette confermò l'appuntamento e le diede un orario.

Sarebbe stata la migliore serata dell'anno per Mary. E sarebbe stata Suzette a donarle quel brivido.

Capitolo trentasette

Quando Sharon aveva capito che Suzette non aveva alcuna intenzione di mollare l'osso, l'aveva abbandonata all'ingresso ed era andata a prendere il telefono in cucina. Al che Suzette le aveva detto che avrebbe tolto il disturbo, e Sharon si era sentita sollevata. Ma l'incontro l'aveva comunque lasciata scossa. Sentì la porta che si chiudeva, ritornò sui suoi passi e guardò da dietro le tendine del salotto. La signora Fleming era in macchina, calmissima, e guardava spavalda il telefono. Stava forse parlando con la polizia? Non sembrava, ma non c'era modo di saperlo.

Suzette mise in moto e ripartì tutta tranquilla, mentre Sharon continuava a osservarla. A quanto pareva, la minaccia di chiamare la polizia non l'aveva affatto spaventata. Perché non aveva nulla da nascondere o perché non aveva una coscienza?

Si allontanò dalla finestra e chiamò Amy. Partì direttamente la segreteria, come al solito, quindi le lasciò un messaggio concitato, spiegandole cos'era successo e implorandola di telefonarle il prima possibile. «È urgente», aggiunse, prima di riattaccare.

Dieci minuti dopo, Amy la richiamò. «Ti sei bevuta il cervello?», fu la prima cosa che le disse.

«In mia difesa...», iniziò Sharon, ma la figlia non la lasciò nemmeno parlare.

«Pensavo che avresti avuto una buona influenza su Niki. Non avrei mai immaginato che vi sareste inventate un piano così immaturo e che si sarebbe messa nei guai». E da lì, prese a sproloquiare, accusandola di aver fatto l'esatto opposto di ciò che le aveva consigliato di fare. «Non vi ho forse detto di stare calme e lasciare che siano gli esperti a occuparsi del proprio lavoro? Non mi hai forse promesso di non fare nulla di avventato? Avete detto che eravate d'accordo, quindi come accidenti siamo arrivati a questo punto?». Aveva un tono così esasperato che se qualcuno le avesse sentite avrebbe pensato che Amy fosse la madre e Sharon la bambina.

«Sono pronta ad ammettere che forse abbiamo commesso qualche errore...».

«Qualche errore?». Amy si mise a ridere. «È l'eufemismo del secolo».

«Ok, ma ormai indietro non si torna, quindi cosa mi consigli di fare? Chiamo la polizia e dico che si è introdotta in casa mia contro la mia volontà? O chiamo l'assistente sociale e le racconto tutto quello che è successo?»

«E se facessi entrambe le cose?»

«Ok, ma se racconteremo tutta la storia non ci metteremo nei guai?»

«Possibile, ma la violazione di domicilio non è un reato così grave».

«Non mi importerebbe nulla se si trattasse solo di me, ma non vorrei che Niki finisse nei guai».

Amy sospirò. «Questo sembra proprio uno scrupolo che avresti dovuto avere *prima* di farle scavalcare la palizzata e spiare i vicini».

«E se chiamo semplicemente l'assistente sociale e le spiego la situazione? Pensi che potrebbe aiutarmi dal punto di vista legale?»

«Oh, mamma».

«Che c'è?»

«Il suo lavoro non è cacciarti fuori dai guai. Non riesco nemmeno a credere che tu mi abbia fatto una domanda del genere».

Sharon chiuse gli occhi e le parve che sua figlia fosse proprio lì davanti a lei, a scuotere la testa in segno di disapprovazione. Fece un respiro profondo e disse: «Aiutami, Amy. Non so cosa fare».

«Mamma, ho una riunione tra dieci minuti», disse lei, brusca.

«Quindi hai nove minuti per aiutarmi?»

«No, ho *zero* minuti. Mi ritaglio sempre un po' di tempo prima di una riunione per riordinare i miei appunti, ed è quello che dovrei fare adesso».

Allora perché non hai aspettato che finisse la riunione per richiamarmi? A volte Amy era un vero mistero. «Grazie lo stesso. Mi inventerò qualcosa».

«Ne sono certa. Ah, mamma? Un'ultima cosa».

«Sì?»

«D'ora in avanti, non aprire se non sai chi è».

Amy le aveva detto che l'avrebbe richiamata più tardi e poi aveva riagganciato. Sharon l'aveva ringraziata, ma non le era sembrato che la conversazione fosse stata granché d'aiuto. Alla fine dei conti, la sua unica opzione era fare una denuncia alla polizia, dicendo che Suzette si era introdotta in casa sua e l'aveva minacciata. Ma non aveva alcuna prova per dimostrare che fosse andata così.

Senza contare che il piano poteva anche essere rischioso, dato che Suzette avrebbe potuto ribattere che aveva visto Niki introdursi nel suo cortile la notte precedente. Sharon non era sicura che i filmati delle videocamere di cui le aveva parlato esistessero davvero. Però Suzette l'aveva accusata con così tanta convinzione che il dubbio rimaneva.

No, decise, NON avrebbe chiamato la polizia. Che fosse Suzette a fare la prima mossa, nel caso. Anche se *c'era* una persona con cui voleva parlare, e subito. Prese il telefono e lasciò un messaggio a Niki. Trenta secondi dopo, la ragazza la richiamò.

«Che succede?», chiese, allegra.

«Puoi parlare?»

«Certo. In negozio non c'è nessuno, e Albert ha detto che non ci sono problemi se sto qualche secondo al telefono. È una bella coincidenza che tu mi abbia chiamato, ho appena visto Suzette Fleming passare in macchina. È una frana al volante. A malapena si è fermata allo stop».

«È lei il motivo per cui ti chiamo».

Quando Sharon finì di raccontare tutta la storia, Niki era infuriata. «Ti ha *spinta* ed è entrata in casa?», le chiese. «Che faccia tosta».

«Ho avuto davvero paura», ammise Sharon.

«Certo che hai avuto paura», disse Niki, protettiva. «È naturale. Chiunque si sarebbe spaventato».

«A un certo punto è diventata aggressiva, e ho pensato davvero che mi avrebbe picchiata».

«Che stronza!». Niki era disgustata.

«Non se n'è andata finché non ho preso il telefono e non le ho detto che avrei chiamato la polizia».

«E l'hai chiamata davvero?»

«No, non volevo sollevare un polverone». Sharon sapeva che Niki avrebbe capito al volo a cosa si riferiva.

«Quindi ora stai bene?»

«Se devo essere sincera, sono ancora un po' scossa».

«Sì, ci scommetto. Dammi un minuto, ok?»

«Certo».

Sharon udì la voce di Niki in sottofondo. «Non c'è quasi nessuno qui, oggi, quindi Albert dice che posso tornare a casa prima. Prendo il giaccone e arrivo».

«Ti do uno strappo», disse Sharon. Una proposta esitante ma sincera.

«No. Chiudi bene la porta e resta in casa. Arrivo tra dieci minuti».

Sharon si sentì invadere da un'ondata di sollievo. «Grazie, Niki».

Capitolo trentotto

Quando Niki arrivò a casa, vide che Sharon aveva preparato il tè. Si tolse il giaccone e gli stivali, poi si sedettero al tavolo della cucina. Sharon le raccontò dell'alterco con Suzette e Niki prese una decisione: «Vado a casa loro. Adesso».

«No, non mi sembra il caso».

«E invece sì. Ascolta un attimo». Niki aveva già pronte le sue argomentazioni. «La signora Fleming probabilmente se n'è andata, e ho visto passare l'autobus, quindi Jacob ormai dev'essere a casa. Penso di piacergli davvero. Scommetto che riuscirò a farmi dire tutto sulla piccola, e una volta che sarò entrata in casa, magari ce la farò anche a scattarle una foto».

Sharon scosse la testa. Niki sapeva che stava ripensando alle parole di Amy.

«Oh, tesoro, non posso lasciarti fare una cosa del genere. Siamo già nei guai. Dice che ha i filmati...».

Niki sbuffò. «Non ha proprio nessun filmato. Hai detto che era sorpresa di vederti, no? E che inizialmente sembrava amichevole, ma appena ti ha riconosciuta si è arrabbiata».

«Esatto».

«E pensa che sia stata tu a scavalcare la palizzata?».

Sharon annuì di nuovo. «Corretto».

«Non ha niente», le rispose Niki, agitando la mano con un gesto sprezzante. «Ha visto qualcosa in cortile, o magari ha notato le mie orme nella neve, ma di certo non ha alcuna prova o ci avrebbe già denunciate alla polizia. È venuta a chiederti se sapevi qualcosa, e poi, quando ti ha riconosciuta, ha capito che i conti non tornavano. Ti ha attaccata solo perché ha paura. La teniamo d'occhio e lo sa». Prese la tazza con entrambe le mani.

Sharon si chinò verso di lei e le accarezzò il braccio con fare materno. «È gentile da parte tua offrirti di andare lì e risolvere la cosa, ma non se ne parla. Non posso permetterti di correre un simile rischio». Sospirò. «No, dobbiamo tirarci indietro. Amy ha detto di lasciar fare a chi ha le competenze per occuparsi di faccende del genere, ed è un buon consiglio. Avrei dovuto ascoltarlo la prima volta che me l'ha dato».

«Hai paura che Amy si arrabbi».

«Sì, anche. In effetti è una parte del problema», ammise Sharon. «È già arrabbiata, e non voglio che si arrabbi ancora di più. Ma ha ragione. Dobbiamo lasciare che sia l'assistente sociale a gestire la cosa. Altrimenti con ogni probabilità non faremo altro che peggiorare la situazione».

«Sempre ammesso che possa peggiorare». Niki sorseggiò il tè. «Non hai idea delle storie che ho sentito. Veri e propri racconti dell'orrore. Sapendo quello che so, non riesco a restare a guardare. Dammi dieci minuti con Jacob, e ti prometto che si confiderà con me come se mi conoscesse da anni. Una semplice conversazione, nient'altro. Cosa potrebbe andare storto?»

«E se ti apre la signora Fleming? Ti riconoscerà, ti ha vista in negozio».

«Ma non sa niente del rapporto che mi lega a te», le fece notare Niki. «Se viene lei ad aprire, dirò che sono passata a scusarmi per il mio comportamento dell'altra volta. Conosco le donne come lei. Invocherò il suo perdono. Ci andrò giù pesante, le farò una valanga di complimenti. Le farò addirittura tornare il sorriso, credimi».

«Oh, Niki». Sul volto di Sharon passò un'ombra di preoccupazione, ma non disse di no.

«So quello che faccio. E se Amy lo verrà a sapere, le dirò

che è stata una mia idea e che tu mi hai consigliato di non farlo».

Niki non perse nemmeno un attimo. Si sciolse la coda e si passò le dita tra i capelli, poi si mise il giaccone e uscì. Sharon si offrì di accompagnarla in macchina, ma Niki le disse: «Non essere ridicola, è qui a due passi».

«Fai attenzione», le disse Sharon mentre scendeva i gradini.

Niki la salutò con la mano.

Di fronte alla casa dei Fleming, Niki si fermò un attimo, esitante. Guardò l'edificio. Non sembrava minaccioso. Le finestre del primo piano avevano le tende a rullo abbassate, ma non si poteva dire che fosse una cosa sospetta. Molta gente è gelosa della propria privacy. Il vialetto e lo spiazzo davanti alla porta erano stati spalati con cura, e la porta del garage era abbassata.

Nessun passante avrebbe mai pensato che ci fosse qualcosa di fuori dall'ordinario. Il che rendeva ancora più impellente andare a fondo della faccenda.

Niki fece appello a tutto il proprio coraggio e percorse il vialetto fino ad arrivare al porticato. Suonò il campanello, poi si sfilò i guanti e se li mise in tasca.

Per un po' non rispose nessuno. Poi fu il volto di Jacob a fare capolino alla porta. Aveva aperto, ma solo di uno spiraglio. Come se avesse paura.

«Niki?», chiese stupito. Appena la riconobbe l'espressione sul suo volto, pur rimanendo guardinga, si fece più felice che confusa.

«Ehi, Jacob!», lo salutò lei, come se fossero amici di vecchia data che si erano incontrati per caso per strada. «Ero *quasi sicura* che fosse questa casa tua. Ce l'hai un minuto?».

Jacob si guardò alle spalle, nervoso. «Certo, che cosa succede?»

«Ho trovato una banconota da venti davanti al Village Mart. Magari è caduta di tasca a qualcuno, ho aspettato che il proprietario tornasse a riprendersela, poi mi sei venuto in mente tu. Per caso ti mancano dei soldi?».

Lui ci pensò. «No, non credo».

Niki si aprì il giaccone e se lo tolse, scrollandolo per liberarlo dalla neve, poi se lo appoggiò sul braccio. Si chinò verso di lui, in una posa che sperava potesse risultare seducente, e gli disse: «Be', dato che sono qui, che ne dici di farmi fare il giro della casa? Mi piacerebbe un sacco vedere il mondo di Jacob Fleming».

«Vuoi entrare?», le chiese lui, confuso.

«Sì, solo un paio di minuti. Non resto tanto».

«Ehm...». *Voleva* farla entrare, era chiaro, ma c'era qualcosa che lo tratteneva. Glielo si leggeva in faccia.

«Ci sono i tuoi? Magari posso tornare un'altra volta». Si gettò i capelli dietro le spalle. «Anche se sono qui adesso», aggiunse poi, con una risatina provocante.

«No, i miei non ci sono», disse Jacob, scuotendo la testa. «Sono solo». Si voltò di nuovo. «Puoi aspettare un attimo?», disse poi, facendole segno con la mano. «Non andartene». Accostò, di modo che lei non potesse vedere dentro, ma non chiuse la porta.

Niki sentiva freddo, però non si rimise il giaccone. Era sicura che presto Jacob l'avrebbe invitata a entrare. Confidava che fosse come la gran parte dei ragazzi. Ed era quasi sicura di averci visto giusto.

«Prego, entra pure», le disse lui con un gran sorriso qualche minuto dopo, spalancando la porta.

Niki si pulì le scarpe sul tappetino d'ingresso, un rettangolo di lana con una fantasia fiordaliso. «Mi piace casa tua», disse, guardandosi intorno.

«Non è mia», le rispose lui. «E non devi essere gentile per forza. È stata mia mamma a scegliere tutto, e i suoi gusti fanno schifo».

«Non le darà noia che sono qui?».

Jacob fece di no con la testa: «Torna tardi stasera».

Niki si mise a ridere e gli toccò il braccio con la mano.

Jacob non aveva addosso la solita felpa, e sembrava meno corpulento, ma la maglietta grigia con il simbolo di rischio biologico non era certo un grande passo avanti. I capelli gli ricadevano sulla fronte, arricciandosi intorno alle orecchie. La classica persona che cerca di nascondersi restando in bella vista. Ma in quel momento era felice che lei fosse lì, bastava guardarlo in faccia per capirlo.

«Voglio vederla tutta», disse lei.

Le mostrò tutte le stanze al pianterreno, mentre lei si sperticava in complimenti. Nella lavanderia, vide un cagnetto rannicchiato in una cuccetta. «Ehi, piccolino», disse.

«Lui è Griswold».

«Posso accarezzarlo?», chiese. Jacob annuì, e lei si chinò e gli accarezzò la testa. «Che bravo cagnetto», gli disse dolce. «Sei proprio un bocconcino». Proseguirono e arrivarono in cucina. «È tutto pulitissimo», si stupì lei, passando un dito sul bancone della cucina. «E profuma anche di pulito, come un ospedale». Sogghignò.

«Mia madre fa queste cose da malata... è una grande fan di quelle salviette con la candeggina». Mise la mano sul bancone, accanto alla sua. «E se trova qualcosa di sporco o fuori posto va completamente in crisi. In genere dà la colpa a me, anche se io non c'entro niente».

«Dev'essere terribile», disse Niki comprensiva, sfiorandogli il palmo. «Posso capire come ti senti».

«Anche tua nonna è pazza?»

«No, lei è a posto. Ma ho incontrato altri pazzi. Non capisco perché la gente si comporti in certi modi assurdi».

«Neanch'io».

Lui si avvicinò come per baciarla, ma lei gli diede una strizzatina alla mano e girò rapida la testa. «Voglio vedere il piano di sopra».

Jacob le fece strada. «Non sorprenderti se camera mia è un casino», disse, nervoso. «Mi piace così. È l'unico posto in cui posso essere me stesso. Se fosse per mia madre, non ci sarebbe nulla a parte i mobili». Aprì una porta sulla sinistra e disse: «L'ufficio di mio padre». Niki notò un cuscino e una coperta piegata sul sofà di fronte alla scrivania. Non ci voleva tanto a capire la situazione. Sullo stesso lato del corridoio prima videro un bagno, e poi arrivarono a quella che Jacob definì "la stanza di mia madre". Aprì la porta: una camera da letto con mobili bianchi con le finiture in oro.

«Come si chiama questo stile?», chiese.

«French Country», disse Jacob, ripetendo quella definizione con una certa teatralità. «Mia madre è ossessionata da tutto ciò che è francese. Pensa sia il non plus ultra della classe». La guardò disgustato. «Se si facesse sempre come vuole lei, questa casa sarebbe una seconda Versailles. Per fortuna mio padre lo trova pacchiano. Ma andiamo avanti», disse poi, indicandole un'altra porta.

Di fronte a quella di sua madre c'era una stanza per gli ospiti. Niki entrò e si guardò bene intorno, cercando qualche prova che potesse viverci una bambina. Aprì gli armadi, e li trovò tutti vuoti, a parte delle grucce solitarie. Avvistò solo delle coperte ripiegate e un cuscino, su un ripiano in alto. In basso c'erano due scatole con su scritto «Natale». Si girò verso Jacob. «Sul serio avete una stanza apposta per gli ospiti?»

«Sì. E sai qual è la cosa più assurda? Non abbiamo *mai* avuto un ospite che si è fermato a dormire».

«Mai?»

«Nemmeno una volta», rispose lui, facendole il segno di zero con la mano. «E nemmeno nella mia vecchia casa. A nessuno è permesso restare a dormire la notte. Ma a mia madre piace l'idea di avere una camera per gli ospiti».

«Uh», disse Niki, chiudendo le porte dell'armadio. «Dev'essere bello».

«Non proprio», disse lui. Poi le fece segno di avvicinarsi con l'indice. «Un'ultima stanza da vedere. La mia». La prese per mano e la condusse lungo il corridoio. Niki rimase colpita da quanto fosse diventato spavaldo in così poco tempo. Non c'era voluto molto a dare coraggio a un ragazzo che non era mai stato incoraggiato. Entrò prima di lei, spostando una pila di vestiti con un calcio. Le fece un ampio gesto come ad abbracciare l'intera stanza. «Eccola qui».

Niki entrò e fece finta di guardarsi intorno. C'era una bacheca su una parete, su cui era inchiodato un fiocco – il premio di un talent show delle elementari. Subito accanto, un attestato di partecipazione a un laboratorio sulla lavorazione del legno e due foto di ragazze sdraiate sulla spiaggia in bikini. Una era stata una modella di Victoria's Secret, Niki la riconobbe. «Amiche tue?», disse, indicandole.

«Sì», le rispose lui.

Aveva un poster di una band di cui lei non aveva mai sentito parlare, ma per il resto i muri erano spogli. Il letto era sfatto, la scrivania piena di roba inutile. Si sedette sul bordo del letto. «Ho detto che volevo vedere il tuo sancta sanctorum. Ed eccolo qui».

«Eccolo qui», ripeté lui, attraversando la stanza per andare da lei. Le ricordava un cane grassottello che sapeva che presto avrebbe avuto un bel bocconcino da sgranocchiare e tratteneva a stento l'eccitazione. Si sedette accanto a lei, così vicino che le loro gambe si toccavano. Quando allungò il braccio e le toccò la schiena, Niki dovette fare appello a tutto il suo autocontrollo per non ritrarsi.

«Sai, Jacob, quando ci siamo conosciuti ho sentito una connessione fortissima tra di noi. Una roba assurda». Si girò a guardarlo negli occhi, e li vide pieni di speranza. Sapeva che lo stava illudendo, e si sentiva in colpa, ma si giustificava ripetendosi che non avrebbe permesso che la cosa andasse troppo avanti.

«Oddio, anch'io mi sono sentito così. Ma non pensavo fosse lo stesso per te». Sbatté le palpebre e abbassò lo sguardo, come sopraffatto.

«Non dico in senso romantico», proseguì lei. «Ma è come se mi mandassi un segnale. Tipo *vibe*, hai presente?

Ho come l'impressione che tu abbia bisogno di un amico, qualcuno con cui aprirti».

«Gli amici ce li ho», disse lui piano, calciando un paio di boxer sotto il letto. «Quindi ti dispiace per me?»

«No, non è questo». Niki parlò piano, avvicinandosi centimetro dopo centimetro. «Però mi piacerebbe sapere cos'è questo peso che ti porti addosso. Lo vedo che c'è qualcosa che ti turba. Ogni volta che ti guardo. Hai come l'aria di uno che è costretto a custodire un segreto contro la propria volontà».

«Davvero?».

Niki annuì e gli sorrise. «E so cosa vuol dire essere tirati in mezzo a qualcosa che sai che è sbagliato, magari persino illegale, senza che tu possa farci niente. Non riesci a vedere le cose con chiarezza. Ti sentiresti meglio se ti confidassi con qualcuno. Con me puoi parlare. Io non giudico».

«Non so di cosa parli», rispose lui. «Non mi drogo, se è lì che stai andando a parare».

«No, no, non lo penserei mai».

«Ok», disse lui, riluttante. «Cioè, non che non abbia mai provato niente...».

«Lo so, lo so. Scusa. Non era quello che intendevo». Poggiò le mani sulle ginocchia, lo sguardo fisso davanti a sé. «Ho come la sensazione che in qualche modo c'entri la tua famiglia. Sei figlio unico?»

«Sì».

«Quindi non ci sono altri ragazzi qui?»

«Solo io».

Era sulla difensiva, Niki lo avvertiva con chiarezza. «È difficile essere sempre da soli».

«Ci sono abituato».

«Allora per chi hai comprato i cupcake della Hostess? È stato un gesto gentile».

«Una bambina che conosco. Si chiama Mia. Le piacciono i cupcake».

Si chiama Mia. «Come la conosci?».

Invece di risponderle, lui si sporse verso di lei. Piano, pianissimo. Lei ebbe l'orribile presentimento che stesse per baciarla. Si scostò rapida e gli diede un bacio sulla guancia, poi si alzò e gli sorrise maliziosa. Jacob sembrava confuso. «Facciamo a gara a chi arriva prima sotto!». Niki scappò via di fretta. Sapeva bene che nel giro di un secondo lui le sarebbe corso dietro, quindi doveva essere più veloce. Raggiunse il pianerottolo, sentì i suoi passi da sopra, ma tirò dritto fino alla porta chiusa che portava al seminterrato. La aprì senza esitazione e accese la luce.

«Aspetta!», gridò lui, allungando il braccio, ma lei non aspettò proprio niente.

Scese le scale, due gradini alla volta, facendo un gran rumore. Ai piedi delle scale, svoltò l'angolo e si ritrovò in una grande stanza con una porta all'estrema destra. Niente male, per un seminterrato. I muri di cemento erano stati ricoperti di cartongesso, il pavimento era una specie di tavolato di vinile. La cosa strana era che sembrava completamente vuoto. Niente mobili, nemmeno uno scatolone. Nessuna foto, nessun quadro alle pareti. A spezzare la bianca parata di muri era solo una grossa libreria in fondo, e tre finestre di vetrocemento, due su un lato e una sull'altro.

«Niki, aspetta!», gridò Jacob. Era sceso anche lui, e la guardava come se avesse perso il cervello.

«Scusa, Jacob! Te l'avevo detto che volevo vedere tutto», disse lei, allargando le braccia e facendo una giravolta. «Tuuutto quanto».

«Non c'è niente da vedere qui», disse lui, infastidito.

«Davvero? E qui dietro cosa c'è?». Raggiunse la porta a grandi passi, l'aprì solennemente. Si aspettava di trovare una bambina, o per lo meno uno spazio in cui poteva vivere una prigioniera, e rimase sorpresa di trovare solo un piccolo bagno: un water, una doccia e un lavandino con uno specchio ovale. Entrò e lo perlustrò. Niente di che, ma immacolato.

Jacob la raggiunse. «È solo il bagno di sotto», le disse. «A mamma non piace che la gente venga qui», le disse, severo. «È ora di tornare di sopra». La prese per il gomito e la trascinò su.

A quel punto Niki si inventò una scusa per andarsene. «Mia nonna mi aspetta a casa», disse. Si scusò per essere andata nel seminterrato. «Avrei dovuto chiederti il permesso, prima. Non è stato molto carino da parte mia».

«Tranquilla», disse lui.

«Ho un'idea», ricominciò. «Perché non ci scambiamo il numero?».

Lui annuì, prese il telefono, si fece dare il suo contatto e le fece uno squillo.

«Fatto», disse lei, mostrandogli che aveva ricevuto la chiamata. «Grazie. Me lo salvo». Si rimise in fretta il giaccone e lo abbracciò rapida, poi uscì fuori. «Ci vediamo, Jacob».

«Ci vediamo», disse lui, con una punta di delusione nella voce.

«Puoi contare su di me, Jacob, davvero. Se mai dovessi avere bisogno di aiuto, non devi far altro che chiamarmi».

Lui sorrise all'offerta: «Me ne ricorderò».

Niki percorse il vialetto, cercando di sfregarsi le braccia per riscaldarsi. Ripensò alle sue scoperte. Che fine aveva fatto la finestra di vetrocemento da cui si vedeva la luce di sera? Avrebbe dovuto trovarsi proprio dietro la libreria. Ah, un'altra cosa curiosa. Sul lavandino c'era un bicchiere di plastica, con dentro uno spazzolino per bambini.

La piccola Mia viveva nel seminterrato, da qualche parte dietro quel muro.

Capitolo trentanove

Il cameriere passò vicino al loro tavolo e Suzette gli fece cenno con la mano. «Un altro Martini, per favore». Era l'unica cosa che poteva salvare la serata. Al terzo cocktail quasi non la disturbava più guardare le foto del nipote di Mary; al quinto, le pareva di vedere un'aureola intorno al capo di quella donna, come avvolta in un bagliore rosato. Quando Mary le disse: «Wow, li fai sparire in un batter d'occhio», Suzette lo prese come un complimento più che meritato.

Rimasero sedute a bere ben dopo aver finito la cena, ignorando i suggerimenti del cameriere di spostarsi al bar. Mary aveva chiesto una tisana, una cosa che a Suzette faceva accapponare la pelle. Tanto valeva che si mettesse un badge al collo con su scritto *Terza età*. Ma con grande generosità finse di approvare la sua scelta.

Mary mise la bustina nella tazza e disse: «Trovo che mi aiuti a dormire meglio la notte».

«Ah, be', tutto quello che può essere utile», le rispose, alzando il Martini.

Nell'ultima ora, Suzette aveva lasciato a Mary l'incombenza di portare avanti la conversazione. Sorrideva e annuiva nei momenti che le parevano più appropriati, ma la sua mente era da tutt'altra parte, e si avvicinava pericolosamente a quello che stava pian piano arrivando a identificare come il *"problema Mia"*. Prima l'assistente sociale e poi la vicina: tutti a ficcare il naso nei suoi affari privati, a chiederle se avesse bambini in famiglia. La vicina, quella sciatta nullità, aveva addirittura chiesto di *una bambina* nello specifico. *Impicciona*. Suzette aveva minimizzato la cosa quando Matt le aveva detto che l'assistente sociale doveva essere andata da loro per un motivo ben preciso, e che quel motivo non poteva che essere Mia.

Eppure adesso più ci pensava, più si rendeva conto, terrorizzata, che suo marito aveva ragione. Non l'avrebbe ammesso per nulla al mondo, però…

Be', se la presenza di Mia rappresentava ormai un problema, c'era una sola cosa da fare. Ovvero, toglierla dall'equazione. Se l'assistente sociale fosse tornata, non avrebbe trovato nulla fuori dall'ordinario. Sì, avrebbe dovuto occuparsi del problema, e il prima possibile. Non c'era tempo da perdere.

Una volta che Mia fosse sparita, la famiglia avrebbe dovuto superare un periodo di assestamento. Con ogni probabilità sarebbe stato necessario prendere una donna di servizio: la prospettiva non l'allettava affatto, ma di certo la casa non si sarebbe pulita da sola. Sperava che Jacob e Matt non facessero troppi problemi per quel cambiamento. Si sarebbe preparata una buona linea di difesa. Erano secoli che Matt diceva che non potevano tenere la bambina. In un certo senso, doveva solo dirgli che aveva seguito il suo consiglio.

Le tornò in mente quella volta che aveva riportato il porcellino d'india al negozio di animali. Il ragazzo dietro al bancone non voleva riprenderselo, quindi lei l'aveva semplicemente tirato fuori dalla scatola, l'aveva poggiato sul bancone e se n'era andata. Non sarebbe stato certo un impiegato con l'orecchino che guadagnava il minimo sindacale a dirle cosa fare.

Quando Jacob era tornato a casa e aveva scoperto la gabbietta vuota si era sentito abbattuto, ovviamente, ma gli era passata abbastanza in fretta. Mia poteva tornare da dove era arrivata sana e salva. Anzi, era sicuramente in condizioni migliori rispetto a quando l'avevano trovata. Jacob probabilmente avrebbe sentito la sua "mancanza", ma quel ragazzo ne aveva sempre una. E poi Mia non poteva restare con loro per sempre. A dirla tutta, stava proprio iniziando a pentirsi di averla portata a casa.

La mattina seguente, nonostante il mal di testa lancinante, Suzette si alzò dal letto per dare inizio alla giornata. Fece una doccia veloce e si vestì, poi mandò giù qualche pillola per il mal di testa, e pure un altro paio per mettersi di buonumore. finalmente le cose iniziarono a girare per il verso giusto. Un paio di tazze di caffè e sarebbe stata pronta a mettere in atto il suo piano.

Arrivata al piano di sotto, fu felice di scoprire che era stata la prima ad alzarsi. Scese nel seminterrato, aprì il lucchetto che bloccava la libreria e la fece scorrere sui cardini, dopodiché accese la luce.

«Sveglia, dormigliona. È ora di cominciare la giornata!».

Mia si mise a sedere e si sfregò gli occhi, assonnata. «Sì, Signora».

«Datti una mossa. Lavati, vestiti e vieni su. Vado a prepararti la colazione». Suzette salì le scale, sentendosi sollevata. Quel giorno avrebbe risolto un bel problema.

Quando Jacob e Matt scesero in cucina, Mia era già seduta al bancone a mangiare i fiocchi d'avena. Suzette ci aveva messo una quantità generosa di zucchero, e ci aveva disegnato sopra una faccina sorridente con l'uvetta. Poi aveva aggiunto un bicchiere di latte e le aveva detto: «Ecco qui, signorina Mia. Buon appetito!». Mia aveva sorriso e aveva infilato il cucchiaio nella ciotola.

Brava bambina.

Jacob lanciò a sua madre uno sguardo sospettoso. «Ti sei alzata presto», le disse.

Lei fece spallucce. «Ho deciso di darmi da fare». Gli sorrise benevola. Jacob era ancora un po' un casino, ma presto si sarebbe allungato e si sarebbe liberato di tutta quella ciccia. Con il tempo, magari, avrebbe persino accettato di farsi aiutare a scegliere i vestiti. Un look migliore avrebbe contribuito anche a raddrizzargli il carattere, e magari gli avrebbe infuso una buona dose di fiducia in sé. A quel punto sì che sarebbe stato pronto per presentarsi al pubblico.

Era suo figlio, il suo unico figlio. Suzette non aveva ancora perso le speranze con lui. Credeva fermamente nelle seconde possibilità. E anche nell'importanza di tenersi sempre diverse opzioni aperte.

«Ok». Jacob si diresse alla dispensa. Prese una scatola di Cheerios, tornò al bancone, mise i cereali in una ciotola e poi aggiunse una banana tagliata a fettine. Fu in quel momento che notò cosa stava mangiando Mia. «Ehi, scricciolo, dove hai preso i fiocchi d'avena?»

«Glieli ho preparati io», disse Suzette. «Li vuoi?».

Jacob la guardò confuso. «No, grazie».

Matt si versò una tazza di caffè e la famiglia fece colazione in silenzio. Mia ci stava mettendo un secolo a finire i fiocchi d'avena: era ancora alle prese con il cibo quando Matt e Jacob se ne andarono. Matt avrebbe accompagnato il figlio a scuola, di modo che non dovesse prendere il pullmino.

Per dimostrare che non serbava rancore, Suzette li salutò con un elegante gesto della mano e augurò a entrambi una buona giornata.

Quando rimase sola con Mia, prese uno sgabello e si sedette al fianco della piccola. «Oggi è un giorno molto speciale», le disse. «Andiamo a fare un giro in macchina, ti mostro dove vivevi quando eri piccola. Ti va?».

Gli occhi di Mia si fecero grandi grandi. Annuì. Aveva ancora una cucchiaiata di fiocchi d'avena in bocca. Le sue reazioni erano vagamente preoccupanti. La bambina eseguiva gli ordini senza dare particolari problemi, ma Suzette dubitava che fosse capace di molto altro, a livello mentale. In quel caso, ad esempio, avrebbe dovuto capire che ciò che stava per succedere aveva un evidente collegamento con ciò che le era successo in passato. Evidentemente, un concetto troppo astratto per un'anima semplice come la sua. L'unica cosa che era in grado di assimilare era il tono di gioiosa trepidazione di Suzette.

«Ci divertiremo», le promise. «Vedrai».

Mentre Mia finiva di mangiare, Suzette scese nel seminterrato e prese un cuscino e una coperta dalla sua cameretta. Poi andò a disporre tutto. Il suo piano doveva riuscire alla perfezione.

Poco dopo, quando Mia fu talmente stordita da accasciarsi con grazia sul pavimento, Suzette la avvolse nella coperta e la portò in macchina.

Capitolo quaranta

Jacob aveva detto alla professoressa Taylor che gli veniva da vomitare ed era uscito dall'aula in tutta fretta, abbandonando la lezione della prima ora. Si sentiva male davvero, ma più che altro il problema era un brutto presentimento che lo aveva colto. Sentiva che c'era qualcosa che non andava a casa. Tanto per cominciare, sua madre si era alzata molto presto, ed era insolito. E tutta quella allegria? E i fiocchi d'avena a Mia per colazione… tutto molto strano. Abbastanza strano da metterlo in allarme.

L'aveva notato persino suo padre. «Pare che tua madre stia per iniziare uno dei suoi progetti», gli aveva detto, sulla strada per scuola. Era da tanto che non succedeva, ma negli anni passati sua madre aveva attraversato tante fasi, durante le quali si concentrava su nuovi progetti e si prefissava obiettivi ambiziosi. I propositi in sé erano buoni, ma non duravano mai. E tutti avevano inizio con un buonumore atipico e una grossa dose di ottimismo. Proprio come quella mattina.

Solo che quel giorno c'era stato qualcosa di diverso. C'era qualcosa sotto, qualcosa che, secondo Jacob, aveva a che fare con Mia. Non era del tutto sicuro di cosa si trattasse, ma non gli piaceva per niente. Era uscito da scuola senza permesso ed era tornato a casa. La camminata verso casa era stata deprimente. Era una giornata d'inverno grigia e i marciapiedi erano invasi dal fango. Aveva il giubbotto sopra la felpa, quindi il vento non lo disturbava, ma dopo un paio di isolati aveva iniziato a sentire freddo alle orecchie. Non aveva il cappello, così si era tirato su il cappuccio.

Quando arrivò nei pressi della casa, vide sua madre fare marcia indietro nel vialetto. Se si fosse accorta di lui, sarebbero stati guai, ma la macchina si allontanò nella direzione opposta, fermandosi a lungo a uno stop prima di riprendere il cammino. Suo padre diceva che al volante era fin troppo prudente, ma Jacob pensava che fosse semplicemente incapace.

Lenta, disattenta. Il fatto che fosse uscita di casa a quell'ora era *estremamente* sospetto. Era raro che avesse appuntamenti così presto.

Dopo aver risalito il vialetto, il ragazzo inserì il codice e la porta del garage si aprì. Mia forse sarebbe riuscita a dirgli cosa stava succedendo. Altrimenti avrebbe cercato qualche indizio nella camera da letto di sua madre. O magari avrebbe chiamato il padre.

Non perse tempo. «Mia? Mia?». Cercò nelle stanze del primo piano e dietro il divano del salotto, ma non la trovò. Preoccupato, salì al piano di sopra e la chiamò a gran voce. Dalle stanze vuote però gli arrivava l'eco delle sue parole. Di colpo sentì la gola chiusa, come se qualcuno lo stesse soffocando. Scese giù, gridando: «Mia! Non è divertente! Esci fuori!».

L'ultima possibilità era il seminterrato: lì non c'era alcun posto per nascondersi. Lo attraversò, diede un'occhiata al bagno vuoto, andò dritto alla libreria e aprì il lucchetto. La porta scorse dolcemente, e il cuore gli sprofondò nel petto quando si rese conto che Mia non c'era. E che non c'erano né il suo cuscino né la sua coperta. *Dove diavolo è andata? Che le ha fatto mamma?*

Dentro di sé sapeva che sua madre aveva portato Mia da qualche parte, ma controllò di nuovo tutta la casa, per scrupolo. Passò di stanza in stanza, guardando in ogni armadio e aprendo ogni mobiletto abbastanza grande per nascondere una bambina. Solo a quel punto prese il telefono e chiamò suo padre. Partì immediatamente la segreteria. Jacob lasciò un messaggio, stando bene attento a non dire nulla di compromettente: «Papà? Sono tornato da scuola perché non mi sento bene, e mamma non c'è. Ha preso il pacco dal seminterrato, quello che piace tanto a Griswold. Sono molto preoccupato. Chiamami». Era possibile che suo padre fosse in riunione. Capitava che non controllasse il telefono anche per ore.

Jacob aprì l'app sul telefono, e vide che sua madre era in movimento. Cercò di chiamarla ma lei non rispose, come al solito. Probabilmente aveva tolto la suoneria per chissà quale motivo e poi si era dimenticata di riattivarla. Era la persona meno tecnologica che Jacob conoscesse. Pensava di essere al passo coi tempi solo perché era in grado di mandare un messaggio e sapeva cosa fossero le emoji.

Dove sta andando? Poteva tranquillamente escludere i soliti posti in cui i genitori portano i figli – il dentista, il parrucchiere, il centro commerciale.

Magari, se Mia si fosse fatta male, sua madre avrebbe potuto portarla in ospedale, o in ambulatorio, ma quello che vedeva sull'app indicava tutt'altro. E poi, le azioni di Suzette quella mattina avevano un non so che di premeditato.

Jacob aprì il frigorifero – la forza dell'abitudine – e ci guardò dentro, tamburellando nervosamente il piede. Per la prima volta in vita sua non aveva voglia di mangiare. Lo richiuse e si sedette sul bancone, continuando a guardare l'app sul telefono. Sua madre aveva imboccato l'interstatale. Sua nonna viveva nel Minnesota, in quella direzione, ma erano anni che non andavano a trovarla. Aggrottò le sopracciglia, sforzandosi di capire. Sua madre non si sarebbe mai portata dietro Mia per una visita di famiglia. E poi, non aveva mai avuto neppure una buona parola per la nonna o lo zio, che vivevano nella stessa zona.

Probabilmente non stava andando da un parente. Soprattutto non con Mia in macchina.

Un pensiero vagante lo colpì all'improvviso. Ed era così terribile che si prese la testa tra le mani. *No.* Suzette non avrebbe mai riportato Mia dove l'avevano trovata, giusto?

Non era possibile. Non sarebbe riuscita nemmeno a ritrovare il posto esatto, vero? E anche in quel caso, quante probabilità c'erano che quel tipo spaventoso fosse ancora lì in attesa della figlia, dopo tutto quel tempo? *No.* Quella baracca era una vera fogna, e quel brutto ceffo se n'era andato da un pezzo. Mia non ricordava nulla di quel periodo, e si sarebbe spaventata da morire. Sua madre sapeva essere terribilmente crudele, ma neanche lei poteva essere così senza cuore... giusto?

Continuò a rimuginare ancora per un po'. Suzette non avrebbe mai ucciso Mia, Jacob ne era abbastanza sicuro. Sarebbe stato un gran casino, e sarebbe stata una cosa difficile da insabbiare. Ma abbandonarla... poteva anche essere. Provò a immaginare la madre che fermava la macchina davanti a una stazione di polizia, ordinava a Mia di scendere, ingranava la marcia e la mollava lì.

Tutti quei pensieri lo terrorizzavano. La chiamò di nuovo. «Mamma, torna subito a casa! Qualsiasi cosa tu abbia deciso di fare, non è una buona idea! Vieni a casa, troviamo un altro modo!». Poi buttò giù, sicuro di aver solo peggiorato le cose. Sua madre *odiava* sentirsi dire cosa doveva fare.

Perché non aveva una macchina sua? Un sacco di suoi compagni ce l'avevano, o comunque avevano qualcuno che gliela prestava. E lui era il solito perdente, l'escluso, quello costretto a prendere il pullmino. Pensò a tutti quelli che conosceva. C'era qualcuno che poteva prestargli l'auto? Sarebbe andato bene *chiunque.*

Gli venne in mente solo una persona, e la conosceva a malapena. Però proprio quella persona giusto il giorno prima gli aveva detto: «Se mai dovessi avere bisogno di aiuto, non devi far altro che chiamarmi».

Si mise il giubbotto e si diresse alla pompa di benzina.

Capitolo quarantuno

Per fortuna, Niki era dietro al bancone e nel negozio non c'era nessuno a parte Fred, che stava rifornendo il frigo delle birre. Però non era a portata d'orecchio.

Jacob entrò trafelato e le fece capire immediatamente che doveva parlare con lei. Nel giro di tre minuti, le aveva spiattellato tutte le informazioni che la ragazza aveva cercato invano di estorcergli il giorno prima. Esagitato, le spiegò che la bambina che viveva con loro, Mia, era sparita, e che l'aveva presa sua madre. Da quel che Niki riusciva a capire, Jacob voleva che qualcuno gli prestasse una macchina per poterle seguire e assicurarsi che alla piccola non accadesse nulla di male. Ogni nuova informazione che riceveva la spingeva a fare una nuova domanda, e Jacob sembrava frustrato. La rimproverava di non aver colto l'urgenza della situazione.

«Mi serve solo la tua macchina», le disse, chinandosi in avanti, con la mano sul bancone. «Tutto qui. Se me la presti ti faccio il pieno, o ti pago, quello che ti pare. Non ho tempo di spiegare».

Lei alzò una mano, stile poliziotto nel traffico. «So che vai di fretta, ma mi serve qualche informazione in più».

Gli fece una serie di domande. E rimase scioccata dalle risposte. Quando Jacob finì di spifferare il segreto di famiglia, Niki fece il punto della situazione. «Dunque tua madre ha *preso* questa bambina tre anni fa e la piccola vive con voi da allora e nessuno ne sa nulla tranne te e i tuoi?».

Jacob annuì. «Lo so che sembra una cosa brutta, ma non

è dipeso da me. Tu non conosci mia madre. Ha costretto mio padre a tenere Mia ricattandolo perché...».

Niki alzò un'altra volta la mano. «Di quella parte proprio non mi interessa. Sai che dovremmo chiamare la polizia, vero? Questo è rapimento, e chissà cos'altro».

Lui abbassò lo sguardo. «Ma non voglio che mio padre finisca nei guai».

«Oh, Jacob, di questo avreste dovuto preoccuparvi un po' di tempo fa. Siete *tutti* in un mare di guai. Non c'è nulla da fare. Quello che avete fatto è assolutamente terribile».

Quando rialzò lo sguardo, il ragazzo aveva le lacrime agli occhi. «Non mi importa di me. Adesso ho solo paura per Mia. Non so cosa potrebbe succederle. Mia madre è pazza. Non so cos'abbia intenzione di fare».

«Sei disposto a parlare con la polizia?», gli chiese Niki.

«Certo, ma ora non c'è tempo». Stava iniziando ad alzare la voce. «Vorranno fare delle indagini e chissà quante domande e ci metteremo un secolo, e intanto a Mia potrebbe succedere qualsiasi cosa».

«A me sembra proprio una cosa di cui dovrebbero occuparsi le autorità».

«Non riusciranno a trovarla», disse lui, con voce roca. «Io so dov'è».

In quel momento si avvicinò Fred. «Jacob? Che succede?»

«Vuole che gli presti la macchina», gli spiegò Niki. «Sua madre se n'è andata con Mia, una bambina». Lei e Jacob si scambiarono un'occhiata. «Una loro parente. Jacob ha paura che possa succederle qualcosa».

«In che senso?», chiese Fred.

«Mia madre è... squilibrata, in un certo senso. Ed è un vero disastro alla guida. La sto seguendo col telefono, e so dove sono. Devo fermarle e assicurarmi che Mia stia bene».

«Niki, se vuoi uscire prima, non c'è problema», disse Fred. «Jacob non mi sembra nelle condizioni di guidare».

«Io non ho una macchina. Ci vengo a piedi, a lavoro», disse lei.

«Mi hai fatto tutte quelle domande e non hai nemmeno la macchina?», le chiese allora lui, in tono accusatorio.

«Ti ci porterei io, ma devo ricevere una consegna più tardi e devo essere qui per firmare», disse Fred con rammarico.

Jacob gettò le mani in aria, frustrato. «Non so cosa fare. Devo trovarla. Assolutamente».

Fred allora mise la mano sotto al bancone e tirò fuori un mazzo di chiavi. «Sai cosa ti dico? La mia Camry è sul retro. Se guida Niki, la potete prendere. Mi serve alle sei al più tardi».

Niki si bloccò, pietrificata.

«Grazie! Grazie! Ti pago quando torno», disse Jacob.

«Non c'è bisogno di pagare, basta che ci rimetti la benzina». Poi si girò verso Niki e le chiese: «Per te va bene?».

Niki non riusciva a capacitarsi di quello che stava succedendo. Fred e suo fratello Albert dovevano essere le due persone più gentili mai esistite sulla faccia della Terra. *E mi hanno appena prestato la macchina?*

«Sì, va bene», rispose.

«Andiamo», disse Jacob. «Non c'è tempo da perdere».

Capitolo quarantadue

Non appena Wendy aprì la porta e si trovò davanti il detective Moore – cappello in mano e sguardo di scuse – capì che non aveva buone notizie per loro.

«Buonasera, signora Duran». Fece un piccolo cenno della testa. «Suo marito è in casa?».

Lei gli fece cenno di entrare, senza dire nulla. Poi andò a chiamare Edwin.

Si sedettero tutti e tre in salotto, e a quel punto il detective disse: «Mi spiace moltissimo darvi questa notizia, ma sono stato contattato dal medico legale. Le impronte dentali combaciano».

Wendy ebbe l'impressione che qualcuno le avesse tirato uno schiaffo. Si portò una mano alla bocca, e si costrinse a respirare. Voleva fare delle domande, ma non pensava di essere abbastanza forte da sopportare le risposte. Una parte di lei desiderava solo che il detective se ne andasse, che li lasciasse in pace, ma un'altra parte era grata per la sua presenza, per la sua compassione. Guardò il marito, che si era fatto cinereo.

«Il riscontro è positivo, dunque? I resti appartengono senza dubbio a Morgan?», chiese Edwin.

«Sì, signore», disse il detective.

Signore, aveva detto. La cosa lo colpì. Aveva già notato che era abbastanza giovane da poter essere suo figlio, e in un certo senso adesso aveva avuto la conferma. In un certo senso, lui per primo era poco più di un ragazzo. Un giovane che faceva il proprio lavoro, e che probabilmente avrebbe preferito fare qualsiasi altra cosa piuttosto che andarsene in giro a dare brutte notizie alla gente. «Qual è stata la causa del decesso?», gli chiese di colpo.

«Non è ancora stata accertata. Non risulta che si tratti di omicidio, ma è ancora troppo presto per stabilirlo con certezza».

«Quindi potrebbe essere una faccenda di droga?», chiese Edwin.

«È possibile. Si saprà più avanti. Una volta che le indagini saranno concluse, verrete contattati. Vi chiederanno cosa intendete fare per il trasporto».

«Il trasporto?», chiese Wendy, confusa.

«Per il funerale», disse Edwin, piano. Si girò verso il detective. «Vero?»

«Sì, signore».

Il funerale. Che pensiero orribile. Ma certo, la gente se lo aspettava. Una cerimonia, un segno tangibile. La chiusura del cerchio. Guardò la foto appesa sopra il camino. Aveva sempre pensato che, un giorno – lei e Edwin sarebbero morti da tempo – quella foto sarebbe rimasta a Morgan e Dylan e alle loro famiglie. Qualcosa da passare di generazione in generazione, l'istantanea di un momento intimo tra loro quattro. Non aveva mai immaginato che uno dei suoi figli potesse morire prima di lei. Come poteva essere *giusto*? Come poteva essere possibile? Le venne un groppo in gola.

«Mi dispiace davvero», disse di nuovo il detective. «C'è un'altra notizia».

«Sì?», chiese Wendy.

«Il medico legale ha confermato che Morgan ha avuto un figlio».

«Morgan ha avuto un figlio?», chiese Wendy.

«Sì, signora».

«Ma come fanno a saperlo?», chiese Edwin. «È passato così tanto tempo. Presumo che quello che hanno trovato non siano che resti ossei».

Il detective sembrava molto a disagio. «Sì, signore. So che il medico legale riesce a stabilirlo esaminando l'iliaco. Se una donna ha avuto un figlio, vi sono una serie di segni lungo l'interno dell'osso».

«Dunque è sicuro?», chiese Wendy. «Senza ombra di dubbio?»

«Sì».

Il che vuol dire che avevano un nipotino, e non l'avevano mai nemmeno saputo. Guardò Edwin, e lui disse: «Ci sono notizie su dove siano Keith o il bambino?»

«No, signore». Di colpo anche il detective sembrava sull'orlo delle lacrime.

«Deve pur esserci un certificato di nascita», disse di colpo Wendy, come colta da un pensiero improvviso.

«È corretto. Sempre ammesso che abbiano fatto le cose in regola», rispose il detective.

A quel punto, Edwin prese il comando della situazione e chiese a Moore di illustrargli tutti i passaggi necessari per rintracciare il certificato di nascita. Wendy li ascoltava con attenzione. Al dipartimento di polizia erano tutti molto comprensivi, e li avrebbero aiutati, ma aveva come l'impressione che trovare il bambino non rientrasse tra le loro priorità. «C'è un'indagine in corso, ovviamente, e stiamo facendo il possibile per trovare l'uomo che viveva lì. Anche se la morte è stata accidentale, è comunque stato commesso un reato: il decesso non è stato dichiarato, il corpo è stato occultato».

Wendy ci ragionò su. Sapeva che c'erano ben poche probabilità che riuscissero a trovare Keith, senza un cognome, senza una foto. Morgan era morta, e il suo bambino era chissà dove. Avrebbero mai saputo cosa gli era successo?

Il detective chiese se avessero altre domande. Gli dissero di no, e lui si alzò per andarsene. «Vi contatterò quando arriverà il rapporto integrale», disse.

Quando la porta si richiuse alle sue spalle, Wendy si appoggiò al muro e sospirò. «È finita, dunque», disse, gli occhi pieni di lacrime. Per anni aveva controllato il sito web, risposto ai commenti, cercato indizi online. Era stata in quel bar squallido, supplicando chiunque potesse avere una qualche informazione. Aveva pregato che Morgan tornasse a casa, aveva pregato che fosse al sicuro. Aveva riversato tutta sé stessa in quelle preghiere, nella speranza di infonderci tanto sentimento, tanto potere, da renderle così forti da restituirle sua figlia. Si era data da fare. Ma non era servito a riportare Morgan a casa. E ora non sarebbe tornata mai più.

Edwin la strinse, un abbraccio caldo, pieno d'amore. Lei chiuse gli occhi e ascoltò il suo respiro irregolare e, un paio di minuti dopo, i suoi singhiozzi sommessi. Edwin non piangeva quasi mai, non aveva pianto nemmeno al funerale di suo padre, ma la consapevolezza che sua figlia era morta l'aveva spezzato.

«Dobbiamo trovare quel bambino», disse lei. Nello stesso momento, si rese conto di quanto fossero insignificanti quelle parole. Non erano riusciti a trovare Morgan. Come avrebbero potuto trovare un bambino di cui non sapevano nulla?

Capitolo quarantatré

«Dove stiamo andando?», chiese Niki regolando il sedile e lo specchietto retrovisore. Era ancora scioccata dalla generosità di Fred, soprattutto ora che era seduta nella sua macchina. Non era nuova, ma era immacolata e profumava di pulito. Non fosse stato per le monetine nel portabevande, sarebbe potuta sembrare appena uscita dal parcheggio di una concessionaria. Se fosse stata *sua*, pensò Niki, non l'avrebbe mai prestata a due adolescenti.

Jacob guardò il telefono. «Dobbiamo prendere la I-94 nord, ma più avanti procederemo verso ovest».

«Spero tu mi dica quando e dove girare». Anche se aveva preso la patente già da mesi, non aveva fatto molta pratica. Amy le aveva detto che le sarebbe venuto naturale, con il tempo, ma senza una macchina a disposizione non era mai riuscita ad arrivare a quel punto. Quindi ora aveva bisogno della massima concentrazione.

«Sono bravo a dare indicazioni», le disse lui. «E... grazie. Apprezzo davvero quello che stai facendo».

«Lo so».

Niki si allacciò la cintura e mise in moto. Non appena sentì lo scatto della cintura di Jacob partì, uscendo dal parcheggio.

Era davvero bravo a dare indicazioni, e la cosa la mise a proprio agio. Nel giro di qualche minuto erano già sull'interstatale, diretti fuori città.

«Hai un'app per tracciare il telefono?», gli chiese a un certo punto.

«Sì. Potrebbe tracciarmi anche lei, volendo, ma dovrebbe controllare l'app».

«E non lo fa?»

«No».

«Perché si fida di te?»

«No», disse lui, scoppiando a ridere. Ma era una risata amara. «Mia madre non si fida di nessuno. E non si prende la briga di tracciarmi perché... che senso avrebbe? Non avrebbe nulla da guadagnarci, e a lei non importa nient'altro che di sé stessa. Non le frega nulla di me». Un'altra risata, ancora più amara. «E poi, probabilmente nemmeno si ricorda di averla, l'app. Mia madre non è esattamente un genio della tecnologia».

Niki percepì il disprezzo nella sua voce. Non c'era amore in quelle parole. Sapeva che alcuni genitori non amano i propri figli, come ci sono dei figli che non amano i genitori. Però lei sua madre l'aveva amata oltre ogni limite, ed era stata ricambiata allo stesso modo. Certo, sua madre era un'alcolista e una tossicodipendente, ed era una tragedia, ma Niki non aveva mai messo in dubbio il suo amore. Doveva essere orribile far parte di una famiglia come i Fleming. All'apparenza avevano tutto, ma a guardare bene non c'erano né rispetto né affetto a legarli gli uni agli altri. Tanto meno l'amore.

«Per quanto dobbiamo proseguire su questa strada?», chiese, tenendo lo sguardo fisso davanti a sé. Non c'era molto traffico, per fortuna.

«Un bel po'. Una sessantina di chilometri».

«Puoi farmi un favore? Apri la mia borsa e prendi il telefono. Devo chiamare mia nonna e dirle dove sono».

Lui obbedì. Niki gli spiegò come trovare il contatto di Sharon, e poi gli chiese di mettere il vivavoce. Quando Sharon rispose, le spiegò la situazione. Sharon rimase sconvolta. Appena si riprese dallo shock, disse chiaro e tondo che non era affatto felice del piano d'azione di Jacob.

«Avreste dovuto chiamare la polizia», affermò, facendo eco all'istinto iniziale di Niki.

«Ti capisco», le rispose lei, senza distogliere lo sguardo dalla strada. «È stata la prima cosa che ho detto io».

«La polizia non avrebbe capito», si intromise Jacob, «e a spiegarlo ci sarebbe voluto troppo tempo. E ora mia madre è uscita dai confini della contea, quindi sarebbe addirittura fuori dalla loro giurisdizione».

«Non credi che verrebbe diramato un'allerta generale?»

«No», disse Jacob. «Non sappiamo nemmeno se si chiama davvero Mia, non abbiamo un cognome, né una foto. Non c'è nemmeno il materiale di base per diramare un comunicato. Non hanno informazioni a sufficienza».

Parlava con una grande sicurezza, come se non fosse la prima volta che pensava a questi dettagli. Niki si chiese come faceva a sapere quelle cose. Internet? *Law & Order*?

«Penso che possiamo raggiungerla», continuò lui, «e una volta che sapremo esattamente la sua posizione potremo chiamare la polizia».

«Qual è la targa dell'auto di tua madre?», chiese Sharon.

Ottima domanda, pensò Niki.

«Non lo so», rispose Jacob. «Quando la raggiungiamo, possiamo chiamare le autorità e fornire il numero di targa. O magari la polizia può controllare in qualche banca dati?»

«Mi sembra pericoloso che voi due la inseguiate da soli. Perché non tornate indietro e ne parliamo?»

«No», disse Jacob, deciso, senza neanche aspettare che Niki potesse dare la sua opinione. «Devo andare fino in fondo. È mia madre, so come pensa. Non possiamo fermarci. Mia probabilmente è terrorizzata ma mi conosce, devo essere io a trovarla».

«Ok. Fate attenzione, allora», rispose Sharon. La voce le uscì più stridula di quanto avrebbe voluto. Niki ormai la conosceva, sentiva che non era convinta. «E tenetemi aggiornata. Chiamo Franny Benson. Lei saprà cosa fare. Probabilmente suggerirà di coinvolgere la polizia, ed è probabile che voglia parlare con voi, prima, quindi rispondete al telefono, ok? Anche se non riconoscete il numero».

«Sarà fatto», disse Niki.

Dopo aver riagganciato, Niki chiese a Jacob: «Sembri piuttosto sicuro che riusciremo a raggiungerla».

«Non sono sicuro *al cento per cento*», rispose lui. «Ma l'ho vista partire da casa, e sono venuto alla pompa di benzina subito dopo. E poi, se avessi mai visto guidare mia madre, mi daresti ragione. Va pianissimo, così piano da farti cadere le braccia. Una volta le hanno anche fatto la multa perché andava troppo piano, che è una cosa che l'ha mandata fuori di testa». Buttò un occhio al cellulare. «E poi si ferma un sacco di volte».

«Perché si ferma?»

«Ha come una strana ossessione. Si ferma a tutte le stazioni di servizio e ai fast food ed entra a ritoccarsi il trucco e a controllare i capelli, e già che c'è attacca bottone con qualche poveretto. Non riesce a tollerare di stare da sola con sé stessa, deve sempre interagire con qualcuno. Le piace parlare del più e del meno con gli sconosciuti. Chiede informazioni, o che tempo farà, o quali sono le condizioni della strada. Non importa l'argomento. Quel che importa è che ci sia qualcuno a guardarla. Le piace tanto muovere le mani, e spesso riceve dei complimenti sulle unghie o sui gioielli che porta. Ha un sacco di anelli, e spesso la gente li nota».

«Davvero?», chiese Niki, affascinata.

«Davvero, sì. Te l'ho detto, è pazza», disse Jacob. «E probabilmente riusciremo a raggiungerla anche perché si perde spesso, a volte persino quando usa il GPS, perché non crede alle indicazioni e pensa di conoscere la strada meglio del navigatore».

«Non crede alle indicazioni del GPS?»

«Pensa che siano sbagliate. Tu non hai idea del livello di follia. E ora sta cercando *a memoria* un posto che ha visto tre anni fa, un posto che la prima volta che ci siamo finiti non avevamo la più pallida idea di dove fossimo capitati. E devi considerare anche che la casa che cerca probabilmente non esiste nemmeno più. Già all'epoca si reggeva in piedi a malapena».

«Quindi sei proprio certo che stia andando dove avete trovato Mia?».

Lo vide annuire con decisione.

«Sì, è così che ragiona».

«Sembri molto sicuro».

«Ehi, la conosco da quando sono nato. Se qualcosa non funziona, lei cerca di disfarsene. Di rimettere le cose com'erano e fingere che non sia accaduto nulla. Ha stretto e rotto più amicizie di quante una persona normale ne faccia in una vita intera. All'inizio tutti la adorano, e alcuni la adorano anche dopo che lei li molla. Non riescono mai a capire cos'hanno fatto di sbagliato. Mia madre è capace di offendersi per qualsiasi cosa. Magari qualcuno la guarda nel modo sbagliato, o non ride a una sua battuta nel modo in cui lei vorrebbe, e lei chiude. Ci sono queste donne che chiamano e chiamano per scusarsi, o mandano bigliettini e regali. È una cosa che lei adora, ma alla fine dei conti non fa nessuna differenza. Una volta che decide di tagliare qualcuno fuori dalla propria vita, non c'è nulla da fare. Te l'ho detto, è pazza».

«E quindi cos'è che ha fatto Mia di sbagliato?»

«Mia? Mia non potrebbe fare nulla di sbagliato nemmeno se ci provasse. È una piccoletta così tenera, non farebbe male a una mosca».

«No, voglio dire, perché tua mamma ha deciso di riportarla indietro?»

«Ah, ok», disse Jacob. Sospirò. «È perché è venuta questa signora di non so che ufficio e ha fatto un sacco di domande, e poi anche un'altra signora che vive vicino a noi si è messa a curiosare. Sicuramente mamma si è spaventata, quindi vuole togliersi Mia dai piedi, perché non vuole finire nei guai. Se Mia sparisce, è come se non fosse mai esistita».

Questa signora di non so che ufficio. Un'altra signora che vive vicino a noi si è messa a curiosare. Niki si rese conto che lei e Sharon erano le responsabili del destino della bambina. Erano state loro la miccia che aveva dato inizio a quella serie di eventi. E l'epilogo poteva essere terribile. *Ma non è stata colpa nostra*, pensò, difendendosi. Né lei né Sharon avrebbero mai torto un capello a una bambina. Avevano cercato di salvarla. Non potevano farci nulla se Suzette Fleming era una squilibrata. Solo una persona estremamente malata avrebbe rapito una bambina per poi tenerla in casa propria come serva per tre anni. Poverina. Spinta da un nuovo senso d'urgenza, Niki passò nell'altra corsia, sorpassando una Buick che andava più lenta del limite consentito. Si era resa improvvisamente conto che trovare Mia era più importante della sua ansia di guidare in superstrada.

«Finalmente», disse Jacob. «Continua così, e la raggiungiamo in un attimo».

Quant'era stato liberatorio confessarsi con Niki! Jacob non riusciva a crederci. Nel giro di un solo giorno, Mia non era più un segreto di famiglia, ma una bambina di cui poteva parlare. In un certo senso, era diventata una persona a tutti gli effetti. Niki aveva un milione di domande.

«So che hai detto che tua mamma ha costretto tuo padre a mantenere il silenzio con il ricatto, ma perché tu non l'hai detto a nessuno? Sembra che ti importi davvero di lei, e poi sapevi che era sbagliato...».

Lo guardò di sfuggita, prima di girarsi verso la strada. Era una giornata grigia, e per fortuna non c'era molta gente in giro.

«Ho pensato di denunciarla, magari con una segnalazione anonima, o di portare Mia alla stazione di polizia, ma è troppo piccola, sarebbe morta di paura».

«Secondo te non aveva paura a dormire da sola nel seminterrato?». Per la prima volta, Jacob sentiva una punta di ostilità nella voce di Niki.

«Tu non capisci», le rispose. «È della mia famiglia che parliamo. Lo so che a te sembra strano, ma quando ci sei in mezzo diventa normale. Mia era sempre felice. Sarebbe stato diverso se avesse passato il tempo a piangere o se fosse stata sempre triste, e invece non faceva che sorridere».

«Forse perché non sapeva che avrebbe potuto avere una vita mille volte migliore?»

«Forse», ammise Jacob. «Ma quello non dipendeva da me. Ero un bambino anche io».

«Sì. Ma sapevi che era sbagliato».

«Sì. Sapevo che era sbagliato, ma aspettavo che fossero i miei a fare qualcosa. E sai che ti dico? Siamo andati sul sito dei bambini dispersi, e nessuno la stava cercando. La casa da cui l'abbiamo salvata era terribile. Non augurerei nemmeno al mio peggior nemico di vivere in un posto del genere». Ok, questo non era del tutto vero. Il suo peggior nemico era un ragazzo di scuola, Liam Johnson. Liam aveva l'armadietto accanto al suo e lo colpiva con l'anta di proposito quando andavano a prendere i libri. Una volta l'aveva spinta così forte che Jacob aveva avuto paura di essersi rotto il braccio. Gli aveva lasciato un livido enorme che se n'era andato solo dopo *settimane*. Un ricordo tangibile della sua crudeltà. Da allora, Jacob aveva preso l'abitudine di portarsi tutti i libri nello zaino, e l'armadietto non lo usava più. E aveva preso a evitare Liam Johnson il più possibile.

Al mondo c'era gente che era semplicemente orribile, e per loro non c'era salvezza. Così cattivi, e senza nessun motivo… perché? Jacob non gli aveva mai fatto niente. Quindi forse Liam Johnson *meritava* di vivere in quella baracca orribile, ma non riusciva a pensare a nessun altro a cui augurare una sorte simile.

«Stai solo trovando delle scuse».

«Può essere», disse lui. «Ma, in un certo senso, abbiamo salvato Mia da una vita orribile. E, pensaci: se i miei andassero in prigione, io non avrei nessuno, e finirei in affidamento o a vivere con parenti che conosco a malapena. E potrei finire in prigione. Quindi saremmo tutti fregati. Mia madre ci ha messo in una situazione impossibile».

«Finire in adozione non è una catastrofe», disse Niki. «E sai, Jacob, il mondo non gira intorno a te. C'è una bambina di mezzo. Non mi importa se la situazione in cui si trovava era terribile. Avevi delle alternative, sia all'inizio che dopo. Avresti potuto chiamare la polizia».

Proseguirono in silenzio per un quarto d'ora. A un certo punto Niki cercò di trovare della buona musica alla radio. Interferenze, musica country, un programma radiofonico, e poi di nuovo lo stesso giro. Alla fine si stufò.

Capitolo quarantaquattro

Suzette prese un respiro profondo. Guidare non era mai stato il suo forte, e di sicuro non era il suo passatempo preferito.

In un mondo ideale, avrebbe avuto abbastanza denaro per permettersi un autista personale a tempo pieno, sempre pronto a correre da lei appena schioccava le dita. Ma non sarebbe mai successo finché fosse rimasta con Matt. E quindi adesso eccola lì, a sprecare un bel pezzo della mattinata in macchina per attraversare il Wisconsin. Il problema era che stare al volante per più di un paio di minuti la stancava e la rendeva irrequieta. E poi c'era la questione navigatore. Si ricordava ancora dei tempi in cui si utilizzavano le cartine stradali. Per lei erano più incomprensibili dei geroglifici. Ma anche con il GPS non era sempre semplice. Lavori per strada, indicazioni non chiare, svincoli non segnalati: non sapeva mai se stava andando dalla parte giusta.

L'unica cosa che ricordava del luogo in cui avevano trovato Mia era che si trovava da qualche parte a nord di Harlow, nel Wisconsin. Lei e Jacob stavano tornando dalla casa di sua madre, e lei era uscita dall'autostrada in cerca di un posto in cui fermarsi a mangiare. Un cartellone annunciava un ristorante a gestione familiare a otto chilometri dall'interstatale, quindi aveva imboccato l'uscita e aveva seguito le indicazioni ma non l'avevano mai trovato. Aveva continuato a guidare senza sosta, pensando sempre di beccarlo alla curva successiva. O a quella dopo. O a quella dopo.

Invece si erano persi, e così avevano tirato dritto per

chilometri su strade sterrate piene di buche, costeggiando campi e pascoli. Un incubo, in pratica.

Erano passati tre anni, ma era sicura che avrebbe riconosciuto il luogo a prima vista. Tutto stava a trovarlo. Se non ce l'avesse fatta, sarebbe passata direttamente al piano B e avrebbe lasciato Mia a una stazione di polizia nelle vicinanze. La bambina era già avvolta in una bella coperta calda. Dormiva, come una principessa vittima di un incantesimo. Suzette avrebbe anche potuto lasciarla di fronte alla porta, fuori. Non faceva così freddo, in fin dei conti. Prima o poi qualcuno l'avrebbe trovata, e anche se ci avessero messo un po', Mia era una bambina forte. Se la sarebbe cavata. Insomma, era un buon piano. *A meno che...* E lì si fermò a pensare a cosa sarebbe potuto andare storto. *A meno che* non ci fossero delle telecamere. Una stazione di polizia in mezzo al nulla poteva davvero essere così sofisticata da avere delle telecamere? Improbabile ma non impossibile, e lei non voleva rischiare. Doveva trovare quella casa. Fine della storia.

Suzette guidava ormai da un'ora quando lo stomaco prese a brontolarle dalla fame. Si rese conto che aveva mangiato solo un pezzetto di pane tostato per colazione. *Maledizione.* Non dava il meglio di sé a digiuno, e quel giorno, più di ogni altro, doveva essere assolutamente al top. Non c'era altra soluzione: avrebbe dovuto fermarsi.

Ripensò a come aveva ridotto in polvere i sonniferi e li aveva fatti prendere a Mia coi fiocchi d'avena. Aveva fatto bene i calcoli: era partita dalla dose che prendeva lei, e l'aveva ridotta in base alla differenza di peso. Quando Suzette prendeva la dose intera cadeva in un coma profondo che poteva durare dalle quattro ore a una notte intera. A volte si svegliava confusa e non riusciva a credere che fosse già mattina. Di conseguenza pensava che Mia probabilmente non si sarebbe svegliata prima di arrivare a destinazione. E magari avrebbe continuato a dormire anche allora. Suzette era anche stata fortunata con il tempo, che era stato clemente. Faceva caldo, almeno per quel periodo dell'anno. Ok, magari non caldo caldo, ma di sicuro non si gelava, e il sole stava sciogliendo i banchi di neve ai lati della strada. Doveva solo stare attenta a non prendere delle curve brusche, e non ci sarebbero stati problemi. Mia non si sarebbe nemmeno mossa.

Guidò per un po', sorvegliando la strada, costernata dalla totale assenza di segnali e indicazioni. Dopo chilometri e chilometri, apparve finalmente qualcosa: un cartello che preannunciava una pompa di benzina e un diner a conduzione familiare. Avrebbe preferito un fast-food con il drive-in, in modo da non doversi allontanare dalla macchina, ma non c'erano altre opzioni. Sperava di poter ordinare qualcosa di veloce da portare via.

Imboccò lo svincolo per uscire dall'interstatale, felice di scorgere il diner più avanti. Il parcheggio era di pietrisco, e l'edificio, bombato in acciaio con grandi finestre, si ergeva su un blocco di cemento. Un vero diner, come uscito da un film anni Cinquanta. Scese dall'auto, prese la borsa facendola scivolare fino al gomito, e si incamminò verso la porta, fermandosi solo per chiudere l'auto con il pulsantino sul portachiavi.

Diede un'occhiata veloce al locale: una base per torte vicino alla cassa, un lungo bancone stondato con un solo avventore, e una fila di tavolini con séparé lungo le finestre. I tavolini erano tutti vuoti tranne uno, in cui sedevano due signore che prendevano un caffè. Una freccia pendeva dal soffitto a indicare la toilette. Le parve una buona idea seguirla. Passò accanto a una cameriera che trasportava un vassoio pieno di cibo e fece un pitstop nella toilette delle signore. Dopo essersi lavata le mani, si controllò i capelli e il volto, per essere sicura di essere pronta a comparire in pubblico.

Si diresse alla cassa e aspettò che qualcuno si accorgesse di lei. La cameriera che aveva visto solo un minuto prima era introvabile. Tamburellò impaziente il piede.

«Non deve aspettare. Basta che si sieda», disse una voce maschile alle sue spalle.

Era l'uomo al bancone. Corpulento, sulla cinquantina, indossava un giaccone da lavoro marrone scuro e un cappellino di jeans rovinato.

Poi le diede una seconda occhiata. «Ah, lei sì che è una boccata d'aria fresca», le disse, in tono adulatorio. «Non è di queste parti, eh?»

«No», rispose Suzette, stringendosi la borsa al petto. «Sono di passaggio».

«Si sieda», disse l'uomo, indicando lo sgabello accanto a sé. «Liz arriva subito. Sta facendo dell'altro caffè», aggiunse, indicando con il mento una porta girevole di alluminio.

«No, la ringrazio», disse lei, mantenendo un tono distaccato. «Volevo solo qualcosa da portar via».

«Come desidera».

Il tizio si era offeso. Non era contento di essere stato rifiutato. Quando si era laureata al college, Suzette si era resa conto di avere quell'effetto sulle persone. Un fascino magnetico. Carisma. La gente era attratta da lei e voleva esserle amica. Inizialmente aveva visto di buon occhio la cosa, e aveva accumulato un sacco di parassiti che le gravitavano attorno e che seguivano ogni sua mossa. Nel giro di poco tempo, però, aveva imparato a discriminare. Era estenuante tenere in fila tutti quegli ammiratori. Ma a volte quei giorni le mancavano. Le attenzioni che le riservavano Matt e Jacob erano a dir poco insufficienti, e le sue amiche degli enti di beneficenza erano incapaci di stare al passo.

Suzette si sedette sullo sgabello accanto all'operaio. «Salve, mi chiamo Suzette». Lo guardò rianimarsi e alzare la tazza di caffè come a proporre un brindisi.

«Salve, Suzette. Piacere di conoscerla. Io sono Craig».

Lui le diede la mano, e Suzette la strinse con un sorriso. Craig aveva del palmi grandi e caldi. «Piacere di conoscerla, Craig. Magari può aiutarmi a ordinare qualcosa da mangiare e un caffè da portare via? Qualcosa di veloce? Tipo una brioche o del pane tostato?».

Un sorriso illuminò il volto del tizio. Gli uomini erano sempre contenti di poter aiutare una sconosciuta. «Certamente». Si mise le mani intorno alla bocca: «Liz! C'è una signora affamata qui che ha bisogno di te immediatamente». Si girò a guardarla. «Esce tra un attimo», disse fiducioso.

Qualche secondo dopo, la porta si aprì e arrivò una donna che teneva in mano una caffettiera. «Cavolo, Craig, devi proprio gridare?»

«È un'emergenza», disse lui, indicando Suzette con il pollice. «Questa bella signora vuole ordinare qualcosa da portar via».

Liz si girò e mise la caffettiera sul fornellino. «Cosa le porto?»

«Un caffè con panna, e qualcosa di semplice da mangiare alla guida. Ha una brioche alla frutta o magari del pane tostato?».

Prima che Liz potesse rispondere, Craig si intromise: «Liz, perché non chiedi al cuoco di prepararle un breakfast sandwich?».

Suzette aggrottò la fronte. «Oh, no, davvero, non è necessario...».

Craig si raddrizzò sullo sgabello. «Qui di brioche non ne hanno, e con del pane tostato non ci fa niente. Una signora come lei si merita qualcosa di più speciale. Tanto il cuoco ci mette un attimo, no, Liz?».

Lei annuì. «Un paio di minuti. Non più di quanto ci metterebbe a farle del pane tostato».

«Mmm, ok, allora». Suzette stava per chiedere cosa ci fosse nel sandwich, ma Liz era già sparita in cucina per consegnare l'ordine, quindi lei rimase a parlare con Craig fingendo di interessarsi al suo lavoro di muratore. E fu così che le toccò sentirlo brontolare su quell'immane fastidio che erano i cantieri. Quando le chiese finalmente di cosa si occupava lei, fu lesta a rispondergli: «Facevo la modella quando ero più giovane, ma ora mi occupo di un ente di beneficenza per bambini disabili».

«La modella, eh? Non mi sorprende», disse Craig. «Ci avrei giurato che era una modella nel secondo stesso in cui ha messo piede qui. Ha un certo non so che». Scosse la testa. «Un'eleganza naturale».

«Oh, è gentile da parte sua», disse, poggiandogli la mano sul gomito. Ma solo un attimo, perché lui lo ricordasse come qualcosa di speciale, il tocco fugace di una farfalla. «Ma ormai fa parte del passato», disse poi, portandosi la mano al petto.

«Non può essere un passato troppo lontano», le disse lui. «Non ha nemmeno una ruga».

Proprio come faceva ogni volta che aveva un'interazione con un uomo, immaginò come sarebbe stato essere la ragazza di Craig, o sua moglie. Ci mise poco a decidere che per quanto potesse essere piacevole l'iniziale adulazione, il tedio della conversazione sarebbe rapidamente diventato insopportabile. Matt la stava trattando davvero male negli ultimi tempi, ma perlomeno il suo livello di istruzione e la sua posizione professionale le garantivano il giusto status all'interno della comunità. Come doveva essere presenziare agli incontri sociali con gli operai e le loro mogli? Si sentì rabbrividire al solo pensiero. No, decise, Craig poteva essere etichettato al massimo come un flirt da bancone. Un paio di minuti di conversazione che gli avrebbero lasciato il desiderio di poter avere di più. Anche a distanza di anni avrebbe continuato a pensare a quella donna dai capelli rossi, Suzette, l'ex modella che un giorno gli aveva sorriso in un diner. Avrebbe ricordato il gentile tocco sul braccio e si sarebbe chiesto: *E se…?*

«Oh, lei è troppo gentile», gli rispose infine.

«E ora si occupa di un ente di beneficenza per bambini?». Bevve un sorso di caffè, senza staccarle gli occhi di dosso. «È praticamente una santa».

«Credo che sia giusto restituire il bene che riceviamo».

Suzette guardò la porta di alluminio, pregando che si aprisse. Quanto cavolo ci voleva ancora? «Quando me ne andrò da questo mondo, mi piacerebbe pensare di aver lasciato un posto migliore di come l'ho trovato».

«È un bel pensiero», rispose lui, annuendo. Prese a parlare di sua sorella, un'assistente infermiera che lavorava in una casa di cura. *Ugh.* Come se potesse essere anche *lontanamente* comparabile alle difficoltà di gestire un ente di beneficenza per bambini disabili. Suzette si finse interessata, ma provò un vero sollievo quando Liz fece finalmente ritorno con un caffè da portare via e una bustina di carta bianca, ripiegata e pinzata.

Mise tutto sul bancone di fronte a Suzette, conto compreso. Craig lo afferrò al volo e disse: «Offro io».

«Proprio gentile da parte sua», rispose Suzette. Si alzò, prese il sacchetto e il caffè. «Grazie. Buona giornata». Uscì dal diner senza nemmeno voltarsi. Arrivata in macchina, mise il caffè nel portabevande e aprì il sacchetto, felice di vedere che, oltre al sandwich, conteneva anche dei fazzolettini. Scartò i pezzetti di bacon, diede un morso e sospirò, soddisfatta. Uovo fritto e formaggio cheddar su una fetta di pane tostato friabile. Craig aveva ragione. Molto meglio del semplice pane tostato. Ne mangiò metà e mise in moto. L'avrebbe finito mentre guidava.

Capitolo quarantacinque

Jacob si accorse che il livello di concentrazione di Niki aveva raggiunto delle vette estreme: le mani lasciavano il volante solo di rado per cambiare stazione alla radio, cosa che fece comunque solo per qualche secondo prima di arrendersi. Per il resto teneva gli occhi incollati alla strada senza dire una parola. Ogni tanto, corrugava le sopracciglia.

«Sei arrabbiata con me?», le chiese.

«No», rispose lei, sempre senza distogliere lo sguardo. «Perché me lo chiedi?»

«Non hai più detto una parola». Jacob non voleva neanche nominare il vero motivo per cui – secondo lui – Niki aveva messo il broncio. Era inorridita quando aveva scoperto il ruolo che *lui* aveva ricoperto nella vicenda di Mia.

E la sua era una reazione comprensibile. Una persona esterna alla famiglia non avrebbe mai potuto capire il potere che sua madre esercitava su di lui e su suo padre. Nessuno era immune ai suoi sbalzi d'umore. Sua madre sapeva condizionare ogni loro comportamento. Creava scenari inesistenti, bugie e situazioni assurde. Impossibile negare, impossibile trovare una scappatoia. Continuava a insistere sulla propria versione degli eventi con così tanta ostinazione da spingerlo a dubitare di sé anche quando lui *sapeva* di avere ragione. «Pensavo fossi arrabbiata...», disse, poi abbassò lo sguardo sul telefono.

«Non sono arrabbiata. Non parlo perché non sono abituata a guidare sull'interstatale». Niki sospirò. «Se proprio vuoi saperlo, non sono abituata a guidare punto e basta. Ho la patente, ma non ho una macchina, e non ho fatto molta pratica. Andare così veloce è molto stressante per me».

«Oh». In effetti aveva senso. «Mi dispiace. Vuoi che guidi io?». Neanche lui aveva troppa pratica, ma andare veloce non lo disturbava.

«No, grazie. Me la caverò».

«So che quando troveremo Mia dovremo andare alla polizia, e so che la porteranno via. Mi mancherà tantissimo», ammise Jacob. Mia era l'unica che lo accoglieva con un sorriso. Ci voleva così poco a farla felice, era grata per ogni piccolo gesto. Non solo gli voleva bene: gli voleva bene anche se lui non le dava alcun motivo di volergliene. Mia era l'amore fatto persona.

«Be', non ha parenti, quindi andrà in adozione. È ancora piccola, è possibile che qualcuno la adotti».

«Invece ce li ha, dei parenti», ribatté Jacob, senza nemmeno pensarci.

«Quali parenti?», chiese Niki. «Hai detto che non compariva su nessun registro o sito».

«Esatto». Jacob fece un grosso respiro. Le avrebbe detto tutto. Era da tempo che voleva aprirsi, ma non aveva mai avuto nessuno con cui parlare. «Le ho fatto fare un test del DNA poco fa. Sai, di quelli che mandi un campione di saliva e poi li spedisci in laboratorio».

«E cos'hai scoperto?»

«Ha dei nonni, e anche uno zio. Sul sito c'erano nomi e tutto. Li ho cercati su Facebook. La nonna ha un account, sembra una brava persona. È una contabile».

«È brava gente, probabilmente».

«Così pare», rispose lui. C'era qualcosa nel tono di voce di Niki che lo faceva morire di imbarazzo. «L'ho appena scoperto».

«E Mia lo sa?»

«Sa che ho fatto il test. Non sa dei Duran. Le ho detto che stavo ancora cercando di capirci qualcosa».

«I Duran sono i suoi parenti?»

«Sì. Sua nonna si chiama Wendy Duran». *I suoi parenti.* Mia aveva dei parenti. Anche solo l'idea gli sembrava assurda.

Continuarono a guidare in silenzio per un paio d'ore, interrotti solo da una telefonata della nonna di Niki: diceva che aveva lasciato un messaggio in segreteria all'assistente sociale, e avrebbe richiamato non appena avesse scoperto qualcosa di più. «Fa' attenzione, Niki», aveva detto Sharon alla fine della telefonata, e Jacob aveva percepito tutto l'amore nella sua voce. «Non voglio che ti accada nulla di male».

«*Stiamo* facendo attenzione», l'aveva rassicurata Niki. «Se succede qualcosa ti avviso».

«Non mi piace questa situazione. Dovremmo chiamare la polizia».

«Puoi aspettare un po'?», aveva chiesto Niki. «Non appena raggiungiamo Suzette avremo degli elementi in più. Per il momento non sappiamo niente».

La nonna aveva detto che avrebbe aspettato, ma Jacob sapeva che non era affatto tranquilla, e anzi era profondamente combattuta.

Una mezz'ora dopo, Jacob notò un cambiamento sull'app. «Non si muove più», disse. «Pare che sia uscita dall'autostrada e si sia fermata».

«Pensi che abbia trovato la casa e abbia lasciato Mia?», chiese Niki.

«Sono piuttosto sicuro che non sia il posto giusto», disse lui scuotendo la testa. «Non sembra abbastanza lontano. Probabilmente si è solo fermata per comprare qualcosa da mangiare, o per andare in bagno». Sperava di avere ragione. Immaginò Mia sul sedile posteriore, con la cintura allacciata. Doveva essere terrorizzata, a quel punto. Sua madre le aveva sicuramente raccontato una qualche storiella per spiegare quel viaggio – qualcosa di fantastico, come una gita al lunapark, o magari le aveva detto che sarebbero andate a cavalcare dei pony. Mentire le veniva semplice. Ma Mia non era così ingenua come credeva sua madre, e Jacob aveva il sospetto che a un certo punto si sarebbe accorta che c'era qualcosa che non andava e si sarebbe preoccupata di essere così lontana da casa. Tenne gli occhi incollati al telefono. «Ti avverto quando riparte».

«Almeno così abbiamo la possibilità di avvicinarci». Niki spinse sull'acceleratore. Aveva superato i limiti di velocità di almeno venticinque chilometri orari, cosa che Jacob apprezzava molto, soprattutto considerando quanto la spaventava guidare in autostrada. Continuavano ad avvicinarsi a sua madre, sempre più. Finalmente avevano la possibilità di raggiungerla. Ora che erano così vicini, era sicuro che ci sarebbe stato un faccia a faccia. Si preparò mentalmente. Doveva riflettere bene su cosa dire. Le avrebbe spiegato che quella storia si chiudeva lì, che la polizia sapeva ogni cosa, e che non era più lei ad avere il comando. Avrebbe insistito perché Mia tornasse indietro con loro, nella loro macchina. Sua madre si sarebbe infuriata, e avrebbe fatto chissà cosa. Ma non aveva importanza. L'avrebbe affrontata.

Doveva farlo. Mia contava su di lui.

Venti minuti più tardi, notò che sua madre si era rimessa in moto, e disse a Niki: «È ripartita, va verso nord». Era stata solo una breve sosta, proprio come aveva pensato.

Ne era certo perché non aveva invertito la rotta: continuava ad andare nella stessa direzione.

«Quanto manca?»

«Non tanto», disse lui. «Una quarantina di chilometri, massimo cinquanta».

Niki si accomodò i capelli dietro l'orecchio e accelerò di nuovo, sorpassando con una manovra repentina la macchina davanti a loro, e sterzando poi bruscamente per ritornare nella corsia.

Jacob si aggrappò al cruscotto. «Niki?! Che diavolo fai?»

«Vuoi che la raggiungiamo, no? Sto cercando di raggiungerla».

«Sì, ma non servirà a nulla se facciamo un incidente o ci

fermano perché andiamo troppo veloce. Vogliamo coinvolgere la polizia, ma non *prima* di arrivare».

Una nebbiolina fine li avvolse, trasformandosi poi in una pioggia leggera che prese a picchiettare sul parabrezza.

«Jacob, riesci a capire come si attivano i tergicristalli?», chiese Niki, nervosa.

«Subito». Lui si avvicinò e girò la manopola all'estremità di ogni levetta, finché non riuscì a far partire i tergicristalli alla velocità giusta.

«Grazie», gli disse lei.

Jacob tornò a concentrarsi sul telefono. «È appena uscita dalla superstrada e ha preso la statale. Ti dico quando dobbiamo uscire anche noi».

Niki annuì, concentrata. «Quindi cosa facciamo quando la raggiungiamo? La seguiamo e basta?»

«Mi sa che dovremo vedere come va e improvvisare».

Continuarono a guidare in silenzio.

Dall'app, Jacob vedeva che la distanza si accorciava sempre di più. Adesso sua madre guidava ancora più piano rispetto a prima, probabilmente si era persa in delle stradine di campagna. Probabilmente sua madre *pensava* di aver trovato l'uscita giusta, e ora stava cercando la casa o un qualche punto di riferimento. Ma adesso di sicuro non vedeva nulla di familiare. Jacob la conosceva bene, e sapeva quanto doveva essere frustrata. Scosse la testa. *Si è persa. Sicuro.*

Appena raggiunsero l'uscita, Niki svoltò a destra, accelerando e poi fermandosi di botto allo stop alla fine dello svincolo. «Quanto manca?», chiese.

«Ci siamo quasi. Direi che è questione di minuti». Continuò a darle indicazioni, finché non oltrepassarono una pompa di benzina e non imboccarono una stradina di campagna. Dall'altro lato, una sterminata distesa di campi, spogli, grigi e bagnati, in attesa della primavera. Mucchietti di neve costeggiavano i fossati su entrambi i lati. Alla fine della strada c'era un bivio, e Jacob le disse di andare a destra.

Erano su quella strada da un paio di minuti, quando Niki chiese: «Sei sicuro che sia la direzione giusta?».

Aveva a malapena finito la frase che Jacob vide la macchina di sua madre al lato della strada. «Eccola», le disse. «L'Audi metallizzata sulla destra». Aveva ancora le luci accese, e dal tubo di scappamento usciva fumo, quindi il motore era ancora acceso. Sua madre stava facendo una chiamata, oppure stava controllando il navigatore. Che stupida. «Parcheggia dietro di lei».

Quando Niki si fermò, Jacob disse: «Aspetta qui. Vado a parlarle e a prendere Mia». Scese e si incamminò a passo deciso verso l'auto, dal lato del guidatore. Si aspettava di vedere Mia sul sedile posteriore, ma a parte sua madre al volante, l'auto era vuota. Si sentì invadere da una sensazione orribile. *Che cosa ha fatto?*

Rimase immobile accanto al finestrino, mentre la madre, ignara della sua presenza, controllava il GPS sul cellulare. Anche il navigatore dell'auto era attivo. I tergicristalli andavano avanti e indietro, e quando arrivavano dalla parte di Jacob lo spruzzavano un po'. Per un attimo rimase lì, ad analizzare la scena. Se non si era portata dietro Mia, dov'è che stava andando sua madre?

E, cosa più importante, dov'era Mia?

Picchiettò sul vetro, facendola sobbalzare. Suzanne tirò indietro la testa di scatto e lo riconobbe. Nel giro di pochi secondi Jacob vide passarle sul volto una serie di emozioni che conosceva fin troppo bene. Aveva visto la stessa sequenza mille volte in passato: confusione, fastidio, e infine quello che sembrava il principio di un attacco di rabbia. Suzette abbassò il finestrino. «Jacob, che ci fai qui?», chiese, pronunciando ogni singola parola come un'attrice sul palco.

«Mamma, dov'è Mia?».

Lei si voltò, e vide la macchina parcheggiata dietro la sua. «Devi andartene. Torna a casa. Io e tuo padre ce la vedremo con te più tardi. Ti sei messo proprio nei casini, signorino».

«Non vado da nessuna parte». Poggiò la mano sul tettuccio bagnato della macchina, e si sporse nell'abitacolo. «Devi dirmi dov'è Mia».

«È a casa, dove deve essere?», disse lei, sputando fuori le parole con rabbia. «Mi hai seguita?»

«Mia non è a casa. L'hai portata da qualche parte. Dov'è?». Si sentì cogliere dalla paura. «È viva?».

Sua madre lo spinse via con la mano. «Come ti permetti? Sei entrato nel mio telefono, vero? Sei entrato nel mio telefono e mi hai seguita! Che merda che sei».

Come al solito, quando si arrabbiava, la sua maschera da donna di gran classe crollava, e non poteva fare a meno di sprofondare nella volgarità. Non di rado lo shock di quegli attacchi verbali così violenti aveva fatto cedere suo padre e Jacob. Ma quella volta non l'avrebbe avuta vinta. «Dimmi dov'è o chiamo la polizia. Subito».

Gli occhi le lampeggiarono di rabbia. «Che sfacciato che sei». Tirò su il finestrino.

«Dimmelo! Sta bene?», le chiese gridando e prendendo a pugni il vetro.

Sua madre spinse sull'acceleratore, poi si rese conto che non aveva inserito la marcia. Mise la prima e ripartì, facendogli il dito medio.

«Aspetta! Parliamone!». Jacob fu costretto a spostarsi mentre lei gli andava addosso con la macchina per rimettersi in strada. I gas di scarico lo avvolsero. Jacob tornò di corsa da Niki e salì in macchina. «Vai, vai!», la incitò, puntando il dito contro il parabrezza. «Dobbiamo seguirla! Ha fatto qualcosa a Mia».

Capitolo quarantasei

«Che vuol dire “ha fatto qualcosa a Mia”?», chiese Niki, premendo a fondo sull’acceleratore. «Le ha fatto del male?». Prese un respiro profondo, immaginando la bambina sul sedile posteriore, ferita e sanguinante.

«Non lo so. Lei non c’è in macchina!».

Non c’è in macchina? Niki strinse le labbra guardando le luci dell’auto grigio metallizzata che si allontanavano. La signora Fleming guidava come una pazza, fin troppo veloce per le strade scivolose. L’Audi era ora per metà nell’altra corsia. Niki tenne ben saldo il volante.

«Mia non era in macchina?»

«No».

«E allora perché continuiamo ad andarle dietro?». Davanti a loro l’Audi svoltò a sinistra, immettendosi in una stradina, e Niki la seguì. Sfrecciarono accanto a un capanno bruciato, con il tetto quasi crollato. Una mucca solitaria se ne stava nel campo lì vicino, sotto la pioggia.

«Perché dobbiamo scoprire cos’ha fatto a Mia!».

«E di preciso rincorrerla come ci potrebbe aiutare in questo?»

«Possiamo raggiungerla e tagliarle la strada», disse Jacob, la voce rotta dall’emozione. «Costringerla a fermarsi. E poi a parlare con me».

«Oh, Jacob, no». Niki sollevò il piede dall’acceleratore. Aveva accettato di andare a salvare la bambina. Si era fatta prestare la macchina e aveva affrontato la paura di guidare sull’interstatale – per ore, tra l’altro, e in compagnia di

Jacob, che in sostanza era uno sconosciuto. Ma non si sarebbe lanciata in un inseguimento che poteva solo finire in un incidente. Assolutamente no, e soprattutto non in una macchina non sua. Era arrivato il momento di lasciare le cose in mano alla polizia. «È troppo pericoloso».

«Ma…!». Le mise il telefono davanti alla faccia. «Sta andando verso una strada senza uscita! A poco più di un chilometro da qui».

«Ok, un vicolo cieco. E che cambia?»

«Che sarà costretta a fermarsi. Dobbiamo solo seguirla e chiudere l'uscita. Credimi, si arrabbierà e si metterà a gridare, ma non farà nulla che possa danneggiare l'auto. L'adora troppo».

«Jacob», disse Niki, sospirando. Non era che non si sentisse solidale con Jacob. Conosceva bene il senso di panico che ti prende alla gola quando le cose non vanno come devono. C'era passata mille volte. Ma adesso, per come la vedeva lei, era ora di far calare il sipario. «A volte devi capire quand'è il momento di dire basta».

«Niki, ti prego. Ti prego». Sembrava sull'orlo delle lacrime. «Vai. Ti prego. So che posso costringerla a dirci dov'è Mia. Ormai siamo arrivati fin qui». Strinse le mani, in preghiera. «Solo altri dieci minuti. Ti supplico. Non te lo chiederei se non fosse importante».

Oh, no. Niki si rese conto che la sua supplica aveva fatto breccia. Lo guardò un'ultima volta in faccia, e l'espressione che vi lesse fu sufficiente ad abbattere ogni sua resistenza. Scosse la testa, tornò a schiacciare il gas. Aveva la sensazione di aver appena commesso un grande errore. Ma Jacob su un punto aveva ragione. Erano arrivati fin lì, tanto valeva andare fino in fondo. «Solo altri dieci minuti», gli concesse, riluttante. «Poi facciamo inversione e torniamo a casa».

«Grazie», le disse lui, tirando un sospiro di sollievo.

Niki imboccò a razzo la strada tortuosa – chi l'avrebbe mai detto che la macchina di Fred fosse così sprintosa. L'Audi non si vedeva più, ma dato che di svincoli non ce n'erano, Suzette Fleming doveva per forza essere più avanti. La pioggia era solo un velo sottile, i tergicristalli la spazzavano via ancora prima che potesse poggiarsi sul vetro.

Mantenne costante la velocità, attenta alle curve della stradina, resa infida dalla pioggia. Il suo telefono, poggiato nel portabevande, prese a squillare, ma lo ignorarono entrambi.

«Ancora un po'», disse Jacob, gli occhi che saettavano dal telefono alla strada. Erano su un tratto in pendenza, i campi che scendevano verso valle ai lati. Oltrepassarono un grosso bacino idrico, l'acqua era piatta come una tavola. Lì accanto, un grosso irrigatore a naspo su ruote se ne stava in paziente attesa del giorno in cui qualcuno avrebbe avuto bisogno di lui. «Ci siamo quasi».

Fu in quel momento che Niki notò le luci rosse alla fine della strada. In quello stesso istante Jacob disse: «Eccola! Ora metti la macchina di traverso, così non può uscire».

Niki frenò piano e sterzò. Andò un po' avanti, poi ingranò la retro e ripeté la manovra in modo da girare la macchina. Jacob abbassò il finestrino e mise fuori la testa per vedere meglio. Poi si girò verso Niki e disse: «Spegni il motore. Scendo».

Si avvicinò di corsa al punto in cui la macchina di sua madre andava freneticamente avanti e indietro, nel disperato tentativo di fare inversione. La strada era interrotta da un muro di pietre che sbarrava l'intera carreggiata. Su un palo di metallo un cartello, anch'esso di metallo, annunciava: PROPRIETÀ PRIVATA. VIETATO L'ACCESSO.

Il cartello era crivellato di buchi. Pallottole, forse.

Più Jacob si avvicinava alla macchina, più vedeva con chiarezza il volto della madre, distorto dalla rabbia. Era assolutamente fuori di testa. Una furia così violenta che, se fosse scoppiata a casa, avrebbe travolto Jacob sotto una valanga di insulti e urla – e Mia con ogni probabilità si sarebbe presa pure un ceffone. «Mamma!», urlò, avvicinandosi. A volte riusciva a distrarla e a farle dimenticare il suo cattivo umore.

Quel giorno pareva una prospettiva piuttosto improbabile, ma doveva provarci. «Parliamone!».

Suo figlio era lì, in piedi accanto al finestrino, ma Suzette non girò nemmeno la testa, come se non l'avesse visto. Lo ignorò. Come se non esistesse. Il più estremo degli insulti. Continuava a fare avanti e indietro, anche se la macchina non riusciva a muoversi di più di qualche centimetro in alcuna direzione. Sembrava una ragazzina che ha appena preso la patente e non ha la minima idea di come fare manovra. In tutto questo, Jacob le camminava accanto e le diceva: «Tanto vale che la smetti e ne parliamo. Tanto non vai da nessuna parte finché non mi dici dov'è Mia!».

Il ragazzo si ricordò troppo tardi che sua madre non accettava ultimatum da nessuno. Suzette riuscì in qualche modo a girare la macchina, di modo da imboccare la strada in senso opposto, poi premette sull'acceleratore come un'indemoniata e partì a tutta birra. Jacob fece appena in tempo a scansarsi, mentre l'Audi si lanciava contro la macchina di Niki. «Mamma! Fermati!», gridò, impotente.

Capitolo quarantasette

Niki vide Suzette venirle contro a tutta velocità e cercò di fare marcia indietro, ma riuscì a spostarsi solo di pochi centimetri. Guardava la macchina che stava per piombarle addosso e sentiva il cuore martellarle nel petto. L'Audi correva con una furia che le dava i brividi, e allo stesso tempo sembrava muoversi al rallentatore. Niki si sentì assalire dai rimorsi. *Avrei dovuto ascoltare l'istinto e andarmene quando potevo.*

Il volto di Suzette era una maschera di cieca determinazione. La ragazza strinse forte il volante, preparandosi a un impatto che però non ci fu. Un secondo prima dello scontro, l'Audi sterzò di colpo, mancando di un millimetro il paraurti dell'auto di Fred, e per poco non si ribaltò nella cunetta laterale. Niki allungò il collo e vide Suzette perdere il controllo dell'auto, che finì fuori strada. Sobbalzando e sbandando, proseguì lungo l'argine, e poi si schiantò contro l'irrigatore a naspo. Finì nel bacino idrico, fendendo la superficie dell'acqua con violenza. Il muso della macchina iniziò a sprofondare. «Mamma!», gridò Jacob, precipitandosi da lei.

Niki scese dalla macchina e si diresse verso di lui, correndo sull'asfalto bagnato.

Jacob scese lungo la collinetta e lei lo seguì, rallentando per non travolgerlo quando lui inciampò e per poco non cadde. «Mamma, mamma! Arrivo!», gridò, e Niki gli sentì nella voce un'emozione che non aveva mai colto prima. Ripensò a tutti i bambini in adozione che aveva incontrato – tutti sembravano sentire la mancanza dei genitori, anche quelli che avevano subito terribili abusi da parte loro. Era come se l'amore di un bambino per la propria mamma e il proprio papà fosse un dato di partenza imprescindibile, anche quando il sentimento non era reciproco.

Niki continuò un po' a scendere e un po' a scivolare lungo il pendio, cercando di non perdere l'equilibrio. Davanti a lei, Jacob era già entrato nel bacino e si era avvicinato alla portiera del guidatore, e tentava invano di aprirla. «Mamma! Sblocca la portiera!», gridò. Le ruote posteriori a malapena toccavano l'acqua, ma quelle davanti e la parte bassa della portiera erano già completamente sommerse.

«Non penso che riuscirai ad aprire, la macchina è troppo dentro l'acqua!», gli gridò Niki.

«Devo farcela! È scoppiato l'airbag, e mamma non ha un bell'aspetto. Dobbiamo tirarla fuori!».

«Vedo se c'è qualcosa in macchina di Fred che possiamo usare per rompere il finestrino». Si arrampicò fino alla strada, senza fiato. Prese le chiavi e aprì il portabagagli.

Il portabagagli di Fred era in ordine quanto il resto della macchina, e anche altrettanto vuoto. Niki tirò la fodera, che si alzò da un lato. La sollevò tutta e vide una tavola sottile che copriva gran parte del vano. Sulla destra c'era un'altra tavola, più piccola, con una maniglia. La tirò, disperata, e trovò un piccolo crick all'interno.

Lo prese e ripercorse la discesa a perdifiato. Jacob si avvicinò alla sponda, e lei entrò nell'acqua gelida per andargli incontro. Il freddo le invase le scarpe e i jeans, fino a raggiungerle la pelle. *Come fa a stare in quest'acqua?* Senza dire una parola, il ragazzo prese il crick che lei gli porgeva e tornò verso la macchina.

«Mamma», disse. «Tirati indietro. Rompo il finestrino». Suzette doveva aver sollevato una qualche obiezione, perché lui rispose: «Non ci sono carri attrezzi da queste parti, mamma. Siamo in mezzo al nulla».

Niki uscì dallo stagno e ritornò verso la macchina per chiamare il 911.

Capitolo quarantotto

Mia aveva la testa annebbiata e il corpo pesante. Era già un po' che sveniva e riprendeva conoscenza. Sentiva una vibrazione lontana, forse l'eco della musica. Non aveva idea di dove fosse, e non riusciva ad aprire gli occhi.

Aveva le braccia bloccate ai lati, ma la testa era poggiata su qualcosa di soffice e comodo. Non riusciva a sconfiggere la sonnolenza, quindi si abbandonò.

Iniziò a sognare. Era un sogno inquietante, un incubo. C'erano dei mostri che la inseguivano. Correva per tutta la casa, cercando di fuggire, ma loro erano ovunque: facevano capolino da dietro i mobili, saltavano fuori dagli armadi, si nascondevano dietro gli angoli. A un certo punto, vide Signora al bancone della cucina, che beveva il caffè in tutta calma. Si avvicinò per chiederle aiuto, ma anche Signora divenne un mostro: la sua faccia si trasformò in una visione orribile, una maschera lucida con denti gialli acuminati e scuri occhi minacciosi. Le sue unghie, fresche di manicure, divennero artigli che infilzavano le braccia della povera Mia, e il mostro-Signora la scosse così forte da farle battere i denti, finché non la lanciò dall'altro lato della stanza. La scagliò con tanta forza che Mia sbatté la testa contro il muro. La botta fu tanto forte da svegliarla. O così pensava.

Per un paio di minuti rimase in uno stato di shock e confusione, incapace di capire dove si trovava.

Aprì gli occhi e vide solo il buio più assoluto. Era avvolta in una stoffa che le bloccava le braccia, tenendogliele strette lungo i fianchi. Sentiva qualcosa di duro contro la schiena, ma non aveva alcun senso. Era ancora nel brutto sogno? Si contorse e si dimenò, riuscendo finalmente a liberare le braccia. Tastò lo spazio intorno a sé, e si rese conto che si trovava in un ambiente stretto e chiuso.

Non riusciva a capire. Sentì che era bagnata sotto i pantaloni, e si rese conto che si era fatta la pipì addosso.

Oh, era proprio nei guai.

Signora odiava chi piangeva, diceva che le lacrime sono per i rammolliti. Quindi Mia aveva dovuto imparare a trattenersi, a ogni costo. Persino quando aveva una paura tremenda o quando era tristissima non piangeva mai. Ma in quel momento era così terrorizzata che non fu capace di frenarsi. Udiva echi di voci intorno a sé, oltre il suono della musica. Gridavano cose che lei non riusciva a capire. Sembravano vicine e lontane allo stesso tempo, ma c'era una voce di uomo che sembrava particolarmente arrabbiata. Signore una volta aveva guardato un film in cui una donna era stata seppellita da un tizio cattivo in una scatola sottoterra. La donna nella scatola era quasi rimasta senz'aria prima di essere salvata all'ultimo minuto. Mia pensò che stava succedendo qualcosa di simile anche a lei. Era buio e faceva freddo, ed era intrappolata.

Sì, doveva essere così. Forse la voce arrabbiata che sentiva era quella dell'uomo che l'aveva seppellita?

L'altra voce, quella di donna, sembrava più dolce, ma Mia non la conosceva. A volte Signora si comportava in maniera gentile e un secondo dopo diventava cattiva. Sarebbe stato rischioso chiamare aiuto, ma se non l'avesse fatto sarebbe potuta rimanere intrappolata per sempre.

«C'è nessuno?». La voce le usciva rauca e debole. Aveva la bocca secca. Deglutì e riprovò. «Aiuto. Per favore. Aiuto». Aveva dovuto fare appello a tutte le sue energie per pronunciare quelle quattro parole, e a cosa era servito? La sua richiesta era rimasta intrappolata nello spazio che la circondava.

L'avrebbero mai trovata in tempo? O sarebbe morta?

Certo, sarebbe stata punita non appena avessero scoperto che si era fatta la pipì addosso. Quella era una cosa da bambini piccoli. Mia era troppo grande perché le capitassero incidenti del genere.

Ma magari nessuno si sarebbe accorto della macchia.

Il pensiero di morire sottoterra le fece venire una fitta al petto così forte che le sembrò di non riuscire più a respirare. La paura spinse fuori le lacrime, e Mia si lasciò andare. Lacrime silenziose.

Pianse e pianse, fino a ritrovarsi la faccia tutta bagnata. Il naso le colava e sentiva freddo e stava male. A un certo punto non riuscì più a trattenersi e le scappò un lamento, poi un singhiozzo, poi un altro. Non riusciva più a fermarsi.

Mia non si era mai sentita così persa, così senza speranza. Sperò che morire non facesse troppo male.

Capitolo quarantanove

Niki era quasi arrivata a riva quando udì un debole pianto. Si fermò. Ascoltò. Rieccolo. Piegò la testa. *Viene dalla macchina?* Si rituffò nell'acqua gelida, ignorando Jacob che discuteva con la madre, e si diresse invece verso il sedile posteriore dell'Audi. C'era qualcuno che piangeva lì, sì, non c'erano dubbi. Poggiò entrambe le mani sul portabagagli e si chinò. «Ehi?».

Il pianto divenne un debole singhiozzo, abbastanza forte da farle capire che c'era una bimba nel bagagliaio. «Mia, sei tu?». Nessuna risposta, solo il suono di un pianto soffocato, i singhiozzi senza fiato di una piccolina che piangeva così forte da non riuscire a parlare.

Certo che è Mia. Chi altro potrebbe essere? «Jacob! Mia è nel bagagliaio!», gridò.

«Cosa?», le rispose lui. In un attimo era al suo fianco. «Mia, sei lì dentro?»

«Jacob?». Una vocina così flebile e incerta da spezzare il cuore.

Per un attimo Niki si dimenticò addirittura del gelo che la attanagliava.

«Sì, Mia, sono io».

«Jacob, ho paura».

«Lo so. È tutto ok. Adesso ti tiriamo fuori». Tornò di corsa verso sua madre, sollevando mille spruzzi. «Mamma, hai messo Mia nel bagagliaio? Ma mi prendi in giro? Devi aprirlo subito! Cosa? Non mi importa, lo devi trovare!». Guardò Niki. «Non riesce a trovare il telecomando». Si rivolse di nuovo a sua madre. «Mamma, è nella borsa? Guarda nella borsa!».

Mentre Jacob affrontava la madre, Niki si chinò e parlò ad alta voce. «Mia, sono un'amica di Jacob. Mi chiamo Niki. Sei ferita?».

Una pausa. «Niki della pompa di benzina?»

«Sì, sono io, Niki della pompa di benzina. Sei ferita?»

«Non credo. Ma ho paura. È tutto buio. Non so dove sono».

«Piccola, lo so che hai paura, ma devi ascoltarmi. Sei nel bagagliaio di una macchina. È per questo che è tutto buio. Se segui il suono della mia voce e sposti le mani da questa parte, dovresti trovare una maniglia o un gancio che apre il bagagliaio. Così riesco a tirarti fuori».

«Una maniglia?»

«Sì. Proprio da questa parte, da dove senti la mia voce». Niki gridò, per farsi sentire meglio. «Riesci a seguire la mia voce? Trova qualcosa che puoi tirare».

«Non lo so», disse Mia, con un piagnucolio tremante. «Mi dispiace, Niki, mi dispiace davvero, ma non so dove sei».

Niki bussò sul tettuccio del bagagliaio. «E adesso?». Sentì un colpo dall'interno, alla stessa altezza.

«Qui?», chiese Mia.

«Bravissima! Sei nel punto giusto. Ora tocca con le mani e vedi se riesci a trovare la maniglia».

«Forse ce l'ho fatta», disse Mia, un po' più sicura, travolta dall'emozione.

«Bravissima! Ora tirala e vediamo se…». Il bagagliaio si aprì di scatto, rivelando la bambina avvolta in una coperta, con i capelli tutti arruffati e la faccia rossa e chiazzata. «Mia? Tesoro, stai bene?».

Mia sbatté gli occhi, cercando di abituarsi alla luce del sole. «Tu sei Niki?»

«Sì, sono io. L'amica di Jacob. Se vieni fuori ti porto nella mia macchina. Fa caldo lì. Ok?». Mia annuì, e Niki la prese tra le braccia e la tirò fuori.

Capitolo cinquanta

Niki tornò alla macchina di Fred, lasciò Mia sul sedile davanti, le mise la coperta addosso e accese il motore, in modo da far partire il riscaldamento. Poi si girò a guardare la bambina, che la fissava con gli occhi spalancati.

«Mia, come stai? Ti fa male qualcosa?».

La piccolina scosse la testa. Era stranamente silenziosa, considerate le circostanze. Che fosse in stato di shock? Niki riprovò. «Chissà quanta paura hai avuto a rimanere chiusa nel bagagliaio».

«Avevo paura», rispose Mia, e il labbro inferiore prese a tremarle.

«Sei al sicuro adesso», le disse Niki in tono rassicurante. «Ora faccio una telefonata, chiamo aiuto. Ci metto solo un paio di minuti, ok?»

«Ok». Mia allungò il collo e guardò l'Audi nello stagno. «Poi Jacob viene qui?»

«Tra un attimo, sicuramente. Lo aspettiamo».

Dopodiché Niki chiamò i soccorsi. Per fortuna c'era campo, non ebbe problemi a prendere la linea.

Ci volle un po' per spiegare all'operatore che non solo c'era stato un incidente, ma che stava anche denunciando un crimine. «Un rapimento?», le chiese. «E il fatto è stato denunciato?»

«No». Niki guardò l'espressione dolce e frastornata di Mia. «È una storia lunga. Spiegherò tutto alla polizia quando arriverà. La cosa principale adesso è che ci servono un'ambulanza, la polizia e il carro attrezzi».

Niki rimase in linea, mentre l'operatore coordinava le operazioni. Sorrise a Mia, che la guardava con una concentrazione assoluta. «Tutto ok?».

Mia annuì. «Jacob dice che sei carina».

«È gentile da parte sua».

«E dice che hai i capelli e gli occhi dello stesso colore dei miei».

«È vero».

Mia piegò la testa e la guardò, come se volesse soppesarla. «A volte Jacob mi compra delle cose alla pompa di benzina».

«Lo so. I cupcake della Hostess, vero?». Lentamente, la bocca di Mia si allargò in un sorriso, una cosa che riscaldò il cuore di Niki. Non poté fare a meno di notare che, nonostante l'aria malandata e quel terribile taglio di capelli, era davvero una bella bambina. *Oh, tesoro. Come hai potuto vivere così tanto tempo lontana da casa senza che nessuno ti cercasse?*

Proprio in quell'istante la portiera posteriore della macchina si spalancò e Jacob entrò, come se avesse sentito che stavano parlando di lui. Poggiò il crick sul sedile di fianco a sé. «Dio, che freddo. Sono dovuto uscire dall'acqua», disse, battendo i denti. «Non vuole che rompi il vetro. Dice che dobbiamo chiamare il 911».

«Già fatto», disse Niki, mostrandogli il telefono. A quel punto l'abitacolo era davvero caldo, e l'aria che usciva dai bocchettoni era bella asciutta. Li direzionò verso il sedile posteriore.

Mia guardò Jacob. «Signora è arrabbiata con me?»

«Mia, non sei nei guai. È lei a essere nei guai stavolta. Non preoccuparti», le disse, tremante.

Mia spinse la coperta verso di lui. «Prendila, Jacob. Io mi sono riscaldata».

«Sei sicura?»

«Sì».

Lui la prese, riconoscente. «Grazie, scricciolo».

Un quarto d'ora dopo, proprio come aveva detto l'operatore, videro avvicinarsi le luci lampeggianti di una volante. Niki scese dall'auto e le andò incontro. «Sono stata io a chiamare il 911», disse al primo agente che scese dall'auto. Le sembrava come se d'un tratto stesse vivendo la vita di qualcun altro – qualcuno che sapeva prendere in mano le situazioni e affrontare i problemi. Un'adulta capace e consapevole. Gli agenti si presentarono, e poi arrivò l'auto dello sceriffo, seguita da un'ambulanza e da un carro attrezzi.

Gli agenti avevano un miliardo di domande, e lei rispose a tutte, prima in piedi accanto all'auto di Fred e poi a bordo dell'ambulanza. Consegnò le chiavi dell'auto al vice sceriffo, che le promise che l'avrebbero lasciata nel parcheggio della centrale.

Poco dopo lei, Mia e Jacob vennero portati in una clinica medica, e lì furono visitati per escludere qualsiasi rischio di congelamento.

Nel frattempo, altre persone si occupavano della madre di Jacob e della sua macchina ancora bloccata nel bacino.

Nell'ambulatorio, Mia si aggrappò disperatamente a Jacob.

«È tutto a posto», le disse lui. «Queste sono brave persone. Vogliono aiutarci».

Lei esitò, poi gli fece segno di avvicinarsi e gli sussurrò qualcosa all'orecchio. «Puoi dire tutto quello che vuoi, Mia», la rassicurò ad alta voce. «Puoi rispondere a tutte le domande che ti faranno. Non finirai nei guai, te lo giuro. Nessuno si arrabbierà. Te lo prometto, Mia. Sai che non ti mentirei mai, vero?».

Riluttante, Mia lasciò che un'infermiera la prendesse per mano e la portasse via, ma si girò comunque a guardare i due ragazzi mentre percorreva il corridoio. Poi Jacob e Niki vennero separati, e ciascuno fu portato in una stanzetta diversa.

Il dottore visitò la ragazza e le disse che era tutto a posto. Un'infermiera le portò dei pantaloni grigi e dei calzini. Se non altro, avrebbe potuto togliersi i vestiti fradici.

Ancora stordita, Niki chiamò Sharon.
«Niki! Grazie al cielo! Perché non hai risposto ai miei messaggi?». Era preoccupatissima.
«Scusa, sono successe un sacco di cose. Non stavo guardando il telefono», rispose lei. Le raccontò tutto, e poi toccò a Sharon raccontarle cos'era successo a lei.
«Ho chiamato Franny Benson, e lei ha chiamato la polizia. Sono venuti a casa e mi hanno interrogata, ma non avevo molto da dirgli».
«Devono contattare la contea di Ash», disse Niki. «Sono gli operatori di zona che hanno risposto quando ho chiamato il 911. Stanno gestendo tutto loro qui».
«L'ufficio dello sceriffo della contea di Ash», ripeté Sharon, e Niki capì che se lo stava appuntando. «Dove sei ora?»
«Alla Friendly Care Walk-In Clinic di Main Street», disse Niki, guardandosi intorno. Era in una stanzetta minuscola, ricordava un po' l'infermeria di una scuola elementare. C'erano un lavandino, con accanto un dispenser di gel disinfettante per le mani, e poi una scrivania con un computer. Lei era seduta sul lettino, nonostante ci fosse una poltrona imbottita proprio lì di fianco. Era chiaro che quell'ambiente era pensato per i bambini, perché sul muro c'era il disegno di un orsetto in tutù. «Ma non penso che rimarremo qui a lungo. L'agente ha detto che ci porteranno dallo sceriffo, perché devono farci altre domande».
«Niki, ascoltami. Ho parlato con Amy, e mi ha spiegato che non devi dire nulla finché non ci sarà un avvocato al tuo fianco. Anche se non hai nulla a che fare con il rapimento della piccola, è meglio essere prudenti. Chiedi che ti diano un avvocato».
«Temo sia troppo tardi. Ho già risposto a un milione di domande».
«Oh, Niki», sospirò Sharon. «Se solo mi avessi chiamata prima».
«Se solo ci avessi pensato...», disse Niki. Quanto avrebbe

voluto che Sharon fosse lì accanto a lei in quel momento. Non c'era nulla che desiderasse di più. Di colpo, si sentì inondare dalle emozioni. Era stata abbastanza forte da parlare con la polizia e con i medici, ma all'improvviso tutto ciò che aveva dentro uscì: la gratitudine immensa verso Sharon, il sollievo infinito di aver trovato Mia nel bagagliaio, la preoccupazione di come sarebbero andate le cose da lì in avanti.

Come potrebbero mai pensare che io sia coinvolta in qualche modo in questa storia?

«Ormai è andata», disse Sharon, in tono pratico. «Non possiamo tornare indietro».

«Mi dispiace tanto non averti chiamato», disse Niki, commossa. «E se la mamma di Jacob dice che io sapevo tutto? O qualche altra follia del genere? Potrebbe dire qualsiasi cosa. E io potrei finire nei guai, guai seri».

«Oh, tesoro, guardiamo il lato positivo. Hai trovato la bambina. Sei un'eroina! E poi noi avevamo già contattato Franny prima che tutto questo accadesse, quindi lei garantirà per te, e anche io. Amy sta facendo quello che fa sempre: si assicura che non ci siano trappole nascoste. Vedrai, ne usciremo».

Ne usciremo. Quell'ultima frase la toccò dritta al cuore. Non era più sola.

«Grazie, Sharon».

Capitolo cinquantuno

Erano tutti così carini con lei che Mia si sentiva confusa. L'infermiera e il dottore alla clinica erano gentilissimi, le ripetevano di continuo che era una bambina tanto coraggiosa. L'infermiera le disse che poteva chiamarla Jenny. Era una donna sorridente con i capelli scuri, ricci, raccolti in una coda. Le diede dei pantaloni puliti che le andavano troppo lunghi. Dopo che Mia li ebbe indossati, le disse: «Mi dispiace, non li abbiamo della tua taglia. Ma ora gli diamo una sistemata, non preoccuparti». Si inginocchiò e le fece il risvolto finché non diventarono della misura giusta. Poi alzò lo sguardo. «Meglio?». Aveva un sorriso così amichevole che a Mia venne da piangere, anche se non capiva perché. Riusciva solo ad annuire. Poi Jenny infilò i pantaloni e le mutandine bagnati in una bustina di plastica e la mise da parte. Anche se Mia si era fatta la pipì addosso, non disse niente.

Il dottore, un uomo alto che portava gli occhiali, le guardò nella bocca e nelle orecchie, e poi fece degli altri test per controllare che il cuore fosse a posto e che i polmoni facessero tutto quello che dovevano fare per respirare. Le misurò l'altezza e la fece salire su una bilancia.

Non le fece male, per niente. Poi le chiese quanti anni aveva, e quando lei gli disse che non lo sapeva, perché non aveva idea di quando fosse il suo compleanno, lui e Jenny si guardarono senza dire una parola. Era tutto un po' strano, però. Mia pensò di aver commesso un errore, poi lui le disse: «Non importa quanti anni hai. Sei perfetta così».

Le fece un sorriso grande grande e le chiese se poteva stringerle la mano, perché lei era la sua paziente preferita del mese. Alla fine Jenny disse che Mia era perfettamente in salute e che era la bambina più educata che avesse mai incontrato.

Poi una poliziotta gentile entrò e disse che voleva parlare con lei, quindi andarono in una stanzetta sul retro. Una delle infermiere portò a Mia un sandwich e un succo di frutta, e poi la poliziotta gentile, che si chiamava Amanda, si sedette con lei. Mia sentiva dei rumori fuori dalla stanza – telefoni che suonavano e porte che si aprivano e chiudevano – ma Amanda non sembrava farci caso. Aveva indosso l'uniforme, ma Mia pensò che forse aveva il giorno libero, perché non faceva altro che mangiare. Aspettò che finisse, tirò fuori dei fogli di carta e delle matite colorate e le chiese se aveva voglia di disegnare.

Mia non era abituata, ma Amanda era molto gentile, e lei non voleva farla arrabbiare, quindi prese una matita colorata e iniziò a disegnare degli alberi. Amanda le disse che poteva usare più di un colore, anzi, che poteva usare tutti i colori che voleva e che poteva cambiarli quando voleva. Mia era contenta che gliel'avesse detto chiaro e tondo, perché non sapeva quali fossero le regole.

Poi anche Amanda si mise a disegnare, e le fece delle domande in un modo molto gentile. Mia ci pensò su a lungo, ci teneva a trovare il modo giusto di rispondere. Sapeva che se avesse detto la cosa sbagliata Amanda si sarebbe arrabbiata, quindi doveva fare attenzione.

«Mia è un nome bellissimo. Qual è il tuo cognome?», le chiese Amanda a un certo punto.

Mia fece spallucce. Sapeva che il cognome di Jacob era Fleming, e che pure Signore e Signora si chiamavano così. Lo vedeva sulle lettere che ricevevano. Una volta aveva pensato che anche il suo cognome fosse Fleming, ma poi Jacob le aveva spiegato che non era così. Lei ne aveva un altro.

Solo che non sapevano quale fosse.

«Non lo sai, oppure non me lo vuoi dire?».

Mia ci pensò bene. Jacob le aveva detto che poteva rispondere a qualsiasi domanda, che quello era un posto sicuro, e Amanda sembrava molto gentile. «Non lo so».

«Ah, non c'è problema. Ci sono cose che non sappiamo, a volte».

Mia tirò un sospiro di sollievo. Jacob aveva ragione. Amanda non si sarebbe arrabbiata con lei. «So il cognome di Jacob. È Fleming».

«Jacob. È il ragazzo che è arrivato con te?».

Mia annuì. «Jacob è gentile con me».

«Tu e Jacob vivete nella stessa casa? Con la sua mamma e il suo papà?»

«Sì».

«Vive qualcun altro con voi?»

«No».

Senza alzare gli occhi dal foglio, Amanda le disse: «Ok, Mia, adesso faccio un disegno della casa in cui vivo io. Ti va di disegnare la casa in cui vivi tu?».

Mia le lanciò un'occhiata, cercando di valutare la situazione. Non sapeva bene cosa fare. Era chiaro che Amanda voleva che Mia dicesse di sì. Il problema era che lei *non poteva* disegnare la casa, perché non sapeva che aspetto avesse da fuori. Aveva visto la facciata solo una volta, quando erano andati alla fiera, ed era passato un sacco di tempo, non ricordava quasi niente. Era uscita dalla porta sul retro parecchie volte, ma non si era mai soffermata a guardare la casa, perché era troppo occupata a osservare gli alberi e il cielo e il modo in cui Griswold correva e saltava nell'erba. *Griswold.* Non lo vedeva da tanto tempo. Il cagnolino avrebbe sentito la sua mancanza e si sarebbe chiesto che fine avesse fatto. Quel pensiero la faceva sentire triste. Mia aveva già pianto una volta quel giorno, e non avrebbe pianto di nuovo, quindi sbatté le palpebre finché le lacrime non se andarono. Distolse lo sguardo.

«È tutto ok. Non devi disegnare la casa. Era solo un'idea».

Mia annuì. «Ok».

«Cosa vuoi disegnare?»

«Posso disegnare Griswold?»

«Certo. Cos'è un Griswold?».

Mia sorrise, quasi senza accorgersene. «Griswold è un cane. Jacob dice che vuole bene a me più che a chiunque altro».

«Certo che puoi disegnare Griswold. Mi piacerebbe tanto vedere che aspetto ha». Mia scelse una matita marrone, dello stesso colore del pelo di Griswold.

Rimasero a disegnare per molto tempo. Ad Amanda il suo disegno di Griswold piacque molto, e le piacque tanto anche un disegno che Mia fece della sua cameretta nel seminterrato. Volle sapere tutto sulla libreria scorrevole e sul fatto che la camera fosse un segreto speciale. A poco a poco, Mia iniziò a parlare in maniera più tranquilla. Fece un disegno di Signora e Signore e Jacob insieme. Il colore di capelli di Signora non era esattamente quello giusto, ma il resto era perfetto. Riuscì anche a disegnare i capelli arruffati di Jacob. «Dove sei tu in questo disegno?», chiese Amanda.

«Io non ci sono. Era martedì, quindi stavo pulendo il box doccia. Lo faccio sempre super pulito», aggiunse, con orgoglio.

«Capisco. Avevi diversi compiti ogni giorno?».

Mia annuì. «E a volte facevo anche dei lavoretti extra, così Signora era felice».

Amanda le fece un sacco di domande sulle faccende in casa. Mia le raccontò di quella volta in cui erano andati alla fiera della contea e che a volte usciva fuori in giardino, ma non troppo spesso, perché qualcuno poteva vederla, e allora a quel punto l'avrebbero mandata via, e sarebbe stato molto spaventoso. Si chinò sul tavolo, avvicinandosi ad Amanda, e sussurrò: «A volte Signora si arrabbia tanto, quindi non dirle che sto parlando di queste cose».

«Non glielo dirò», la rassicurò Amanda, sorridendo. «Cosa fa Signora quando si arrabbia?»

«Certe volte non fa niente». Le volte in cui non faceva niente erano terribili, perché Signora la fissava in un modo che la faceva rabbrividire. Quello sguardo le diceva che dentro al cuore di Signora si preparava qualcosa di terribile, e Mia non sapeva mai cosa fosse, e non sapeva nemmeno quando ci sarebbe stata l'esplosione. Le volte in cui Signora reagiva subito erano terrificanti, ma in un certo senso erano più semplici. «A volte picchia e urla e spinge. A volte urla e basta. Una volta ha lanciato dei piatti a Signore e si sono rotti e hanno fatto un grande caos e tutti abbiamo dovuto pulire».

«Sembra spaventoso», disse Amanda. «Quindi non sei uscita di casa per tanto tempo, eh?»

«Oggi sono uscita». Mia si guardò intorno. «Quando posso tornare a casa? Lo sa? Devo dare da mangiare a Griswold». Non disse quanto le mancava. Quella era una cosa privata.

Invece di rispondere, Amanda disse: «A volte è difficile andare in posti nuovi e conoscere nuova gente, ma ora ci stiamo divertendo, no?». Quando Mia annuì, la donna continuò: «Quindi a volte un cambiamento è una cosa buona. Cerca di non avere paura di cambiare, ok, Mia? Ci sono tante persone che vogliono aiutarti».

Mia disse: «Ok», anche se quello che diceva Amanda non aveva alcun senso. Mia non conosceva tante persone, quindi chi era mai quella gente di cui parlava, e com'era possibile che volesse aiutarla? E poi, aiutarla a fare cosa? Stare fuori casa la confondeva, si sentiva sopraffatta, e a dirla tutta cambiare non le piaceva. Però era una brava bambina, e se Amanda le diceva di non avere paura, be', avrebbe cercato di farsi coraggio.

Disegnarono ancora un po', e poi Amanda cercò di farla giocare con le bambole, ma Mia non conosceva le regole, quindi era difficile capire cosa fare. Poi un'altra signora bussò alla porta, e Amanda si scusò e andò da lei. Parlavano a voce così bassa che Mia non aveva idea di cosa stessero dicendo. Quando Amanda tornò al tavolo, le disse: «Questa signora è un'assistente sociale. Lavora con i bambini che hanno problemi. Si chiama Franny Benson».

Franny Benson si inginocchiò, per poterla guardare negli occhi. «Ehi, Mia. Piacere di conoscerti».

Mia notò i lunghi capelli grigi, fermati ai lati con le forcine, gli occhi grandi con le ciglia lunghe. Franny Benson aveva le rughe e un grande sorriso. I denti erano un po' storti, e alle orecchie aveva degli orecchini a forma di scimmietta, che sembravano appesi per un braccio al lobo. Identica a una di quelle nonne che si vedono in tivù. Nei programmi che guardava Mia, le nonne erano sempre gentili. «Salve», disse timida.

Franny Benson si sedette al tavolo. «Puoi chiamarmi Franny se vuoi». Guardò i disegni che aveva fatto Mia e disse che erano veramente belli. «Hai fatto un lavoro fantastico», disse, e Mia si sentì piena d'orgoglio. Le chiese di identificare le persone nei disegni e le fece anche delle domande che le aveva già fatto Amanda. Stavolta per Mia era più semplice rispondere. Franny non le dava l'impressione di una che stava cercando di farle dire le cose per forza. Anzi, sembrava che facesse le domande perché le interessava. Alla fine, le disse: «Sai che ti dico, Mia? Amanda deve tornare al lavoro, e scommetto che anche tu sei stanca di stare qui». Mia annuì.

Franny continuò. «Adesso mi occuperò io di te, e vorrei portarti in un posto in cui sarai al sicuro. Ci andiamo con la mia macchina. Ho degli snack lì, e possiamo ascoltare la musica. Puoi farmi tutte le domande che vuoi, e prometto di dirti la verità. Cosa ne pensi?»

«Perché non posso andare a casa?»

«Le persone con cui vivevi, i Fleming, non ci sono, e non puoi stare da sola». Franny scosse la testa, triste. «So che è difficile per te, ma non ci possiamo fare niente. I bambini non possono stare da soli. La legge dice che devi stare con un adulto».

«Io sto da sola un sacco di volte».

«Lo so, ma non dovresti». Le fece un sorriso, appena visibile. «C'è una legge che dice proprio questo. Serve per fare in modo i bambini siano al sicuro».

«Jacob potrebbe stare con me».

«Oh, tesoro, Jacob non è ancora un adulto, e comunque non c'è nemmeno lui a casa».

«E dov'è?». La domanda le uscì con un tono più acuto di quanto avrebbe voluto. Tutto stava cambiando troppo, troppo in fretta.

«Non lo so. Qualcun altro si occuperà di trovare un posto sicuro per lui, mentre noi risolviamo la situazione qui».

Mia sentiva le lacrime rigarle il viso. Non riusciva a trattenerle, ma se non altro piangeva in silenzio. «Non voglio andare da un'altra parte».

«Lo so. Non è semplice, vero?». Franny tirò fuori il telefono. «Dammi solo un attimo, Mia. Devo fare una telefonata. Forse conosco qualcuno che ci può aiutare». Si alzò e andò a parlare nel corridoio.

Amanda diede a Mia un fazzoletto. «Andrà tutto bene».

Quando Franny tornò nella stanza, mise il telefono sul tavolo. «C'è qualcuno che vorrebbe parlare con te».

«Mia?». Era la voce di Jacob quella che usciva dall'apparecchio.

«Jacob!».

«Ehi, scricciolo! Io devo andare da mio zio, quindi non sarò a casa per un po'. Franny Benson è una signora molto gentile, e devi andare con lei adesso. Dice che vi potete fermare a mangiare qualcosa, e che puoi anche prendere la Sprite se vuoi».

Mia alzò lo sguardo, e vide che sia Franny che Amanda la studiavano, con un'espressione gentile. «E Griswold? Qualcuno deve dargli da mangiare».

«Niki ha le chiavi di casa mia e si occuperà lei di Griswold mentre io non ci sono, quindi non preoccuparti».

«Ma, Jacob», iniziò Mia, e la voce le mancò per un secondo. «E tua mamma e tuo papà?»

«Anche loro vogliono che tu vada con Franny», disse lui. «Non torneranno a casa per un bel po'».

Ci fu una pausa. «Andrà tutto bene, Mia. Va' con Franny. Ti ho mai mentito?»

«No».

«Andrà tutto bene, Mia. Vedrai. Tornerà tutto a posto».

«Ok. Se lo dici tu».

Si salutarono.

A quel punto Mia si girò verso Franny e le disse: «Sono pronta».

Capitolo cinquantadue

Quando arrivò zio Cal, Jacob si era già tolto dalla schiena il peso che lo schiacciava. Aveva parlato con gli agenti. In via ufficiosa, semplici dichiarazioni volontarie, ovviamente, perché comunque era un minore. Però finalmente aveva raccontato la sua storia, e a modo suo. L'aveva fatto sentire bene. E l'assistente sociale, Franny Benson, lo aveva chiamato subito dopo, e lui aveva acconsentito a parlare con Mia e a rassicurarla che era tutto a posto e quindi poteva andare in macchina con Franny. Appena aveva riagganciato, si era sentito triste a pensare che probabilmente non avrebbe mai più visto Mia.

Tre ore dopo, lui e lo zio Cal erano in un altro posto, in una stazione di polizia vicino a casa sua. Gli agenti di lì gli avevano fatto altre domande. Suo padre li aspettava in corridoio, insieme a un avvocato. Jacob non era mai stato così felice di vedere qualcuno in tutta la sua vita. Si abbracciarono forte. Quando si separarono, suo padre disse: «Non preoccuparti di nulla, Jacob. Ci penso io». Poi si girò verso zio Cal e gli strinse la mano. «Non so dirti quanto ti sono grato. Grazie, Cal, davvero».

«Figurati», rispose. «È per questo che c'è la famiglia».

Da quando suo nonno era morto, non erano più andati a visitare la nonna né lo zio, e anche al telefono parlavano di rado. La madre diceva che non si sentivano perché loro criticavano sempre Jacob, prendendolo in giro per il suo peso e facendosi beffe dei suoi voti bassi. «Nessuno parla di mio figlio a quel modo!», diceva, fingendo indignazione.

Quel giorno, Jacob aveva scoperto che non era affatto vero. Cal sembrava una brava persona. E lui ormai aveva capito come ragionava sua madre.

Invece di giudicare Jacob per non aver denunciato il rapimento di Mia, Cal era stato comprensivo. «Suzette ha sempre avuto un talento speciale nel farti sentire costretto a fare le cose. Non demoralizzarti, Jacob. In fin dei conti eri un bambino».

In centrale, lui e lo zio Cal si sedettero fuori, su una panchina, mentre il padre e l'avvocato parlavano con la polizia. Avevano molto tempo a disposizione, e parlarono a lungo. Suo zio gli disse: «Tuo padre mi ha spiegato per telefono che, con tutta probabilità, sia lui che tua madre saranno riconosciuti colpevoli e andranno in prigione. Spero che non sia così, ovviamente, ma se succederà, sappi che non sei solo. Puoi venire a vivere con me se vuoi, o puoi finire l'ultimo anno delle superiori, e la nonna può venire a stare da te nel frattempo. Si è offerta lei, eh. Può trasferirsi a casa con te o affittare un appartamento per voi due per un paio di mesi». Gli diede una pacca sulla spalla. «Un soluzione la troviamo».

Dopo un paio d'ore, un agente venne a prenderli fuori. Li condusse nella stessa stanza in cui era stato interrogato suo padre. Quando Cal e Jacob si sedettero, il padre di Jacob disse: «I detective vorrebbero farti delle domande. Ti chiedo di rispondere con la massima onestà».

«Certo, papà», disse Jacob. Guardò i due detective, poi suo padre, poi l'avvocato. Sembravano tutti molto tranquilli. Forse suo padre non era nei guai.

Come se gli avesse letto nel pensiero, lui gli disse: «Siamo riusciti a raggiungere un accordo, e una parte di quest'accordo è proprio che tu non verrai accusato di alcun crimine. Quindi di quello non devi preoccuparti, ok? Mi sono occupato io di tutto».

Quindi suo padre si era preso la responsabilità di ogni cosa. Era questo che voleva dire. Jacob sentì la vista annebbiarsi, e sbatté le palpebre per scacciare via le lacrime. Annuì.

I detective come prima cosa gli fecero delle domande su com'era stata trovata Mia. Jacob descrisse il viaggio in macchina dalla casa di sua madre fino al Wisconsin. Gli agenti continuavano a chiedergli delle precisazioni, e lui non faceva che aggiungere dettagli su dettagli. Si sforzava davvero per rispondere, cercando di attenersi solo ai fatti. Del resto, loro gli ricordavano continuamente quant'era importante.

Alla fine, il più anziano tra i due ringraziò Jacob per la collaborazione, e disse che era libero di andare con lo zio. «Vi contatterà qualcuno dei servizi sociali», disse. «Di norma si metterebbe in moto una macchina organizzativa per garantire la presenza costante di un adulto al tuo fianco, dato che sei minorenne. Ma in fin dei conti compirai diciotto anni tra due settimane, quindi penso che basterà un accordo informale».

«Le prometto che o io o sua nonna rimarremo con Jacob fino alla fine dell'anno scolastico», disse lo zio. «Anche di più, se vorrà».

«Sono più tranquillo», rispose suo padre. «Grazie, Cal».

«Ma cosa succederà a Mia?», chiese Jacob.

Il detective lo guardò negli occhi. «Mia è in buone mani. I servizi sociali si occuperanno di lei, e faremo tutto il possibile per contattare i suoi parenti, se li ha. Se non dovessimo riuscire a trovare nessun membro della famiglia...».

«Ma ce l'ha, una famiglia!», disse Jacob. «Ha dei nonni e uno zio. Posso dirvi come si chiamano».

Capitolo cinquantatré

Il giorno seguente, Amy aprì la porta e andò dritta in cucina, dove Niki e Sharon stavano ancora facendo colazione.

«Amy!», disse la madre, alzandosi per salutarla. «Perché non mi hai detto che saresti passata? Ti saremmo venute a prendere all'aeroporto».

Amy alzò la mano. «Non iniziare nemmeno», disse. «Devo fare un discorsetto a entrambe».

«Che discorsetto?», chiese Niki. Fred le aveva dato un giorno libero, quindi era ancora in pantaloni del pigiama e maglietta. Il contrasto con il cappotto di lana e i pantaloni eleganti di Amy non sarebbe potuto essere più stridente.

«Vuoi del caffè?», chiese Sharon, alzandosi a prendere una tazza dall'armadietto.

Amy ignorò entrambe le domande. «Pensavo che farvi vivere insieme sarebbe stata una cosa buona per tutte e due. Pensavo che *tu* avresti avuto un po' di compagnia», disse, puntando il dito verso sua madre, «e che *a te*», a quel punto si girò verso Niki, «avrebbe fatto bene vivere con una persona più anziana, che ti avrebbe dato stabilità. Volete sapere se mi è mai venuto in mente che invece di influenzarvi in modo positivo vi sareste spinte a vicenda in un mare di guai con la legge? Ebbene no, a quello non avevo pensato. E sì, lo voglio il caffè». Si tolse il cappotto e lo poggiò sullo schienale della sedia, poi si sedette di fronte a Niki. «Con un po' di latte, per favore».

Sharon preparò la tazza. «Avere Niki qui è stata una manna dal cielo, sia per me che per una bambina di nome Mia, che è ora libera da anni di schiavitù. Non essere arrabbiata. Hai fatto una cosa buona a metterci insieme, Amy». Si avvicinò da dietro e la abbracciò, poggiando la guancia sulla testa di sua figlia.

Niki le guardava, e il sorriso sulle sue labbra si faceva sempre più radioso. Sharon aveva detto che averla lì era stata "una manna dal cielo", e lo pensava davvero. Anche Cap sembrava felice di averla lì, quando ogni sera saliva su per le scale e miagolava alla sua porta chiusa. Era la prima volta che viveva in casa di qualcun altro e non si sentiva un'estranea.

Il giorno prima Sharon era andata ad Harlow con Franny, a prenderla all'ufficio dello sceriffo. Niki era stata così felice di vederla che era corsa ad abbracciarla senza pensarci, e anche Sharon l'aveva stretta forte. Gli agenti avevano preso la dichiarazione di Sharon e di Franny, e poi l'assistente sociale era andata a vedere Mia. Prima dell'arrivo di Sharon, gli agenti non sembravano credere granché alla storia di Niki. Uno di loro, un uomo dalla voce roca con i capelli grigio argento tagliati corti, le aveva chiesto più di una volta: «Quindi mi stai dicendo che, prima di oggi, non avevi idea che questa bambina fosse stata rapita e che fosse detenuta illegalmente in casa dei tuoi vicini?». Poi aveva insinuato che, dato che Jacob era un suo buon amico, doveva per forza essere coinvolta anche lei. Perlomeno doveva essere a conoscenza del fatto che era stato commesso un crimine. Lei gli aveva detto che Jacob lo conosceva a malapena, ma lui non credeva nemmeno a quello, era evidente. «Quindi ti sei presa un permesso, ti sei fatta prestare l'auto dal tuo datore di lavoro e ti sei fatta tutta questa strada per aiutare un ragazzo che conosci a malapena?». Messa in questi termini, anche Niki faceva fatica a crederci. Per tutta la durata dell'interrogatorio era stata convinta che l'avrebbero arrestata, ma quando erano arrivate le due donne era cambiato tutto.

Franny e Sharon avevano rilasciato la propria dichiarazione, e a quel punto Sharon si era spinta fino a dire: «Non immagina quanto sono orgogliosa di Niki. Avevamo entrambe il sospetto che ci fosse qualcosa che non andava a casa dei Fleming, ma è stata lei quella che non ha mai mollato. Sono certa che in tanti avrebbero fatto finta di nulla, ma non la mia Niki. Chissà cosa sarebbe successo a quella bambina se non fosse stato per lei... Non so se il suo dipartimento conferisce onorificenze ai cittadini, ma se è così, lei ne merita sicuramente una». *La mia Niki.*

E a quel punto le era parso che l'agente avesse cambiato atteggiamento, o forse era solo una sua impressione, ma non le sembrava proprio. Prima dall'arrivo di Sharon, sembrava che fosse sul punto di finire tra i sospettati; dopo che Sharon aveva finito di riempirla di complimenti, Niki era improvvisamente diventata un'eroina. Certo, sia Jacob che suo padre l'avevano assolta da ogni responsabilità, cosa che era utile. Ma quello lei l'avrebbe saputo solo molto dopo.

Erano tornate a casa con la macchina di Fred, con Sharon al volante e Niki sul sedile del passeggero. Lungo il tragitto, Niki aveva chiamato il suo datore di lavoro, che le aveva detto di prendersi tutto il tempo di cui aveva bisogno: lui si sarebbe fatto accompagnare a casa dal fratello. Poi aveva chiamato Amy, che era rimasta senza parole nello scoprire quello che era successo.

Non aveva detto molto. Ma quello era successo il giorno prima. Adesso Amy aveva ritrovato la voce.

«Non te la caverai così, mamma. Sei tu l'adulta qui. Ed è te che ritengo responsabile», disse. Il tono era severo, ma la sua espressione si era addolcita, e si era abbandonata all'abbraccio di sua madre.

Sharon l'accarezzò un'ultima volta e poi si sedette di nuovo al tavolo. «Ti sei fatta tutta questa strada solo per venire a sgridarmi?»

«No, sono venuta perché le autorità ti hanno chiesto di rilasciare una dichiarazione oggi pomeriggio. E ho pensato che potesse farti comodo un avvocato».

«Ma dicono che è solo una formalità», precisò Niki. «Che ci faranno le stesse domande che ci hanno fatto ieri».

«Sarebbe comunque meglio poter contare sulla presenza di un legale».

Sharon bevve un sorso di caffè. «Il diritto penale non è esattamente la tua area di specializzazione».

«È vero, ma questo loro non lo sanno. E poi, conosco la legge quel tanto che basta da tenervi alla larga da ulteriori problemi».

«È uno dei vantaggi di avere una figlia avvocata», disse Sharon. Amy si era ammorbidita.

Si misero a parlare con maggiore tranquillità, chiacchierando del volo di Amy da Boston, di quanto si sarebbe fermata. Solo una notte, venne fuori, con grande disappunto di Sharon. «Non puoi fermarti un po'? Un giorno in più, magari?»

«Venti minuti fa non sapevi nemmeno che sarei venuta. Ora ti lamenti che non rimango abbastanza a lungo?».

Niki si mise comoda sulla sedia e si godette appieno il loro battibecco. A prima vista sembravano due donne agli antipodi: una più anziana, con le sue scarpine eleganti, e l'altra, una distinta avvocata di città. Avevano personalità diverse, ma il legame e l'affetto che le univa erano innegabili.

Ora stavano parlando del tempo, di quanto facesse caldo, davvero assurdo per quel periodo dell'anno. Sharon disse che sperava che lo scioglimento della neve non causasse delle inondazioni. Mentre chiacchieravano, Niki si ritrovò a pensare agli eventi del giorno prima. Approfittò della prima pausa nella conversazione per chiedere: «Come si diventa assistenti sociali?».

Sharon poggiò la tazza sul tavolo e sorrise. Niki notò un uccellino marrone poggiarsi sulla mangiatoia alla finestra.

«Tanto per iniziare devi prendere una laurea attinente. Pensi che sia una cosa che potrebbe interessarti?»

«Sì. O perlomeno so che voglio fare qualcosa che abbia a che fare con i bambini in affidamento». Fece una piccola pausa e poi aggiunse, timida: «Credo che potrei essere brava».

«Secondo me saresti *fantastica* con i bambini in affidamento», concordò Sharon.

«Sono d'accordo anch'io», disse Amy.

L'idea di iscriversi all'università era così remota per Niki da essere quasi incomprensibile. Eppure allo stesso tempo la riempiva di gioia ed eccitazione. «Quanto ci vuole a prendere una laurea del genere?»

«Il corso base dura quattro anni, ma può capitare che ci si metta di più. Magari un semestre o due».

«Oh. Quattro anni». Come minimo. Se non cinque. Il cuore le sprofondò nel petto. Era un sacco di tempo. Lezioni, saggi. Ore di studio. E poi chissà ancora quanta strada prima di arrivare al punto di lavorare effettivamente come assistente sociale. Prima di poter fare la differenza e aiutare altri bambini come Mia. «Avrò ventidue, ventitré anni a quel punto», calcolò. Come avrebbe fatto a sostenersi e a pagare le tasse per quattro o cinque anni? Una come lei poteva fare domanda per un prestito studentesco? Non conosceva nessuno che l'avesse fatto.

Sharon si mise a ridere. «Arriverai a quell'età comunque. Non preferiresti essere un'assistente sociale di ventitré anni invece di continuare a fare un lavoro che non ti dà nulla?»

«Certo. Solo che… è troppo». E se avesse dovuto frequentare l'università part-time ci avrebbe messo ancora di più. Avrebbe finito da vecchia.

«Troppo?», chiese Amy, la voce che sbriciolava ogni sua esitazione. «Troppo cosa?»

«Troppo tempo. Troppi soldi», disse scoraggiata. S'ingobbì di colpo, senza neanche rendersene conto, come sconfitta, e si concentrò sul bicchiere di succo di frutta quasi vuoto che le stava davanti. Se lo portò alle labbra e bevve l'ultimo sorso.

«Pensi che potrebbe essere troppo per te?», le chiese Sharon. «Infattibile?».

Niki annuì, chiedendosi come facesse Sharon a capire così spesso cosa le passava per la testa.

«Non è mica detto, sai. Ci siamo noi a guidarti e ad aiutarti». Si girò verso di Amy. «Giusto?»

«Certo», disse Amy. «Ti ho già fatto quest'offerta una volta, ed è sempre valida. Ti pago io le tasse, basta che prendi buoni voti. E non è un prestito. È un regalo. Semplicemente perché io i soldi ce li ho, e tu te lo meriti».

«E se non ti dispiace frequentare l'università statale, puoi continuare a vivere qui e fare avanti e indietro per le lezioni», le propose Sharon. «Mi piace averti intorno».

Niki non sapeva come si chiamasse il sentimento che provava in quel momento. Annuì, gli occhi pieni di lacrime. Amy si avvicinò e le toccò il braccio con gentilezza. «Non sei sola, Niki. Ti aiuteremo a ogni passo».

«Non si torna più indietro. Ti toccherà sopportarci per sempre», aggiunse Sharon con un sorriso. «E saremmo onorate di aiutarti».

Per la prima volta dalla morte di sua madre, Niki si sentiva parte di una famiglia. Il suo sguardo passò da Amy a Sharon. Aveva un groppo in gola per la felicità. Riuscì a dire una sola parola: «Grazie».

Capitolo cinquantaquattro

Il decesso di Morgan era stato dichiarato in modo ufficiale da un paio di mesi quando i Duran ricevettero un'altra visita da parte del detective Moore. Come la volta precedente, Wendy gli fece strada fino al salotto. Moore si sedette di fronte a lei e Edwin. «Sì?», gli chiese la donna. «Ha qualche novità?». L'impazienza era palpabile, si intravedeva un tremore sotto la sua pelle.

«Sì. Due cose, a dire la verità. La prima è che il ragazzo di Morgan, Keith, è morto».

«Come?», chiese Wendy, in un sussurro. «In che modo è successo?»

«Un litigio in un bar la scorsa settimana», disse il detective Moore. «Gli è stato chiesto di uscire dal locale, lui è diventato aggressivo e ha tirato fuori la pistola. Il proprietario però aveva un fucile dietro al bancone e gli ha sparato per autodifesa. È morto sul colpo».

«Capisco», disse lei.

«Si chiamava Keith William Caswell».

«Come l'hanno collegato a Morgan?», chiese Edwin.

«Il signor Caswell aveva nel portafogli una vecchia carta di credito a nome di Morgan. Uno dei detective assegnati al caso ha indagato un po' e ha scoperto che la madre è morta e il padre è in prigione».

Ci sta. Wendy si prese un attimo per assimilare l'informazione. Poi le venne in mente un altro pensiero. «E il bambino?»

«È la seconda cosa che devo dirvi», disse il detective.

«C'è stato un ulteriore sviluppo, non collegato alla morte del signor Caswell. Abbiamo trovato vostra nipote».

Abbiamo trovato vostra nipote. Wendy era senza fiato.

Il detective spiegò che non l'avevano *trovata* nel vero senso della parola: piuttosto gli era stata *portata*. Non che facesse poi una grande differenza. Avevano una nipote, una bimba di nome Mia. Edwin aveva mille domande, ma Wendy ne fece una sola: «Quando possiamo vederla?».

Si sarebbero messi in macchina e sarebbero andati da lei quel giorno stesso, ma prima c'erano degli aspetti legali di cui occuparsi, dalla conferma del DNA alle altre scartoffie. Il detective però promise che sarebbe stata data la massima priorità al processo, perché si trattava di un caso estremo.

Wendy non vedeva l'ora di stringerla tra le braccia.

La prima volta che Wendy e Edwin incontrarono Mia, non sapevano bene cosa aspettarsi. La storia dei suoi ultimi tre anni oscillava tra l'orribile e l'incredibile. Come faceva una bambina a gestire quel genere di trauma? Al momento era in affidamento temporaneo. L'assistente sociale aveva suggerito che le facessero visita un paio di volte, prima di portarla a casa. Quella precauzione aveva spinto Wendy a pensare che magari Mia non sarebbe stata pronta ad accoglierli.

Ma poi arrivarono e la mamma affidataria li condusse subito dalla piccola, che stava guardando un film Disney con altre due bambine della sua età. Subito dopo le presentazioni, Wendy si abbassò per stabilire un contatto visivo e rimase sorpresa quando Mia le chiese immediatamente: «Sei venuta a portarmi a casa?». Aveva gli occhi brillanti e i capelli castani, e assomigliava così tanto a Morgan da piccola che Wendy non sapeva se urlare di felicità o mettersi a piangere.

Non la portarono a casa quella sera, ma qualche giorno più tardi. Wendy non riusciva a credere che tutto ciò che Mia possedeva entrasse in una bustina di plastica. Un'ingiustizia a cui misero subito rimedio, dato che la portarono a comprare vestiti e giocattoli. Scoprirono presto che era semplice accontentarla, ma anche che la piccola viveva nel terrore costante di farli arrabbiare. Se Wendy o Edwin si avvicinavano per abbracciarla, trasaliva come se si aspettasse di essere picchiata. Era da spezzare il cuore.

L'assistente sociale disse che probabilmente ci sarebbe stato un periodo di luna di miele, seguito da una fase molto difficile. «Mia ha vissuto un trauma tremendo», le dissero. «È come se le avessero iniettato del veleno per tre anni. Deve espellerlo per guarire. Purtroppo verrà tutto nella vostra direzione».

In effetti Mia aveva degli incubi, sognava di essere intrappolata, e aveva anche delle crisi di pianto. Non riusciva a spiegare cos'era che la faceva stare così male, ma fino a quel momento non aveva fatto o detto nulla che sembrasse troppo estremo a Wendy. Era una bambina felice, in realtà. Andava in terapia, con una donna gentile di nome Michelle, che l'avrebbe aiutata a barcamenarsi in quel percorso.

Una bambina non poteva sostituirne un'altra, ma Wendy trovava che Mia fosse un balsamo per il dolore acuto della perdita di Morgan. Mia si era subito affezionata allo zio, Dylan, come se avesse trovato un modo per riempire il vuoto lasciato da Jacob. Ma non era stata ancora presentata ad altri membri della famiglia. Avevano anche deciso che, per il momento, sarebbe stato meglio che studiasse a casa. Wendy si prese delle ferie, e si rese conto che il lavoro non le mancava per niente.

Mia non parlava mai degli abusi che aveva subito dai Fleming, ma raccontava in termini generici di quanto Jacob fosse stato gentile con lei, e di quanto bene le avesse voluto Griswold. «Mi dava i bacini tutti i giorni», diceva.

Wendy era preoccupata che Mia stesse reprimendo i ricordi spiacevoli, ma Michelle le disse di non preoccuparsi. «Le dia tempo. Sarà lei a dirvi quando vorrà parlare».

Cinque mesi dopo che l'avevano presa con loro Jacob chiamò a casa. Sul momento Wendy si spaventò. Poi si ricordò che una ricerca su internet era più che sufficiente per trovare il loro numero. Ebbe l'impressione che Jacob si aspettasse di essere mandato a quel paese, o avesse paura che lei gli chiudesse il telefono in faccia. Si presentò balbettando, si scusò se le arrecava disturbo. A un certo punto lei gli chiese: «Mi dici per favore perché hai chiamato?». Lo domandò in modo educato, ovviamente, ma non aveva alcuna intenzione di passare il telefono a Mia. Quando lui le spiegò cosa aveva in mente, Wendy prese tempo e gli disse che ne avrebbe parlato prima con la terapista di Mia, e che gli avrebbe fatto sapere.

Lei e Edwin erano presenti quando Michelle chiese: «Mia, mi chiedo che cosa ne penseresti dell'idea di vedere di nuovo Jacob. Come ti farebbe sentire?».

Mia si raddrizzò a sedere e si girò verso la porta. «C'è Jacob?». Si sentiva l'eccitazione nella sua voce.

«No», disse Michelle, mantenendo un tono neutrale. «Però gli piacerebbe vederti nelle prossime settimane. Ma la decisione spetta a te». Discussero della possibilità che Jacob li andasse a trovare a casa con lo zio per una breve visita. «I nonni sarebbero con te tutto il tempo, e Jacob e suo zio possono andarsene quando vuoi. Non cambia nulla. Sarebbe solo una breve visita. Non andresti da nessuna parte con Jacob».

Con grande sorpresa di Wendy, Mia era fuori di sé dalla gioia all'idea di rivederlo. La terapista spiegò in privato che avrebbe potuto essere liberatorio per lei, ma che sarebbero dovuti rimanere al suo fianco in ogni momento e interrompere la visita se si fosse rivelata troppo stressante.

Adesso che il giorno della visita era arrivato, Mia sembrava emozionatissima all'idea di vedere di nuovo Jacob. Aveva fatto il letto appena alzata e aveva messo i pupazzi in ordine sul comò. «Chissà cosa dirà Jacob quando vedrà la mia stanza!», aveva esclamato. «Nonna, posso fargli vedere tutta la casa?»

«Certo», aveva detto Wendy. «Qualsiasi cosa». Aveva parlato un altro paio di volte con Jacob, ed era più tranquilla riguardo alla visita. Jacob sembrava preoccuparsi sinceramente per Mia e voleva assicurarsi che stesse bene. Le aveva anche chiesto il permesso di portarle un regalo. Ovviamente Wendy aveva acconsentito.

Quel giorno arrivava insomma al termine di una lunga, lunga strada. Wendy sperava che l'istinto la stesse guidando in modo corretto. Pregava che fosse così. La sua nipotina ne aveva passate anche troppe.

Capitolo cinquantacinque

Arrivarono in perfetto orario, grazie alla pianificazione accurata dello zio Cal. Jacob aveva lasciato guidare lui, era troppo occupato a pensare alla reazione di Mia. Sua nonna aveva detto che la bambina era eccitata per la visita, ma c'era un assillo che lo tormentava e di cui non riusciva a liberarsi. Sebbene lui e Mia avessero vissuto insieme per tre anni e fossero stati tanto vicini quanto un fratello e una sorella, le dinamiche erano state tutte sbagliate. Lei non era sua sorella, né un'ospite a casa, né una sorellina adottata. Mia era stata una prigioniera, e ora era tornata dalla sua famiglia. Adesso sicuramente vedeva la differenza tra una vera famiglia e un semplice posto in cui stare. Un posto in cui era trattata come una serva e rinchiusa in una stanza nascosta nel seminterrato. Le era stato tolto così tanto, e Jacob temeva che rincontrarsi avrebbe potuto riportarle in superficie brutti ricordi o sentimenti di rabbia. Non gliene avrebbe fatta una colpa, nel caso. Anzi, se lei gli si fosse scagliata contro, magari se lo sarebbe meritato. Ma si preoccupava lo stesso.

La sua terapista gli aveva fatto notare che anche lui era stato una vittima, cosa che in un certo senso aveva alleviato il suo senso di colpa. Trasferirsi nel Minnesota e cambiare scuola era stata un'altra cosa utile. Invece di "testa di LEGO", adesso era semplicemente il ragazzo nuovo, e c'erano tanti altri studenti con cui fare conoscenza. Un nuovo inizio. Aveva stretto amicizia con due ragazzi e aveva in programma di frequentare l'Università del Minnesota l'anno successivo. Sua nonna e suo zio erano buoni con lui, così amorevoli che inizialmente si era insospettito. Jacob aveva capito che aveva seri problemi ad abbassare la guardia. Non si era reso conto di quanto fosse stata brava sua madre a plasmarlo finché non aveva cercato di dimenticare tutto quello che lei gli aveva insegnato. Sua nonna si era scusata per tutto ciò che Jacob aveva passato. «Tua madre è sempre stata egoista. Mi chiedevo se fosse colpa mia, ma ho cresciuto Cal nello stesso identico modo e lui è venuto su normale». Diede una scrollata di spalle, un velo di tristezza negli occhi. «Mi dispiace di non esserci stata per te. Ci ho provato tante volte, ma non me lo ha mai permesso».

Jacob aveva fatto visita a suo padre in prigione due volte, ma non aveva avuto il coraggio di andare da sua madre. Lei doveva essere furiosa nei suoi confronti. Ne era sicuro. Le aveva scritto una lunga lettera, seguendo il consiglio della sua terapista, ma lei non aveva mai risposto, nonostante avesse accluso un foglio di carta e una busta con il proprio indirizzo già scritto sopra. Nessuno poteva dire che non ci avesse provato. Aveva fatto uno sforzo. Ora toccava a lei.

Accostarono di fronte alla residenza dei Duran. La casa aveva un'aria allegra, era una villetta a due piani con una grande veranda e tulipani rossi e gialli su entrambi i lati della scalinata che conduceva alla porta d'ingresso. Di recente aveva piovuto, quindi il prato era fresco, il verde dell'erba vivido. «Eccoci», disse lo zio Cal. Spense il motore e sorrise a Jacob. «Andrà tutto bene. Non devi preoccuparti».

«Lo so». Cercò di sembrare sicuro di sé.

Quando la nonna di Mia aprì la porta, Jacob disse: «Signora Duran? Sono Jacob. Questo è mio zio Cal».

«Chiamami pure Wendy». Aprì la zanzariera a porta battente, facendogli cenno di entrare. Non avevano nemmeno varcato la soglia che Mia scese dalle scale correndo. «Jacob!», gridò con gioia, e poi si fermò quando vide che teneva Griswold al guinzaglio. La bestiolina tirava e cercava di divincolarsi, di raggiungerla. Mia si gettò in ginocchio e aprì le braccia. «Griswold!». Jacob lasciò il guinzaglio, e il cane corse tra le braccia della piccola, leccandole la faccia e abbaiando felice. Se un cane fosse stato in grado di sorridere, Griswold in quel momento avrebbe fatto il sorriso più grande del mondo. Lo stesso che illuminava il volto di Mia.

Jacob aveva visto centinaia di video online di cani che rincontravano il padrone, ma non aveva mai visto nulla che fosse paragonabile alla gioia che vedeva scorrere in quel momento tra Mia e Griswold.

Jacob si inginocchiò al suo fianco. «Ehi, scricciolo. Che ne pensi del tuo regalo?»

«Il mio regalo?». Teneva Griswold stretto stretto tra le braccia, ma tirò su il visino per guardare Jacob, che indicava il cane. Lanciò un grido di gioia. «Griswold è il mio regalo? Posso tenerlo?»

«Sì, è tuo ora. In autunno andrò all'università, quindi non ci sarò. Ha bisogno di qualcuno che lo accudisca».

Mia guardò i nonni. «Nonna, nonno, posso tenerlo? È un cagnolino bravissimo. Non darà nessun problema».

«Certo che puoi tenerlo, Mia», disse il nonno. «Jacob ci ha chiesto il permesso prima di portarlo qui. Volevamo farti una sorpresa».

Cal e Jacob si trattennero per un paio d'ore. Mia gli fece vedere tutta la casa, mostrando tutto come se fosse suo. «Questa è la mia cucina, e il mio cortile, e la mia lavanderia…». Griswold le rimase attaccato tutto il tempo, scodinzolandole intorno come se non volesse perderla di vista nemmeno per un istante.

Wendy offrì degli snack, e chiacchierarono seduti in salotto. Jacob raccontò a Mia della nuova scuola, e lei gli parlò della nuova cameretta e di quando andava a fare shopping con la nonna.

Più tardi andarono in giardino e guardarono Mia tirare la palla da tennis a Griswold. Jacob disse a Wendy: «Grazie per avermela fatta rivedere. Sta benissimo. Sembra così felice».

«Anche Mia voleva vederti. Penso fosse importante per

lei». Tirò un sospiro di sollievo. «Ma non so se la cosa si ripeterà». Rimase in attesa della sua reazione.

Jacob annuì. «Lo capisco». Fece un sospiro profondo. «Mi sembra importante confessarti che mi sento malissimo per non aver parlato prima. Per non aver detto che mia madre teneva Mia in casa nostra. Sapevo che era sbagliato. Avrei voluto dirlo un milione di volte, ma avevo paura. Mi dispiace, mi dispiace tantissimo».

Wendy annuì e disse: «Apprezzo molto le tue scuse, Jacob».

«A volte la notte non riesco a dormire, e penso a lei. Ripenso a tutte le volte che avrei dovuto prendere le sue difese davanti a mia madre e non l'ho fatto».

«Voglio essere onesta con te, Jacob. Se mi avessi chiamato tre mesi fa ti avrei sbattuto il telefono in faccia. La terapista di Mia ha aiutato tutti noi a fare i conti con la rabbia. Lavorare con lei mi ha dato una nuova prospettiva. Anche tu eri una vittima. E la consapevolezza che il ruolo che hai svolto è stato importante nel salvare Mia mi aiuta molto. Io e mio marito ti siamo grati per aver fatto le ricerche sul DNA».

«Ah, sì, almeno ho fatto quello». Deglutì. «Avrei potuto pensarci prima».

«Non ha senso farsi prendere dai sensi di colpa. Non si può tornare indietro. Mia ora è felice ed è al sicuro. Tutti meritano un nuovo inizio, non credi?»

«Lo spero», disse. Poi aggiunse: «Grazie».

Quando arrivò il momento dei saluti, Mia diede un grosso abbraccio a Jacob.

«Tu non sei mai stato mio fratello, vero?»

«No», disse lui, triste. «Sarei stato molto fortunato ad averti come sorella, ma per tua fortuna, non sei una Fleming. Il tuo posto è qui con tua nonna e tuo nonno, Mia Duran».

Lei accarezzò il cagnolino. «Grazie per il regalo».

Jacob le sorrise. «Griswold è sempre stato tuo, Mia. Sei sempre stata la sua preferita».

Ringraziamenti

Voglio ringraziare tantissimo i miei primi lettori, per i loro commenti arguti e per tutte le volte che si sono resi conto di qualcosa che non andava. Kay Ehlers, Charlie McQuestion, Michelle San Juan e Barbara Taylor Sissel: siete i migliori!

Ancora una volta, la mia copyeditor Jessica Fogleman mi ha fatto sia da editor che da educatrice. Ha una mente brillante, attenta ai dettagli, e ogni volta che lavoriamo insieme sono grata per i suoi consigli. Jessica, ho imparato così tanto da te negli anni e sono felice che abbiamo avuto occasione di lavorare di nuovo insieme. Come al solito, ogni errore rimanente è solo mio, dato che sono io la fonte di tutti i problemi.

Un grande grazie ai miei primi lettori MaryAnn Schaefer e Ann Marie McKeon Gruszkowski, per aver colto errori e incongruenze. Sono onorata che abbiate letto la storia con così tanta attenzione e mi abbiate risparmiato grandi imbarazzi.

Milioni di grazie a Kathi Cauley per essere stata così paziente da rispondere alle mie mille domande riguardo la tutela ai minori. La mia assistente sociale fittizia conosceva le regole, ma è andata un po' fuori copione, cosa che a volte accade nei romanzi. Mi prendo io la colpa per ogni sgarro.

Voglio ringraziare anche il mio team di revisori (i Karen's Cool Kids) per aver letto il libro in anteprima e aver aiutato a spargere la voce. Il loro incoraggiamento e la loro onesta opinione sono stati fondamentali per me. Mi sento fortunata a poter contare su di loro.

Al team McQuestion – Greg, Charlie, Rachel, Maria, Jack, e Boo: vi adoro. Mi impedite di impazzire e mi rendete felice.

E, infine, un grosso grazie ai miei lettori. Siete il motivo per cui scrivo romanzi. Il vostro supporto e le vostre opinioni mi danno la forza di continuare a scrivere, e spero di non deludervi mai. Dal profondo del mio cuore, grazie.

Indice